LUCA FONTANELLA
Trattoria Mortale – Die tote Diva

AF177921

 GOLDMANN

Buch

In der Trattoria des alten Angelo Panda gibt es nur noch ein Gesprächsthema: Die Schauspielerin Stella Aurora gibt ein Gastspiel in Volterra. Damit kehrt die Diva in jene Stadt zurück, in der sie vor vierzig Jahren ihren erfolgreichsten Film gedreht hat. Die Gäste spekulieren noch, ob Stella sich wohl an Angelo Panda erinnert, mit dem sie damals eine kurze Affäre hatte, da betritt die Schauspielerin höchstpersönlich die Trattoria. Stella und Angelo verbringen den Abend miteinander – und am nächsten Morgen wird die Diva ermordet aufgefunden. Angelos Sohn Sergio, Agente bei der örtlichen Polizei, setzt alles daran, die Unschuld seines Vaters zu beweisen …

Weitere Informationen zu Luca Fontanella
sowie zu lieferbaren Titeln des Autors
finden Sie am Ende des Buches.

Luca Fontanella

Trattoria Mortale
Die tote Diva

Ein Toskana-Krimi

GOLDMANN

Penguin Random House Verlagsgruppe FSC® N001967

3. Auflage
Originalausgabe August 2021
Copyright © 2021 by Dirk Husemann und Jutta Wieloch
Copyright © dieser Ausgabe 2021
by Wilhelm Goldmann Verlag, München,
in der Penguin Random House Verlagsgruppe GmbH,
Neumarkter Str. 28, 81673 München
produktsicherheit@penguinrandomhouse.de
(Vorstehende Angaben sind zugleich Pflichtinformationen nach GPSR)

Umschlaggestaltung: UNO Werbeagentur GmbH
Umschlagmotiv: Viewpoint/Alamy Stock Photo (Olivenzweig);
Fesus Robert/Alamy Stock Photo (Stadt/Straße);
4k-Clips/Alamy Stock Photo (Schild);
FinePic®, München (Himmel/Blumen)
Redaktion: Dr. Ulrike Brandt-Schwarze
LS · Herstellung: kw
Satz: KompetenzCenter, Mönchengladbach
Druck und Bindung: GGP Media GmbH, Pößneck
Printed in Germany
ISBN: 978-3-442-49105-6

www.goldmann-verlag.de

PROLOG

An diesem Abend gab es in der Trattoria des alten Angelo Panda nur ein Gesprächsthema: Stella Aurora war nach Volterra zurückgekehrt. Der Filmstar aus Rom wollte ein Theatergastspiel in der kleinen toskanischen Stadt geben. Würde die Diva auch Angelo Panda besuchen? Und was würde dann geschehen?

»Du hast sie als Zwanzigjähriger rumgekriegt, und das schaffst du auch mit fünfundsechzig«, rief Kugelblitz von seinem Tisch aus durch das kleine Lokal. Er war Stammgast und hieß eigentlich Enzo. Aber sobald er durch die Tür des Il Gusto trat, hörte er nur noch auf seinen sozialistischen Kampfnamen.

»Unsinn, Kugelblitz«, mischte sich der Koch Matteo ein. Wie immer, wenn es unter den Gästen etwas zu schwatzen gab, lehnte er in der Durchreiche von der Küche zum Schankraum und servierte seine Meinung. »Angelo ist viel zu schüchtern, um sich an eine Filmdiva ranzumachen. Stimmt doch, Harpune, oder?«

Um ein Haar hätte Angelo gelächelt. Er mochte es, wenn man ihn mit diesem Namen ansprach. Um sich keine Blöße zu geben, klopfte er mit grimmiger Miene dreimal das Espressosieb aus. Dann nahm er die dampfende kleine Tasse und den großen Zuckerstreuer und brachte beides zu Kugelblitz an den Tisch.

»Das sind alte Geschichten«, sagte Angelo mit seiner heiseren Stimme. »Stella hat das Leben eines Stars geführt. Die hat so viele Liebhaber hinter sich, die wird sich gar nicht an mich erinnern.«

»Die Schlappschwänze in Rom nennst du Liebhaber?«, rief Trommelfeuer. Der kahlköpfige Gärtner saß unter einem der ausgestopften Wildschweinschädel und machte sich über einen Teller Pasta her. »Keine Frau vergisst ein Abenteuer mit einem Toskaner. Keine! Was glaubst du wohl, warum La Stella noch mal hergekommen ist?«

»Weil sie mit einer Theatertruppe unterwegs ist«, erwiderte Angelo. »Zum Vergnügen kehrt die bestimmt nicht nach Volterra zurück.«

»Du glaubst also, es wäre ein Vergnügen für eine Frau, sich mit dir einzulassen?«, fragte Matteo. Hinter ihm in der Küche zischte etwas, und er verschwand aus der Durchreiche.

»La Stella wird sich mit dir treffen. Darauf verwette ich ein Abendessen im Il Mulino«, sagte Kugelblitz und rührte in seinem Espresso.

»Die Wette verliere ich freiwillig«, krächzte Angelo. »Glaubst du, ich lasse mich vergiften?«

Alle lachten.

Als sich die Tür öffnete, klingelte das Glöckchen, das jeden Gast begrüßte. An jedem anderen Abend wären die

Besucher so sehr in den Genuss von Essen, Trinken und Plaudern vertieft gewesen, dass niemand den Laut wahrgenommen hätte. Heute wandten sich alle Köpfe erwartungsvoll dem Eingang zu.

Angelos Sohn Sergio trat ein und blieb neben der Theke stehen. Er trug noch die Dienstkleidung der Polizia di Stato und hatte seine Uniformjacke über die Schulter geworfen. »Was schaut ihr denn so?«, fragte er. »Ist was passiert?«

»Dein Vater will seine Verführungskünste noch mal ausprobieren«, erklärte Kugelblitz. »An dieser Schauspielerin.«

»Dann muss er sich aber noch ein bisschen herausputzen«, sagte Sergio. »La Stella ist eine Erscheinung. Direkt von der Decke der Sixtinischen Kapelle herabgeschwebt.«

»Woher willst du das wissen?«, blaffte Angelo. »Du weißt ja nicht mal, wo bei einer Frau vorne und hinten ist.«

Sergio nahm sich eine Olive von einem Teller mit Antipasti. »Im Gegensatz zu euch habe ich Stella Aurora schon gesehen. Die Theatertruppe ist heute Nachmittag mit dem Bus angekommen«, berichtete er. »Ich habe für ihre Sicherheit gesorgt.«

Er steckte sich die Olive in den Mund und verschwand in der kleinen Kammer hinter der Theke. Dort tauschte er die graublaue Hose gegen eine schwarze, behielt das weiße Hemd aber an – die Uniform des Polizisten verwandelte sich in die des Kellners.

»Und wie ist diese Stella nun?«, rief Matteo aus der Küche herüber.

Sergio fuhr sich durch die dunklen, grau melierten Haare. Unter der Polizeimütze hatte die Hitze des Tages seinen Schopf welken lassen. »Ich habe sie ja nur von Weitem gesehen«, rief er laut, damit es alle hören konnten. Die Türglocke klingelte erneut. »Aber sie ist immer noch La bella Stella. Sie sieht toll aus! Jedenfalls für eine Dreiundsechzigjährige.«

Niemand antwortete. Sergio runzelte die Stirn. Er kehrte in den Schankraum zurück, bereit, seinem Vater bei der Bedienung der Gäste zu helfen.

In der geöffneten Tür stand eine Frau mit schulterlangen silbergrauen Haaren in einem geblümten Sommerkleid. In ihrer Armbeuge hing eine große weiße Handtasche. Ein hauchdünner gelber Seidenschal umwehte den Hals der Dame, die nun eine Sonnenbrille von ihrer Nase pflückte.

»Danke für das Kompliment«, sagte sie in Sergios Richtung. »Gibt es hier jemanden namens Angelo?«

Kapitel 1

Volterra schlug die Augen auf. Die toskanische Stadt blickte von ihrem Hügel über das Land. Nacht und Tau hatten einen üppigen Erdgeruch geweckt. Bald würde der Ort wieder in der Sommerhitze brüten.

Freitagmorgen, vier Uhr dreißig. Zu dieser frühen Stunde gehörte Volterra Sergio allein. Das Il Gusto grüßte ihn wie immer zum Abschied. Die rot karierte Gardine winkte, als er das Schild im Türfenster von *Geöffnet* auf *Geschlossen* drehte. Die Türglocke lachte leise, und die Laterne an der Hauswand zwinkerte ihm zu, als er sie löschte. Er schloss die Trattoria ab.

Das Lokal lag im Viertel San Giusto, am westlichen Rand der Stadt. »Gusto in Giusto«, pflegte Sergios Vater stolz zu sagen. Während sich Sergio die Uniformjacke zuknöpfte, überquerte er den schmalen Borgo San Giusto. Die Gasse durchschnitt das Viertel und führte bis in die Oberstadt hinauf. Sein Blick wanderte über das feuchte Pflaster ins düstere Grau des Morgens. Die Plakate am Haus gegenüber der Trattoria waren jetzt, in der Unentschlossenheit zwischen Mondlicht und Sonnenaufgang, nur undeutlich zu erkennen. Todesanzeigen waren hier ausgehängt. Sergio kannte die schwarz umrahmten Bekanntmachungen, seit er denken konnte. Wenn jemand im Viertel starb, tauchte sein Name dort auf, blieb eine Weile haften und verging dann mit der Zeit. Oder er verschwand unter der nächsten Todesnachricht. Die Bewohner des Viertels nutzten die Fassade wie eine Zeitung – die allerdings zum Glück nur alle paar Wochen erschien. »Umzugsmeldungen« wurden die Anzeigen genannt, und dem benachbarten Il Gusto hatte man, sehr zum Ärger von Sergios Vater, den Spitznamen Trattoria Mortale verliehen.

Sergio stieg die schiefen Stufen hinab, unter dem mittelalterlichen Steinbogen hindurch. Hier hatte früher die Stadtmauer die Bewohner bei Belagerungen beschützt. Längst war das ehemalige Bollwerk in Wohnhäusern verbaut – die Vergangenheit aufgegangen in der Gegenwart. Niemand rannte mehr gegen Volterras Mauern an. Nur der Wind versuchte stets, die Stadt zu erobern. Seinen Namen hatte er ihr bereits eingeflüstert: Volterra – die Stadt im Land der tosenden Winde.

Zum Schutz gegen den Luftzug setzte Sergio die Dienstmütze auf. Er streckte sich. Seine Gliedmaßen klagten über eine lange Nacht in der Trattoria. Er war einundvierzig Jahre alt, und er war es gewohnt, im Il Gusto auch mal durchzuarbeiten und anschließend den Dienst in der Polizeiwache anzutreten.

Gestern Abend hatte er seinen Vater trotz dessen gekrächzten Protests aus dem Lokal befördert, damit Angelo mit Stella Aurora in aller Ruhe in Erinnerungen schwelgen konnte. Zunächst hatte der alte Gastwirt die Schauspielerin einfach an einen Tisch der Trattoria einladen wollen. Doch als Sergio damit gedroht hatte, der Besucherin zu erzählen, wie Angelo zu seinem Spitznamen Harpune gekommen war, hatte dieser sein Jackett vom Kleiderhaken gerupft und war mit dem eleganten Gast in der Dämmerung verschwunden.

Anschließend hatte Sergio, unterstützt einzig von Koch Matteo, die Besucher bedient, bis zum Rand gefüllte Teller auf den Unterarmen balanciert, Rechnungen geschrieben und Trinkgeld gezählt. Er hatte mit den Gästen aus der Nachbarschaft auf Italienisch und mit den Touristen auf Englisch geplaudert. Und als der letzte Besucher gegangen war, wäre Sergio über dem Bestellzettel fürs Wochenende beinahe eingeschlafen.

Bald würde die Sonne aufgehen, aber von Angelo war noch immer nichts zu sehen.

Sergio schaute auf die Uhr. Noch eineinhalb Stunden bis Dienstbeginn in der Polizeiwache. Die würde er auf die bestmögliche Art verbringen. Also nicht im Bett. Zwar lag seine kleine Wohnung nur ein paar Schritte entfernt, doch würde er dort jetzt nicht mehr zur Ruhe kommen. Einen Stopp in seinem Badezimmer musste er später noch einplanen, mehr nicht.

Am Fuß der Treppe traf er auf die kleine Via della Frana. Die ehemalige Stadtmauer verlief nun zu seiner Rechten, und der Abgrund des Stadthügels lag zur Linken. Der Ausblick über das toskanische Umland bis zum Tyrrhenischen Meer, an dessen Küste müde Lichter flackerten, war selbst im Morgengrauen wonnevoll.

Sergio ging ein kleines Stück bergan. Das frühe Licht holte die Wölbungen der geschwungenen Landschaft aus der Dunkelheit. Manchmal glaubte er, riesengroße Frauen hätten sich vor ihm zur Ruhe niedergelegt. Er erkannte den Schwung einer Hüfte, die Rundung einer Brust, ein Knie, eine Schulter, einen Ellenbogen. Noch nie war es ihm gelungen, die Einzelteile zu einer vollständigen Figur zusammenzusetzen, aber das war auch gar nicht nötig. Wirkliche Schönheit zeigt niemals alles, sondern lässt der Fantasie Raum.

Sergio öffnete die Fototasche, die er über der Schulter trug, und holte seine alte Contax-Spiegelreflexkamera heraus. Das Leder des Gehäuses war abgeschabt und fleckig. Dellen erzählten von mehr als einem Sturz. Aber der Apparat funktionierte einwandfrei. Das Zählwerk auf der Rückseite zeigte noch vier Aufnahmen an, dann würde er den Film wechseln müssen. Vier Fotos. Jeder Augenblick zählte.

Sergio stellte Blende und Belichtungszeit ein. Die Grauwerte würden ein wunderbares Bild ergeben. Er liebte die Schwarz-Weiß-Fotografie. Mit ihr hielt er die einzigartigen Linien und Formen der Umgebung fest, die diesen Teil der Toskana ausmachten. Farbe war etwas für Weichzeichner. Sergio mochte besonders jenen Moment, wenn sich das Foto langsam im Entwicklerbad zeigte. Es war, als wiederhole sich der Augenblick, in dem die Sonne langsam über dem Land aufging – so wie jetzt.

Er schaute durch den Sucher auf die Landschaft. Obwohl seine Augen bereits Konturen erkannten, war es für die Technik noch zu dunkel. Der Belichtungsmesser warnte mit einem Blinken. Um die Aufnahme nicht zu verwackeln, stellte sich Sergio breitbeinig auf und atmete dreimal tief durch. Alle Luft ließ er aus seiner Lunge entweichen, dann hatte er den Ruhepunkt erreicht. Er drückte auf den Auslöser.

Als der Spiegel im Gehäuse der Kamera wieder herunterklappte, sah Sergio im Sucher die Scheinwerfer eines Wagens herankriechen. So früh war doch sonst niemand auf der Landstraße unterwegs! Bestimmt hatte das Licht des Autos die Aufnahme ruiniert.

Der Wagen schlängelte sich durch die Hügel und tauchte immer wieder zwischen ihnen auf. Die Sonne war höher gestiegen und ließ das Land jetzt flacher wirken. Für heute war das Motiv verloren.

Dann würde er es eben mit einer Gegenlichtaufnahme probieren. Er transportierte den Film weiter. Am Zaun eines Gemüsegartens fand Sergio das Netz einer einfallsreichen Spinne. Auf den Fäden hatten sich Tautropfen gesammelt, die im Wind zitterten. Die Spinne war nicht zu sehen, wohl aber ihr jüngstes Opfer, eine eingesponnene Fliege, deren mumifizierter Leib im Netz schaukelte.

Sergio tauschte das Achtundzwanziger-Weitwinkel gegen das Makro-Objektiv und hockte sich vor das Netz. Im Sucher war eine unscharfe Masse zu erkennen. Fokus, Blende. Jetzt war er bereit.

Sein Telefonino klingelte. Sergio zuckte zusammen und

drückte auf den Auslöser der Kamera. Er zerbiss einen toskanischen Fluch. Was trieb denn alle Welt um fünf Uhr morgens? Gab es keine ruhige Stunde mehr in diesem Land?

Er hängte sich den Kameragurt über die Schulter und holte sein Mobiltelefon hervor. Die Nummer auf dem Display erkannte er sofort. Die Wachstube. Um diese Zeit? Die Nachtschicht war noch nicht zu Ende. Hoffentlich hatte es keinen Ärger gegeben. Aber Ärger war in Volterra so selten wie ein Goldzahn im Mund eines toskanischen Bauern.

»Sergio hier«, sagte er.

»Ich bin's, Alessandro. Du musst sofort zum Römischen Theater kommen. Wir ... es gibt ...« Alessandro hustete.

»Was ist los?« Sergio hatte den Kollegen zuletzt so fahrig erlebt, als dieser zum ersten Mal Vater geworden war.

»Wir haben einen Todesfall«, brachte Alessandro schließlich hervor. »Beim Teatro Romano.«

»Sind die Kollegen von der Misericordia nicht im Dienst?«

»Natürlich sind die Sanitäter im Dienst. Sie sind ja auch schon dort.« Alessandros Stimme wurde lauter. »Es geht um diese Schauspielerin aus Rom.«

Sergio spürte Hitze in sich aufsteigen. Das Display des Mobiltelefons klebte an seiner Wange. »Stella Aurora?«

»Sie ist tot. Sergio, wo steckt dein Vater?«

Kapitel 2

Sergio rannte. Im Laufen stopfte er die Kamera in die Tasche und klickte den Verschluss zu. Wie sollte er jetzt ins Stadtzentrum gelangen? Der Dienstwagen stand an der Wache. Sergio benutzte ihn nie. Er ging zu Fuß oder fuhr mit dem Bus. Doch zu Fuß dauerte es eine Ewigkeit bis zum Römischen Theater, und der Bus fuhr um diese Uhrzeit noch nicht.

Er lief auf den Campingplatz zu, der am äußeren Ende von San Giusto lag. Das Tor war verschlossen. Sergio rüttelte daran. An der Hütte mit der Rezeption waren die Vorhänge zugezogen, um halb sechs Uhr morgens war natürlich noch niemand da, der ihm hätte helfen können. Aus Richtung der Landstraße SP15 hörte er ein Motorengeräusch. Das musste der Wagen sein, den er vorhin zwischen den Hügeln gesehen hatte. Sergio lief den Abhang hinab und stellte sich auf die Fahrbahn. Er rückte die Dienstmütze zurecht, zog die Uniformjacke gerade und postierte sich mit erhobener linker Hand auf dem Mittelstreifen. Hoffentlich schoss nicht einer der jungen Burschen um die Kurve, denen er sonst Strafzettel verpasste.

Das Auto näherte sich mit normaler Geschwindigkeit. Ein grüner Fiat 500. Keines der neuen, geräumigen Modelle, sondern ein Relikt aus den Tagen, als Autofahrer nicht größer als einen Meter vierzig sein durften. Die Erbse rollte an den Straßenrand. Unterhalb des Masso di Mandringa blieb der Wagen stehen. Der gewaltige Tuffsteinfelsen ließ ihn noch winziger erscheinen. Eine Frau saß am Steuer. Sie schaltete den Warnblinker an, kurbelte das Fenster herunter und sah zu Sergio herüber.

Er kniff die Augen zusammen. Das war niemand aus Volterra. Niemand, den er kannte. Er zückte seinen Dienstausweis und ging auf den Wagen zu.

»Signora, ich bin Polizist der Dienststelle Volterra und muss wegen eines Einsatzes dringend in die Stadt. Bringen Sie mich bitte zum Römischen Theater.« Er hoffte, eine gute Mischung aus Freundlichkeit und Autorität in seine Stimme gelegt zu haben.

»Sergio? Bist du das?«, fragte die Unbekannte. »Pandolino?«

Ein vages Unwohlsein befiel Sergio. So hatte ihn seit seiner Schulzeit niemand mehr genannt.

»Agente Sergio Panda, Signora.« Er hatte jetzt keine Zeit für Geplänkel am Straßenrand. Sonst liebte er solche Augenblicke – eine einsame Landstraße, eine Autofahrerin ohne Begleitung. Statt über Strafzettel zu streiten, tauschte man Telefonnummern aus. Aber nicht jetzt. *Pandolino* hatte sie gesagt!

»Ich werde einsteigen, damit Sie mich zum Einsatzort fahren können«, erklärte er umständlich. Noch umständlicher war es, sich auf den Beifahrersitz zu zwängen. Das Handschuhfach drückte gegen seine Knie, und die Rückenlehne des Sitzes stand schräg nach vorn. Sie ließ sich nicht bewegen.

»Die muss ich mal reparieren lassen«, sagte die Fahrerin.

Hoffentlich sah ihn Alessandro so nicht. Oder ein Tourist, der dann ein Foto ins Internet stellte.

Der Wagen fuhr langsam an. Sergio presste sich gegen den Sitz. Etwas krachte, die Lehne landete auf der Rückbank. Immerhin konnte er nun aufrecht sitzen.

Das Morgenlicht veränderte die Aussicht so schnell, als würde jemand an einem Regler drehen. Im Gegensatz dazu mühte sich das kleine Auto mit Schrittgeschwindigkeit die steile Straße zum Stadtzentrum hinauf. Sergio blickte durch den Spalt zwischen Wagendach und Sonnenblende. Die Gärten am Stadthang zogen vorbei, dann die große gelbe Blume mit dem roten Schriftzug des Conad-Supermarktes.

Er musterte die Fahrerin. Sie schien klein zu sein. Ihr dunkles Haar berührte den Himmel des Wagens kaum. Ihr Kinn war so ausgeprägt wie ihre Nase.

»Woher kennen Sie mich?«, fragte er über das Brummen des Fiats hinweg.

»Pandolino!«, rief sie und lachte aus vollem Hals. »Du erinnerst dich nicht an mich?«

In Sergios Kopf schienen alle Erinnerungen ausgelöscht. Er musste wissen, wo sein Vater steckte, und nicht, welche Spitznamen er einmal getragen hatte.

»Die Grundschule in San Giusto. Wir sind in dieselbe Klasse gegangen.« Sie sah ihn an.

»Giulia!«, entfuhr es Sergio. »Giulia Fonte.« Er hatte sie nicht mehr gesehen, seit sie elf oder zwölf Jahre alt gewesen war. Sie war ein verschwommenes Gesicht auf einem Klassenfoto, das man irgendwann hervorkramte und sich Fragen stellte, auf die es keine Antworten gab.

»Jawohl, Signor Agente. Die Giulia, der du als kleiner Junge hinterhergelaufen bist, nur weil ich dich einmal geküsst habe. Auf die Wange.« Ihr Gesichtsausdruck war ernst, als sie das sagte.

Der grüne Cinquecento bog nach links in die Viale Franco Porretti ein. Lachsfarbene Wolken schwebten über der Stadt.

Sergio kramte in seiner Erinnerung. »Du hast Volterra nach der Grundschule verlassen«, sagte er. »Deine Familie ist ans Meer gezogen, nicht wahr?«

»Du hast ein gutes Gedächtnis«, erwiderte Giulia.

»Tägliches Futter vom Geschwätzmenü der Trattoria.«

»Das Il Gusto gibt es also noch?«, fragte Giulia.

»Mein Vater hält durch. Ich helfe nach Dienstschluss aus.« Der Gedanke an seinen Vater ließ ihn verstummen. Zum Glück war das Ziel bald erreicht.

Der Wagen legte sich nach rechts in die Kurve und näherte sich der Porta Fiorentina. Über dem Eingang des uralten Stadttors wölbte sich ein verwittertes Wappen aus dem Mauerwerk heraus. Das steinerne Oval sah von Weitem aus wie ein Gesicht mit strenger Miene. Schon zu dieser frühen Stunde waren etliche Touristen unterwegs. Im

Juli erreichte der Besucherstrom in Volterra seinen jährlichen Höhepunkt.

Giulia hieb die flache Hand auf die Hupe und hielt sich vor dem Tor rechts, um den kleinen Parkplatz am Eingang zum Römischen Theater zu erreichen. Doch bis dorthin kam sie nicht. Die Einsatzwagen der Misericordia versperrten den Weg. Zwischen den hohen Bäumen dahinter war ein rot-weißes Band gespannt. Giulia trat auf die Bremse, und Sergio musste sich abstützen, um nicht mit der Stirn gegen die Windschutzscheibe zu prallen.

»*Grazie*«, bedankte er sich hastig und sprang aus dem Wagen. Sie rief ihm noch etwas hinterher.

Sergio bückte sich unter dem Flatterband hindurch. Als er sich wieder aufrichtete, stand Alessandro vor ihm.

»Schneller ging's nicht«, sagte Sergio.

»Du solltest dich wirklich mal an einen Dienstwagen gewöhnen«, maulte Alessandro und bat einen Mann mit weißer Schürze, hinter der Absperrung zu bleiben. »Immer dasselbe«, sagte Alessandro. »Es sind die Einheimischen, nicht die Touristen, die vor Neugier platzen und uns bei der Arbeit stören. Signori!«, rief er. »Bitte bleiben Sie zurück!«

Sergio nahm den Kollegen beiseite. »Was ist denn passiert?«

»Morelli hat mich rausgeklingelt«, berichtete Alessandro. »Er hatte Nachtschicht. Die Besitzerin des Lebensmittelgeschäfts an der Via Guarnacci saß bei ihm in der Wachstube. Sie wohnt an der Via dei Lecci, nahe dem

Römischen Theater, und hat die Tote entdeckt, als sie ihren Hund ausführte. Als ich herkam, waren die Rettungssanitäter schon da und sagten mir, dass es sich um Stella Aurora handelt. Und weil ich gestern Abend beim Boccia gehört habe, dein Vater sei mit der Diva in die Stadt hinaufspaziert ...« Alessandro sprach nicht weiter und wandte sich wieder der Absperrung zu. »Bitte bleiben Sie zurück!«

Sergio seufzte. Der Tratsch im Viertel war der schnellste Informationskanal der Welt. Vor allem die Trattoria Mortale und die Bocciabahn von San Giusto galten als Zentren der Nachrichtenübermittlung.

Er ging zu den vier Helfern der Misericordia. Die in blau-gelbe Overalls gekleideten Männer lehnten an einer Mauer am Eingang zur Theaterruine und unterhielten sich angeregt. Erste-Hilfe-Ausrüstung lag auf dem Boden, schien aber nicht zum Einsatz gekommen zu sein. Die Notfallgeräte waren noch in Plastik verpackt.

»*Giorno*«, grüßte Sergio. »Wie sieht's aus bei euch? Wo ist Stella Aurora?«

»Da hinten.« Silvano Arpini, einer der Rettungssanitäter und Sergios ärgster Rivale beim Boccia, deutete auf das Gelände des Teatro Romano. Zwischen den Säulen des antiken Bühnengebäudes waren weitere blau-gelbe Overalls zu sehen. »Sprich mit Clara.«

Sergio kannte die Notärztin Clara Manfredi von gemeinsamen Einsätzen bei den Verkehrsunfällen auf Volterras kurvigen Steilstraßen. Er nickte Silvano zu und gab Alessandro ein Zeichen. Weitere Schaulustige versammelten sich an der Absperrung. Der Tag trieb die Menschen aus den Häusern, direkt dorthin, wo es etwas Neues zu erfahren gab.

»Du gehst da allein rüber!«, rief Alessandro im Befehlston. Dabei hob er verschwörerisch die Augenbrauen.

Natürlich! Für einen Moment hatte Sergio vergessen, dass Alessandro kein Blut sehen konnte. Wie er es trotzdem geschafft hatte, Polizist zu werden – sogar kommissarischer Leiter der Wache von Volterra –, war ein Rätsel, das Sergios Kollege hinter beharrlichem Schweigen und freundlicher Miene unter Verschluss hielt. Gab es einen Unfall oder eine Schlägerei, war deshalb stets Sergio zur Stelle. Im Gegenzug für diese Gefälligkeit lotste Alessandro Touristen, die ihn nach dem Weg fragten, zum Il Gusto.

»Schon gut. Ich übernehme das«, sagte Sergio und ging an dem kleinen Kassenhäuschen vorbei zum Ausgrabungsgelände des Teatro Romano. Die antike Bühne gehörte zu den wichtigsten Sehenswürdigkeiten der Stadt. Die Morgensonne leuchtete das weite Areal bereits aus. Sergio knöpfte seine Uniformjacke auf, während er sich auf die riesige Zuschauertribüne zubewegte, auf deren Stufen schon vor zweitausend Jahren Theaterbesucher gesessen hatten. Ein Schauspiel wie heute wird sich ihnen damals wohl kaum geboten haben, dachte er.

Stella Aurora lag mitten in der Ruine des Theaters, im Halbrund zwischen Bühne und Zuschauerreihen, der Orchestra. Ihr Körper war auf dem sonnenverbrannten Gras ausgestreckt. Das Kleid und den gelben Schal hatte sie bereits am Abend zuvor getragen, als sie in die Trattoria gekommen war. Ihr volles silbergraues Haar war wie ein Fächer um ihren Kopf ausgebreitet.

Ein Schauder kroch Sergios Rücken hinauf wie eine kalte Schlange.

»Clara, Umberto, Andrea.« Sergio grüßte die Notärztin und die Sanitäter knapp. Die beiden Männer waren mit der Installation eines Sichtschirms beschäftigt, um den Leichnam vor den Blicken Neugieriger zu schützen. Clara hockte neben der Toten.

»Was ist passiert?«, fragte Sergio und ging neben Clara in die Knie. Stellas Gesicht war leichenblass. Nein, dachte Sergio und beugte sich vor. Leichenblässe sieht anders aus. Stella war regelrecht weiß. Von der Stirn bis zum Kinn war sie mit schneeweißem Staub bedeckt. Auch ihr Kleid war weiß überpudert, ebenso ihre Füße. An ihrem linken Schuh fehlte der Absatz.

»Ich konnte vorläufig nur ihren Tod feststellen«, brummte Clara und schob ihre Sonnenbrille in das zurückgekämmte Haar. »Aber wenn du mich schon fragst: Ich kann die Spuren eines Sturzes erkennen. Vermutlich ist sie da runtergefallen.« Clara deutete zu den steinernen Sitzreihen des antiken Theaters hinüber, die dem Hang folgend nach oben anstiegen. Hinter der letzten Reihe wuchs die Begrenzungsmauer der Anlage in die Höhe. Über deren Rand schauten Passanten auf den Unfallort hinunter. Ihre Köpfe wirkten nicht größer als die von Zündhölzern.

Es hatte schon zuvor Unglücksfälle an dieser Stelle gegeben. Übermütige waren auf der Mauerkrone balanciert, hatten das Gleichgewicht verloren und waren in das Theater hinabgestürzt. Die Bilanz waren Knochenbrüche und ein Toter. Aber der war direkt unterhalb der Mauer gefunden worden. Stella dagegen lag mitten im Halbrund des Theaters.

»Wenn sie da runtergefallen ist – wie soll sie dann bis hierher gekommen sein?«, fragte Sergio.

Clara zuckte mit den Schultern. »Das muss die Polizei herausfinden.« Sie grinste. »Ich glaube, das bist du. Und Alessandro natürlich.«

Sergio erhob sich. Seine Beine fühlten sich an wie Strohhalme, und er musste sich am Rest einer antiken Säule anlehnen. Er spürte die Müdigkeit und die fehlende Dusche.

»Sollen wir sie mitnehmen?«, fragte Clara.

»Das wäre mir am liebsten«, entgegnete Sergio. »Aber es wird nicht gehen. Ein Filmstar aus Rom stirbt in Volterra, und niemand weiß, wie oder warum. Ich muss die Questura in Pisa einschalten. Sollen die sich damit beschäftigen.«

Außerdem muss ich meinen Vater finden, dachte er und schaute auf sein Mobiltelefon. In der zerkratzten Oberfläche spiegelte sich sein sorgenvolles Gesicht.

KAPITEL 3

Sergios Hände zitterten, als er die Nummer seines Vaters wählte. Die Mailbox sprang an. Kurz dachte er darüber nach, ob er ihm die Nachricht von Stellas Tod hinterlassen sollte, entschied sich aber dagegen.

»Sergio hier. Ruf mich sofort zurück!« Es war besser, die Lage im Ungefähren zu belassen. Angelo sollte die schreckliche Neuigkeit von seinem Sohn persönlich erfahren. Hauptsache, er war wohlauf.

Sergio wählte eine andere Nummer.

»Die Questura in Pisa«, meldete sich eine Frau mit Essigstimme.

Sergio ließ sich mit der Kriminalpolizei verbinden. Er schilderte die Situation so knapp wie möglich. Man befahl ihm, die Leiche auf keinen Fall anzurühren und vor Ort zu warten.

Diese Bürohengste! Glaubten die etwa, er würde die Tote auf eigene Faust untersuchen und sie dann unbeaufsichtigt liegen lassen? Hielten die ihn für einen Anfänger? Für einen Touristen in Uniform?

Das taten sie. Für die hohen Tiere in Pisa war er nur ein

Polizist in einem Provinznest. Davon, dass er schon vor Jahren hätte befördert und nach Pisa versetzt werden sollen, hatte in der Questura wohl niemand gehört. Und wenn, dann hatten sie es längst vergessen.

»Schicken Sie jemanden her«, knurrte er ins Telefon. Dann unterbrach er die Verbindung und schaute auf die Uhr. Es war inzwischen fast halb acht. Von Pisa bis Volterra würden die Kollegen etwa eine Stunde brauchen. Aber erst, nachdem sie sich vom Büro in ihre Wagen bewegt hatten.

Sergio sah sich um. Die Fahrzeuge der Rettungssanitäter fuhren davon. Alessandro sprach an der Absperrung mit neugierigen Passanten. Die Luft im Römischen Theater heizte sich auf, und die Streichholzköpfe glühten über der Mauer. Die Schaulustigen hielten ihre Telefone an ausgestreckten Armen über den Abgrund.

Sergio kehrte ihnen den Rücken zu und trat hinter den Sichtschirm.

Über der Leiche war eine helle Plane ausgebreitet. Der Wind spielte damit und schlug eine Ecke um, sodass Stellas Füße hervorschauten. Sergio richtete die Plane gerade und zog seine Uniformjacke aus. Sorgsam breitete er sie zusätzlich über der Toten aus, um zu verhindern, dass die Plane davongeweht wurde.

Noch einmal versuchte er, seinen Vater zu erreichen. Normalerweise war Angelo um diese Zeit schon in der Trattoria und prüfte die Vorräte. Sergio wählte die Nummer des Il Gusto, aber bevor jemand antworten konnte, wurde das Display seines Telefons schwarz. Er hatte vergessen, das Gerät aufzuladen. Jetzt konnte er nur noch warten.

Sergio rieb sich den Nacken und ließ den Blick über die Ruine schweifen. Er mochte diese archäologische Stätte, hatte sie tausendfach fotografiert. Einmal sogar ein ganzes Jahr lang. Dabei hatte er das Stativ stets an derselben Stelle aufgebaut, um das Theater im Wechsel der Jahreszeiten abzulichten. Die Ränge, das Halbrund der Orchestra und die Reste der Kulisse übten einen einzigartigen Zauber auf ihn aus. Er stellte sich vor, wie die Menschen vor zweitausend Jahren ins Teatro geströmt waren, um die neueste Komödie oder Tragödie eines antiken Dichters zu sehen. Gewiss hatten die Zuschauer Sitzkissen für die harten Steinstufen mitgebracht, etwas zu trinken und zu essen. Sergio hatte irgendwo gelesen, dass Mäuse in Honig damals ein beliebtes Gericht gewesen sein sollten. Als er seinem Vater davon erzählte, hatte dieser gesagt, so etwas käme im Il Gusto nur dann auf die Speisekarte, wenn Sergio die Zutaten frisch fangen würde.

Sergio kannte einige Theaterstücke der Antike. Auch wusste er, dass die Baumeister den Platz weise gewählt hatten. Wer auf den Rängen saß, konnte nicht nur auf die Bühne schauen. Dahinter hatte die Landschaft der Toskana ihren großen Auftritt. Noch heute bot sich ein bezauberndes Bild, vor allem in der Abenddämmerung, wenn in den verstreut liegenden Dörfern des Bona-Tals die Lichter angingen. Dann sah es aus, als wäre ein Sack Perlen über dem Land ausgeschüttet worden.

Schließlich war der Zeitpunkt in der Geschichte Volterras gekommen, als dem römischen Glanz ein jähes Ende gesetzt wurde. Im vierten Jahrhundert hatte ein Erdbeben das Theater zerstört. Danach war die Stätte vieles gewesen: ein Steinbruch, ein Treffpunkt für Verliebte und sogar ein Müllabladeplatz. Tragödien aber hatte es hier seit der Zeit der Römer nur wenige gegeben.

Jetzt war das Teatro Romano zu einem Ort des Todes geworden.

Sergio ging raschen Schrittes vor den Resten der antiken Kulisse auf und ab. Wie lange brauchten die Männer aus Pisa denn noch? Er nahm einen kleinen Stein und ließ ihn auf eine Granitplatte fallen. Das Klicken hallte durch das Theater. Die Akustik funktionierte auch nach zweitausend Jahren noch einwandfrei. Am liebsten hätte er den Effekt genutzt, um seine Kollegen aus Pisa lautstark und einfallsreich zu beschimpfen. Aber er hielt sich im Zaum. Nur mit dem Umherlaufen konnte er nicht aufhören.

Von seinem Vater hatte er schon als Kind den Namen Terremoto, Erdbeben, erhalten. Immer war etwas zu Bruch gegangen, sobald der kleine Sergio die Küche des Il Gusto betreten hatte. Als er größer wurde, hatte er seinen Vater gebeten, diesen Spottnamen endlich zu vergessen. Doch Angelo hatte ihm mit ernster Miene erklärt, dass es sich keineswegs um eine Herabwürdigung, sondern um einen waschechten sozialistischen Kampfnamen handele. Über den sich viele junge Männer des Viertels freuen würden, wie er betonte. Außerdem sehe es in der Küche der Trattoria wie nach einem Erdbeben aus, wenn Sergio darin ein Menü zubereite. Stärke sieben auf der Richterskala.

Das ferne Geräusch einer Polizeisirene riss Sergio aus seinen Gedanken. Endlich! Das Heulen war zunächst kaum zu hören, kam aber rasch näher. Der Ton blühte auf und wurde greller. Schließlich schoss ein himmelblauer Wagen am Fuß des Hangs entlang und bog mit quietschenden Reifen beim Römischen Theater ein.

Zwei Beamte in Zivilkleidung stiegen aus, sprachen an der Absperrung kurz mit Alessandro und betraten das Teatro. Den Jüngeren kannte Sergio nicht. Er hatte vorstehende Wangenknochen und tief liegende, große Augen. Dem Älteren war Sergio schon begegnet. Er hieß Fabrizio Baldi, war Commissario, hatte ein fülliges Gesicht und trug eine Brille mit Goldrahmen. Auf dem Kopf ging ihm das Haar aus, am Kinn hielt es sich aber noch fest. Sein Nacken quoll über den Hemdkragen, und seine Ohren saßen tief am Kopf.

Sergio stapfte auf die beiden Männer zu. »Die Polizeisirene wäre nicht nötig gewesen«, raunzte er. »Wir kommen gegen die Schaulustigen kaum an. Da müssen wir nicht noch mehr Leute herbeilocken.«

»Wenn Sie nicht mal mit den Touristen fertigwerden, lassen Sie sich doch zur Verkehrspolizei versetzen«, sagte der jüngere Kollege. Mit den sparsamen Bewegungen eines großen Fisches holte er eine Sonnenbrille hervor, klappte die Bügel auseinander und setzte sie auf.

Sergio wollte erklären, dass es nicht nur Touristen, sondern auch Einheimische waren, die zum Unfallort kamen. Und dass er ohnehin schon einige Aufgaben der Verkehrspolizei übernahm, weil die Wache chronisch unterbesetzt war. Aber er wusste: Der Kollege hätte bloß mit den Schultern gezuckt.

»Die Verkehrspolizei wäre jedenfalls schneller hier gewesen«, erwiderte er stattdessen.

»Wir verschwenden nur Zeit.« Fabrizio Baldi drängte sich zwischen den beiden Männern hindurch. »Wo ist die Tote? Kommen Sie, Rossi.«

Sergio führte die Kollegen zu der Leiche. Baldi lüpfte einen Zipfel der Plane.

»Was ist das für eine weiße Farbe?«, wollte er wissen. Er beugte sich über Stella Aurora und kniff die Augen zusammen. »Das scheint ein Pulver zu sein.«

»Rauschgift«, sagte Rossi.

»Alabaster«, sagte Sergio. Er hatte gleich erkannt, worum es sich bei der weißen Masse handelte: um den Staub des Gesteins, das Volterra im Mittelalter reich und berühmt gemacht hatte. Die Bildhauer der Stadt verarbeiteten noch heute Alabaster und stellten in ihren Werkstätten Skulpturen für die Touristen her.

»Schauspieler berauschen sich nicht an Alabaster, sondern an Kokain«, belehrte Rossi ihn.

»Was es auch ist: Wir müssen das untersuchen lassen«, sagte Baldi und wischte sich seinen Finger an Sergios Uniformjacke ab, die über der Toten ausgebreitet war. »War der Arzt schon da?«

Sergio fasste kurz zusammen, was Clara und ihre Kollegen berichtet hatten.

Baldi erhob sich und stemmte die Hände in die Hüften. »Was mag hier geschehen sein?«, fragte er den Wind.

»Unfall«, sagte Rossi. »Sie war high und ist von der Mauer gestürzt.«

»Und hat sich dann schwer verletzt durch das Theater bis kurz vor die Bühne geschleppt?«, fragte Baldi. »Wenn mir das passiert wäre, hätte ich versucht, zum Ausgang zu kommen, und um Hilfe gerufen.« Er wandte sich an Sergio. »Gibt es Zeugen?«

»Nicht dass ich wüsste«, antwortete Sergio.

Baldi brummte. »Seit wann war Stella Aurora in der Stadt?«

Sergio durchfuhr es heiß. Noch einmal hörte er die Türglocke der Trattoria und sah Stella auf der Schwelle des Il Gusto stehen. »Seit gestern. Ich war bei der Ankunft des Busses dabei.«

»Sie ist mit dem Bus gekommen?«, fragte Rossi und lachte unangenehm. »Ich hatte schon gehört, dass sie als Schauspielerin kaum noch Engagements bekommt. Aber dass sie mit dem Bus fahren muss, hätte ich nicht gedacht.«

»Es war der Bus der Theatertruppe, mit der sie auf Tournee ist«, sagte Sergio in jenem Tonfall, in dem man einem Kind die Funktion der Wasserspülung erklärt. Er fühlte sich für die Würde der Toten verantwortlich.

Er hob seine Uniformjacke auf und klopfte den weißen Fleck ab, den Baldis Finger hinterlassen hatte.

»Sie war nur einen Abend lang hier?«, fragte Baldi. »Das ist ein übersichtlicher Zeitraum. Wir müssen bloß herausfinden, wo sie sich aufgehalten hat. Dann kommen wir zur Lösung des Rätsels.«

»Kein Problem in einem Nest wie diesem«, stimmte

Rossi zu und schnalzte siegessicher mit der Zunge. »Vielleicht weiß unser Kollege, wohin sie gegangen ist, nachdem sie den Bus verlassen hat. Den Bus der Theatertruppe«, fügte er mit übertriebener Betonung hinzu.

Sergio hatte erst einen Arm in die Jacke gesteckt. Jetzt verharrte er in der Bewegung.

Porca miseria! Jetzt musste er wohl berichten, mit wem La Stella ihren letzten Abend verbracht hatte.

»Sie ist in die Trattoria Il Gusto gegangen.«

»Woher wollen Sie das wissen?«, fragte Rossi.

»Ich war da«, antwortete Sergio. »Ich arbeite dort.«

Rossi schmunzelte.

»Wie lange war sie in dem Lokal?«, wollte Baldi wissen.

»Nur ein paar Minuten. Danach hat der Wirt der Trattoria sie ausgeführt.« Sergio spürte einen scharfen Schmerz im Hals.

»Name?«, fragten Rossi und Baldi gleichzeitig.

Sergio räusperte sich. »Angelo Panda. Er ist mein Vater.«

KAPITEL 4

Der hellblaue Polizeiwagen schoss wie ein Raubvogel die enge Straße in Richtung San Giusto hinab. In jeder Kurve wurde Sergio gegen die Seitenscheibe gedrückt. Diesmal hatte Baldi die Polizeisirene nicht eingeschaltet. Dafür hupte Rossi ständig, um entgegenkommende Fahrzeuge schon von Weitem zu warnen. Auf dem Borgo waren kaum Autos unterwegs. Allerdings mühten sich Touristen zu Fuß die kleine Straße in Richtung Stadtzentrum hinauf und flüchteten vor dem Polizeiwagen in die Hauseingänge.

Baldi hatte noch vom Römischen Theater aus die Questura angerufen und die Spurensicherung nach Volterra beordert. Bis die Kollegen anrückten, sollte Alessandro den Ort der Tragödie bewachen.

Die Schussfahrt führte jetzt am Arci San Giusto vorbei. Der Eingang des Versammlungssaals stand offen. Kugelblitz kam gerade heraus. Er trug ein weißes Polohemd und schälte sich aus den bunten Plastikstreifen des Türvorhangs. Seine dicht behaarten Arme umschlangen ein Bündel Fahnen, die beim Palio del Cero, dem bevorstehenden Mittelalterfest, die Häuser schmücken würden. Sergio und er wechselten einen kurzen Blick durch das Seitenfenster. Dann war der Wagen vorbei.

Vor der Trattoria bremste Rossi. Die Tür des Il Gusto stand offen, und Sergio atmete erleichtert auf. Was Stella Aurora auch zugestoßen sein mochte, sein Vater war offenbar wohlauf. Er sah ihn im Innern mit einem der Gäste schwatzen.

Die drei Männer stiegen aus und betraten das Lokal. Das Klicken von Besteck gegen Porzellan war zu hören. Vier Tische waren besetzt. Einige Nachbarn kamen schon zum Mittagessen ins Il Gusto. Die meisten waren verwitwete Pensionäre, die nach dem Tod ihrer Frauen die Küche in ihrer Wohnung nur noch betraten, um die Kopfkissen für die schwülen Nächte aus dem Kühlschrank zu holen.

»Was ist denn in dich gefahren?« Angelo kam Sergio mit ausgebreiteten Armen entgegen. »Mein Telefon quillt über von deinen Anrufen. Hat man nicht mal eine einzige Nacht lang seine Ruhe?«

»Du weißt es noch nicht?« Sergio musterte die Gestalten an den Tischen. Er erkannte Trommelfeuer und weiter hinten Zitadelle, dessen Unterarme die Ausmaße von Schinken hatten. Zwischen ihnen ging gerade ein Teller *penne boscaiola* unter.

»Dass man in aller Herrgottsfrühe auf die Anrufe seines nervösen Sohnes reagieren muss? Weiß ich nicht. Muss ich auch nicht wissen.«

»Wir sind …«, hob Baldi an. Aber Sergio kam ihm zuvor.

»Stella ist tot.« Er hätte seinem Vater die Nachricht lieber bei einem Glas Chianti überbracht und anschließend schweigend einige Flaschen Wein mit ihm geleert. »Man hat sie im Teatro Romano gefunden.«

Angelos Blick wanderte zu Baldi und Rossi. Ohne hinzuschauen, tastete er auf der Theke herum. Er bekam das Lesegerät für Kreditkarten zu fassen. Der Apparat funktionierte seit Jahren nicht mehr. Im Il Gusto zahlte man bar oder ging hungrig nach Hause. Der Wirt schien sich an dem Gerät festhalten zu wollen. Es rutschte von der Theke und schlug mit einem Knall auf den Terrakottafliesen auf. Die Gespräche im Lokal verstummen.

Angelo lächelte gezwungen. »Alt, nicht wahr?«, krächzte er. »Sie war doch schon ziemlich alt.« Sein Mund zitterte. Abrupt drehte er sich um, durchquerte die Gaststube, stieß dabei einen Stuhl um und verschwand durch die Hintertür zum Innenhof.

»Wir haben Ihnen einige Fragen zu stellen«, rief Baldi ihm nach.

»Ich hole ihn zurück.« Rossi setzte sich in Bewegung.

Sergio hielt den Kollegen am Arm fest, doch der riss sich los und zwängte sich zwischen den Tischen hindurch. Bevor er die Hintertür erreichen konnte, schob Zitadelle seinen Stuhl mit einem Scharren zurück und stellte sich ihm in den Weg.

»Lassen Sie mich durch!«, verlangte Rossi.

»Bist du von der Polizei?«, fragte Zitadelle. Wenn er sprach, geriet das Fleisch unter seinem Kinn in Bewegung.

»Das bin ich«, knurrte Rossi.

»Dann lass ich dich nicht durch«, antwortete Zitadelle

und stützte sich mit den Armen auf die Rückenlehne seines Stuhls.

»Schon gut«, rief Sergio. »Mein Vater kommt gleich zurück. Geben Sie ihm etwas Zeit und trinken Sie einen Espresso.« Er ging um die Theke herum, stellte zwei Tassen unter den Siebträger und ließ den Espresso durchlaufen. Die Maschine dröhnte. Dann stellte er die Tassen auf den kleinen Tisch in der Nähe des Eingangs. Nie zuvor hatte er in Uniform Getränke serviert.

Die Polizisten setzten sich und schlürften schweigend.

Sergio hätte gern nach seinem Vater gesehen, aber er hielt es für das Beste, ihn für einen Moment allein zu lassen. Tatsächlich kehrte Angelo nach einer Viertelstunde wieder in sein Lokal zurück. Jetzt trug auch er eine Sonnenbrille – ein besonders schmales Modell.

»Es geht mich ja nichts an«, sagte er in beiläufigem Ton zu Sergio, »aber was ist mit Stella passiert?«

»Um das herauszufinden, sind wir hier«, erklärte Baldi. Er stellte sich selbst und seinen Kollegen Dino Rossi vor. »Können wir uns irgendwo ungestört unterhalten?«

»Hier stört niemand«, erwiderte Angelo.

Zitadelle hatte wieder Platz genommen und bearbeitete sein Gebiss mit einem Zahnstocher. Matteo lehnte in der Durchreiche. Die anderen Gäste, darunter Trommelfeuer, waren mit dem Essen fertig, saßen an den Tischen und schauten erwartungsvoll zu den vier Männern hinüber.

»Wie Sie wollen, Signor Panda«, sagte Baldi. »Wir haben gehört, dass Sie gestern mit Stella Aurora ausgegangen sind. Wo genau waren Sie?«

»Wo haben Sie das gehört?«, fragte Angelo. Er griff nach den geleerten Tassen und machte sich an der Espressomaschine zu schaffen.

»Von unserem Kollegen«, Baldi nickte zu Sergio hinüber, »Ihrem Sohn.«

Sergio konnte die Blicke seines Vaters hinter dessen Sonnenbrille nicht deuten. Er hatte das Gefühl, zwei Köpfe würden gleichzeitig aus seinem Hals ragen: einer gehörte zu Agente Sergio Panda, dem Polizisten, der andere zu Terremoto, dem Juniorchef der Trattoria Mortale.

Angelo stellte zwei frische Espressi vor Baldi und Rossi ab. »Stella war hier. Ich bin mit ihr ausgegangen«, sagte er knapp. »Ein Stück Zitronenkuchen dazu?«, fragte er. »Spezialität des Hauses.«

Rossi spitzte genüsslich die Lippen. »Warum nicht?«

Ohne auf Baldis Antwort zu warten, huschte Angelo in die Küche. Die Kühlschranktür öffnete und schloss sich schmatzend. Mit zwei Kuchentellern kehrte er zurück.

Baldi stach die Gabel in die Crema. »Also, Signore«, sagte er. »Wo waren Sie mit Stella? Wann haben Sie sie zum letzten Mal gesehen?«

Nur Sergio fiel das leichte Zögern in den Bewegungen seines Vaters auf. »Was ist mit ihr passiert?«, fragte der alte Wirt noch einmal, statt zu antworten.

»Das müssen wir erst noch herausfinden«, sagte Baldi. »Aber Sie können uns helfen, die Umstände ihres Todes aufzudecken.«

»Jaja.« Angelo winkte ab. »Ich war mit ihr unterwegs. In Volterra. Hab ihr die Stadt gezeigt.«

»Wo genau?«, fragte Rossi. Krümel hingen in seinem linken Mundwinkel.

Angelo goss zwei Gläser Limoncello ein und servierte den Zitronenlikör.

»Wir trinken keinen Alkohol im Dienst«, wehrte Baldi ab und betrachtete die gelbe Flüssigkeit mit einem sehnsuchtsvollen Blick.

»Für Männer ist das kein Alkohol«, sagte Angelo mit seiner heiseren Stimme.

Jetzt schien Baldi die Geduld zu verlieren. »Signor Panda! *Per favore!* Bitte! Helfen Sie uns! Waren Sie mit Stella Aurora beim Römischen Theater?«

»Kann mich nicht erinnern. Es war dunkel.«

»Wenn Sie uns nicht sagen, was geschehen ist, gelten Sie nicht länger als Zeuge«, erklärte Baldi und lehnte sich auf seinem Stuhl zurück.

Rossi kippte den Limoncello.

»Dann muss ich wohl auch keine Fragen mehr beantworten«, erwiderte Sergios Vater.

»Dann sind Sie ein Verdächtiger«, fuhr Baldi fort. »Und wenn sich herausstellen sollte, dass diese Schauspielerin ermordet worden ist, dann werden Sie sich noch wünschen, Sie hätten mit uns zusammengearbeitet.«

Angelo ging um die Theke herum auf den Tisch der beiden Polizisten zu. Er stemmte die mageren Arme auf die Tischplatte und beugte sich tief zu Baldi hinab. »Viermal Espresso, zweimal Zitronenkuchen, zweimal Limoncello. Macht siebzehn Euro vierzig. Und wir stellen keine Quittungen aus.«

KAPITEL 5

Vor der Tür des Il Gusto ließ Rossi den Motor des Polizeiwagens aufheulen. Er fuhr mit quietschenden Reifen an und hinterließ eine wütende Wolke aus Kohlendioxid und verbranntem Gummi. Das Aroma wehte ins Lokal hinein.

»Nicht schlecht für siebzehn vierzig«, raunzte Angelo. »Wie benehmen sich deine Kollegen erst, wenn man ihnen auch noch den Service berechnet?« Er schaltete den Ventilator an, der so auf der Theke postiert war, dass er gegen die Autoabgase von der Straße ankämpfen konnte.

»Die kommen wieder«, sagte Sergio durch das Rattern der Ventilatorenblätter. »Sie sind nur gegangen, weil Baldi sich vorbereiten will. Er muss heute Nachmittag eine Pressekonferenz geben und will gut gerüstet vor die Fernsehkameras treten.« Er schaute seinen Vater vorwurfsvoll an. »Du hättest etwas kooperativer sein können.«

»War ich«, stellte Angelo fest. Er nahm die Sonnenbrille ab und schaute seinen Sohn mit einem stechenden Blick aus seinen hellblauen Augen an.

Sergio spürte kalte Verzweiflung in sich aufsteigen. »So

kooperativ, dass sie dich auf die Wache nach Pisa vorladen werden. Vielleicht behalten sie dich sogar da.«

Angelo lachte gekünstelt. Es klang wie ein Husten. »Ich soll ins Gefängnis? Wozu habe ich denn einen Sohn bei der Polizei? Der wird mich wohl aus dem Loch rausholen.«

»No!«, stieß Sergio hervor. Er wusste, was jetzt kam. Aber sein Vater war nicht zu bremsen.

»Deine Mutter hat darauf bestanden, dass du Polizist wirst. ›Wirt‹, hat sie immer gesagt, ›ist kein Beruf für meinen Sohn. Er soll etwas Anständiges lernen.‹«

Sergio hatte diese Litanei schon hundertmal gehört. Und hundertmal dasselbe erwidert. »Sie hat nur gewollt, dass ich Polizist werde, um dich zu schützen, *babbo*.«

»Aha!« Angelo schlug mit der flachen Hand auf die Theke. »Und beschützt du deinen alten, gebrechlichen Vater etwa? Nein! Du führst die *sbirri,* die Bullen, geradewegs hierher.« Er streckte Sergio die Arme entgegen. »Hast du auch an die Handschellen gedacht?«

»Einen Knebel hätte ich mitbringen sollen. Dein Mundwerk ist daran schuld, wenn du Schwierigkeiten mit meinen Kollegen bekommst. Ich habe damit nichts zu tun.« Sergio hörte seine Stimme lauter werden.

Im Hintergrund begann Zitadelle mit dem Koch ein Gespräch über Belanglosigkeiten. Obwohl es den Anschein hatte, dass niemand dem Streit zwischen Vater und Sohn folgte, würde am Abend auf der Bocciabahn jedes Wort wiederholt werden.

»Natürlich!«, keifte Angelo. »Du hast nichts damit zu tun. Wie immer! Den ganzen Tag hockst du in deiner

Wache, kochst dünnen Kaffee und backst kleine Brötchen. Derweil muss ich hier allein zurechtkommen und schwitze sieben Hemden an einem Tag durch. Weil du ja nichts damit zu tun hast.«

»Ich bin Polizist, kein Kellner.« Sergio presste die Worte zwischen den Zähnen hervor.

»Stimmt! Du bist kein Kellner, Terremoto. Dafür bist du zu ungeschickt. Aber als Polizist fällst du auch durch«, schnappte sein Vater.

»Vielleicht liegt das daran, dass ich meinen Mitmenschen gegenüber zu gnädig bin«, erwiderte Sergio. »Aber das ließe sich ja ändern.«

Angelo stemmte seine weiß behaarten Fäuste in die knochigen Hüften. »Also verkaufst du deinen eigenen Vater an die Polizei. Was ist denn die Belohnung dafür? Machen sie dich jetzt zum Commissario?«

Sergio versuchte, sich zu beherrschen. Reiß dich zusammen!, dachte er. Stopf dir Steine in den Mund! Jedes Mal lief es auf dasselbe hinaus: Sein Vater warf ihm vor, den falschen Beruf auszuüben und als Polizist zu versagen. Das glaubte jedenfalls Angelo, weil sein Sohn noch nie befördert worden war. Dabei war Angelo selbst der Grund dafür, dass Sergio auf dem Rang eines Agente kleben blieb. Schon zweimal hatte ihm die Questura eine Beförderung angeboten – und zweimal hatte Sergio abgelehnt. Hätte er angenommen, hätte er die Wache in Volterra verlassen und in Pisa arbeiten müssen. Dann wäre sein Vater vollends auf sich allein gestellt gewesen. Und das wollte Sergio ihm ebenso wenig zumuten wie den Gästen des Il Gusto.

Das Verzwickte war, dass Angelo von den Beförderungs-angeboten nichts wissen durfte. Sein Stolz hätte ihm ver-boten, Sergios Hilfe weiter in Anspruch zu nehmen. So-lange sein Vater glaubte, Sergio sei ein Ortspolizist, der nichts anderes zu tun hatte, als Strafzettel zu sortieren, bestellte er ihn auch weiterhin in die Trattoria ein. Dort-hin, wo das Herz des Viertels schlug. Und sein eigenes, wie sich Sergio immer wieder eingestehen musste. Er liebte diesen Ort. Hier war er zu Hause.

Wenn er Angelo doch nur alles erzählen könnte! So aber kam es immer wieder zum Streit zwischen Vater und Sohn. Und die tote Diva hatte alles noch schlimmer gemacht.

»Aaaaah!«, stieß Sergio hervor und ballte die Fäuste.

»Dazu fällt dir wohl nichts Besseres ein!«, triumphierte sein Vater. Dann drehte der alte Wirt ihm den Rücken zu und verschwand in der Küche.

Die Sandsteinmauer neben der Bushaltestelle bot einen schmalen Streifen Schatten. Sergio lehnte mit einer Schul-ter an dem Wall, der einen Garten voller Olivenbäume von der Straße trennte. Beim Warten auf den Bus hatte man die Wahl: Entweder ließ man sich von der grellen Julisonne grillen, oder man wurde von den aufgeheizten Mauerstei-nen gebacken.

Nach dem Streit mit seinem Vater war Sergio nicht so-fort in die Wache gegangen. In seiner Wohnung hatte er sich mit einer kalten Dusche erfrischt und einen Teller *spaghetti aglio olio* verschlungen. Diesen Rest vom Mittags-tisch hatte Matteo ihm in einem kleinen Topf in die Hand gedrückt, als Sergio wutschnaubend das Il Gusto verlassen hatte. Die Nachwirkungen des deftigen Knoblauchgerichts trieben ihm jetzt zusätzliche Schweißperlen auf die Stirn. Sicher würde ihm Alessandro gleich wieder eines seiner Pfefferminzplättchen aus der zerknitterten Tüte anbieten, mit dem Hinweis: »Falls du eine Signora wiederbeleben musst.«

Bonggg. Bonggg. Bonggg. Bonggg. Der unverkennbare Klang der Kirchenglocke von San Giusto drang durch die Stille des Nachmittags. Kurz darauf ertönte ein Pfeifton. Schaukelnd kam der Bus den Borgo herab. Wie ein Schiff pflügte das orangefarbene Gefährt durch die steile Gasse, die es bis auf wenige Zentimeter ausfüllte. Als Kind hatte sich Sergio immer auf den Bus gefreut. In der schmalen Kurve am Il Gusto bekamen die Fahrer durch die geöffnete Tür einen Espresso hereingereicht und legten dafür manchmal einen außerplanmäßigen Stopp ein. Als Zahlungsmittel akzeptierte Angelo den neuesten Tratsch aus der Oberstadt. Doch heute schrammte die riesige Orange an der Trattoria vorbei.

Mit einem Schnaufen kam der Bus neben Sergio zum Stehen. Zischend öffnete sich die Vordertür.

»Pandolino!«, rief eine Frauenstimme.

Sergio schob sich die Sonnenbrille auf den Kopf. Giulia saß auf dem Fahrersitz und hatte die Hände auf das große Lenkrad gelegt.

Porca miseria! Er hatte sie am Römischen Theater sitzen lassen. Was machte sie hier? Jetzt bloß keine Unsicherheit zeigen, schoss es ihm durch den Kopf.

»Hast du deinen Fiat ausgebaut?«, fragte er beim Einsteigen und hielt den Atem an.

»Hast du nicht was vergessen?«, erwiderte sie und fuhr los.

Hinter ihm zischte es. Der Bus pfiff und schaukelte. Sergio ergriff die Metallstange unter dem Schild mit der Aufschrift *Während der Fahrt nicht mit dem Fahrer sprechen* und hielt sich fest.

»Natürlich«, sagte er gepresst und zückte seine Monatskarte. Giulia warf von der Seite einen Blick darauf. »Und ein Dankeschön für heute Morgen«, ergänzte Sergio noch rasch. Knoblauch hin oder her, er musste Luft holen.

»Nein, ich meine etwas anderes.« Mit einer ausladenden Bewegung schaltete Giulia in einen höheren Gang. »Deine Fototasche. Sie liegt in meinem Auto. Ich habe dir noch hinterhergerufen. Was war denn eigentlich los am Teatro Romano?«

Sergio sah sich um. Der Bus war bis auf drei Passagiere leer. Bei dieser Hitze ging man am liebsten frühmorgens oder am Abend aus dem Haus. »*Ciao*, Maria, *ciao*, Giovanna«, rief er den beiden älteren Damen zu, die in der dritten Bank nebeneinandersaßen und sich eifrig unterhielten.

Die Frauen winkten. »*Ciao*, Sergio«, kam es im Duett zurück, dann sprachen sie weiter miteinander.

Zwei Bänke hinter ihnen saß der alte Astorre. Der verwirrte Weißhaarige gehörte zum Viertel wie die Kirche San Giusto. »*Ciao*, Astorre«, grüßte Sergio, ohne eine Antwort zu erwarten. Astorre fuchtelte mit den Händen und sprach mit sich selbst.

Sergio beugte sich nach vorn und senkte die Stimme. »Jemand ist im Römischen Theater zu Tode gekommen«, raunte er. »Und was ist mit dem Fahrer dieses Busses passiert?« Sonst saß der alte Mario auf dem Fahrersitz.

Giulia bog auf die Landstraße ab und nahm denselben Weg wie am Morgen. »Er lebt jedenfalls noch«, gab sie zurück. »Aber er hat eine neue Kollegin. Heute ist mein erster Arbeitstag.«

Sie ließ das Römische Theater links liegen und fuhr weiter bergauf bis zur Porta San Francesco. Während sie den Bus auf das alte Stadttor zu lenkte, hupte sie eine Fanfare und drosselte auf Schritttempo. Die hölzernen Portale standen weit offen. Der Bus bewegte sich mit kleinen Hüpfern auf die steinerne Öffnung zu. Vier junge Männer mit bunten Stoffen und Werkzeug in den Händen sprangen zur Seite und winkten Giulia zu.

Sie grüßte zurück. »Die arbeiten hier schon den ganzen Tag an den Fahnenhaltern«, erklärte sie an Sergio gewandt. Der Bus tauchte in das mittelalterliche Bauwerk ein. Kurz wurde es dunkel, dann rumpelte das Gefährt wieder ins Licht und über das Altstadtpflaster weiter bergan.

Sergio wechselte die Hand an der Metallstange. »Piazza dei Priori«, verkündete eine näselnde weibliche Tonbandstimme. An dem zentralen Platz in der Oberstadt würde er aussteigen müssen.

»Wegen der Fototasche …«, setzte er an. Über seinem Kopf klingelte es, und ein rotes Licht leuchtete auf. Maria und Giovanna bewegten sich plaudernd in Richtung Ausstieg.

Giulia stoppte am Rand der großen Piazza. Sie blickte ihn an. »Ich bin heute Abend in San Giusto, bei meiner Tante. Komm doch vorbei.«

»Gerne«, entgegnete Sergio rasch. »Wo finde ich euch?«

Die Bustüren fauchten, als sie sich öffneten. »Im Il Mulino. Meiner Tante gehört doch das Restaurant.«

Sergio stand auf der Piazza und sah dem Bus nach. Er atmete tief aus. Ausgerechnet das Il Mulino! Dass Giulias Tante die Restaurantbesitzerin Sofia Zacchi war, daran hatte er nicht gedacht. Wenn Angelo erfuhr, dass Sergio bei der Konkurrenz einkehrte, würde er leugnen, jemals sein Vater gewesen zu sein.

Kapitel 6

E in Skandal!«
Eine kraftvolle Männerstimme hallte durch das Treppenhaus des Palazzo Pretorio. Sie kam aus der Wachstube. Sergio hatte gerade die letzte Steinstufe zum zweiten Stockwerk erreicht. Dort lag das Büro, das er sich mit Alessandro, Morelli und Bertini teilte. Alle Türen in dem städtischen Verwaltungsgebäude standen weit offen, um jeden Luftzug hereinzulassen.

Aus der Wachstube trat ein hagerer Mann, an dem alles hell war: blonde Scheitelfrisur, weißes T-Shirt, beigefarbenes Leinensakko, Segeltuchhose und Schuhe cremefarben. Der Fremde drehte sich in dem Flur, der zum Treppenhaus führte, suchend um die eigene Achse und kam dann mit weiten Schritten auf Sergio zu. Dabei warf er die Arme in die Luft und rief, an Sergio gewandt und diesmal noch lauter: »Das ist ein Riesenskandal! Ich bin fassungslos! Das lässt die Compagnia Cardinale nicht mit sich machen!« Damit rauschte er vorbei.

Als Sergio in die Wachstube trat, stand Alessandro mit hängenden Schultern vor ihm.

»Was hast du denn mit dem gemacht?« Sergio deutete mit dem Kopf in Richtung Ausgang.

»Frag lieber, was ich mit diesem Irren gerne machen würde«, schimpfte Alessandro und richtete den Oberkörper wieder auf. »Das war der Chef der Theatertruppe, mit der Stella Aurora angereist ist. Regisseur Felice Lontani.« Alessandro ließ einen Zeigefinger neben seiner Schläfe kreisen. »Lontani ist nicht erfreut, dass ...«

»... dass der Star seiner Truppe tot ist?«, riet Sergio.

»... dass der Spielort verlegt worden ist«, verbesserte Alessandro. »Wir haben das Teatro Romano für alle Besucher gesperrt. Es gibt dort vorerst keine Besichtigungen und schon gar keine Theatervorstellungen. Aber Lontanis Aufführung kann trotzdem stattfinden. Eine Holzbühne soll auf der Piazza aufgebaut werden.«

»Trotz Stellas Tod? Ist das Stück denn nicht abgesagt?«, fragte Sergio.

»Lontani will daran festhalten – La Stella zu Ehren, wie er sagt. Er hat eine Zweitbesetzung für die weibliche Hauptrolle.«

»Aber warum regt er sich dann so auf?«, fragte Sergio.

»Wegen der neuen Bühne«, antwortete Alessandro. »Sie ist ihm zu armselig. Nur ein Bretterverhau. Er mache schließlich kein Schülertheater, hat er immer wieder betont. Er wollte von mir wissen, wer dafür verantwortlich sei. Ich hab ihn zum Bürgermeister geschickt. Jetzt will er sich dort beschweren.«

Sergio sah sich im Büro um. Außer ihm und Alessandro hatte gerade niemand Dienst. An den Wänden hingen

Plakate mit Sicherheitshinweisen für Autofahrer. Neben Bertinis Platz war ein Bild seiner Mutter in jungen Jahren zu sehen. Morelli hatte die Wand neben seinem Schreibtisch mit dem Poster eines traurigen rosafarbenen Einhorns aus Plüsch geschmückt, das ein Schild mit dem Schriftzug *Schuldig* trug.

»Was machen die Kollegen?« Sergio setzte sich auf den Rand von Morellis Schreibtisch.

»Morelli übernimmt wieder die Nachtschicht«, erklärte Alessandro und ließ sich ihm gegenüber auf einem Bürostuhl nieder. »Er hat sich heute Morgen noch ausgiebig mit Signora Bianchi unterhalten, die La Stella entdeckt hat. Das heißt, eigentlich war es ihr Hund, der die Leiche gefunden hat.«

Sergio kannte die alte Dame, die auch mit über achtzig Jahren beharrlich jeden Tag hinter der Theke ihres kleinen Lebensmittelgeschäfts stand. Und natürlich kannte er auch ihren Hund, der meist im Schaufenster des Ladens in einem ausrangierten Präsentkorb schlief, zwischen Tomatenkonserven und Weinflaschen.

»Der kleine Köter ist auf der Mauer über dem Römischen Theater herumgesprungen und hat Alarm geschlagen«, erzählte Alessandro. »Als Signora Bianchi ihn auf den Arm nehmen wollte, hat sie die Tote im Licht eines Scheinwerfers gesehen. Es war ja noch vor Sonnenaufgang.«

Die Ruinen des Teatro waren nachts angestrahlt. Sergio hatte das Spiel von Licht und Schatten schon häufig fotografiert.

»Hat sie die Rettungssanitäter von der Misericordia verständigt?«

»Signora Bianchi hatte kein Mobiltelefon bei sich und ist deshalb direkt zur Polizeiwache gekommen.« Alessandro tippte mit dem Zeigefinger auf den Schreibtisch. »Morelli hat sich um alles gekümmert. Sie war so aufgeregt, dass sie sich sogar einen von seinen selbst gemischten Kräutertees hat andrehen lassen.«

Sergio musste lächeln. Morelli hatte für alle Lebenslagen den passenden Aufguss aus getrockneten Gartenkräutern.

»Wie ist es am Teatro Romano weitergegangen, nachdem ich weg war?«, wollte Sergio wissen.

»Bertini hat mich abgelöst. Da haben sie gerade die Leiche abgeholt, um sie zur weiteren Untersuchung nach Pisa zu bringen. Außerdem ist eine Kolonne Kriminaltechniker angerückt. Die haben alles fotografiert und pinseln das Theater genauer ab als sonst die Archäologen. Ein Riesenspektakel. Baldi und Rossi müssen die komplette Questura angefordert haben.«

»Und wo sind die beiden Genies jetzt?«

»Sie lassen sich wahrscheinlich gerade schminken«, frotzelte Alessandro. »Gleich haben sie ja ihren großen Auftritt. Um siebzehn Uhr wollen sie vor dem Eingang des Römischen Theaters die Medien über Stella Auroras Tod informieren.«

Sergio schwieg.

»Keine Sorge.« Alessandro schien die Gedanken seines Kollegen zu erraten. »Dein Vater spielt dabei keine Rolle. Ich habe die Presseerklärung mit ihnen zusammen vorbereitet. Bis das Ergebnis aus der Rechtsmedizin vorliegt, lässt sich nicht sagen, ob es ein Unfall war. Oder Selbstmord. Oder Mord. Und von Zeugen«, er räusperte sich, »oder Verdächtigen ist sowieso erst mal keine Rede.«

»Mein Vater kann von Glück reden, wenn Baldi und Rossi ihm die Fernsehleute nicht gleich in die Trattoria schicken.«

»Dass die beiden Leichtmatrosen mit Harpune nicht fertiggeworden sind, wundert mich kein bisschen.«

Sergio stieß sich vom Schreibtisch ab und ging zu einem der schlanken Bogenfenster. Auf der Piazza dei Priori herrschte Hochbetrieb. Wie bunte Figuren auf einem Spielbrett bewegten sich Touristen und Volterraner über den zentralen Platz der Stadt. Rufe, Lachen und Wortfetzen in unterschiedlichen Sprachen drangen zu Sergio herauf, unterlegt von Musik. Sergio blickte zum Palazzo dei Priori hinüber, dem alten Rathaus auf der anderen Seite der Piazza. Auf dem Steinsims vor dem Gebäude saß Juan mit seiner Gitarre, umringt von Touristen. Für den Spanier, der die Sommermonate in Volterra verbrachte und von der Straßenmusik lebte, würde es ein guter Tag sein.

Auf der Westseite des Platzes luden vier junge Männer Holzbohlen und Gerüstteile von einem Transporter. Die Arbeiter hatten ihre Overalls bis zur Hüfte heruntergekrempelt und unterhielten sich lautstark mit einigen älteren Einheimischen. Die Senioren holten türkisfarbene Plastikstühle aus dem Versammlungslokal Arci dei Priori am Rande der Piazza und stellten sie an eine schattige Stelle, von wo aus sie die Arbeiten beobachten konnten.

Sergio wandte sich wieder Alessandro zu. »Hatte sie eigentlich Familie?«

»Stella Aurora? Ja, eine Tochter. Sie ist auch Schauspielerin, lebt in Los Angeles. Cathi Cossa. Sie trägt den Namen ihres Vaters. Franco Cossa war Drehbuchautor, in den Siebzigern wohl auch mit einigem Erfolg. Er ist aber schon vor über zehn Jahren gestorben. Um Cathi Cossa will sich Baldi persönlich kümmern.«

»Natürlich will er das. Und was ist mit der Theatertruppe um Lontani?«

»Den verrückten Regisseur und seine Leute wollen sich Baldi und Rossi nach der Pressekonferenz vorknöpfen. Die Truppe ist im Il Mulino abgestiegen, da fahren unsere Kollegen dann hin.«

Schon wieder das Il Mulino.

Sergio spürte seine Müdigkeit.

»Du hast heute hoffentlich nichts mehr vor«, sagte Alessandro unvermittelt, rümpfte übertrieben die Nase und reckte Sergio die linke Faust entgegen. Darin raschelte etwas. Alessandro öffnete die Hand und präsentierte eine schlaffe Papiertüte. »Ich habe nämlich kein Pfefferminz mehr für dich.«

Kapitel 7

»Du willst wissen, wie du aussiehst? Schick, aber zerknittert«, sagte Giacomo. Der *barista* stellte Sergio einen Espresso und ein Glas Wasser auf die Theke. Die kleine Bar Piazza lag nur ein paar Schritte von der Wachstube entfernt.

»Du meinst also: lässig«, übersetzte Sergio und nahm einen großen Schluck Wasser. Er war froh über sein weinrotes Wechselhemd aus dem Schrank in der Wachstube, das, wie er meinte, mit wenigen glättenden Handstrichen vorzeigbar geworden war. Das Koffein sollte nun die Müdigkeit aus seinem Gesicht bügeln. Er nippte an seinem Espresso. Jetzt war er bereit für die Verabredung mit Giulia im Restaurant ihrer Tante.

»Du bist so wenig lässig, wie Claras Hund niedlich ist«, widersprach Giacomo und deutete auf den winzigen cremefarbenen Vierbeiner mit Glupschaugen, der neben Clara Manfredi im Eingang der Bar stand.

Die Notärztin lehnte im Türrahmen, rauchte und unterhielt sich mit zwei Kollegen von der Misericordia. Sergio musterte das Hündchen und dachte an dessen Artgenossen, der Stella Auroras Leiche entdeckt hatte.

»Der Köter ist nett, aber hässlich«, erklärte Giacomo, während er eine goldgelbe Flüssigkeit aus einem Metallbecher in zwei Gläser füllte.

Sergio stieg der Duft von Wermut, Sherry und Orangenbitter in die Nase. Er erkannte das Getränk sofort. Er liebte Cocktails und bot im Il Gusto selbst eine stattliche Auswahl an. Dies war ein Adonis. Als der *barista* die Drinks auf einem Tablett davontrug, sah sich Sergio zwischen den Flaschen des Barschranks im Spiegel. Ein Adonis sah anders aus, das musste er zugeben.

Er legte einige Münzen auf die Theke und machte sich auf den Weg zum Il Mulino.

Sergio grüßte im Vorbeigehen die Kolleginnen und Kollegen des Rettungsdienstes und überquerte die belebte Piazza dei Priori. Der Platz schimmerte im frühabendlichen Sonnenlicht. Zwischen den mittelalterlichen Palästen genoss die Hitze des Tages ihren Feierabend. Die Arbeiten an der Holzbühne waren noch nicht fortgeschritten, ganz im Gegensatz zu der Debatte der jungen Männer mit den Senioren in den Plastikstühlen. »Problem«, »Bürgermeister« und »Blödsinn« schnappte Sergio auf. Kaum hatte er die Piazza hinter sich gelassen, wurde es ruhiger. Zwar standen die hölzernen Türen und Tore zu den kleinen Läden, Bars und Kirchen entlang der Via Ricciarelli und der Via San Lino offen, aber das Leben spielte sich hier nicht auf der Straße ab, sondern im kühlen Innern der alten Gebäude.

Kurz vor der Porta San Francesco verrieten drei Glockenschläge der nahen Kirche, dass es Viertel vor sieben war. Von dem Stadttor aus, an dem jetzt bunte Fahnen wehten, waren es nur noch ein paar Minuten bis zum Il Mulino.

Plötzlich heulte hinter Sergio ein Motor auf. Er sprang zur Seite. Neben ihm tauchte Baldi auf, eingerahmt von der himmelblauen Karosserie des Polizeiautos. Er hob zum Gruß einige Finger der Hand, mit der er sich an der Oberseite des geöffneten Autofensters festkrallte. Rossi, am Steuer, blickte stur geradeaus. Der Polizeiwagen schoss an Sergio vorbei und durch das Stadttor in Richtung San Giusto. Dann kreischten gleichzeitig eine Bremse und eine Frau, und wie zur Antwort ertönten mehrere Hupen.

Sergio spürte ein Zwicken in der Nase. Es roch nach Abgasen – und nach Ärger.

Das Il Mulino lag am Rand des Stadthügels und bot seinen Gästen einen spektakulären Blick über die toskanische Landschaft. Sergio kannte das Restaurant nur von außen. Es war in einer umgebauten Windmühle aus dem 18. Jahrhundert untergebracht. Der restaurierte Turm aus hellen Steinblöcken war mit einem modernen Anbau verbunden. Flügel hatte die Mühle keine mehr. »Flügellahm« oder »antriebslos«, sagte sein Vater dazu.

Angelo drehte jedes Mal durch, wenn jemand das Il Mulino oder dessen Besitzerin Sofia Zacchi erwähnte. »Die feine Dulcibella«, nannte er seine Konkurrentin spöttisch, weil er meinte, die Chefin des Restaurants und des angeschlossenen Hotels sähe auf ihn und seine kleine Trattoria herab. Sofia Zacchi bezeichnete ihn im Gegenzug mit übertriebener Höflichkeit als »Don Angelo, den Edlen von San Giusto«. Die Ursache für den Streit kannte Sergio nicht – wohl aber die Auswirkungen.

Über die Frage, welches der beiden Lokale die bessere *pasta con polpo e frutti di mare* anbot, hatte eine Zeit lang das ganze Stadtviertel gestritten, nachdem die Spezialität des Il Gusto auch auf der Speisekarte des Il Mulino aufgetaucht war. Einzig der Fischhändler hatte sich über den Wettstreit gefreut, weil die beiden Gastronomen sich darin überboten, seine eisige Auslage leerzukaufen. Angelo hatte an einem Samstagabend, als ihm die Meeresfrüchte ausgegangen waren, sogar Kugelblitz und Trommelfeuer ins feindliche Lager geschickt, um die begehrte Ware aus dem Kühlhaus des Il Mulino zu beschaffen. Seine Kumpane waren erst weit nach Mitternacht zurückgekehrt, schwankend. Sofia Zacchi hatte sie erwischt und überraschenderweise zu einem Glas Wein eingeladen. »Vielleicht waren es auch zwei«, hatte Trommelfeuer vergnügt berichtet.

Dessen Rufen riss Sergio jetzt aus seinen Gedanken. »*Ciao*, Sergio, biegst du nicht falsch ab?« Eine zweite Stimme, die von Kugelblitz, ergänzte: »Verlauf dich nicht, Terremoto.«

Sergio drehte sich um und sah die Kumpane seines Vaters feixend den Borgo San Giusto hinunterschlendern, dorthin, wo die Trattoria Mortale lag.

Die schwere hölzerne Tür zum Il Mulino öffnete sich. Ein junges Touristenpaar trat lachend aus dem Restaurant. Sergio zupfte sein Hemd zurecht und ging hinein. Seine Augen mussten sich an das Dämmerlicht im Mühlenturm erst gewöhnen. Wie in Zeitlupe glitt sein Blick über die groben Steinmauern, die den runden Raum einfassten. Durch kleine Fenster stahl sich die Abendsonne herein, als wolle sie Gläser und Porzellan von den wuchtigen, quadratischen Holztischen klauben, die in dem Rund verteilt waren. Von irgendwoher wehten die Klänge eines Saxophons in den Raum. Sergio fiel auf, dass auf allen Tischen frische Blumen und schlanke Kerzen standen. Im Il Gusto staubte sein Vater nur zu besonderen Anlässen die Seidenblumen ab, die Kugelblitz vor Jahren bei einer Tombola der Kirchengemeinde gewonnen und in ein Regal der Trattoria gestellt hatte. »Bei uns schmückt das Essen den Tisch«, lautete Angelos Dekorationskonzept. Außerdem lief immer das Radio.

»*Buona sera*, Signor Panda.« Die dunkle Stimme und die Frau, die strahlend auf ihn zukam, wollten nicht zusammenpassen.

Sergio kannte diese Eigenart Sofia Zacchis. Die Restaurantchefin hatte die Eleganz einer Schlossherrin und den Bariton eines Barmannes. Kugelblitz und Trommelfeuer übertrafen sich spätabends im Il Gusto stets gegenseitig darin, sie zu imitieren. Angelo hatte daran sein Vergnügen – aber nur so lange, bis einer seiner Kumpane heisere Töne anschlug und sie seine Streitigkeiten mit Sofia nachspielten.

Sergio begrüßte die Restaurantchefin mit einem Lächeln und zwei Komplimenten: einem für die Dame und einem für ihr Haus. Sofia nahm alles mit offenen Armen entgegen. Kurz dachte Sergio, sie werde ihn an sich drücken, doch sie hakte sich, über das Wetter plaudernd, bei ihm unter und führte ihn weiter in das Lokal hinein.

»Ist es so heiß draußen, Sergio, dass du in meinem kühlen Gemäuer Zuflucht suchst?« Sofia sprach jetzt vertraut mit ihm.

Sie war eine Freundin seiner Mutter gewesen und kannte Sergio, seit er seinen ersten Grappa getrunken hatte, wie sie gern erzählte. Er war erst wenige Tage alt gewesen. Im Kinderwagen hatte er tief und fest geschlafen, während im Il Gusto seine Geburt gefeiert worden war. Kugelblitz, Trommelfeuer und Zitadelle stritten bis heute darüber, wer von ihnen zu fest mit dem Grappaglas angestoßen hatte, jedenfalls landete ein Schwall des goldfarbenen Hochprozentigen auf Sergios rosigem Babygesicht. Die Gäste des Abends, darunter Sofia, sollen daraufhin ein Erdbeben erlebt haben, das erste *terremoto* Sergios. Zitadelle behauptete noch immer, es seien Freudenschreie gewesen. Sergios Mutter hatte gelacht, ihren Jungen aus dem Wagen gehoben, die glasierten Wangen geküsst und ihn mit den Worten weitergereicht: »Probiert mal.«

Sergio beugte sich zu Sofia hinab. »Was ich suche, ist keine Abkühlung.«

Bevor er weiterreden konnte, sagte die Restaurantchefin mit einem ironischen Lächeln: »Dann habe ich das Richtige für dich.« Sie wies auf einen Tisch neben dem Durchgang zum Anbau. »Warte hier, ich hole sie.« Sofia ließ ihn los und ging weiter.

Gerade wollte Sergio sich setzen, da nahm er die Gäste am Nebentisch wahr. Drei Männer. Einer von ihnen starrte misstrauisch in Sergios Richtung. Es war Rossi. Der Kollege aus Pisa hielt in der einen Hand ein Glas Rotwein auf halbem Weg zum Mund und in der anderen eine Gabel, auf die er gerade *carpaccio* von einem Teller Antipasti geladen hatte. Sergio hätte den Kollegen gern in dieser Pose fotografiert. Rossi gab ein kurioses Bild ab, zumal sein Tischnachbar – Sergio erkannte Regisseur Lontani mit seiner blonden Scheitelfrisur wieder – mit großen Gesten auf ihn und den dritten Herrn am Tisch einredete.

»*Sera*, Signori«, grüßte Sergio knapp.

Baldi drehte sich um und winkte mit einer leeren Gabel, genüsslich kauend und mit einem seligen Lächeln.

Das schien ja ein knallhartes Verhör zu sein.

Sergio wählte einen Sitzplatz am Nebentisch, an dem er den Kollegen den Rücken zuwenden konnte. Er freute sich auf Giulias Anblick, und den wollte er ungestört genießen. Ganz ausblenden ließ sich das Trio hinter ihm jedoch nicht.

»… unmöglich, unmöglich!«, hörte er Lontani lamentieren. In den kurzen Redepausen des Regisseurs war nur das Klappern von Besteck zu vernehmen. Befragten die Kollegen ihn denn gar nicht?

»*Ciao*, Pandolino«, begrüßte ihn Giulia, die in Begleitung von Sofia an seinem Tisch auftauchte. Giulia trug ein eng anliegendes Kleid im Rot einer Vespa. Ein Taillengürtel verlieh ihr die Form einer Sanduhr. Ihr Haar war am Hinterkopf zu einem Knoten geschlungen. Die goldenen Ohrringe hatten das Aussehen und den Charme von Familienerbstücken. Über Giulias Schulter hing die Fototasche.

Sergio erhob sich. »Da kommt wohl die Empfehlung des Tages.«

»Mal sehen, was du verträgst«, konterte Giulia.

»Erst mal einen *aperitivo* auf der Terrasse?«, mischte sich Sofia ein und zog Giulia mit sich.

Sergio folgte den Frauen. Die große Terrasse lag zwischen dem alten Mühlenturm und dem Anbau. Von hier hatte man einen atemberaubenden Blick auf die Umgebung. Das bläuliche Licht des frühen Abends lag wie ein Seidentuch auf den warmen Hügeln. Ein leichter Wind verscheuchte die Hitze des Tages. Die Meeresbrise, die Sergio in die Nase stieg, wehte allerdings aus der Küche herüber. Volterras Köchinnen und Köche vermochten es, die Stadt allabendlich kulinarisch an die vierzig Kilometer entfernte etruskische Riviera zu verlegen.

»Ich bringe euch zwei *Campari e vino bianco*, einverstanden?«, fragte Sofia, wartete aber keine Antwort ab. Sie wandte sich ab und begrüßte gerade eingetroffene Gäste.

Giulia setzte sich auf eine niedrige Steinmauer, auf der Kissen und Terrakottakübel voller roter Verbenen und Basilikum verteilt waren und hinter der der Hotelgarten lag. Sie stellte die Fototasche neben sich ab und klopfte darauf. »Hier, deine Zauberkiste.«

Sergio ließ sich ebenfalls auf der Mauer nieder. »*Grazie.* Sie hat mir schon gefehlt.«

»Was fotografierst du denn? Unfälle und Sachbeschädigungen?«

»Nein, nur das, was mir an dieser Stadt gefällt.«

Sofia kehrte mit einem Tablett zurück und reichte jedem

von ihnen ein von Kälte beschlagenes Weißweinglas mit hellroter Flüssigkeit. »*Salute!* Auf die Zufälle des Lebens!« Sie blickte von Giulia zu Sergio. »Und auf die Absichten.«

Der bittersanfte Aperitif war perfekt gemischt. Sergio öffnete den Verschluss seiner Fototasche. »Darf ich ein Foto von euch beiden machen?« Er fing einen amüsierten Blick von Giulia auf und räusperte sich. »Das Licht ist gerade günstig.«

Sofia reagierte sofort. Sie rückte den Blumenkübel neben Giulia beiseite, nahm ihre Nichte in den Arm und strahlte. »Wenn das Licht so schön ist, stören wir aber hoffentlich nicht das Bild.«

Zurück im Mühlenturm hätte Sergio gerne Sofias Anordnung befolgt: »Schließt die Augen und öffnet euch dem Genuss.« Mit diesen Worten hatte sie Giulia und ihn eingeladen, sich im Restaurant verwöhnen zu lassen. Doch zum einen wollte er noch nicht einmal mehr blinzeln, seit Giulia ihm bei Kerzenschein und Rotwein gegenübersaß. Zum anderen waren es seine Ohren, die er hätte schließen wollen. Das Geschehen am Nebentisch lenkte ihn ab.

»… mein Musikstudium …«, hörte er Giulia sagen.

»… La Stella strahlte, auch wenn ihr Stern im Sinken begriffen …«, dröhnte Lontani hinter Sergios Rücken theatralisch.

»… wusste ich erst nicht weiter …«

»… hätte gewollt, dass wir weitermachen …«

»… als Busfahrerin zurück nach Volterra …«

»… ihr Lebenswerk in Volterra …«

»Pandolino? Mit welcher Linie fahren deine Gedanken gerade?«

Sergio versuchte, sich nichts anmerken zu lassen. »Dein Musikstudium.« So viel hatte er mitbekommen. »Ich überlegte gerade, warum du jetzt Bus fährst und nicht in einem Orchester spielst oder als Musiklehrerin arbeitest.«

»Du musst nicht lange überlegen«, sagte Giulia. »Nur zuhören. Ich sagte gerade, dass man als Musikerin oder Musiklehrerin keine Aussichten auf dem Arbeitsmarkt hat.«

»… aber ich habe Stella noch einmal ein Engagement verschafft …«, drängte sich Lontanis Stimme in Sergios Ohr.

»Sergio!«

Er zuckte zusammen. So wie Giulia ihn jetzt mit seinem richtigen Namen anfuhr, war es mit Pandolino wohl vorbei. Seine Stimme tastete vergebens nach einem versöhnlichen Ton. Doch sosehr er sich auch bemühte, er konnte nicht aufhören, das Gespräch am Nebentisch zu belauschen. Darin ging es um Stellas Tod. Und damit um die Zukunft seines Vaters.

Andererseits saß er mit einer reizenden Frau beim Abendessen, und sie erzählte ihm gerade davon, wie es ihr seit ihrer Kindheit ergangen war. Sergio musste sich entscheiden: Stellas Tod oder Giulias Leben. Er entschied sich für das Leben.Er hob das Glas mit dem dunkelroten Wein. »Lass uns auf unser Wiedersehen anstoßen!« Insgeheim hoffte er, dass der Pasiteo kräftig genug war, um das Blut durch seine Ohren rauschen zu lassen, damit er die Worte vom Nebentisch endlich überhören konnte.

Giulia zögerte, bevor sie zu ihrem Glas griff. Kaum hatte sie es angehoben, mischte sich eine weitere Stimme in den Kanon. Eine heisere.

»So, dann stimmt es also, dass mein Signor Sohn sich bei der Konkurrenz amüsiert.« Angelo stand im Rund des Mühlenturms und sah aus, als wolle er einen Degen zücken.

Stille legte sich über das Lokal. Selbst Lontani verstummte. Ein Kellner, der sich schwungvoll mit einer großen *padellata di mare*, einer Pfanne voller Meeresfrüchte, auf Sergios Tisch zubewegte, vollführte eine Vollbremsung und starrte Angelo an.

Der Wirt des Il Gusto trat näher an Sergio heran. »Ist dir die Trattoria deines alten Vaters nicht mehr fein genug? Oder hast du mich schon abgeschrieben?«

Bevor Sergio etwas erwidern konnte, hörte er, wie hinter ihm geräuschvoll ein Stuhl zurückgeschoben wurde.

»Signor Panda!«, sagte Baldi im Befehlston. »Mäßigen Sie sich! Sie stören die Gäste dieses Hauses. Und die Arbeit der Polizei.«

»Die Arbeit der Polizei scheint es zu sein, in jedem Lokal Volterras das Menü zu testen«, entgegnete Sergios Vater. »Kommen Sie wirklich von der Questura? Oder vom Gesundheitsamt?«

»Jetzt ist es aber genug.« Auch Rossi erhob sich.

Sergio sprang auf. Ein Zusammenstoß von Rossi und Angelo würde nicht gut ausgehen – für den Polizisten. Er stellte sich Rossi in den Weg. »Warten Sie!«, rief er. »Nehmen Sie Vernunft an!«

Rossi funkelte Sergio an. »Ich bin vernünftig. Dieser da …«, er stach mehrfach mit dem Zeigefinger seiner linken Hand in Richtung Angelo, »… ist der Störenfried.«

»Komm doch her, dann zeig ich dir, wie man in unserer Stadt mit Wichtigtuern umgeht«, rief Angelo und drängte zwischen den Tischen hindurch auf Rossi und Sergio zu.

Sergio beobachtete mit Besorgnis, wie Rossi seine Uhr abnahm und sie auf den Tisch legte. Dann trank der Polizist seinen Rotwein aus und hämmerte das leere Glas auf den Tisch.

»Fertig?«, fragte Sergios Vater. »Oder musst du erst noch was essen, bevor du es mit einem alten Mann aufnimmst?«

Jetzt stellte sich auch Baldi zwischen die Streithähne. »Bleiben Sie ruhig, Kollege Rossi! Sie haben bei der Pressekonferenz schon genug angerichtet.« Seine Stimme duldete keinen Widerspruch. Tatsächlich gelang es dem Commissario, Rossi zu beruhigen und ihn durch die Seitentür auf die Terrasse zu schieben.

Von dort kam jetzt Sofia in den Turm. Ihre hohen Absätze klickten auf den Fliesen aus Terrakotta. »Was ist denn hier für ein Geschrei?«, fragte sie mit ihrer dunklen Stimme und erkannte im nächsten Augenblick den Urheber des Aufruhrs. »Don Angelo! Der Edle von San Giusto. Dass du dich noch einmal hierher verirrst, hätte ich nicht gedacht. Zum letzten Mal warst du am Tag der Eröffnung da. Damals hast du vor allen Gästen gesagt, dieses Lokal – du hast ein anderes Wort dafür benutzt – sei so lieblos wie seine Wirtin, und das Essen sei ebenso kalt. Erinnerst du dich?«

»Pah!«, erwiderte Angelo und wich einige Schritte zurück. »Das ist Jahre her, meine verehrte Dulcibella. Wer redet heute noch von verschüttetem Wein?«

»Kalt und lieblos. Ich hatte nie Gelegenheit, dir das Gegenteil zu beweisen. Aber wenn du schon mal hier bist …« Sofia ging auf ihn zu.

Der alte Panda versuchte auszuweichen. Doch er stieß gegen einen Tisch und brachte die Blumenvase darauf zum Tanzen. Bevor sie umfallen konnte, fing er sie auf. Für einen Rückzug war es jetzt zu spät.

Sofia legte Angelo sanft die Hände auf die bebenden Schultern. Sie war eine kleine Person, aber auch er war alles andere als hochgewachsen. Die Wirtin musste sich nicht auf die Zehenspitzen stellen, um ihrem Konkurrenten einen Kuss auf die Wange zu drücken. Sergios Vater fasste Sofia an den Armen. Weitere Maßnahmen ergriff er nicht. Anscheinend verbot es der Anstand, sie einfach zurückzustoßen. Und etwas anderes fiel ihm wohl nicht ein. Er ertrug den Kuss mit der Miene eines Menschen, der zum ersten Mal Sauerkirschen probiert.

Als Sofia sich von ihm löste, drehte er sich auf dem Absatz um und stürmte aus dem Lokal.

»Das ist also dein Vater«, sagte Giulia. »Er kann mit Frauen genauso gut umgehen wie sein Sohn.«

Sergio, der noch immer zwischen den Tischen stand, fuhr sich durchs Haar. Der leere Stuhl an Giulias Tisch sah mit seinem roten Samtpolster aus wie eine offene Wunde.

Sollte er sich wieder setzen und so tun, als wäre nichts geschehen? Er schaute zur Tür. Sein Vater verschwand die Straße hinunter. Was würde er als Nächstes anstellen?

»Tut mir leid«, entschuldigte sich Sergio. Dann lief er los.

Kurz bevor er das Lokal verließ, hörte er jemanden Beifall klatschen. Regisseur Lontani rief: »Bravo! Was für ein Drama! Eine ganze Stadt voller Talente!«

Kapitel 8

Am Samstagmorgen war Sergio in aller Frühe auf der kleinen Straße unterwegs, die von San Giusto ins Stadtzentrum hinaufführte und noch steiler anzusteigen schien als gewöhnlich. Er schnaufte, während die Kameratasche gegen seine Hüfte schlug. Den Weg zur Wache musste er wohl oder übel zu Fuß gehen, denn mit dem Bus konnte er heute unmöglich fahren. Erst musste er sich bei Giulia in aller Form für das Debakel im Il Mulino entschuldigen. Und das ging auf keinen Fall in ihrem schaukelnden Bus, wenn Giovanna und Maria zusahen und bald darauf ganz Volterra davon wusste.

Über den Dächern der Stadt hatten Wolkengaleonen Anker gesetzt. Am liebsten wäre Sergio kurz stehen geblieben, hätte die Contax aus der Kameratasche gezogen und das Schauspiel fotografiert. Doch dazu war er zu aufgebracht. Es schien, als hätte selbst die Luft etwas Gereiztes.

Gestern hatte er sich gleich zweimal mit seinem Vater gestritten. Dass sie aneinandergerieten, war im Hause Panda üblich. Aber nun waren die Abstände zwischen den Auseinandersetzungen kürzer geworden – viel zu kurz für

Sergios Geschmack. Er hatte kaum Zeit, die eine Schimpf-tirade Angelos zu verdauen, da bekam er schon die nächste serviert.

Dafür gab es nur eine Erklärung: Stellas Tod musste seinem Vater nähergehen, als dieser zugeben wollte. Der alte Wirt weinte und klagte nicht. Oh, nein! Er wurde einfach wütend. So war es auch gewesen, als Sergios Mutter gestorben war. Das war jetzt einundzwanzig Jahre her. Bei der Beerdigung auf dem Friedhof an der Porta Diana im Norden Volterras hatte Angelo noch still vor sich hingebrütet, aber beim Leichenschmaus in der Trattoria hatte er die Onkel, Tanten und Vettern beschimpft und schließlich einen nach dem anderen vor die Tür gesetzt.

Auf den Tod Stellas reagierte Angelo jetzt ähnlich. Mit dem Unterschied, dass Sergio der einzige Verwandte war, der diese besondere Art der Trauer zu spüren bekam.

Sergio erreichte die Porta San Francesco. Die Fahnen, die das Stadttor seit dem Vortag schmückten, kündigten das Mittelalterfest Palio del Cero an. Hinter dem Tor öffnete gerade eine Bar. Sergio bestellte einen Espresso und stopfte ein *cornetto con crema* in sich hinein. Der Kaffee pumpte den Zucker des süßen Hörnchens durch seine Blutbahn, und seine Wut verrauchte.

Angelo war eben Angelo. Am Abend würde Sergio wie üblich in der Trattoria erscheinen. Dann würde sein Vater zwar immer noch knurren, aber nur der Form halber. Man musste mit ihm umgehen wie mit *scaloppine:* Man ließ die Fleischscheiben einfach lange genug im eigenen Saft schmoren.

Die Morgenluft hing kühl in den schmalen Straßen. Auf der Piazza dei Priori hatte sich ein feiner Nebel gebildet, der in Fetzen über dem Pflaster schwebte. Trotzdem klebte Sergios Hemd an der Haut, als er die Wachstube im zweiten Obergeschoss des Palazzo Pretorio endlich erreichte.

Alessandro war schon da. Er hängte gerade seine Uniformjacke an die Garderobe und klopfte mit der Hand dreimal in das Innere seiner Dienstmütze – eine Geste, die er sich in einem Spielfilm abgeschaut hatte und die ihm zur Gewohnheit geworden war.

Morelli, der die Nachtschicht übernommen hatte, verließ gerade den Raum. Er grüßte Sergio im Vorbeigehen und wünschte einen gemächlichen Dienst. Seine Schritte verhallten im Flur. Dann war Sergio mit Alessandro allein.

»Dein Abend scheint nicht ganz so verlaufen zu sein, wie du es dir vorgestellt hast«, sagte Alessandro.

»Hat sich das schon rumgesprochen?«, rief Sergio. Er spürte, wie das Erdbeben in ihm kleine Wellen durch seine Arme und Beine schickte.

Alessandro zog ihn zu dem kleinen Waschbecken hinüber, über dem ein Spiegel hing. Darin war die Antwort auf Sergios Frage zu erkennen: Seine Gesichtszüge wirkten holzschnittartig, die Lippen waren zusammengepresst, die Nasenflügel gebläht. Sein Blick war starr.

»So schaut man nicht aus der Wäsche, wenn man ein erfolgreiches Rendezvous mit einer schönen Frau erlebt hat.« Alessandro klopfte Sergio auf den Rücken. »Was ist passiert?«

Sergio drehte den Wasserhahn auf und wusch sich das

Gesicht. Das Wasser war kalt und erfrischte ihn. Seine Miene aber blieb dieselbe. Damit würde er sich wohl abfinden müssen.

Alessandro setzte sich hinter seinen Schreibtisch. Als Einzigem in der Wache gelang es ihm, Ordnung an seinem Platz zu halten. Er deutete auf den Stuhl, auf dem sonst die Besucher Platz nahmen, die etwas zur Anzeige bringen wollten.

Sergio zögerte kurz. Dann ließ er sich auf das Polster fallen. Es war durchgesessen, und sein Gewicht drückte die ausgeleierten Federn zusammen. Genau so fühlte er sich: wie jemand, der zu viel Gewicht tragen musste. Mit müder Stimme fasste er für Alessandro die Ereignisse im Il Mulino zusammen: das Treffen mit Giulia, die Anwesenheit der Kollegen Rossi und Baldi sowie des Regisseurs Lontani und schließlich der Auftritt seines Vaters, der in das Lokal geplatzt war und Sergio eine Szene gemacht hatte wie ein eifersüchtiger Galan, der seine Geliebte im Bett des Rivalen entdeckt.

»Ich bin natürlich hinter ihm her«, berichtete Sergio. »Als ich später ins Il Mulino zurückkehrte, war Giulias Platz leer.«

»Das wundert mich nicht«, sagte Alessandro. Seine Hände lagen gefaltet auf seiner Schreibtischunterlage. »Wäre sie sitzen geblieben und hätte auf dich gewartet, wie hätte das ausgesehen?«

Sergio dachte nach. Er versuchte, sich in Giulia hineinzuversetzen. Aber sie war eine Frau. Wie sollte das gelingen?

Alessandro antwortete schließlich selbst auf seine Frage. »Sie hätte ausgesehen wie eine, die alles mit sich machen lässt.«

Sergio runzelte die Stirn. »Du meinst, sie ist gar nicht verschwunden, weil sie wütend auf mich war, sondern weil es der Anstand gebot?«

»Ein wenig zornig wird sie schon gewesen sein«, gab Alessandro zurück.

»Ich dachte, ich besuche sie heute Mittag. Du kennst doch den Parkplatz, auf dem die Busfahrer pausieren. Da kann ich sie bestimmt unter vier Augen sprechen.« Sergio fuhr sich mit den Fingern durch die Haare. »Glaubst du, sie nimmt meine Entschuldigung an?«

Alessandro lehnte sich zurück und warf die Hände in die Luft. »Woher soll ich das wissen? Vielleicht lässt sie dich ein bisschen zappeln. Du weißt doch, wie die Frauen sind.«

Nein, das wusste er nicht. Jedes Mal, wenn Sergio glaubte, das andere Geschlecht verstehen zu können, überzeugte es ihn vom Gegenteil. Im Laufe seiner einundvierzig Lebensjahre waren die Beziehungen zu Frauen immer Episoden geblieben. Das tiefe Verständnis, das die Liebe mit sich bringen mochte, hatte er noch nie erlebt.

»Eines aber weiß ich«, sprach Alessandro weiter. »Wenn du zu ihr gehst, solltest du ihr eine Aufmerksamkeit mitbringen. Einen Strauß Blumen von Millefiori vielleicht.«

Sergio spürte, wie sich sein Gesicht aufhellte. »Daran habe ich auch schon gedacht. Aber ich habe etwas Besseres als Blumen. Schau her!« Er beugte sich über die Kameratasche und zog aus dem Seitenfach zwei Fotos hervor. Es waren Schwarz-Weiß-Aufnahmen auf feinem Barytpapier. Sergio schob die Bilder zu Alessandro hinüber.

»Die habe ich heute Nacht abgezogen. Was hältst du davon?«

»Die sind ziemlich groß«, sagte Alessandro.

»Achtzehn mal vierundzwanzig«, erklärte Sergio. »Das Papier ist in dieser Größe ein echter Luxus. Aber die Grautöne entfalten ihre Wirkung erst in diesem Format, findest du nicht?«

»Hoffentlich weiß Giulia das auch zu schätzen.« Alessandro beugte sich über die Aufnahmen. »Was soll das überhaupt sein?«

Ein Gefühl von Stolz überschwemmte Sergio. »Das da«, er deutete auf die erste Aufnahme, achtete aber darauf, dass sein Zeigefinger die Oberfläche des Fotos nicht berührte, »ist ein Spinnennetz im ersten Sonnenlicht. Siehst du die eingesponnene Fliege? Man erkennt jedes Detail.«

Alessandro hob schweigend die Augenbrauen. »Und das andere?«

»Eine Landschaftsaufnahme«, sagte Sergio. Auf weitere Erklärungen verzichtete er. Alessandro wusste mit den Bildern anscheinend nichts anzufangen.

»Aber das ist fast schwarz. Es gibt nur einen hellen Strich in der Mitte.« Er hob den Blick und schaute Sergio fragend an. »Willst du nicht lieber doch zu Millefiori gehen und Rosen besorgen?«

Bevor Sergio etwas erwidern konnte, zog Alessandro eine Schublade seines Schreibtisches auf und holte drei

Papiertüten daraus hervor. Er legte sie nebeneinander auf die Schreibtischunterlage aus weinrotem Kunststoff. »Beim nächsten Mal wird es in jedem Fall besser laufen mit dir und Giulia. Ich habe nämlich meinen Vorrat an Pfefferminzbonbons aufgefüllt. Bedien dich!«

Sergio hatte noch den Geschmack von Espresso und Cornetto im Mund. Trotzdem öffnete er eine der Tüten, nahm eine der weißen Pastillen heraus und ließ sie zwischen seinen Lippen verschwinden. »Danke!«, sagte er, während sich Mentholgeschmack in seinem Mund ausbreitete. »Ob das auch hilft, wenn ich meinem Vater wieder gegenübertrete?«

Er hatte einen Scherz machen wollen. Doch Alessandros Gesicht verdüsterte sich.

»Was ist los?«, wollte Sergio wissen.

»Ich wollte es dir nicht sofort sagen.« Alessandro zog einige Blätter Thermopapier aus einer der beiden Ablageschalen auf seinem Schreibtisch. »Das ist gestern Abend per Fax gekommen. Aus Pisa. Sie haben Stellas Leichnam untersucht.«

Sergio schaute auf die hellgrau bedruckten Bögen. Mit einem Mal waren die Gedanken an den Abend im Il Mulino wie weggewischt. Stattdessen tauchte die mit Alabaster bestäubte Stella in seiner Erinnerung auf.

»Gib her!« Er fischte nach den Berichten und begann zu lesen. »Der Tod soll zwischen zwei und vier Uhr morgens eingetreten sein«, murmelte er.

»Sie haben Blutergüsse gefunden«, sagte Alessandro.

»Kein Wunder, oder?« Die Buchstaben verschwammen

vor Sergios Augen. »Stella ist zwanzig Meter in die Tiefe gestürzt.«

»Ja, und sie ist an den Folgen des Sturzes gestorben. Aber ich spreche von Blutergüssen an ihren Handgelenken und Oberarmen. Das deutet darauf hin, dass Stella bedrängt wurde.« Alessandro zeigte auf den Bericht in Sergios Händen.

Sergio blinzelte, dann las er die Worte *Gewalteinwirkung* und *Opfer hat sich gewehrt.*

»Ein Unfall ist unwahrscheinlich«, sagte Alessandro. »Sergio! Weißt du, was das bedeutet?«

Sergio knallte den Bericht auf den Tisch. Aus der geöffneten Papiertüte rollten zwei Pfefferminzpastillen heraus. »Dass ich meinen Vater dazu bringen muss zu erzählen, wo er vorgestern Nacht war. Oder Rossi und Baldi nehmen ihn mit nach Pisa und bearbeiten ihn so lange, bis er mit der Sprache rausrückt.«

Alessandro blieb ruhig. Sergio schätzte diese Eigenschaft an seinem Kollegen. Er wäre gern selbst etwas beherrschter. Dass er es nicht war, regte ihn umso mehr auf.

»Ich kann deinen Vater auch nicht zum Reden bringen«, sagte Alessandro. »Aber wir könnten uns ein Bild vom Stand der Ermittlungen machen. Wenn wir wissen, was Baldi und Rossi wissen, kann das nicht schaden.«

»Wir haben doch den Bericht gelesen«, knurrte Sergio. Er streckte die Beine aus, legte eine Hand vor den Mund und starrte zum Fenster hinaus. Die Sonne brachte den goldenen Tuffstein des Rathauses gegenüber zum Leuchten.

»Aber das hier kennst du noch nicht.« Alessandro hielt

eine Videokassette hoch. Die Plastikteile darin klapperten, als er sie schüttelte. »Die Pressekonferenz von gestern Nachmittag, ich hab sie aufgenommen. Baldi und Rossi vor den Kameras.«

Richtig! Sergio war gestern so sehr von den Ereignissen des Tages in Anspruch genommen worden, dass er den Auftritt der Kollegen aus Pisa verpasst hatte. Nach dem Debakel im Il Mulino hatte er vergessen, sich die Pressekonferenz auf der Website des Fernsehsenders RAI 1 anzuschauen.

Das wäre auch jetzt schlecht möglich, denn auf der Wache war die Verbindung ins Netz kaum vorhanden. Es gab zwar einen zentralen Router im Gebäude, doch die Mauern wurden von Eisenklammern zusammengehalten, und das bremste den Empfang des WLAN. Der alte VHS-Videorekorder tat hingegen noch immer seinen Dienst.

Alessandro schob die Kassette in den Schlitz des Geräts, wo sie mit einem saugenden Geräusch verschwand. Dann drückte er die Starttaste und schaltete den Fernseher ein.

Sergio postierte sich neben seinem Kollegen. Im Innern des Videorekorders fiepte es leise, dann lief das Band an. Der Monitor des Flachbildschirms aber blieb schwarz.

»Augenblick noch.« Alessandro sortierte die Kabel hinter der Anlage. Vor drei Monaten war ihm das Kunststück gelungen, den alten Rekorder mit einem neuen Fernseher zu verbinden. Zwar hing das Videogerät jetzt an so vielen Leitungen und Adaptern, dass es wie ein Patient auf der Intensivstation aussah, aber es funktionierte. Meistens jedenfalls.

Alessandro kam wieder hinter dem Fernseher hervor. Auf dem Monitor erschien ein Bild, bunte Streifen zogen darüber hinweg. Dann waren zwei Männer zu sehen. Ihre Gesichter waren ein wenig in die Länge gezogen. Dennoch erkannte Sergio die Kollegen Baldi und Rossi auf den ersten Blick.

Die beiden schienen sich dunkle Jacketts geliehen zu haben und standen vor einem rot-weißen Absperrband. Dahinter waren die Ruinen des Römischen Theaters zu erkennen. Fünf Mikrofone reckten sich den Polizisten entgegen.

»Dann wollen wir mal hören, was die Profis zu berichten haben.« Alessandro zielte mit der Fernbedienung auf den Fernseher.

Baldis Stimme wurde lauter, bis sie durch den Raum dröhnte.

»... wurde der Leichnam der Schauspielerin Stella Aurora in diesem Theater gefunden. Die Künstlerin befand sich gerade auf Tournee und sollte in Volterra ein Gastspiel geben.«

»Commissario Baldi«, war die Stimme eines Journalisten zu hören. »Wie ist Stella zu Tode gekommen?«

Baldi setzte eine ernste Miene auf. »Wir warten noch auf die Untersuchungsergebnisse. Aber wahrscheinlich ist sie über die Brüstung gestürzt.« Er drehte sich um und deutete hinauf zu der Umfassungsmauer des Theaters. Baldis Lippen bewegten sich weiter. Er sprach noch immer, war aber nicht mehr zu verstehen, da er sich von den Mikrofonen abgewandt hatte.

»… und hat sich dann bis vor die Bühne geschleppt«, erklang Baldis Stimme, nachdem er sich wieder umgedreht hatte.

»War es ein Unfall?«, fragte ein anderer Reporter. »Oder ist es möglich, dass Stella ermordet wurde und der Täter das Opfer ins Theater gebracht hat?«

»Hat sie sich umgebracht?«, rief ein dritter Journalist. »Man sagt, sie hatte ihre besten Zeiten hinter sich.«

»Das können wir alles noch nicht mit Gewissheit sagen. Aber wir arbeiten daran«, erwiderte Baldi und versuchte, zuversichtlich zu lächeln.

»Gibt es schon einen Verdächtigen? Was unternehmen Sie denn?« Es war wieder die erste Stimme. Sie klang diesmal provozierender. Die Journalisten waren eindeutig die besseren Schauspieler bei dieser Pressekonferenz.

Baldi zögerte. »In der Questura in Pisa steht uns modernste Technologie zur Verfügung, um solche Fragen beantworten zu können. Unser Personal ist mit den neuesten Methoden der Kriminalistik vertraut. Ich selbst war ein halbes Jahr in den Vereinigten Staaten, habe dort bei der Verbrechensbekämpfung geholfen und von den Kollegen einiges gelernt.«

»Zum Beispiel, wie man in einem Provinznest in Wisconsin einen Betrunkenen verhaftet, der eine Kuh angefahren hat«, warf Alessandro ein.

Sergio zuckte mit den Schultern. »Immerhin hat er nicht gelogen.«

»Das wird uns bei diesem Fall gute Dienste leisten«, fuhr Baldi auf dem Monitor fort.

»Jetzt hat er doch gelogen«, sagte Alessandro.

Der erste Reporter schaltete sich erneut ein: »Heißt das, Sie haben noch keinerlei Hinweise darauf, was mit der armen Stella geschehen ist?«

»Wie gesagt, müssen wir erst die Obduktion abwarten, und danach ...« Baldi steckte die Hände in die Hosentaschen und hob die Schultern.

»Jetzt haben sie ihn am Wickel«, sagte Sergio. Er konnte sich eines Gefühls der Schadenfreude nicht erwehren. Noch immer glaubte er, den Geruch des verbrannten Reifengummis riechen zu können, der in die Trattoria geweht war.

»Pass auf!«, sagte Alessandro. »Das Beste kommt noch.«

Auf dem Bildschirm machte Rossi einen Schritt nach vorn. Er hatte sich bislang im Hintergrund gehalten, vermutlich auf Anweisung seines Vorgesetzten. Jetzt schien er seinem Chef zur Seite springen zu wollen.

»Natürlich haben wir schon Hinweise. Und denen gehen wir auch nach«, sagte Rossi. »Die Tote war mit weißem Pulver bedeckt.«

Sergio ahnte, was folgen würde. Am liebsten hätte er sich Augen und Ohren zugehalten, stattdessen starrte er wie gebannt auf den Monitor, wo das Unglück seinen Lauf nahm.

»Was für ein Pulver?«, fragte einer der Journalisten.

»Rauschgift«, sagte Rossi mit Bestimmtheit. »Stella war ein Star. Vergessen wir nicht, in welchen Kreisen solche Leute verkehren.«

»Ist das wahr?«, kam die Frage eines Reporters. »Stella Aurora war drogenabhängig?« Die Stimme des Journalisten klang mit einem Mal aufgeregt und schrill. Der Mann schien eine großartige Geschichte zu wittern.

»Das wissen wir noch nicht«, ging Baldi dazwischen. »Bei dem Pulver könnte es sich auch um Alabaster handeln.«

»Natürlich ist es Alabaster, du *scemo*!«, rief Sergio dem Fernseher zu.

»Man sagt nicht Trottel zu seinem Vorgesetzten.« Alessandro schaltete den Fernseher aus. »Das war's.«

»Das war recht wenig und doch zu viel«, sagte Sergio. »Wären sie bei der Geschichte von einem Unglück geblieben, hätten wir jetzt unsere Ruhe. Aber Rossis Rauschgift wird uns hier noch zu schaffen machen. Die Geschichte wird die Journalisten in die Stadt locken. Ich sehe schon die Schlagzeile: Volterra – Drogenhochburg auf dem Dach der Toskana.«

»Warte mal!«, sagte Alessandro. »Die Pressekonferenz war ja gestern, dann müsste *Volterra Adesso* heute berichten.« Er ging zu der Theke, auf der ein Stapel Post lag, und pflückte die Tageszeitung heraus. Er faltete das Blatt auseinander und schlug mit dem Handrücken gegen das Papier. »Du solltest Journalist werden, Sergio«, rief er und drehte die Titelseite so, dass Sergio den Aufmacher erkennen konnte.

Schwarze Buchstaben von der Größe eines Zeigefingers füllten die Titelseite. Sie waren mit blauen Balken unterstrichen. Sergio las:

FILMSTAR TOT IM TEATRO – DROGENMORD IN VOLTERRA?

In diesem Moment klingelte das Telefon der Dienststelle.

Alessandro nahm die Dienstmütze vom Tisch, klopfte dreimal hinein und setzte sie auf. »Ich schätze, für uns brechen hier unruhige Zeiten an.«

KAPITEL 9

Endlich Mittagspause! Sergio verließ die Wache im Laufschritt. Zum einen konnte er es kaum erwarten, Giulia am Busparkplatz zu treffen. Zum anderen wollte er der Dienststelle so schnell wie möglich den Rücken kehren. Den ganzen Vormittag lang hatten Journalisten angerufen. Die beiden Telefone hatten ununterbrochen geklingelt. Nein, verbesserte sich Sergio in Gedanken, sie hatten geschrillt. Zwischendurch war ihm das Gedudel so sehr auf die Nerven gegangen, dass er das Signal am liebsten abgestellt hätte. Aber das ging natürlich nicht bei einem Apparat auf der Polizeiwache. Schließlich hatte sich Alessandro erbarmt und die Klingeltöne der beiden Telefone von »Polizeisirene« auf *Azzurro*, den alten Hit von Adriano Celentano, umgestellt.

Sergio trat aus dem kühlen Gemäuer hinaus auf die in der Sommerhitze brütende Piazza. Vor der Bar am Kopfende des Platzes waren alle Tische mit Touristen besetzt. Täuschte er sich, oder schauten einige verstohlen zu ihm herüber? Sergio machte einen Bogen um das Lokal, um Giacomo nicht zu begegnen, der hinter dem Tresen hantierte. Er war es leid, dass alle Welt von ihm wissen wollte, was es mit dem Drogenmord auf sich hatte.

In seinem Kopf besang Celentano den azurblauen Himmel.

Sergio nahm den kürzesten Weg, der von der Piazza wegführte. In der winzigen und steilen Via di Castello hielt er an. Zwei Katzen dösten auf einer von der Sonne erwärmten Mauer und sahen träge zu, wie er die Fototasche beiseitestellte, seine Uniformjacke auszog, sich noch einmal durchs Haar fuhr und die Flusen von der dunklen Hose wischte.

Mit der Fototasche über der einen und der Jacke über der anderen Schulter setzte Sergio seinen Weg fort. Er bog in den Stadtpark Enrico Fiumi ein. Die sanft gewellte Wiese und die Schatten spendenden Bäume waren wie immer ein beruhigender Anblick. Kinder spielten Fußball, ihre Mütter und Großmütter saßen auf Decken im Gras und besprachen das Leben, während sie ins Land hinuntersahen. Der Park lag an der höchsten Stelle Volterras. Schon die Etrusker hatten hier vor über zweitausend Jahren ihre Tempel und Wohnhäuser errichtet. Die Grundmauern der antiken Bauten waren ausgegraben. Als Teil des Parks zogen sie Touristen und Archäologen gleichermaßen an.

Angesichts der lieblichen Szenerie klang *Azzurro* in Sergios Kopf jetzt wie die Musik zu einem Film aus den Fünfzigerjahren.

Er durchquerte den Park und hielt auf den Ausgang am anderen Ende der Grünanlage zu. Dort ragten die Mauern und Türme der Fortezza Medicea über Bäumen und Wiesen auf. Das Bollwerk war über fünfhundert Jahre alt. Früher war es eine Festung der Medici gewesen, heute war ein Gefängnis darin untergebracht. Sergio fragte sich oft, wie sich die Insassen fühlen mochten, wenn sie auf den Park blickten, wo das Leben süß und die Freiheit unendlich zu sein schien.

Zehn Minuten später hatte er den Busparkplatz erreicht. Vor dem maroden Dienstgebäude stand Giulias erbsengrüner Fiat 500. Daneben parkte der Wagen des alten Beluisi, der das Büro der Busgesellschaft leitete und dort den Tag verschlief. Etwas weiter entfernt stand die Riesenorange. Giulias Pause hatte also schon begonnen.

Gerade wollte Sergio die Tür zum Büro öffnen, als er Musik hörte. Jemand spielte Saxophon. *Azzurro* war das nicht. Er blieb stehen und lauschte. Der Ton war dumpf. Es schien, als käme er aus einem abgeschlossenen Raum. Hatte jemand vergessen, das Autoradio auszuschalten?

Sergio drehte sich im Kreis und versuchte, die Quelle des Geräuschs ausfindig zu machen. Es kam nicht aus dem Cinquecento von Giulia. Es kam nicht aus Beluisis alter Möhre. Und aus dem Gebäude kam es auch nicht. Sergio kniff die Augen zusammen, um besser hören zu können.

Der Bus war die Quelle der Musik.

Die Scheiben der Orange waren getönt. Undeutlich erkannte Sergio im Innern eine Bewegung. Er klopfte an die Tür. Die Musik endete abrupt. Dann erklang ein Zischen, und die Tür öffnete sich.

Im Cockpit stand Giulia. Ihr Finger ruhte noch auf

einem Knopf am Armaturenbrett. Sie trug ein hellblaues Hemd und darüber eine tiefblaue Weste. Um ihren Hals hing ein Seidentuch in den Farben der Busgesellschaft, blau und orange. Und ein Ledergurt mit einem Saxophon.

Giulias Miene verfinsterte sich. »Was willst du hier?«, blaffte sie.

»Ich muss mir wegen gestern Abend selbst einen Strafzettel ausstellen und wollte mit dir über die Höhe des Bußgelds verhandeln.«

»Na, komm schon rein«, forderte sie ihn auf. »Ich hab Kaffee an Bord.«

Sergio stieg die mit Gummimatten ausgelegten Stufen hinauf. Im Innern des Busses war es heiß. Giulias Haar war hochgesteckt. Einige Härchen hatten sich gelöst und klebten an ihrem Hals. Die Beobachtung elektrisierte Sergio.

»Wieso stellst du die Klimaanlage nicht an?«, fragte er.

»Die geht aufs Gebläse.« Sie klopfte sich gegen die Brust. Dann zeigte sie auf das Saxophon. »Ich brauche Luft zum Üben.«

Sergio ließ die Kameratasche auf einen Sitz fallen und lehnte sich gegen eine der rot lackierten Haltestangen. Das Metall drückte warm gegen seinen Rücken. »Du spielst Saxophon?«, fragte er überflüssigerweise. »Im Bus?«

»Ich nutze die Pausen«, sagte Giulia knapp und goss Kaffee aus einer Thermoskanne in zwei Plastikbecher. Einen davon hielt sie Sergio hin.

Er nippte daran. Das Getränk war heiß. Der Schweiß brach ihm aus. Nur zu gern wäre er diesem Glutofen entronnen. Aber er hatte sich ein Ziel gesetzt. Und ein Panda gab nicht auf, bloß weil ihm das Hemd an den Brustwarzen klebte.

»Aber warum spielst du Saxophon?«, fragte er. Sein Erstaunen war echt. Das Instrument war groß. Es reichte Giulia bis zur Taille. Aber sie bewegte sich damit, als wäre es Teil ihres Körpers.

»Warum isst, trinkst und atmest du?«, fragte sie zurück und blickte ihn erwartungsvoll an.

»Weil …«, Sergio nahm einen Schluck aus dem Plastikbecher, »… ich nicht anders kann.«

Giulia lächelte. »Siehst du, Pandolino. Genau so geht es mir mit der Musik.«

»Spielst du mir was vor?«, fragte er.

»Hast du eine Lieblingsmusik?«, wollte sie wissen. »Die spiele ich dann nämlich bestimmt nicht.«

Er tippte an sein linkes Ohr. »Ich habe einen Ohrwurm. *Azzurro.* Kannst du mich heilen?«

Giulia runzelte in gespielter Verzweiflung die Stirn. »*Azzurro?* Ein ganz schwerer Fall. Normalerweise würde ich den Gnadenschuss empfehlen. Oder Coltrane.«

»Was ist Coltrane?«, fragte Sergio. »Hört sich an wie ein Mittel gegen Kopfschmerzen.«

»Das ist es auch«, sagte Giulia. Sie hob das Instrument an und musterte das Mundstück. Mit zwei Fingern drehte sie an einer Schraube. Dann begann sie zu spielen.

Mit einem Mal waren überall Töne. Die Haltestange in Sergios Rücken vibrierte. Dann zitterte auch der Boden. Der ganze Bus schien die Klänge in sich aufzusaugen. Und wenn es Blech- und Eisenteilen so erging – was geschah dann erst im Innern eines menschlichen Körpers?

Das war der letzte klare Gedanke, den Sergio für eine Weile fassen konnte. Er hatte schon oft Saxophonmusik gehört. Aber niemals hatte sie eine solche Kraft ausgestrahlt. Giulia spielte kurze Töne, die sich wie Geschnatter anhörten. Darauf folgten lange Töne mit silbrigem Klang. Wie viel Luft kam aus dieser Frau heraus?

Andere Saxophonspieler beugten sich mit ihrem Instrument vor oder warfen den Oberkörper zurück, verzerrten das Gesicht, als gelte es, Ungläubige zum Christentum zu bekehren. Giulias Augen waren nur sanft geschlossen. Sie wirkte so entspannt, als würde sie schlafen. Ihre Finger bewegten sich über die Tasten und Klappen, als würden sie sie kaum berühren.

Für Sergio sah Giulia so aus, wie sich ihre Musik anhörte: wie zufällige gute Laune, wie etwas, das aus einem herausplatzt, weil man sonst überlaufen würde. Er spürte die Hitze nicht mehr. Das Vibrieren des Busses verlor seine Bedrohlichkeit. Stattdessen schien es, als summe das Fahrzeug zu den Klängen. Als der letzte Ton verklungen war und Giulia das Instrument absetzte, wusste Sergio nicht, ob zwei Minuten vergangen waren oder zwanzig Jahre.

Er wollte etwas sagen. Aber die Musik war noch da. Sie hing in der Luft, in seinem Bauch, seinen Gedanken. Worte hatten hier nichts zu suchen.

Giulia schien es ähnlich zu gehen. Schweigend schaute sie auf ihre Schuhe.

»Wo hast du das gelernt?«, fragte Sergio leise.

Er spürte, wie sich der Zauber der Klänge unter seiner Frage auflöste wie Nebel, durch den Wind fegt.

»Ich hab schon als Kind Klarinette gespielt«, sagte Giulia schließlich. Es klang wie der Beginn einer Aufzählung. »Nach der Schule bin ich aufs Konservatorium in Florenz gegangen und habe fünf Jahre Musik studiert. Mit Abschluss.« Sie sah ihn nicht an.

Da fiel es ihm ein. Sie hatte ihm gestern Abend im Il Mulino aus ihrem Leben erzählt, und er war wegen Baldi, Rossi und Lontani am Nebentisch nicht bei der Sache gewesen.

Sergio versuchte, den Faden wieder aufzunehmen. »Und weil du nicht als Musikerin arbeiten konntest, bist du hierhergekommen.«

»Nicht direkt. Ich habe auf der Fähre zwischen Piombino und Elba gearbeitet. Zuerst als Servicekraft. Dann habe ich umgesattelt und eine technische Ausbildung gemacht. Später habe ich die Fähre selbst gesteuert. Weil der Fährbetrieb in den letzten Jahren nachließ, musste ich mir einen neuen Job suchen. Und Busfahren ist ein bisschen so wie eine Fähre steuern. Außerdem kenne ich mich in Volterra aus. Die Stadt hat sich ja kaum verändert, seit wir in der Grundschule waren. Mal sehen, wenn es gut klappt, ziehe ich vielleicht sogar wieder hierher.«

»Du wohnst noch an der Küste?«, fragte Sergio.

»Ja, in Cecina. Aber gleich gestern, an meinem ersten Arbeitstag, habe ich bei meiner Tante Sofia übernachtet. Sie hat natürlich immer ein Bett für mich frei.« Giulia tippte gegen das Saxophon. »Die Musik hat mich also beruflich nicht weit gebracht. Aber sie hat mich begleitet, wohin ich auch gegangen bin. Wie hat dir das Stück gefallen?«

Die Antwort lag Sergio sofort auf der Zunge. »Es klang unbelastet«, sagte er.

»Unbelastet?« Giulia lächelte.

»Ja. So als müsse es der Welt nichts beweisen.« Woher hatte er bloß diese Worte? Er drückte sich doch sonst nicht so aus.

»Wegen gestern«, sagte er. »Ich habe dich sitzen lassen. Das war dumm von mir. Ich habe mich falsch verhalten.« Er spürte Schweißperlen seine Wirbelsäule hinunterlaufen. Normalerweise suchte er die Schuld nicht bei sich selbst, sondern bei anderen. Er war halt Polizist mit Leib und Seele.

Giulia schaute ihn mit ernster Miene an. »Dumm? Das war es. Du hast einen Abend mit mir sausen lassen, um dich um deinen Vater zu kümmern. Aber falsch war es nicht. Wärst du stattdessen im Lokal sitzen geblieben, hätte ich dich für einen herzlosen Kerl gehalten, dem nur das eigene Wohl wichtig ist.«

Der Schweiß auf Sergios Rücken bildete jetzt ein Rinnsal. »Wenn mein Vater nur nicht so ein Sturkopf wäre! Aber er kann den alten Streit mit deiner Tante Sofia einfach nicht auf sich beruhen lassen.«

Giulia klinkte das Saxophon vom Ledergurt aus und legte das Instrument auf eine Sitzbank. »Ich bin erst gestern nach Volterra zurückgekehrt. Aber mit den Dramen, die sich um Angelo Panda abspielen, könnte ich schon jetzt eine ganze Oper komponieren. Dein Vater und du. Dein Vater und meine Tante. Dein Vater und diese Schauspielerin. Heute früh habe ich von der Geschichte zwischen deinem Vater und diesem Massimo gehört.«

Sergio runzelte die Stirn. »Welcher Massimo? Mein Vater hat keinen Streit mit jemandem, der Massimo heißt.«

»Davon weißt du nichts?« Giulia schaute amüsiert. »Willst du damit sagen, dass ich die Geheimnisse deiner Familie besser kenne als du selbst?«

»Was für Geheimnisse?«, fragte Sergio ungehalten. »Wovon redest du?« Er spürte den Ärger über seinen Vater wieder auf seinen Schultern lasten.

Giulia legte ihre Finger auf seinen Handrücken. »Bleib ruhig. Wahrscheinlich ist es nur ein Gerücht. Du kennst doch Maria und Giovanna, die beiden älteren Damen, die immer mit meiner Linie ins Stadtzentrum fahren.«

»Natürlich«, knurrte Sergio. »Ich kenne hier jeden.«

»Maria und Giovanna haben heute wieder ihr Schwätzchen im Bus gehalten«, fuhr Giulia fort. »Als ich etwas länger an einer Haltestelle stehen musste, habe ich den Motor ausgeschaltet. Da habe ich gehört, wie die beiden immer wieder den Namen deines Vaters nannten. Ich bin neugierig geworden und habe gelauscht. Etwas zu auffällig. Denn Maria und Giovanna kamen plötzlich nach vorn und ließen sich auf den Plätzen gleich hinter mir nieder. Du kannst dir vorstellen, dass ich mir vorkam wie ein Kind, das mit dem Finger im Honigtopf erwischt wird.«

»Aber statt dich auszuschimpfen, haben sie dir gleich den ganzen Topf geschenkt«, sagte Sergio.

Giulia nickte. »Du kennst deine Mitmenschen wirklich gut. Maria und Giovanna haben mir die ganze Geschichte erzählt. Es war nicht einfach, ihnen zu folgen, weil sie durcheinanderredeten. Maria erzählte von Anfang bis Ende. Giovanna fing mit dem Ende an und ging dann zum Anfang zurück. Aber nach einer Weile habe ich die Teile richtig zusammengesetzt.«

Sergio spürte, wie das Erdbeben kleine Stöße durch seine Gliedmaßen schickte. Wann kam Giulia endlich zum Kern der Sache? »Wer ist denn nun dieser Massimo?«, fragte er.

»Ein Bildhauer hier in Volterra«, verriet sie.

»Massimo P. Cini?«, fragte Sergio. »Der Alabasterkünstler?«

»Das P haben Maria und Giovanna weggelassen, aber der Nachname stimmt. Dieser Massimo soll vor über vierzig Jahren ein Rivale deines Vaters gewesen sein. Und jetzt pass auf!« Giulia beugte sich vor und raunte mit verschwörerischer Stimme: »Es soll um Stella Aurora gegangen sein. Die Schauspielerin, die gestern tot im Theater lag.«

Sergio hob die Augenbrauen. »Die beiden haben sich um La Stella gestritten? Das ist mir neu. Sie war vor fünfundvierzig Jahren tatsächlich in Volterra. Sie hat hier ihren Film *Le Ricordanze – Wenn es dunkel wird, suche die Sterne* gedreht. Der war ein Riesenerfolg. Er ist sogar bei den Filmfestspielen in Venedig ausgezeichnet worden. Bei den Dreharbeiten hat sie meinen Vater kennengelernt. Die beiden hatten etwas miteinander. Damals ist mein Vater in unserem Viertel zur Legende geworden.«

»Aber Angelo war nicht ihr einziger Favorit. Sie scheint

auch diesem Massimo Hoffnungen gemacht zu haben. Jedenfalls hat er ihr nachgestellt. Und als sich Stella für deinen Vater entschied, hat Massimo die beiden bedroht. Er soll sogar in die Filmaufnahmen im Park geplatzt sein. Er hat einen Scheinwerfer zu Boden getreten und herumgeschrien. Die Polizei hat ihn daraufhin festgenommen. Man hat ihn zum Sozialdienst im Gefängnis verdonnert.«

»Wenn das stimmt – warum hat mir mein Vater noch nie davon erzählt?«, warf Sergio ein.

»Es geht ja noch weiter«, sagte Giulia. »Die beiden Männer haben nie wieder ein Wort miteinander gewechselt. Aber Massimo hat seine Niederlage nicht vergessen und wollte sich rächen. Ein paar Monate, nachdem Stella Volterra verlassen hatte, hat dein Vater eine andere junge Frau kennengelernt. Giuseppina.«

»Meine Mutter Pina.« Der Schweiß auf Sergios Rücken gefror. Was kam als Nächstes?

»Massimo hat versucht, ihm die junge Frau auszuspannen. Sie hat ihn mehrfach abgewimmelt. Aber an dem Tag, an dem deine Eltern Verlobung feierten, ist er in eurer Trattoria aufgetaucht und hat deiner Mutter erzählt, dass ihr Bräutigam ein treuloser Hund sei und dass er immer noch Liebesbriefe von Stella Aurora bekommen würde. Was dann passiert ist, wussten Maria und Giovanna nicht so genau. Aber die Polizei soll gekommen sein, um die beiden Männer voneinander zu trennen.«

»Das ist doch nur Klatsch und Tratsch!« Sergio winkte ab. Der Gedanke, dass andere mehr über seine Familie wussten als er selbst, nagte an ihm.

»Gibt es in eurer Trattoria ein Loch in der Wand, etwa faustgroß?«, fragte Giulia.

»Ja«, sagte Sergio erstaunt. »Über der Heizung im Eingang. Ich wollte es immer ausbessern lassen. Aber mein Vater ist dagegen. Er sagt immer, ein Haus habe seine Geschichte und man müsse deren Spuren ehren.«

»Das Loch soll Massimo hineingeschlagen haben. Er wollte eigentlich deinen Vater treffen, hat ihn aber verfehlt und sich dabei die Hand gebrochen.« Giulia lächelte. »Ein Wunder, dass dein Vater die Stelle nicht mit einem Rahmen dekoriert hat.«

»Ich kenne Massimo P. Cini«, sagte Sergio. »Er hat sein Atelier oben in der Stadt. In der Nähe des Römischen Theaters.«

Giulia schaute ihn überrascht an.

»Der Staub auf Stellas Körper«, murmelte Sergio leise. In seinem Kopf fügten sich Gedanken zu einem Bild zusammen, das er eigentlich gar nicht sehen wollte.

»Hältst du es für möglich, dass dieser Massimo Stella umgebracht hat?« Giulia hielt sich eine Hand gegen die linke Wange. Sie sah erschrocken aus.

»Unsinn!« Sergio winkte ab. »In Volterra gibt es keine Mörder.« Aber so sicher war er sich mit einem Mal gar nicht mehr.

Giulia sprach aus, was er dachte: »Stella hat Massimo vor fünfundvierzig Jahren abgewiesen. Jetzt kehrt sie nach Volterra zurück. Er versucht es noch einmal bei ihr. Sie zeigt ihm wieder die kalte Schulter. Massimo stößt sie von der Mauer ins Theater hinunter. O Gott! Wie furchtbar!«

Sergio berührte Giulias Arm. »So einfach ist das nicht. Er hätte sie wohl kaum vorher mit Alabasterstaub bedeckt. Und außerdem war Stella an diesem Abend mit meinem Vater unterwegs.« Was den Fall nur komplizierter macht, fügte er in Gedanken hinzu.

Giulia ließ sich auf einen Sitz fallen und legte die Hände zusammengefaltet in den Schoß.

Was ist nur mit uns beiden los, fragte sich Sergio. Immer wenn wir uns treffen, kommt etwas dazwischen: Angelo, Stella, Massimo. Es schien, als stelle sich ganz Volterra zwischen ihn und Giulia.

Er klatschte mit den Händen gegen seine Oberschenkel. »Ich habe dir etwas mitgebracht.«

Giulia hob die Augenbrauen. »Eine Einladung ins Il Gusto?«

Sergio holte die beiden Fotos aus der Kameratasche. Sie hatten den Transport unbeschadet überstanden. Er nahm die beiden Seidenpapiere ab, die er zum Schutz der Oberflächen über die Aufnahmen gelegt hatte. Dann reichte er Giulia die Abzüge. »Für dich«, sagte er.

Giulia schaute ihn unsicher an. »Sind das die Fotos, die du gestern von Tante Sofia und mir gemacht hast?« Bevor Sergio etwas sagen konnte, schaute sie sich das erste Bild an. »Nicht ganz«, gab sie sich selbst zur Antwort. »Das ist …«, sie stockte, »… eine Überraschung.«

»Gefällt es dir?« Sergio reckte den Hals, um zu sehen, welches Bild Giulia zuerst ansah. Es war das Spinnennetz im Morgenlicht. »Siehst du den Tau auf dem Gewebe? Und die Architektur der Fäden?«

Giulia blickte Sergio forschend an. Anscheinend fragte sie sich, ob er sich einen Spaß mit ihr erlaubte. Dann sah sie wieder auf das Foto. »Und das zweite?«, fragte sie und zog die andere Aufnahme hervor. Sie lachte laut auf. »Das ist noch besser«, rief sie. »Du bist ein Künstler, Sergio Panda. Allerdings verstehe ich deine Kunst nicht.«

Damit hatte Sergio gerechnet. »Das macht nichts. Ich erkläre sie dir.« Er stellte sich neben Giulia, damit beide das Foto aus derselben Perspektive anschauten. »Was siehst du?«, fragte er.

Giulia spitzte die Lippen. »Alles ist schwarz, bis auf einen hellen Strich.«

»Das bist du«, sagte Sergio.

»Ich?« Giulia hielt sich das Foto näher vors Gesicht. »Du hast mich gut getroffen, Pandolino. Schwarz mit einem weißen Streifen. Sehe ich für dich aus wie ein Zebra?«

Sergio ließ den Blick von der Fotografie zu Giulias dunklem Haar wandern. Daraus stieg ein Duft nach Sommer hervor, wie der Geruch einer mit frischem Heu beladenen Tenne.

»Es sind die Scheinwerfer deines Autos«, erklärte er. »Gestern war ich in aller Frühe unterwegs, um zu fotografieren. Als ich eine Landschaftsaufnahme machen wollte, bist du mir durchs Bild gefahren und hast die Belichtung mit dem Scheinwerfer auf den Kopf gestellt.«

»Kurz danach hast du mich angehalten und bist eingestiegen«, sagte Giulia.

»Ja, aber das hier«, er deutete auf die Fotografie, »ist der Moment, in dem ich dich wiedergesehen habe.«

Giulia sah zu ihm herüber. Warum sagte sie denn nichts? Sergio spürte die Hitze des Busses mit aller Macht. Am liebsten wäre er aus dem Wagen geflüchtet.

»Das ist das schönste Foto, das mir jemals geschenkt worden ist«, sagte Giulia schließlich und gab ihm einen Kuss auf die Wange. »Ich weiß auch schon einen Platz dafür.« Sie ging zum Fahrersitz und klemmte das Bild an die Sonnenblende, sodass es den darauf angebrachten Spiegel verdeckte. »Siehst du, Pandolino? Normalerweise schaue ich immer in diesen Spiegel, um mich zwischen den Touren herzurichten. Jetzt sehe ich immer gleich aus. Schwarz mit einem weißen Streifen.«

Als Sergio den Bus kurz darauf verließ, war er sicher, fortan gegen jede Art von Hitze immun zu sein. Er schlug den Weg zum Stadtzentrum ein und wischte sich den Lippenstift von der Wange. Noch einmal drehte er sich zu dem Busparkplatz um. Da stand die Orange, als sei nichts geschehen. Giulia war hinter den getönten Scheiben nicht zu erkennen. Trotzdem winkte Sergio ihr zu. Daraufhin kam Bewegung in die Anzeige über der Windschutzscheibe. Der Schriftzug *Linie 1 – San Giusto* erlosch. Stattdessen leuchteten die Worte auf: *20 Uhr – Il Gusto – ich bezahle.*

Kapitel 10

Massimo P. Cini? Sergio konnte es nicht glauben. Er kannte den kantigen Volterraner – aber nicht als Rivalen seines Vaters. Und auch nicht als ehemaligen Verehrer seiner Mutter.

Sondern als Meister des Alabasterhandwerks.

Auf dem Rückweg vom Busparkplatz blieb Sergio vor dem Stadttor Porta a Selci stehen. Der wuchtige Stein des Durchgangs passte zum spröden Äußeren Volterras. Einen Blick in die Seele des Städtchens und seiner Bewohner erlaubte er nicht. Da verriet der zarte, rätselhaft durchsichtige Alabaster schon mehr. Er war mehr Pulver als Stein. Schon die Kinder wussten, dass Alabaster eine Sonderform von Gips war. Der Bodenschatz aus der Umgebung hatte in den zweitausend Jahren, die er hier nun schon verarbeitet wurde, die Geschichte Volterras geprägt.

Massimo war für die Qualität seiner Bildhauerarbeiten über die Grenzen der Stadt hinaus bekannt. Er gehörte zu den wenigen Meistern des Handwerks, die noch eine Alabasterwerkstatt betrieben und nicht nur industriell gefertigten Plunder für die Touristen in die Verkaufsregale stellten. Die Zeitung berichtete ständig über seine Anstrengungen, die örtliche Handwerkstradition ebenso am Leben zu erhalten wie den künstlerischen Austausch mit Bildhauern aus aller Welt. Unter dem Titel *Polvere*, Staub, organisierte er Aktionen gegen die Abwanderung junger Menschen und die Vergreisung der Stadt. Sein Credo lautete: »Wir sollten lieber etwas aus dem Staub unserer Geschichte machen, als uns aus dem Staub zu machen.« Er lehrte an Volterras Kunstschule, führte Touristen durch seine Werkstatt und veranstaltete einmal jährlich ein Alabaster-Symposium für junge Künstler.

Sergio hatte noch nie von der Feindschaft zwischen seinem Vater und Massimo gehört. Und genau das bereitete ihm Kopfzerbrechen. Es war nicht schwierig, mit Angelo in Streit zu geraten. Wer wusste das besser als Sergio? Reibereien waren für seinen Vater so selbstverständlich wie der Zucker im Espresso. Und so belebend. Doch wenn Angelos Mundwerk auch groß war: Sein Herz war größer.

Was also war das für eine Geschichte?

Statt in die Wache zurückzukehren, schlug Sergio den Weg nach San Giusto ein. Er musste mit seinem Vater reden. Und zwar sofort.

Die Türglocke war die Einzige, die ihn im Il Gusto fröhlich begrüßte. Die Mittagsgäste waren nach dem Essen aus der Trattoria verschwunden. Bis auf Zitadelle, und auch dieser Fels von einem Mann zog sich bei Sergios Anblick schnell zu Matteo in die Küche zurück. Etwas schepperte.

»Wir haben geschlossen«, krächzte es unter der Theke

hervor. Angelo tauchte dahinter auf, in der knochigen Hand eine Kehrschaufel voller Scherben.

»Das trifft sich gut, ich muss mit dir reden«, sagte Sergio. »Falls deine Kiefer wieder geöffnet sind«, setzte er hinzu. Sein Vater konnte schmollen wie ein beleidigter Sechsjähriger.

»Nur für guten Rotwein und Freunde des Hauses.« Angelo feuerte einen stechenden Blick aus seinen blauen Augen ab.

Sergio seufzte. So ging es nicht weiter. »Wieso hast du mir nie etwas von Massimo P. Cini erzählt?«

Sein Vater stutzte und rüttelte leicht die Kehrschaufel. Oder zitterte er? Die Scherben klirrten leise. »Über den steht doch ständig was in der Zeitung.«

»Nicht, was du mit ihm zu schaffen hattest. Und wie Stella Aurora da hineingehörte.«

»Das ist kalter Cappuccino. Interessiert keinen mehr.«

»Doch, mich«, sagte Sergio mit Ungeduld in der Stimme. »Das kann für die polizeilichen Ermittlungen wichtig sein. Wusstest du, dass Stellas Leiche mit Alabasterstaub bedeckt war?«

Angelo blickte auf die Kehrschaufel, als würde er in den Scherben etwas suchen.

»Das soll doch Kokain gewesen sein. An der Bocciabahn wollen sie jetzt alte Alabasterfiguren pulverisieren, um den Staub als Droge zu verkaufen. Hat Zitadelle vorhin erzählt.«

Immerhin hatten die Stammgäste der Trattoria ihren Spaß an der Geschichte.

»Seit wann führst du dich überhaupt auf wie ein Commissario?«, fragte Angelo.

»Seit in Volterra gemordet wird und mein Vater als Hauptverdächtiger gilt.« Sergio überlegte kurz. Dann deutete er mit dem Daumen auf die Wand hinter sich, wo über der Heizung eine Mulde im Putz zu sehen war. »Und außerdem interessiert mich dieser Teil unserer Familiengeschichte.«

Angelo starrte ihn an. Dann kippte er die Kehrschaufel aus, dass es knallte. Hoffentlich hatte er den Mülleimer hinter der Theke getroffen.

Die Türglocke klingelte. Baldi trat ein, gefolgt von Rossi. Die beiden Ermittler bauten sich neben Sergio auf.

Angelo pfiff durch die Zähne. »Ah, Verstärkung. Solltest du mich schon mal vorkochen, Sergio?«

»Signor Panda, es gibt neue Erkenntnisse im Todesfall Stella Aurora«, sagte Baldi.

Rossis Blick wanderte zu den Vorspeisen hinter der Glasscheibe der Theke.

»Wir müssen Sie bitten mitzukommen«, forderte Baldi Sergios Vater auf. »Zur Questura nach Pisa.«

Einige Sekunden lang zögerte Angelo, dann verstaute er die Kehrschaufel hinter der Theke, klopfte sich die Hände an seiner dunkelblauen Jeans ab und krempelte die Ärmel seines karierten Hemdes herunter. »Na dann, auf nach Pisa«, sagte er, ohne aufzublicken.

In diesem Moment kamen Zitadelle und Matteo aus der Küche herbeigeeilt und wollten sich vor Angelo aufbauen, doch er hielt sie mit einer Geste zurück. »Backt mir lieber einen Zitronenkuchen mit Ausbruchswerkzeug drin«, sagte er beschwichtigend. Seine Stimme klang noch heiserer als sonst. An Sergio gewandt verkündete er: »Bis ich wieder da bin, ist das dein Laden, Terremoto. Versuch, ihn nicht kaputt zu machen.«

War da ein winziges Lächeln im Gesicht seines Vaters, fragte sich Sergio. Er nickte heftig. »Ich kümmere mich um ALLES.« Auch um dich, sollte das heißen.

»Für heute Abend habe ich Stockfisch vorbereitet«, fügte Angelo noch hinzu, bevor er Baldi mit versteinerter Miene nach draußen folgte.

Rossi verließ das Il Gusto als Letzter. »Hoffentlich werden Sie mit dem Stockfisch fertig, Kollege«, schnaubte er. »Um die großen Fische kümmern wir uns ja eigentlich.«

Sergio kochte vor Wut. Am liebsten hätte er Rossi den Stockfisch kosten lassen, denn der getrocknete Kabeljau gab ein großartiges Wurfgeschoss ab. Aber diese Spezialität des Hauses war viel zu schade für den Banausen aus Pisa und außerdem jetzt schon weich. Angelo wässerte den Trockenfisch mehrere Tage, um ihn dann mit Matteos Hilfe im Ofen in eine zarte Köstlichkeit zu verwandeln.

Zusammen mit dem Koch pflegte der Wirt der Trattoria Mortale die kulinarische Merkwürdigkeit, einen Fisch aus dem Nordpolarmeer, der in Norwegen auf Holzgerüsten getrocknet und auf diese Weise konserviert wurde, in der traditionellen toskanischen Küche unterzubringen. Der Kabeljau aus dem Arktischen Ozean entfaltete beim Zusammentreffen mit Rosmarin und Tomaten aus Volterras sonnenverwöhnten Gärten eine magische Kraft. Das versicherten die beiden Männer stets mit heiligem Ernst. Als Mitglieder der Stockfisch-Akademie von Ancona betrieben sie ihre Kochstudien wie Wissenschaftler. Sie konnten stundenlang über den *stoccafisso* und die Finessen seiner Zubereitung diskutieren und jeden, der sich nicht heftig genug wehrte, über dessen Bedeutung in der Geschichte Italiens aufklären. Sergio hatte es tausendmal gehört: Im toskanischen Inland war man lange Zeit leichter an den haltbaren Fisch aus Nordeuropa gelangt als an frischen Fang aus dem Mittelmeer. Schon seit dem Mittelalter war es Christen untersagt, freitags und in der Fastenzeit Fleisch, Milch und Eier zu verzehren. Fisch durfte man hingegen weiterhin essen. Doch dessen Lagerung war in der Hitze der Sommermonate schwierig. Also kauften die Italiener Trockenfisch aus Nordeuropa.

All das ging Sergio durch den Kopf, als das himmelblaue Polizeiauto abfuhr und eine gleichfarbige Abgasfahne hinter sich herzog. Er stand im Eingang der Trattoria und sah dem Wagen seiner Kollegen nach, der über den Borgo San Giusto davonfuhr. Das weiße Stoppelhaar seines Vaters leuchtete hinter der Heckscheibe. Dieser Sturkopf! Der alte Panda ließ einfach nicht mit sich reden. Sergio war sicher: Baldi und Rossi würden auch in der Questura nichts aus seinem Vater herausbekommen, was der nicht preisgeben wollte. Aber was würde dann geschehen? Stella Aurora war ermordet worden und sein Vater bislang der einzige Verdächtige. Das Geheimnis, das er hütete, würde ihn vielleicht entlasten können.

Sergio musste dieses Geheimnis lüften.

Und dafür würde er Staub aufwirbeln müssen.

»Dann werde ich wohl hierbleiben und alles für heute Abend vorbereiten«, hörte er Matteo hinter sich sagen.

Der Koch war eine treue Seele. Die Pause, die er sonst zwischen Mittags- und Abendtisch einlegte, hatte er offenbar abgeschrieben, ohne dass Sergio ihn darum bitten musste. Aber allein konnte er den Laden unmöglich schmeißen, bis Sergio vom Dienst kam. Und eine Aushilfe war so schnell nicht zu bekommen.

Auch daran hatte Matteo wohl gedacht. »Zitadelle ist schon unterwegs in den Arci, um die anderen zu holen«, berichtete er.

Sergio schluckte. Die Geschicke des Il Gusto würden in den Händen von Matteo, Trommelfeuer, Kugelblitz und Zitadelle liegen. Es klang wie der Plan für einen Bankraub. Und ebenso riskant war es auch.

Der Koch klopfte ihm aufmunternd auf die Schulter. »Es lebe die Trattoria Mortale!«

KAPITEL 11

Massimo P. Cinis Alabasterwerkstatt lag nur einen Steinwurf vom Römischen Theater entfernt. Wer den Panoramaweg oberhalb der Ruinen entlangspazierte und dann in die Gassen der Altstadt eintauchte, kam zwangsläufig am Atelier des Bildhauers vorbei. Entsprechend gut besucht war seine Arbeitsstätte. Diesen Effekt förderte Massimo noch dadurch, dass er die doppelflügelige Tür zur Werkstatt stets offen hielt und den Passanten einen neugierigen Blick in seine weiße Welt ermöglichte. Der genügte meist, um aus ihnen Besucher zu machen.

Sergio war zu Fuß den Borgo San Giusto hinaufgeeilt und hatte dann die steilen Stufen entlang der Stadtmauer erklommen, um schnell hierherzugelangen. Ein bisschen Atem hatte er noch für ein Telefonat mit Alessandro verbraucht. Der Kollege hatte vermutet, dass Sergio noch mit Giulia herumtändelte. Sergio hatte ihm kurz berichtet, dass sein Vater zum Verhör nach Pisa gebracht worden sei. Statt vom geplanten Besuch in der Alabasterwerkstatt zu erzählen, war er vage geblieben: Er habe noch etwas zu tun und werde danach in die Wache zurückkehren.

Eine Gruppe Touristen kam Sergio entgegen, als er die Werkstatt betrat. Die Senioren, die das Atelier im Entenmarsch verließen, trugen bunte T-Shirts und darüber Warnwesten. Hinter ihnen schlenderte ein junger Mann mit dunklem Hemd und verspiegelter Sonnenbrille her. In der Hand hielt er eine abgebrochene Autoantenne, an der ein Stofftaschentuch befestigt war.

»*Ciao*, Carlo«, grüßte Sergio den Stadtführer. »Was bedeuten die Westen? Müssen sich deine Kunden jetzt warm anziehen, oder gibt es hier ein neues Sicherheitskonzept, von dem ich noch nichts weiß?«

Carlo grinste so breit, dass seine Brille ein bisschen verrutschte. »Das sind Niederländer«, erklärte er und wedelte dabei mit der Antenne. »Wegen des Fußball-Länderspiels ihrer Landsleute gegen Frankreich heute Abend wollten sie ihre Nationalfarbe tragen, und einer von ihnen hatte diese Idee mit den orangefarbenen Westen.« Er zuckte mit den Schultern und eilte hinter der Gruppe her.

Im Eingangsbereich türmten sich Alabasterbrocken. Aus dem hellen Geröllhaufen ragten Skulpturen, als würden sie einfach so aus dem Werkstoff wachsen: ein männlicher Torso, die Büste einer Frau, eine hohe Vase mit Blumenornamenten. Es roch nach dem heißen Metall einer jüngst benutzten Schleifmaschine und nach kaltem Staub. Der Steinboden und die grob gemauerten Wände mit den alten Fotos hatten ebenso die Farbe des Alabasters angenommen wie die niedrige, gewölbte Ziegeldecke, die Regale, Paletten und Schemel. Die Umgebung sah aus wie eingefroren.

Die Werkstatt erstreckte sich über drei höhlenartige,

gepuderte Räume. Im hinteren traf Sergio auf Massimo P. Cini.

Der Bildhauer sah in seinem weißen T-Shirt und der gleichfarbigen Hose wie ein Bäcker aus, der gerade einen Teig knetet. Seine Hände wirkten lang gezogen, als würde man sie durch einen Zerrspiegel betrachten, und umschlossen eine grazile steinerne Arbeit, deren Form nicht genau zu erkennen war. Massimo war schlank, beinahe dünn, aber muskulös. Er trug sein silbergraues Haar recht lang für einen Mann über sechzig und einen eleganten Schnauzbart. Als er Sergio sah, verhüllte er sein Werk mit einem zerschlissenen Tuch, legte seine Arbeitsbrille auf einem Schemel ab und musterte sein Gegenüber.

»*Buona sera*, Signore. Gibt es einen Alabasternotfall? Oder warum kommt die Polizei hierher?«

»Etwas in der Art, Signor Cini«, antwortete Sergio.

Er schaute sich um. Er wollte vermeiden, sofort seinen Namen zu nennen, lieber erst einmal mit dem Künstler ins Gespräch kommen. Vor einer Wand lag in einem meterhohen Durcheinander ein Haufen Steine. Darüber hing ein Bild, die verblichene Schwarz-Weiß-Fotografie einer Werkstattszene mit der Aufschrift *Volterra – Hauptstadt des Alabasters*.

Sergio deutete darauf. »Farbfilme in der Kamera haben sich hier wohl noch nie gelohnt.«

»Das ist ein Irrtum«, entgegnete der Bildhauer. »Der Alabaster aus den Gruben in unserer schönen Umgebung hat mehr als drei Dutzend Farben. Deshalb ist er ja auch einzigartig auf der Welt.«

Er griff in ein Regal neben sich und reichte Sergio zwei längliche, grob bearbeitete Stücke Stein. Dann lotste er ihn in einen Nebenraum.

»Dort ist mehr Licht, mehr Erkenntnis«, sagte Massimo, ließ Sergio vorgehen und zog einen Vorhang hinter sich zu. In dem Raum stand in einer Ecke eine Werkbank unter zwei Strahlern. »Die Alabasterkunst ist halb Handwerk, halb Zauberei.«

Sergio drehte die beiden Lehrstücke in dem grellen Licht. Einige Stellen waren glatt und glänzend, andere stumpf und körnig, hier waren Spuren von Rot und Grau zu erkennen, dort eine Art Durchsichtigkeit.

»Den Stein bearbeitet man nicht nur, man verwandelt ihn auch«, sprach Massimo weiter. »Deshalb kann ich damit ebenso eine Wand verkleiden wie eine nackte Schönheit erschaffen.«

»Können Sie sie auch zum Leben erwecken?«

»Hätten Sie sich meine Arbeiten genau angesehen, würden Sie eine solche Frage nicht stellen.« Massimo ließ sich auf einem Schemel neben der Werkbank nieder und zeigte auf einen Hocker mit einem verstaubten Sitzkissen darauf. »Nehmen Sie Platz, Signor Panda, und sagen Sie mir, was Sie wirklich hier wollen.«

Sergio legte das Kissen beiseite und setzte sich. Der Bildhauer wusste, wer er war?

Als hätte er Sergios Gedanken gelesen, erklärte Massimo: »Ich bin ein Bewunderer Ihrer Fotografien, Signore. Sehnsüchtig erwarte ich schon die nächste Ausstellung des Fotoklubs.«

Jetzt wollte Sergio ebenfalls die Plauderei beenden. Er musste zur Sache kommen.

»Sie kennen meinen Vater.«

Massimo lächelte seine Hände an. »Das müsste zwar eigentlich strafbar sein, ist es aber – soweit ich weiß – nicht. Noch nicht.«

»Und Sie kannten Stella Aurora.«

Massimos Blick haftete an seinen Händen. »La bella Stella … wer kannte sie nicht?«

Dieser Künstler formte das Gespräch wie einen Brocken Alabaster. Aber Sergio würde ihm schon den Meißel aus der Hand nehmen.

»Sie haben Stella vorgestern getroffen.«

»Da ist Ihr Signor Vater mir wohl zuvorgekommen, wie man hört. Manche Dinge ändern sich nie.«

»War sie hier, in Ihrem Atelier?«, fragte Sergio beharrlich weiter.

Der Bildhauer erhob sich von der Bank und rieb sich die Hände, dass es staubte. Ohne Sergio anzusehen, sagte er: »Nein, war sie nicht. Ich habe jetzt zu arbeiten, Signor Panda. Wenn Sie mich entschuldigen wollen? Das ehrbare Handwerk ruht nicht gern.«

Nachdenklich verließ Sergio die Werkstatt. Massimo P. Cini war nicht gerade auskunftsfreudig gewesen. Gab es unter dem weißen Staub mehr zu entdecken, als auf den ersten Blick erkennbar war? Vor der Ateliertür blieb Sergio stehen, nahm die Dienstmütze ab und kratzte sich im Nacken. Von hier aus war die Mauer über dem Römischen

Theater zu sehen. Sergio legte den Weg dorthin in einer halben Minute zurück. An dieser Stelle war Stella zu Tode gekommen. Vermutlich war sie von ihrem Mörder in die Tiefe gestoßen worden.

Sergio drehte sich um und schaute in die Richtung zurück, aus der er gekommen war. Die Entfernung zu Massimos Atelier war so gering, dass er das Schild neben der Tür lesen konnte. *Polvere* stand darauf. Staub. Das war der Titel von Massimos Initiative zur Rettung des Alabasterhandwerks.

Das Römische Theater. Die Werkstatt. Gab es eine Verbindung zwischen den beiden Orten?

Nachdenklich stützte Sergio die Hände auf die hüfthohe Mauer und schaute zu den Ruinen hinab. Der Zugang war nach wie vor geschlossen. Das Nachmittagslicht strahlte die Reste der Bühne aus wie ein gewaltiger Scheinwerfer. Aber es war niemand da, den es zu beleuchten galt. Das Theater selbst war der Hauptdarsteller.

Sergio hatte diesen Ort immer geliebt. Er zeigte ihm, dass die Stadt, in der er lebte, Menschen schon seit Tausenden von Jahren am Herzen lag. Während er den Blick über die von Gras überwucherten Sitzplätze schweifen ließ, stellte er sich vor, welche Geräusche hier einmal zu hören gewesen waren: Beifall, Begeisterungsrufe, Beleidigungen. Das Leben war in diesem Theater zu Hause gewesen. Aber nicht auf der Bühne. Da war es nur nachgestellt worden. Die echten Gefühle hatte es auf den Rängen gegeben.

Weiter hinten auf dem Gelände waren Grundmauern im verdorrten Gras zu erkennen. Dort hatten Archäologen die Reste eines antiken Badehauses gefunden. Die Säulen, die zusammengestürzt im Boden gelegen hatten, waren wieder aufgestellt worden. Mit etwas Fantasie konnte man sich vorstellen, wo damals die Badebecken gelegen hatten, wo man unter Säulengängen herumspaziert war und einen Tag in guter Gesellschaft genossen hatte.

Um eine der Säulen hatte der Wind eine Plastikplane gewickelt. Das war alles, was von Stella Auroras Unglück an diesem Ort übrig geblieben war. Und auch die Plane würde in den nächsten Tagen entfernt werden. Dann wäre alles wie zuvor. Und doch würde es das nie wieder sein.

So viele Eindrücke! Sergio spürte, wie die Gedanken über seinem Geist zusammenschlugen. Stellas Körper. Dasselbe geblümte Sommerkleid, das sie getragen hatte, als sein Vater sie ausgeführt hatte. Der Alabaster auf ihrem Gesicht, ihren Beinen, ihren Schuhen.

Sergio stutzte. Eine Erinnerung stieg aus der Tiefe seines Bewusstseins auf. Aber sie schaffte es nicht bis an die Oberfläche. Er klopfte mit lockerer Faust auf die Mauer. Was war da gewesen? Noch einmal rief er sich ins Gedächtnis, wie er bei Stella Wache gehalten und darauf gewartet hatte, dass die Kollegen aus Pisa anrückten. Die Hitze. Seine Uniformjacke, die er über Stella ausgebreitet hatte. Die Menschen, die von der Mauer über den Rängen zu ihm heruntergeschaut hatten. Sie hatten genau da gestanden, wo er sich jetzt befand. War Stellas Mörder unter ihnen gewesen? Sergio kannte den Mythos, der besagte, dass ein Verbrecher immer zum Tatort zurückkehrte. Aber das gab es nur in Krimis. Er betrachtete den Boden vor der

Mauer. Bis auf ein paar Ölflecken war nichts Ungewöhnliches zu sehen. Einige Besucher kamen sogar mit dem Motorroller hierher, weil ihnen der Aufstieg zu Fuß zu beschwerlich war.

Stella war zu Fuß unterwegs gewesen.

Im Teatro hatte einem ihrer Schuhe der Absatz gefehlt. Sie mochte ihn bei ihrem Sturz verloren haben.

Sergio beugte sich über die Mauer und schaute hinab. Die Sonne stand schon tief, und das Rund der antiken Sitzreihen lag jetzt im Schatten. Auf den Steinen wucherte Kriechmispel. Die Kollegen von der Spurensicherung hatten das Theater bestimmt gründlich untersucht. Wenn Stellas Schuhabsatz dort unten gelegen hätte, dann hätten sie ihn gefunden. In den Berichten aus Pisa hatte nichts darüber gestanden.

Wenn sie ihn aber schon vor ihrem Sturz verloren hatte? Sergio rieb sich die Wange. Die Stoppeln seines Dreitagebarts kratzten über seine Hand. Auch hier oben werden sich die Kriminaltechniker umgesehen haben, überlegte er. Trotzdem zwickte ihn etwas an der Sache. Noch einmal schaute er zu Massimos Atelier hinüber. Langsam, als wäre er von seinen Zweifeln an die Theatermauer gekettet, ging Sergio den Weg zur Werkstatt zurück. Er streckte eine Hand aus und strich über eine weiß verputzte Hauswand. Vor einem Fenster war ein Eisengitter angebracht. Darüber war eine Laterne in die Fassade montiert. Sergio schaute nach unten. Der Straßenbelag war schadhaft. Zwar hatte man ihn an einer teppichgroßen Stelle ausgebessert, sonst zeigte er aber Risse. Die Spalten liefen ein Stück weit auf das Atelier zu und verschwanden dann unter einem parkenden Auto.

Sergio schaute zwischen die Eisenstangen eines Gullis, tastete hinter einem Blumenkübel herum und schob einen Müllcontainer zur Seite. Wieder fielen ihm die Risse im Asphalt auf. Sie liefen durch den Bodenbelag wie Krampfadern durch die graue Haut von Greisen, bis sie unter einem am Rand der Gasse abgestellten feuerblauen Ford verschwanden.

Sergio kniete sich hin und spähte unter den Wagen. Etwa unterhalb der Ölwanne war etwas zu sehen. Er streckte den Arm aus, erreichte das Ding aber nicht. Er legte sich flach auf den Boden, presste die Wange gegen den warmen Asphalt und versuchte es noch einmal. Die Nähte seines Hemdes spannten bedenklich, als er versuchte, das Objekt mit den Fingerspitzen zu erreichen. Doch der Wagen war zu breit. Gerade hatte er sich entschlossen, unter den Ford zu kriechen, als sein Telefon klingelte. Es steckte in einer Seitentasche seiner Uniformjacke. Sergio warf seiner Entdeckung einen letzten sehnsuchtsvollen Blick zu. Dann stand er auf und zog das Telefon hervor. Es war die Wache.

»Sergio hier«, sagte er. Diesmal hatte er daran gedacht, das Gerät über Nacht aufzuladen.

»Du musst sofort zur Piazza kommen«, sagte Alessandro in der Geschwindigkeit, mit der er für gewöhnlich auf die Tastatur seines Computers einhämmerte. »Die Theaterschauspieler und die Teilnehmer des Palio geraten sich hier in die Haare.«

Sergio ging noch einmal in die Knie, während er sich das Telefon ans Ohr presste. »Muss das jetzt sein?«, fragte er. Er hörte Menschen durcheinanderrufen, dann kehrte Alessandros Stimme zurück. »Ich muss jetzt zurück in die Wache. Du kommst besser her, oder wir werden Verstärkung aus der Nachbarstadt rufen müssen.«

Sergio legte auf und lief los.

KAPITEL 12

Die behelfsmäßige Theaterbühne auf der Piazza dei Priori, Volterras zentralem Platz, war noch nicht vollständig aufgebaut. Doch das Drama hatte bereits begonnen. Schon als Sergio durch den schmalen Vicolo dell'Oro lief, hörte er die Stimmen, die zuvor durch sein Mobiltelefon geschallt waren. Zwar konnte er noch nicht verstehen, was gerufen wurde, aber die Lautstärke sprach Bände.

Sergio erreichte die Piazza. Im Hintergrund standen wie immer die Tische und Stühle der Bar und des Restaurants auf dem Platz. Sie waren mit Touristen besetzt. Weiter vorn hatte man die Plastikstühle für die Aufführung des Theaterstücks aufgestellt. Auf einigen der Sitze hatten alteingesessene Volterraner Platz genommen. Mit verschränkten Armen und versteinerten Mienen verfolgten sie, was sich um die Bühne herum abspielte.

Vor dem Bretterboden standen die Mitglieder der Contraden-Musiktruppe. Wenn das Mittelalterfest der Contraden, der Stadtbezirke, begann, zogen die jungen Leute in historischen Kostümen durch die Straßen und schlugen die Trommeln. Sie versammelten sich dann auf der Piazza, wo an diesem Tag der Wettkampf Palio del Cero stattfand, der dem Fest den Namen gab. Heute war die Gruppe in normaler Kleidung erschienen, die Trommeln hatten sie umgehängt. Sie riefen und gestikulierten in Richtung der Schauspieler, die sich oben auf der Bühne um Regisseur Lontani versammelt hatten und ihrerseits ihrem Unmut über die Trommler Ausdruck verliehen. Während die Musiker lauter brüllten, verfügten die Schauspieler über eindrucksvollere Gesten. Die Kräfte waren gleichmäßig verteilt, und wenn nichts geschah, würde der Streit wohl bis in den Abend hinein andauern.

Sergio drängte sich zwischen den Musikern hindurch. Eine der langen Trommeln schlug gegen seine Beine. »Ruhe! Was ist hier los?«, rief er.

Nur Susanna, eine der Trommlerinnen, grüßte ihn knapp. Sonst beachtete ihn niemand. Die Alteingesessenen auf den Plastikstühlen betrachteten weiter reglos das Geschehen. Einer von ihnen zerkaute genüsslich einen Zahnstocher. Sergio erkannte seinen Onkel Lorenzo hinter dessen Sonnenbrille.

Lorenzo Testi hatte bis vor zwei Jahren die Volterraner Polizeiwache geleitet und dafür gesorgt, dass der Wunsch seiner Schwester in Erfüllung ging, und Sergio eine Ausbildung bei der Polizia di Stato vermittelt. Dass ausgerechnet sein Onkel jetzt beobachten würde, wie Sergio in der Öffentlichkeit als Autorität scheiterte, musste unbedingt verhindert werden.

»Ruhe! Was ist hier los?«, versuchte Sergio noch einmal, sich Gehör zu verschaffen. Doch das Lärmen und Rufen ging weiter. Er ging um die Bühne herum. An der Rückseite der Holzkonstruktion stand eine Treppe aus Aluminium. Er stieg die fünf Stufen hinauf und fand sich zwischen halb aufgebauten Kulissen und herumliegenden Requisiten wieder. Er umrundete die lebensgroße, mit Goldfarbe überzogene Statue einer nackten Dame. Daneben stand ein Hocker, auf dem ein goldenes Bügeleisen abgelegt worden war. Sergio entdeckte einen schwarz lackierten Holzsarg, auf den ein weißes Kreuz gepinselt war, und Leinensäcke mit plakativen Dollarzeichen darauf. Vor allem aber sah er von dieser Seite der Bühne aus die Rücken der Schauspieler. Er erkannte auch die helle Kleidung von Regisseur Lontani.

Niemand schien Notiz von Sergio zu nehmen.

Noch nicht.

Am Rand der Bühne war ein Mikrofonständer aufgebaut. Das Kabel des Mikrofons baumelte lose herab. Sergio brauchte nicht lange, um den dazugehörigen Verstärker zu finden. Er legte einen Kippschalter um. Ein rotes Licht neben den Drehknöpfen signalisierte, dass das Gerät einsatzbereit war. Als er den Klinkenstecker in die dafür vorgesehene Buchse schob, hallte ein ohrenbetäubendes Krachen über den Platz.

Sergio trat ans Mikrofon. Die Schutzhülle aus Schaumstoff fehlte, und das Metall roch unangenehm nach etwas, das einmal Thunfisch gewesen sein mochte. Er überlegte, mit welchen Worten er den Tumult beenden sollte. Er war sich der Aufmerksamkeit seines Onkels bewusst, obwohl der gerade vorgab, in eine andere Richtung zu schauen.

Sergio öffnete den Mund.

Worte, Worte, wo seid ihr, wenn man euch braucht?

Dabei gab es ja schon genug davon. Man musste sie nur für die eigenen Zwecke nutzen. Sergio zog das Mikrofon aus der Halterung und hielt das Gerät mitten in die Gruppe der Schauspieler hinein. Im nächsten Augenblick schallten fantasiereiche italienische Verwünschungen über die Piazza. Darin ging es um »Bauern mit Brotverstand«, darum, dass der Gegner so hässlich sei, dass er sich für Geld auf dem Jahrmarkt ausstellen lassen könne, und um boshafte Bemerkungen zu Körperpflege, Geschlechtsleben und Familie der Widersacher.

Die Piazza war mit einem Mal erfüllt von Gelächter. Und das brachte die Streithähne endlich zum Schweigen.

Lontani schaute sich um wie ein Taucher, der nach langer Strecke wieder an die Oberfläche kommt. Er entdeckte Sergio, der gerade das Mikrofon beiseitelegte. Eine Hand des Regisseurs berührte Sergios Schulter. »Gut, dass Sie gekommen sind, Agente.«

Lontanis Worte klangen unterwürfig.

Sergio versuchte, sich in Geduld zu üben. »Was gibt es denn hier für ein Problem?«, wollte er wissen.

Am Fuß der Bühne standen die Trommler und schauten erwartungsvoll zu ihm herauf. Immerhin verhielten sie sich jetzt ruhig.

»Wir wollten gerade proben, als ...« Lontani kniff die Augen zusammen. »Waren Sie nicht gestern im Restaurant, als der verrückte Alte aufgekreuzt ist?«

»Bleiben Sie bei der Sache«, verlangte Sergio.

»Also, wir sind gerade bei einer schwierigen Szene, da kommt auf einmal diese Meute auf den Platz marschiert und trommelt alles nieder. Man kann sein eigenes Wort nicht mehr verstehen, geschweige denn das der anderen Ensemblemitglieder. So geht das nicht. Sollen wir Pantomime spielen? Wir sind Künstler, keine Komödianten!« Lontani hatte die Fingerspitzen der rechten Hand aneinandergelegt und stieß sich damit immer wieder gegen die Brust.

Augenblicklich protestierten die Trommler. Einer von ihnen, es war Salvatore, der Leiter der Gruppe, rief: »In fünf Tagen ist Palio. Wir müssen für den großen Umzug üben. Es ist doch nicht unsere Schuld, dass die Stadtverwaltung diese Bühne mitten auf die Piazza gestellt hat. Der Palio braucht seine Musik!«

»Musik?«, rief Lontani. »Weißt du überhaupt, was Musik ist?«

Sergio musste an Giulia und ihr Saxophon denken. »Wie lange dauern denn die Proben für das Stück noch?«, fragte er und hoffte, dass Lontani in einer Stunde die Piazza räumen würde.

Doch der Regisseur zeigte keinerlei Kompromissbereitschaft. »So lange, bis wir fertig sind«, fauchte er. »Die Saison hat gerade erst begonnen. Wir kommen direkt aus Rom, verstehen Sie?«

Sergio schüttelte den Kopf.

Mit wachsender Ungeduld in der Stimme erklärte ihm Lontani, das Theaterstück habe in Volterra Premiere. »Das bedeutet«, sagte der Regisseur übertrieben langsam und deutlich, »dass wir die schwierigen Stellen noch proben müssen. Außerdem sind mir auf der Fahrt hierher ein paar Verbesserungen eingefallen. Und die müssen auch erst einstudiert werden. Es gibt also viel zu tun, Agente!«

Sergio versuchte es bei Salvatore. »Und das Trommeln? Könnt ihr das vielleicht auf morgen verschieben?«

Der Angesprochene schüttelte den Kopf. »Unmöglich. Zwei unserer Mitglieder wohnen mittlerweile in Florenz und sind extra für die Proben angereist. Soll ich die etwa wieder zurückschicken?« Salvatore hob Hände und Augenbrauen.

Sergio wurde den Eindruck nicht los, dass beide Parteien schon aus Prinzip nicht einlenkten.

Am liebsten hätte er alle nach Hause geschickt. Doch das war keine Lösung. Lontani würde sich beim Bürgermeister beschweren. Der würde Sergio bitten, sich besser um den Regisseur und seine Befindlichkeiten zu kümmern. Und damit wäre Sergio offiziell das Kindermädchen des Schauspielerkönigs.

Es war also besser, das Problem gleich hier und jetzt aus der Welt zu schaffen.

»Was ist das für ein Stück, für das Sie proben?«, wollte Sergio wissen.

»*Die blinde Sängerin im Theater des Schweigens*«, antwortete Lontani. »Das ist eine zeitgenössische Version von *Elektra*, falls Ihnen das was sagt.«

Sergio kannte die Tragödie des Sophokles. Er selbst hatte seinerzeit beim Schülertheater die Rolle des Orestes gespielt. Aber das wollte er Lontani nicht auf die Nase binden. Der Regisseur sollte ruhig glauben, einen Kultur-banausen vor sich zu haben.

»Ist das etwas Modernes?«, fragte Sergio stattdessen.

»*Elektra*«, blaffte Lontani, »ist zweitausend Jahre alt. Mindestens.«

»Eine betagte Dame«, sagte Sergio. »Warum bringen Sie sie auf so eine simple Bühne?« Sergio wusste genau, dass Lontani mit dem Aufführungsort unzufrieden war. Erst gestern war er aus dem Palazzo Pretorio gestürmt und hatte die Stadtväter verflucht, weil sie sein Stück auf einen Bretterverschlag umquartiert hatten.

Lontani zögerte. Anscheinend hatte er nicht damit gerechnet, dass ausgerechnet ein Polizist seiner Meinung war. »Genau!«, rief er aus. »Wir sind von der Ruine eines antiken Theaters auf die Ruine des guten Geschmacks verbannt worden. Wir sind Opfer der Verwaltung, der Willkür und des Stumpfsinns.«

Sergio beugte sich zu dem Regisseur hinüber. »Für die Proben könnte ich Ihnen einen passenderen Ort anbieten. Kennen Sie schon den Stadtpark?«

»Dieses Nest ist zwar winzig, aber ich kann noch nicht jeden Winkel gesehen haben, oder?«

»Der Park liegt ganz in der Nähe«, fuhr Sergio fort. »Da könnten Sie mit Ihren Leuten in Ruhe proben, zwischen den Ruinen etruskischer Gebäude. Die sind zweitausend Jahre alt. Mindestens.«

»Ist das wahr?« Lontani schaute Sergio skeptisch an wie eine Flasche billigen Weins, auf der das Etikett eines noblen Tropfens klebte.

Sergio sah auf die Uhr. Es war kurz vor sechs. »Ich kann Sie gleich jetzt hinführen. Dann können Sie den späten Nachmittag noch nutzen.«

Sergio wartete nicht darauf, dass Lontani Zweifel kamen, und stieg mit schnellen Schritten die Bühnentreppe hinunter. In seinem Rücken hörte er Lontani Anweisungen rufen. Dann war der Regisseur wieder neben ihm. Die Schauspieler folgten. Jeder hatte sich einige Requisiten geschnappt. Eine Prozession mit einer goldenen Statue, einem Bügeleisen und einem Sarg zog über die Piazza.

Sergio nickte den Trommlern knapp zu. Salvatore winkte und gab den Musikern das Kommando, sich wieder in zwei Reihen aufzustellen.

Als Sergio am Ende der Piazza angekommen war, sah er sich noch einmal nach seinem Onkel Lorenzo um. Doch der Stuhl, auf dem der pensionierte Polizist gesessen hatte, war leer.

KAPITEL 13

Die Schauspieler hatten den Park erreicht. Lontani stand am Eingang der Grünanlage und deutete auf die Festung am anderen Ende. »Ist das die etruskische Ruine, von der Sie gesprochen haben?«

»Das ist das Gefängnis«, erklärte Sergio. Insgeheim wunderte er sich darüber, dass der Regisseur eine mittelalterliche Festung nicht von etruskischen Siedlungsresten unterscheiden konnte, verzichtete aber darauf, Lontani eine Geschichtslektion zu erteilen.

»Gefängnis?« Lontani senkte die Stimme. »Dort sollen wir doch wohl nicht proben!«

»Die Dramen da drin dauern mindestens sieben Jahre«, erwiderte Sergio. »In den Bau kommen nur die schweren Jungs.«

Lontani starrte zu der Festung hinüber.

»Keine Sorge.« Sergio grinste. »Für den Zwischenfall auf der Piazza müssen Sie nicht ins Gefängnis. Kommen Sie! Hier geht's lang!«

Er führte die Schauspieler an einigen Spielgeräten für Kinder vorbei, die im Park aufgestellt waren. Dahinter sperrte ein grün lackierter Metallzaun die etruskischen Ruinen ab. Die Besichtigungszeit war für den Tag bereits beendet. Sergio zog einen Schlüsselbund aus der Hosentasche und schloss das Tor auf. Vor ihnen lag die alte Akropolis, die Hochstadt der Etrusker. Wie in allen Städten der Antike hatten auch die Urväter Volterras ihre Tempel, Paläste und Wohnhäuser auf dem höchsten Punkt der Siedlung errichtet. Jetzt waren von den Gebäuden nur noch die Grundmauern erhalten. Diese verliefen kniehoch im Gelände, wie ein Irrgarten für Gnome. Jedes Jahr arbeiteten Archäologen auf Volterras Akropolis, aber derzeit ruhten die Ausgrabungen. Gras war über die Steine gewachsen, von der Sonne verbrannt lag es auf den goldenen Tuffblöcken. Die Luft war erfüllt vom Zirpen der Zikaden.

»Wenn man von den Insekten absieht, sind Sie hier ungestört«, sagte Sergio und hielt das Tor auf, damit die Schauspieler hindurchgehen konnten.

Es war höchste Zeit, Lontanis Truppe loszuwerden. Er hatte sich schon viel zu lange mit den Bühnenkünstlern beschäftigen müssen. Dabei gab es so viel Wichtigeres zu erledigen! Angelo saß in der Questura in Pisa und musste abgeholt werden. Unter dem blauen Ford am Römischen Theater steckte vielleicht ein Beweisstück für den Mord an Stella Aurora. Die Trattoria segelte herrenlos einem turbulenten Abend entgegen. Und Sergio musste den Aufpasser für eine Theatertruppe spielen, die keine anderen Probleme auf der Welt gelten ließ als jene, die sie auf die Bühne bringen wollte. Er spürte das Erdbeben in sich rumoren.

Lontani ließ den Blick über die Akropolis schweifen. »Wo sind denn diese etruskischen Ruinen?«, fragte er.

»Sie stehen direkt davor«, antwortete Sergio.

»Aber gibt es denn keine Fassaden, keine Säulen, keine Wandmalereien?« Lontani stemmte die Hände in die Hüften und drehte den Oberkörper, als wäre er der Scheinwerfer eines Leuchtturms.

»Das hier ist Volterra«, erwiderte Sergio, »nicht Pompeji.«

»Es ist ein Trümmerhaufen«, befand Lontani.

Sergio griff nach einem Holzgeländer, um sich festzuhalten. Was wollte dieser Einfaltspinsel denn noch? »Sie sind doch Schauspieler. Dann müssten Sie auch wissen, wie man eine Kulisse mit Leben füllt.«

»Und Sie sind Polizist und müssten wissen, dass Sie nichts wissen. Jedenfalls nicht über die Schauspielkunst«, blaffte Lontani.

»Rauschgift«, rief eine Stimme. Sergio erschrak. Wo war das hergekommen?

Zwei Schauspieler hatten sich auf einen Mauerrest gestellt. Der eine war ein junger Mann mit Kindergesicht. Er konnte nicht älter sein als achtzehn. Seine Augenbrauen wirkten wie gezupft, und sein Mund war breit und sinnlich wie der von Kugelblitz, wenn er sich über seinen Nachtisch hermachte. Sein Mitspieler war ein älterer Herr von beträchtlichen Körpermaßen. Sein kleiner Kopf schien direkt in den Rumpf überzugehen, ohne von einem Hals getragen zu werden. Dennoch verstand er es, sein Haupt in einer fragenden Position schief zu legen und den Jüngeren ungläubig anzublicken.

»Rauschgift?«, fragte der Dicke.

Der Jüngere riss die Augen auf und nickte so heftig, dass ihm die Haare in die Stirn flogen. »Natürlich war es Rauschgift. Vergessen wir nicht, in welchen Kreisen solche Leute verkehren.«

Sergio lachte. Sein Zorn auf Lontani war sofort verflogen. Er kannte diesen Dialog. Erst am Morgen hatte er ihn gehört. Auf der Wache, als Alessandro ihm die Videoaufzeichnung der Pressekonferenz vorgespielt hatte. Es waren die Worte Baldis und Rossis.

Die beiden Schauspieler mussten ein gutes Gedächtnis für Texte haben, denn die Vorstellung ging weiter.

»In der Questura in Pisa steht uns modernste Technologie zur Verfügung. Unser Personal ist mit den neuesten Methoden der Kriminalistik vertraut. Den neu-e-sten Me-tho-den«, betonte der junge Schauspieler und schlug sich bei jeder Silbe mit der flachen Hand gegen die Stirn.

Seine Kollegen, drei Männer und zwei Frauen, die am Rand der Akropolis die Requisiten sortierten, lachten und applaudierten.

»Weiter, Michele!«, rief Lontani.

Der Schauspieler ließ sich nicht lange bitten. Er war wirklich wandlungsfähig. »Ich selbst war ein halbes Jahr in den Vereinigten Staaten«, gab er den Baldi. »Dort habe ich bei der Verbrechensbekämpfung geholfen.« Er hakte die Daumen in den Gürtel und streckte die Brust heraus. Dann marschierte er auf der Mauer auf und ab.

»Und hast du dort etwas gelernt?«, fragte sein halsloser Mitspieler.

»Natürlich«, erwiderte Michele. »Ich kann zum Beispiel Rauschgift mit verbundenen Augen erkennen. Man muss mir nur vorher sagen, dass Künstler in der Nähe sind.«

Die anderen Mitglieder der Truppe buhten Michele aus.

Vor Sergios Augen verwandelten sich die beiden Schauspieler mal in Baldi und mal Rossi. Er konnte förmlich sehen, wie sich Baldi über das schüttere Haar strich und Rossi die Augen zusammenkniff, um sein Gegenüber zu mustern. Man konnte über das Gehabe von Lontani und seinen Leute sagen, was man wollte, aber sie verstanden ihr Handwerk.

Was man von Baldi und Rossi nicht gerade behaupten konnte. Am Vorabend im Il Mulino hatten die Kollegen kaum etwas aus Lontani herausgebracht.

Jetzt aber hatte Sergio die ganze Compagnia Cardinale für sich allein.

Das Telefonino klingelte in seiner Hosentasche und übertrug den Vibrationsalarm auf sein Gesäß. Ausgerechnet jetzt!

»*Pronto*«, meldete er sich.

Es war Alessandro. Er wolle nur sichergehen, dass bei Sergio alles in Ordnung sei und er keine Hilfe brauche. »Ich habe durchs Fenster gesehen, wie du mit Lontani und seinen Leuten verschwunden bist«, sagte Alessandro. Im Hintergrund waren Trommelgeräusche zu hören.

Sergio erklärte die Situation und fügte hinzu: »Wenn ich die Compagnia schon mal für mich habe, werde ich gleich ein paar Fragen zu Stella stellen. Kannst du inzwischen etwas für mich erledigen?«

»Schieß los!«

Sergio bat seinen Kollegen, bei der Questura in Pisa anzurufen und sich nach dem Verbleib Angelos zu erkundigen. »Sie können ihn nicht ewig da festhalten. Wenn er nicht gerade jemanden umbringt, wird er heute irgendwann entlassen werden müssen. Ich muss wissen, wann ich ihn abholen kann.«

»Wird erledigt«, sagte Alessandro.

»Und dann …« Sergio wollte seinen Kollegen bitten, nach dem Fund unter dem geparkten Auto zu sehen, doch er verwarf den Gedanken wieder. Vielleicht steckte da nur ein Stein im Asphalt. Damit würden Alessandro und die anderen Polizisten ihn monatelang aufziehen. Sergio konnte sie schon witzeln hören: »He, Sergio! Hast du heute schon den Stein der Weisen gefunden?«

»Worum geht's denn?«, drang Alessandros Stimme zu ihm durch.

»Ach, nichts«, sagte Sergio und beendete das Gespräch.

Die Schauspieler hatten mittlerweile die goldene Statue und andere Requisiten in den Ruinen aufgestellt. Eine schlanke Frau mit sehr kurzen weißblonden Haaren half ihnen dabei, sich graue Leinentücher um die Schultern zu schlingen, um sie wie Togaträger der Antike aussehen zu lassen. Darüber hinaus wurden sie mit Sonnenbrillen und Smartphones ausgestattet. Auch die goldene Statue bekam eine Toga umgelegt. Anschließend verdeckte die Frau die Skulptur mit einem großen Tuch, bis nicht mehr zu erkennen war, was sich darunter befand.

»Ich muss Ihnen einige Fragen stellen«, rief Sergio.

Zwei der Schauspieler schauten zu ihm herüber.

»Daher weht also der Wind«, sagte Lontani und verschränkte die Arme vor der Brust. »Sie führen uns hierher, damit Sie uns verhören können. Ich habe Ihren Kollegen doch schon gestern Abend zur Verfügung gestanden.« Er winkte den anderen Mitgliedern der Truppe zu. »Weitermachen, Leute! Der Agente hat sich geirrt.«

»Stimmt!«, sagte Sergio. »Ich fange nämlich mit Ihnen an, Signor Lontani.«

Der Regisseur winkte ab. »Rufen Sie mein Büro an. Vielleicht hilft man Ihnen dort weiter.«

Sergio trat einige Schritte zur Seite, in den Schatten der Pinien am Rand der Ausgrabung. Es roch nach Harz. »Wie gut kannten Sie das Mordopfer?«

»Was sagen Sie da?« Lontani reckte den Hals in Sergios Richtung.

»Wie gut kannten Sie Stella Aurora?«

»Sind Sie sicher, dass Stella ermordet wurde?« Lontani runzelte die Stirn.

»Beantworten Sie einfach meine Frage, Signore«, verlangte Sergio.

»Stella und ich waren die besten Freunde«, erklärte Lontani knapp.

Sergio schwieg. Menschen ertragen Stille im Gespräch nicht. Sie versuchen, die Lücken mit Worten auszufüllen. Das hatte man ihm auf der Polizeischule beigebracht, und Lontani entpuppte sich als Musterbeispiel dafür.

»Sie war eine Göttin«, fuhr der Regisseur fort. »Ihr Tod ist ein Verlust fürs Theater, für den Film, für ganz Italien.«

»Für Sie auch?«, wollte Sergio wissen.

»Was glauben Sie denn? Stella hat unser Tourneetheater zu einer Sensation gemacht. Die große Stella Aurora spielt in kleinen Städtchen! Das Publikum ist in Scharen zu unseren Vorstellungen gekommen. Damit ist es jetzt vorbei. Ich bin ruiniert.«

Sergio zog die Brauen in die Höhe. Dafür, dass Stella und Lontani »die besten Freunde« gewesen sein sollten, wirkte der Theatermann erstaunlich kühl. Den Verlust seiner Einnahmen betrauerte er offenbar stärker als die Filmdiva selbst.

»Wie geht es jetzt mit der Compagnia weiter?«

»Wir haben natürlich eine Zweitbesetzung für die Rolle.« Lontani deutete auf Michele. »Der junge Mann dort wird die Klytaimnestra geben, Elektras Mutter.«

»Aber das ist ein Mann«, entfuhr es Sergio.

»Warten Sie's ab.« Lontani grinste.

Bevor Sergio eine weitere Frage stellen konnte, meldete sich sein Telefon. Schon wieder die Wache.

»Sì«, sagte Sergio und beobachtete verärgert, wie sich Lontani davonstahl.

»Alessandro hier. Ich habe in der Questura angerufen, aber nur die Dame am Empfang erreicht. Sie hat herausgefunden, dass dein Vater noch dort ist. Ihrer verschlafenen Stimme nach zu urteilen, hat er auch noch keinen Krach geschlagen.«

»Wann kann er gehen?«, fragte Sergio.

»Das konnte mir die Signora nicht sagen. Ich versuche es später noch mal. Oder willst du das selbst erledigen?«

Sergio schaute zu den Mitgliedern der Compagnia hinüber. Die Gelegenheit, die Schauspieler über Stella zu befragen, war günstig. Er durfte sie nicht ungenutzt verstreichen lassen. »Kannst du in einer Stunde noch mal in der Questura anrufen? Danach übernehme ich.«

»Kein Problem. Für deinen Vater würde ich den Papst aus dem Petersdom klingeln«, sagte Alessandro und legte auf.

Sergio steckte das Telefon weg und schlenderte zu den Schauspielern hinüber. Lontani war gerade dabei, seine Leute um die verdeckte Statue herum aufzustellen. Dabei warf sich der Regisseur mal in eine angriffslustige Pose, mal tat er so, als schrecke er zurück. Michele und seine Kollegen nickten zu den Instruktionen. Alle waren beschäftigt. Alle, bis auf die weißblonde Frau, die die Schauspieler in die grauen Tücher gewickelt hatte. Sie hatte sich auf einen großen runden Stein gesetzt, der einst zum Mahlen von Getreide verwendet worden war. Sie schaute aufmerksam zu, was die anderen trieben, und bemerkte Sergio erst, als er fast neben ihr stand.

»Signora?«, fragte Sergio. »Haben Sie etwas dagegen, wenn ich mich zu Ihnen setze?« Er schätzte, dass sie um die dreißig war. Sie war eine attraktive Frau, mehr anmutig als schön. Ihre Zähne ragten ein wenig aus ihrem Mund hervor und verliehen ihren Zügen Charakter.

Sie musterte ihn. »Könnte ich mich der Polizeigewalt denn widersetzen?«, entgegnete sie und rückte zur Seite.

Sergio nahm neben ihr Platz. Der Stein war von der Sonne aufgeheizt. »Ein altes Volterraner Sprichwort lautet:

Wenn die Stadt im Glutofen des Sommers brät, schmelzen sogar die Steine«, sagte er.

Sie lachte. »Das kenne ich anders. Bei uns in Rom heißt es, dass an solchen Tagen sogar versteinerte Herzen schmelzen.«

»Die schmelzen in der Toskana sogar im Winter«, gab Sergio zurück.

»Das muss an den schönen Männern liegen, die hier rumlaufen«, sagte sie und schloss einen Moment zu lange die Augen, bevor sie ihn wieder ansah.

Sergio spürte, wie sich die Haare auf seiner Brust aufstellten. Vorsicht, ermahnte er sich. Sie scheint genau zu wissen, wie sie mit einem Dorfpolizisten umspringen muss.

»Welche Rolle spielen Sie in diesem Stück?«, fragte er.

»Die wichtigste«, sagte sie. »Ich kümmere mich um Maske, Kostüme und Requisite.« Sie deutete auf einen Haufen Stoffe. Dabei rutschten fünf klimpernde Emaillereifen an ihrem rechten Arm herab.

»Dann haben Sie bestimmt auch Stella ausstaffiert.« Endlich bot sich Gelegenheit, zum Thema zu kommen. »Kannten Sie sie gut?«

Sie schaute zu den Proben hinüber. »Keiner kannte Stella gut. Sie hat niemanden an sich herangelassen. Nicht mal eine Maskenbildnerin. Ganz schön eigensinnig für eine Schauspielerin, nicht wahr?«

»Sie hat sich für ihre Auftritte selbst geschminkt?« Sergio runzelte die Stirn. »Geht das?«

»Natürlich nicht!« Sie schnaubte. »Aber sie war sich zu fein, jemand anders ihr kostbares Gesicht verschönern zu lassen. Schon gar keine Maskenbildnerin aus einem Provinztheater. Als wir hier angekommen sind, hat sie sich gleich als Erstes bei Felice über mich beschwert, weil die Kostüme angeblich abfärbten.«

Diese Frau trug ihre Abneigung gegen Stella offen zur Schau. Sie war das Gegenteil von Felice Lontani – ein Glücksfall für Sergio.

»Das scheint ein Widerspruch zu sein«, sagte Sergio. »Wenn Stella das Tourneetheater verachtet hat, wieso ist sie dann bei der Compagnia eingestiegen?«

»Haben Sie Stella gesehen? Sie wurde allmählich alt. Eine Filmdiva kann noch so sehr auf ihr Äußeres achtgeben. Sie kann täglich in Eselsmilch baden und das Sonnenlicht meiden wie der Teufel das Weihwasser. Aber irgendwann kratzt ihr die Zeit die Schönheit vom Gesicht. Dann bleiben nur Furchen. Dann ist es vorbei mit Ruhm und Reichtum. Dann wartet das Tourneetheater auf einen. Und nicht einmal da hatte Stella noch Erfolg. Sie sollte der Compagnia zu mehr Publikum verhelfen … allerdings blieben viele Sitze leer.«

»Aber sie war doch ein Star«, entgegnete Sergio.

»Ein Star, an den sich nur Menschen über sechzig erinnern.« Die Maskenbildnerin warf Luft über ihre Schulter.

Sergio unterließ es, die Signora zu verbessern und ihr sein eigenes Alter mitzuteilen. Er liebte Stellas Filme. Und er war erst einundvierzig.

»Wussten Sie, dass Stella *Le Ricordanze – Wenn es dunkel wird, suche die Sterne* hier in Volterra gedreht hat?«, fragte er.

»Ist das wahr?«

»Gleich da drüben im Park hat sie Franco Fiorello einen der schönsten Küsse der Filmgeschichte gegeben.« Sergio deutete in Richtung der Grünanlage.

Die Maskenbildnerin sah ihn ernst an. »Unser Regisseur hatte so etwas erwähnt. Ich werde mir den Film noch mal mit ihm anschauen. Am besten bei Nacht. Felice ist so ein romantischer Mensch.«

»Ornella!« Lontanis Stimme flog herüber wie ein Geschoss. »Ich bezahle dich nicht fürs Schwatzen, komm her und bau mir einen antiken Tempel aus diesem Krempel.«

»Außer wenn er bei der Arbeit ist«, sagte die Maskenbildnerin und stand auf.

Bevor sie davongehen konnte, fragte Sergio nach ihrem Namen.

»Ornella Cavalieri«, antwortete sie und eilte mit fliegenden Schritten davon.

Sergio notierte den Namen in seiner Erinnerung. Hieß sie wirklich so, oder war das ein Künstlername?

»Warten Sie!«, rief er hinter ihr her, doch sie war bereits in eine hitzige Diskussion mit Lontani verstrickt. Dabei vollführte der Regisseur immer wieder Handkantenschläge in Sergios Richtung.

»Und jetzt los! Sprechprobe!«, befahl Lontani.

Für dieses Mal war es genug. Sergio beschloss, Lontani und seinen Leuten bald wieder einen Besuch abzustatten. »Ziehen Sie das Tor hinter sich zu, wenn Sie fertig sind«, rief er und ging zum Ausgang.

Als er die Akropolis verließ, hörte er noch, wie Michele

mit gespielt krächzender Stimme sagte: »Die Arbeit der Polizei scheint es zu sein, in jedem Lokal Volterras das Menü zu testen. Kommen Sie wirklich von der Questura? Oder vom Gesundheitsamt?«

KAPITEL 14

Schon von Weitem erkannte Sergio, dass die kleine Gasse, die zu Massimos Werkstatt führte, von parkenden Autos frei war. Er ging zu der Stelle, wo der blaue Ford gestanden hatte. Die Risse im Asphalt wiesen ihm den Weg. Sie liefen genau auf jenen Punkt zu, an dem Sergio etwas entdeckt hatte. Es war noch da. Zwar lag die Gasse schon im Schatten, doch das Licht reichte noch aus, um zu erkennen, was da im Boden stecken geblieben war.

Der Absatz eines Damenschuhs.

So froh Sergio über die Entdeckung war: Der Fund ließ ihn schaudern. Der Absatz konnte von Stellas linkem Schuh stammen. Wenn das zutraf, erzählte er möglicherweise etwas über die letzten Momente im Leben der Schauspielerin.

Sergio streckte die Hand so langsam danach aus, wie er ein verletztes Tier berührt hätte, das sich vor Angst und Schmerz in ihn zu verbeißen drohte. Seine Finger umschlossen den Absatz. Er ruckelte daran, aber der Asphalt gab die Beute nicht frei. Sergio holte seinen Schlüsselbund hervor und versuchte, den Fund damit freizubekommen.

Die Schlüssel waren jedoch zu kurz. In der Brusttasche seiner Uniform fand er einen Kugelschreiber und probierte es damit. Im Kampf mit dem Absatz ging der blaue Kunststoff des Kugelschreibers entzwei. Sergio ließ die Überreste des Stifts in seiner Hosentasche verschwinden und suchte darin nach weiteren Werkzeugen. Für gewöhnlich trug er immer etwas Nützliches bei sich. Seit er ein kleiner Junge gewesen war, waren Schrauben, Sicherheitsnadeln und Schnüre in seiner Hose zu Hause. Aber jetzt hatten sich nur zwei Gummibänder in seine Taschen verirrt. Er tastete weiter, fand aber nur seine Geldbörse und sein Mobiltelefon.

Es gab doch für alle Lebenslagen eine App. Warum nicht für diese?

Sergio schaute das Telefonino prüfend an. Es hatte ihm schon als Taschenlampe gedient, als Spiegel und einmal sogar als Stöckchen, das er Ferrari, den Nachbarshund, auf einer Wiese hatte apportieren lassen. Wenn die Dinger wirklich so nützlich waren, wie alle behaupteten, dann würde sich das jetzt herausstellen.

Der Apparat war so schmal, dass er in den Spalt passte. Sergio drückte ihn so tief wie möglich hinein. Etwas knirschte. Der Absatz bewegte sich. Wenige Augenblicke später hielt Sergio das Fundstück in der Hand. Er schaute kurz auf das Telefon. Das Display hatte einige zusätzliche Kratzer abbekommen, sonst schien das Gerät nicht weiter beschädigt zu sein. Sergio steckte es wieder ein.

Der Absatz war aus Kork und mochte zu Stellas Schuh passen.

Sergio schloss die Faust darum. Das Material erwärmte sich in seiner Hand.

Das flüchtige Gefühl des Triumphs erfüllte ihn. Der Tag war besser gelaufen, als es zunächst den Anschein gehabt hatte. Sergio hatte ein Beweisstück gesichert. Er hatte einen Streit auf der Piazza geschlichtet. Er hatte von den Mitgliedern der Compagnia Informationen über Stella erhalten. Giulia hatte ihm verziehen. Aber die schwerste Prüfung dieses endlos erscheinenden Tages stand ihm noch bevor.

Mit schnellen Schritten machte er sich auf den Weg zur Trattoria Mortale.

Das Stadtviertel San Giusto verströmte jene heitere, träge Stimmung, die ein toskanischer Sommerabend mit sich bringt. In der Hitze tagsüber hatten die Häuser entlang des Borgo, den Sergio jetzt hinuntereilte, mit ihren geschlossenen Fensterläden und verriegelten Türen etwas Abweisendes. Doch jetzt strich Volterras Wind auf kleinster Stärke durch die Straße. Aus einem offenen Fenster drangen dumpf Stimmen, wahrscheinlich aus einer Seifenoper im Fernehen. Es duftete nach Gebratenem. Vor dem Eingang eines Hauses hatten sich Bewohner des Viertels auf Stapelstühlen und Steinstufen niedergelassen und plauderten. Auf der Terrasse gegenüber kippte eine ältere Frau im bunten Kittel Wasser aus einem großen Eimer auf Geranien und Basilikum. Unter den Pinien vor dem Pflegeheim Santa Chiara waren alle Sitzbänke besetzt. Sergio winkte und grüßte, für einen Plausch hatte er jetzt keine Zeit.

Das Il Gusto brauchte ihn mehr denn je.

Vor der Trattoria stand Trommelfeuer und rauchte. Dabei rief er ins Innere des Lokals hinein und schwenkte seine Zigarette wie den Leuchtstab eines Flugeinweisers. »Weiter nach rechts … nein, stopp … zu weit.« Was um alles in der Welt trieb er da?

Jetzt sah Trommelfeuer Sergio herankommen. »Ah, Terremoto, du kommst wie gerufen«, grüßte er und fügte im Tonfall eines Geschäftsmanns hinzu: »Wir erweitern gerade das Platzangebot in der Trattoria.« Seine dunklen Augenbrauen zuckten wie Raupen.

»Ihr macht was?«, fragte Sergio ungläubig und schaute durch die offene Tür. Einige Esstische waren verschoben worden. Über einen kletterte schwerfällig Kugelblitz. Sergio schüttelte den Kopf. »Aber ihr habt ja den Durchgang zur Küche und zur Toilette zugestellt.«

»*Perfetto!*«, sagte Trommelfeuer stolz. »Das Essen tragen wir durchs Lager und über den Innenhof zu den Gästen. Ist nur ein kleiner Umweg. Und wir mussten deinen Fotokrempel ein bisschen zur Seite räumen.«

Fotokrempel. Damit war Sergios Fotolabor gemeint.

Den Stammgästen des Il Gusto war seine Leidenschaft für die Schwarz-Weiß-Fotografie suspekt – und vor allem die Tatsache, dass er in einem Lagerraum des Lokals die Filme selbst entwickelte und die Fotos auf Papier abzog. Die Laborchemikalien könnten mit den Lebensmitteln eine fatale Verbindung eingehen, munkelten die Männer. Sie sahen darin einen weiteren Grund – neben den Todesanzeigen am Haus gegenüber –, das Lokal Trattoria Mortale zu nennen.

Trommelfeuer drückte seine Zigarette im Aschenbecher neben der Tür aus. »Alles andere ergibt sich«, schloss er seinen Bericht.

Sergio atmete tief durch. Das schien ja ein gut ausgeklügelter Plan zu sein. »Dann ziehe ich mich mal um. Oder habt ihr die Kammer hinter der Theke auch in Beschlag genommen?«

Trommelfeuer lachte und schlug ihm auf die Schulter.

KAPITEL 15

Im Innern der Trattoria breitete Kugelblitz ein weißes Tafeltuch über einem Tisch aus und summte die Melodie von *My Heart Will Go On* aus dem Radio mit. Zitadelle trug zwei dampfende Teller Pasta vom Innenhof herein. Beide Männer hatten sich Kochschürzen umgebunden. Alle Tische waren gedeckt und mit Seidenblumen dekoriert. Auf einer längeren Tafel lagen sogar bunte Papierschirmchen aus Sergios Cocktailbar verstreut. Angelos Kumpane gaben sich alle Mühe, das musste Sergio zugeben.

Die ersten Gäste waren schon da. Zitadelle lud die Speisen mit einem fröhlichen »*Buon appetito*« an einem der drei besetzten Tische ab. Erst jetzt sah Sergio, dass der massige Toskaner sich sogar eine gefaltete Stoffserviette über einen seiner fleischigen Unterarme gelegt hatte. Wahrscheinlich, um den misslungenen Tätowierversuch zu verdecken. Sergio schmunzelte. Ob Zitadelle in jungen Jahren mit der Abkürzung *LS* tatsächlich *Libertà Sempre*, Ewige Freiheit, auf seinem Unterarm hatte verewigen wollen, wie er immer behauptete, oder ob das die Initialen einer Angebeteten gewesen waren, hatte sich bis heute nicht geklärt.

Während Sergio in der Kammer hinter der Theke wie gewohnt seine Dienstkleidung wechselte, dachte er über die Kumpane seines Vaters nach. Zusammenhalt war für die Männer so selbstverständlich wie ein sozialistischer Kampfname. Damit waren sie aufgewachsen. Solidarität und Kampfgeist hatten einen festen Platz in der Geschichte der Stadt, des Viertels, sogar der Trattoria selbst.

Volterra war während des Zweiten Weltkriegs eine Hochburg der *Resistenza* gewesen, des Widerstands gegen den Faschismus. Und das Il Gusto hatte den Untergrundkämpfern damals als Treffpunkt gedient. Die Eltern von Angelo – oder auch Harpune –, Trommelfeuer, Kugelblitz, Zitadelle und vielen anderen aus San Giusto hatten der Bewegung angehört und sie auch dann noch am Leben gehalten, als der Krieg längst vorbei war. Die Knaben hatten sich als Teil der *Resistenza* verstanden. Der Freiheitskampf sei ihre edle Aufgabe, hatten die Jungen erklärt und sich mit der flachen Hand gegen die Brust geschlagen.

Zu jener Zeit verpassten sie sich gegenseitig Kampfnamen, so wie sie es von den alten Recken der echten *Resistenza* kannten. Noch als Erwachsene teilten Angelo, Kugelblitz, Trommelfeuer und Zitadelle mit den alten Kommunisten und Anarchisten des Viertels Gedanken bei einem trockenen Roten im Il Gusto. Und selbstverständlich hielten sie an ihren Kampfnamen fest.

Der revolutionäre Geist hatte die Freunde über die Jahrzehnte zusammengeschmiedet: in der Arbeiterbewegung, der sozialistischen Partei, im Kulturverein und auf der Bocciabahn. Und sogar in der Friedensbewegung. In den

Sechzigerjahren hatten Angelo und seine Kumpane die ersten Friedensmärsche der Toskana organisiert. Zunächst gab es dabei Einwände gegen ihre Kampfnamen, doch Trommelfeuer hatte den Skeptikern entgegnet, Widersprüchlichkeit sei eine Verbündete der Toleranz, und dabei die Regenbogenfahne der italienischen Friedensbewegung geschwenkt. Noch heute hing diese Fahne aus den Fenstern des Stadtviertels, sobald irgendwo auf der Welt Imperialisten oder Faschisten Krieg führten.

Sergio blickte zu dem kleinen Fenster der Kammer, in dem der bunte Stoff eingeklemmt war, und krempelte die Ärmel seines Hemdes auf. Dann machte er sich auf den Weg in die Küche.

Der führte ihn durch den Innenhof des Lokals und durch die Lagerräume. Sein Fotolabor war kaum wiederzuerkennen. Am Vergrößerungsgerät hatte jemand Jacken und Kittel aufgehängt. Die Kartons mit Fotopapier waren zu zwei Säulen aufgestapelt, auf denen ein Tablett mit kleinen, offenbar gebrauchten Weingläsern abgestellt war. Nur die Kanister mit den Fotochemikalien waren sicher unter einem Regal verstaut.

An den Leinen, die Sergio zum Trocknen der Bilder gespannt hatte, waren Notizen befestigt. Er erkannte Matteos saubere Handschrift. *Brotkorb nicht vergessen!*, las er, und *Buona Sera = Good Evening/Bonsoir/Guten Abend*. Außerdem hatte der Koch eine Zeichnung mit der Verteilung und Nummerierung der Tische im Gastraum angefertigt.

In der kleinen Küche herrschte bereits Hochbetrieb. Sergio blieb im Eingang stehen.

Matteo verteilte Rucola und Zitronenscheiben auf einem Carpaccio vom Thunfisch und behielt gleichzeitig Kugelblitz im Auge, der mit einer Pizzaschaufel am Holzofen hantierte. »Du musst sie vorsichtig drehen. Langsam und mit Gefühl, wie die letzte Kugel beim Boccia.«

Kugelblitz stocherte in dem gemauerten Halboval, aus dem Hitze, Feuerschein und der markante Fenchelduft der Pizza Il Gusto drangen. Die Muskeln seiner dicht behaarten Arme waren angespannt, und sein Kopf über dem weißen Poloshirt glühte in tiefem Rot.

Matteo griff nach der kleinen Kapitänsglocke, die auf der Durchreiche zum Gastraum postiert war, und schüttelte sie kurz. Der Koch und Sergios Vater hatten die Glocke vor ein paar Jahren bei einem Wettkochen der Stockfisch-Akademie gewonnen. Ein lautes, helles Klingeln ertönte.

Matteo raspelte jetzt mit schnellen Bewegungen Parmesanspalten über das Carpaccio. Er schaute auf. »Da bist du ja schon«, sagte er zu Sergio und drückte ihm den angerichteten Teller in die Hand. »Für Tisch drei. Warte, die Pizza kannst du auch gleich mitnehmen.«

Kugelblitz zog sie mit der Schaufel aus dem Ofen und lud sie auf einem Teller ab. Matteo verteilte noch etwas Olivenöl über der Pizza, dann reichte er Sergio auch diesen Teller.

Der Koch grinste. »Schnell wie der Blitz aus dem Kugelgrill.«

Hinter Sergio tauchte Zitadelle auf. »Zweimal *stoccafisso della pace*«, verkündete er.

Matteo notierte die Stockfisch-Bestellung auf einem Schreibblock, der neben der Durchreiche baumelte.

Zitadelle ergänzte stolz: »Ich habe ein dänisches Paar dafür begeistern können.« Er blickte über Sergios linke Schulter. »Das Carpaccio und die Pizza überlässt du besser mir, darauf warten die Spanier«, sagte er, breitete seine Riesenarme um Sergio aus und griff sich die beiden Teller. Schwungvoll machte er kehrt und verschwand im Lagerraum.

»Der hat seine Bestimmung gefunden«, kommentierte Kugelblitz und widmete sich wieder dem Ofen.

»Seit wann kann Zitadelle die Nationalität von Touristen unterscheiden?«, fragte Sergio und räumte gebrauchtes Geschirr und Besteck, das sich auf der Ablage darüber türmte, in die Spülmaschine.

»Wir lassen die Gäste, die wir nicht kennen, zur Begrüßung ein Fähnchen ihres Heimatlandes auf den Tischen aufstellen«, erklärte Matteo, während er Stockfisch aus einem runden Behälter in eine große Schmorpfanne füllte.

Wie sich Zitadelle mit den Fremden verständigte, war Sergio trotzdem schleierhaft. Wahrscheinlich waren sie eingeschüchtert von seiner Erscheinung und nickten einfach zu allem, was er auf Italienisch zu ihnen sagte.

»Deine Traumfrau ist auf diese Idee gekommen, als Trommelfeuer die kleinen Papierfahnen in der Cocktailbar gefunden hat«, fuhr Matteo fort.

Sergio durchfuhr es heiß. Eine Gabel fiel ihm aus der Hand und landete klimpernd neben dem Besteckkorb. »Giulia war schon hier?« Hatte er die Uhrzeit von der

Leuchtschrift auf ihrem Bus falsch abgelesen? *Porca miseria!*

»*Sì, Signor Amore*, aber jetzt sind erst mal die Romeos an Tisch fünf dran«, sagte Kugelblitz, der drei Teller mit Pizzen gefüllt hatte. »Die sind für die Herrenrunde mit der Schweizer Fahne.«

Nachdem Sergio das Essen serviert hatte, zog er sich in die Kammer hinter der Theke zurück. Er musste Giulia anrufen. Sofort. Am liebsten hätte er sich aus der Cocktailbar, die er hier eingerichtet hatte, einen Martini genehmigt. Sein Telefonino steckte noch in der Uniformjacke. Als er die Tasten bediente, blieb das Display schwarz. Verdammt! Offenbar war das Gerät doch nicht so robust, wie er gedacht hatte, und war bei der Bergung des Schuhabsatzes kaputtgegangen.

Kein Wunder, dass er noch keine Nachricht von Alessandro erhalten hatte. Auch ihn würde er anrufen müssen, vielleicht gab es längst Neuigkeiten über Angelo.

In der Kammer hing ein Wandtelefon mit Wählscheibe. Es habe schon so viele Verbindungen geschaffen, sagte Angelo immer, dass er sich nicht davon trennen wolle. Sergio nahm den grauen Hörer ab und drehte die Scheibe so vorsichtig wie ein Tresorknacker. Gerade wollte er stolz darauf sein, Giulias Telefonnummer schon auswendig zu kennen, als eine weibliche Roboterstimme verkündete: »Die gewählte Rufnummer ist leider nicht verfügbar.«

In diesem Moment fegte Trommelfeuer in die Kammer. Sein kahler Schädel glänzte. »Sergio, ich brauche mehr Cola. Gleich kommen die Kinder.«

Sergio spürte ein Kribbeln im Nacken. »Welche Kinder?«

»Der kleine Tommaso feiert hier seinen Geburtstag. Der Knirps, den wir wegen seiner grünen Brille Kermit nennen«, erklärte Trommelfeuer. »Deshalb haben wir doch die Tische umgestellt.«

Das hatte jetzt noch gefehlt. Kindergeburtstage im Il Gusto waren ein ungezügeltes Vergnügen und deshalb sehr beliebt. Mehr Gesetzlosigkeit hatten selbst die Anarchisten in der Trattoria nicht durchsetzen können. Die jungen Gäste aus San Giusto – meist war es ein Dutzend Jungen und Mädchen – übten sich im Schlemmen und ließen alles auftischen, was Kindern köstlich erschien. Die Eltern beobachteten das Spektakel aus sicherer Entfernung bei einem Glas Wein.

Trommelfeuer stellte sich an das kleine Fenster, holte eine halb abgebrannte Zigarette aus der Brusttasche hervor und zündete sie an. »Fast wäre die Feier abgesagt worden«, erzählte er nach einem tiefen Zug. »Kermits Mutter hatte von Angelos Verhaftung gehört und wollte nicht, dass die Kinder ins kriminelle Milieu geraten. Das waren ihre Worte.« Trommelfeuer schnaubte verächtlich und blies Rauch aus dem kleinen Fenster. »Zitadelle und ich haben sie an die Solidarität im Viertel erinnert.«

Jetzt schadete das Theater um die tote Diva also auch noch dem Geschäft. Bisher war Angelos Abwesenheit das größte Problem für die Trattoria gewesen. Nun drohte es das Gerede im Viertel zu werden.

»Wann kommen die Kinder?«, wollte Sergio wissen.

»In zehn Minuten geht's los«, antwortete Trommelfeuer

und drückte seine Zigarette in einer kleinen, leeren Konservendose aus, die er offenbar dazu auf dem Fenstersims deponiert hatte. »Hilfst du mir jetzt mit den Getränken?«, fragte er im Hinausgehen, wartete die Antwort aber nicht ab.

Sergio warf einen Blick auf das Wandtelefon. Er hatte doch Giulia anrufen wollen! Und Alessandro, um herauszufinden, was mit seinem Vater los war! Sollte er zuerst Polizist und Kollege sein oder Kellner und Sohn? Hatte er überhaupt noch eine Wahl? Hier wurde gerade alles durcheinandergewürfelt wie in der *panzanella*, dem Brotsalat nach dem Rezept seiner Mutter.

Die Türglocke der Trattoria klingelte. Matteos Kapitänsglocke läutete.

Sergio schnappte sich eine Tüte Fruchtgummi aus der Cocktailbar und verließ die Kammer.

Im Schankraum herrschte Trubel. Inzwischen waren fast alle Tische besetzt. Das Gewirr von Stimmen und Gelächter übertönte die Radiomusik. Trommelfeuer servierte zwei Bekannten aus San Giusto Flaschenbier und weißen Hauswein in einer Glaskaraffe. Durch die offene Tür der Trattoria zog eine Menschenschlange, die sich nach hinten verjüngte. Sergio erkannte Kermits Eltern, seine Großmutter Giovanna, zwei ältere Brüder und dann das Geburtstagskind selbst, gefolgt von weiteren Knirpsen. Einige trugen kleine Pakete mit bunten Schleifen, ein Mädchen hielt einen Säugling in den Armen.

Die Erwachsenen grüßten in alle Richtungen und verschwanden im Nebenraum des Il Gusto, der eine Mischung aus Gaststube und Wohnzimmer war. Die Kinder bogen kichernd zu der großen, bunten Tafel ab, die Trommelfeuer und Kugelblitz vorbereitet hatten. Die Ersten bewarfen sich mit den Papierschirmchen. Kermit setzte sich an ein Ende des langen Tisches und lächelte still in die Runde.

Sergio mochte den Jungen mit der auffälligen Brille und dem ruhigen Wesen. Er ging auf das Geburtstagskind zu, gratulierte ihm förmlich und überreichte ihm die Fruchtgummis. Sergio wusste: Nicht das Geschenk war wichtig in diesem Moment, sondern die Ernsthaftigkeit, mit der man den Gastgeber und die Feiernden behandelte. Die Kinder liebten es, sich zu fühlen wie die Erwachsenen – und dabei ein Höchstmaß an Fett und Zucker zu sich zu nehmen. Hauptsache, man schaffte die Kalorien schnell genug heran. Sergio wandte sich zu Kermits Freunden um, um die Bestellungen aufzunehmen …

… und blickte ins Gesicht seines Vaters.

Angelo lehnte im Eingangsbereich an der Theke, und etwas an ihm war seltsam: Er lächelte. Neben ihm stand Giulia und winkte Sergio zu.

Trommelfeuer kam zum Kindertisch und lenkte die Aufmerksamkeit mit drei Worten auf sich: »Wer will Cola?«

Bevor sich Sergio durch den anschließenden Tumult einen Weg zu seinem Vater und Giulia bahnen konnte, gingen in der Trattoria die Lichter aus. Die überraschten Rufe der Erwachsenen und das Kichern der Kinder flauten ab bis auf ein Flüstern. Das Baby weinte leise.

Da drang Matteos Stimme aus der Durchreiche zur Küche. »Wir haben ein Geburtstagskind!«, rief er und klatschte dabei rhythmisch in die Hände. Am anderen Ende des Lokals war das Schrammen von Stühlen zu hören, die beiseitegerückt wurden. Etwas leuchtete schwach im Durchgang zum Innenhof. Das Gesicht von Zitadelle tauchte auf, von einer einzigen Kerze beschienen.

Einige Gäste stimmten begeistert in Matteos Klatschen ein, andere applaudierten verlegen. Es war nicht gerade ein Tischfeuerwerk, das sich Kermit näherte. Im Schein der beiden Telefon-Displays, mit denen seine Brüder die Szene ausleuchteten, war nun ein riesiger Kuchen mit schlumpfblauem Zuckerguss zu erkennen, in dem eine winzige Kerze steckte.

Zitadelle stellte das Naschwerk vor Kermit auf dem Tisch ab und begann mit brummigem Bass beherzt zu singen: »*Tanti auguri a te!* Zum Geburtstag viel Glück!« Das ganze Lokal stimmte mit ein.

Kermits Augen strahlten durch die grüne Brille. Er holte tief Luft und pustete die Kerze aus. Irgendjemand betätigte den Lichtschalter wie eine Lichtorgel. Trompetenklänge mischten sich unter den Chor. Wer hatte das Instrument mitgebracht?

Die Musik kam von Giulia, die jetzt neben dem Geburtstagskind aufgetaucht war. Sie hatte die Lippen zusammengepresst, die Backen aufgeblasen und imitierte mithilfe ihres Mundes die Klänge einer Trompete. Sergio hatte als Kind selbst oft Mundtrompete gespielt, sich dabei aber wie ein balzender Frosch angehört. Giulia hingegen konnte das Blasinstrument so täuschend ähnlich nachahmen, dass der Unterschied kaum auffiel.

Im Flackerlicht näherte sich Sergio der Theke, wo sein Vater gerade Gläser mit Prosecco füllte. Er reichte Sergio ein Glas und krächzte gegen den Krach an: »Auf meinen Ausbruch!« Seine blauen Augen leuchteten. Oder lag das am Licht?

Sergio stieß mit ihm an und nickte. Er hatte tausend Fragen im Kopf, wollte aber diesen merkwürdigen Moment so belassen, wie er war.

Angelo deutete mit dem Kopf zum Geburtstagstisch. »Das ist hoffentlich nicht der Kuchen, in dem ihr die Feile für mich versteckt habt.« Wieder lachte er. »Ihr glaubt wohl, der Laden läuft auch ohne mich, was? Aber ihr habt vergessen, Pfeffer und Salz auf die Tische zu stellen. Ich sehe auch keine Luftschlangen über den Wildschweinköpfen. Und wo ist die Karte für den Nachtisch?« Er kippte den Prosecco wie einen Schnaps. »An die Arbeit.«

KAPITEL 16

Kurz vor Mitternacht war die letzte Schale Himbeertiramisu ausgelöffelt, das letzte Geschenk ausgepackt
und das Gelächter verklungen. Ein Dutzend Kinder hatte
das Il Gusto müde, aber mit strahlenden Gesichtern verlassen.

Sergio begleitete seine Aushilfskellner zur Tür. Kugelblitz, Trommelfeuer und Zitadelle wirkten ebenso zufrieden wie die Geburtstagsgäste. Man hätte meinen können,
sie selbst seien die Ehrengäste gewesen. In gewisser Weise
stimmte das auch, denn sie hatten eine schwierige Aufgabe
in ein Fest der Kameradschaft verwandelt.

»Und dann hat der Jüngste gesagt: ›Meine Mama hat
auch Melonen‹«, rief Zitadelle zum wiederholten Mal und
lachte so laut, dass es durch das leere Lokal hallte.

Sergio drückte allen eingepackte Reste aus der Küche in
die Hände. »Für deinen Hund«, sagte er jedes Mal – obwohl er wusste, dass keiner der Anwesenden einen Hund
hatte – und reichte noch eine Flasche Wein dazu. Gern
hätte er eine kleine Ansprache gehalten und einige Worte
über den Zusammenhalt im Viertel gesagt, darüber, dass

man sich in jeder Lebenslage auf seine Nachbarn verlassen konnte. Doch alles, was ihm einfiel, war: »Danke euch allen!«

Kugelblitz und Zitadelle nickten knapp und traten in die Gasse hinaus. Das warme gelbe Licht der Laterne neben dem Eingang der Trattoria hüllte sie ein.

Trommelfeuer drehte sich auf der Schwelle noch einmal um und drückte Sergio an seine Brust. »Du weißt, dass du immer auf uns zählen kannst.«

Sergio schnürte es die Kehle zu. Rasch befreite er sich aus der Umarmung und schob Trommelfeuer zur Tür hinaus.

»Meine Mama hat auch Melonen. Das hat er wirklich gesagt.« Die Stimme von Zitadelle und das Gelächter der anderen war noch eine Weile zu hören. Schließlich schloss Sergio die Tür und schaltete die Laterne aus.

Er lehnte sich mit dem Rücken gegen die Theke und schaute auf das, was vor einigen Stunden das Il Gusto gewesen war. Die Tische, die für den Geburtstag zusammengeschoben worden waren, ließen ihn an ein Schiff denken, das einen Sturm auf hoher See überstanden hat. Die bunten Papierschirmchen aus der Cocktailbar lagen zerfetzt auf der mit Fettflecken gemusterten weißen Tischdecke. Pizzakrusten und zerrissenes Geschenkpapier tüpfelten die Tafel.

Sergio lächelte dem Chaos zu. Genau so musste ein Lokal nach einem gelungenen Abend aussehen.

Aus der Küche waren Stimmen und das Klappern von Geschirr zu hören. Sein Vater und Giulia versuchten gemeinsam, den Maschinenraum des Il Gusto auf Vordermann zu bringen.

Sergio atmete tief durch und richtete sein zerknittertes weißes Hemd. Unter seinen Füßen knirschte es, als er die Küche betrat. Angelo räumte gerade die Spülmaschine ein und plauderte mit Giulia, die sich grüne Gummihandschuhe übergestreift hatte, um einer verkrusteten Pfanne zu Leibe zu rücken.

Angelo lachte, als er Sergio erblickte. »Terremoto! Zu deinen schlimmsten Zeiten hat diese Küche nicht besser ausgesehen.«

Giulia wandte sich ihm zu. »Alles gut gelaufen?«, erkundigte sie sich und schenkte Sergio ein Lächeln.

»Ein Abend voller Überraschungen«, sagte Sergio und lehnte sich gegen die Durchreiche. »Nicht nur für Zehnjährige.«

Sie schnipste mit dem Gummihandschuh ein bisschen Spülschaum in seine Richtung. »Und das Seifenblasenfangen geht gerade erst los. Oder was hast du jetzt vor?«

Angelo stieß ein krähendes Lachen aus. »Das nenne ich eine Frau mit Grandezza. Wo haben Sie nur einen wie meinen Sohn aufgegabelt?«

»Auf der Landstraße«, antwortete Giulia. »Er hat mich zum Anhalten gezwungen.«

»Natürlich hat er das«, setzte Angelo hinzu. »Keine normale Frau würde freiwillig für Sergio Panda stoppen.«

»Ihr scheint euch ja prächtig zu verstehen«, sagte Sergio, der seinen Vater noch nie so mit einer Frau hatte reden hören. »Bevor ihr euch weiter über mich lustig macht, würde ich gern wissen, wie ihr zwei zusammengekommen seid.«

Angelo schlug die Spülmaschine zu. Er schaute auf die Einstellungen. »Die Zahlen und Rädchen auf diesem Ding machen mich noch ganz verrückt. Wo ist das Programm, das am schnellsten und am heißesten spült?«

»Also«, sagte Sergio, nachdem er zwei Knöpfe auf der Spülmaschine gedrückt hatte. »Was ist passiert?«

Giulia schaltete sich ein. »Ein Kollege von der Wache hat in der Trattoria angerufen. Alberto?«

»Alessandro«, sagte Sergio. »Er sollte herausfinden, wann mein Vater aus der Questura abgeholt werden kann, und mich anrufen.«

»Du warst aber wohl nicht zu erreichen«, sagte Giulia. »Deshalb hat Alessandro versucht, dich hier zu erwischen.«

Sergio zog sein Mobiltelefon hervor und versuchte noch einmal, es einzuschalten. Es gab wieder kein Lebenszeichen von sich.

»Jedenfalls«, fuhr Giulia fort, »hat Alessandro mit eurem Koch gesprochen. Der konnte aber nicht weg. Die anderen waren auch alle beschäftigt.«

»Trommelfeuer wäre mit seinem Rollermobil ohnehin erst übermorgen in Pisa angekommen«, warf Angelo ein.

»Ich war schon früher hier als verabredet und habe natürlich meine Hilfe angeboten«, sagte Giulia. »Diesmal habe ich *dich* sitzen lassen.«

»Dann hast du meinen Vater aus Pisa abgeholt?«

»Natürlich. Immerhin bin ich Busfahrerin. Ich war

innerhalb einer Stunde in Pisa und habe ihn an der Haltestelle vor der Questura aufgelesen.«

»Du bist mit dem Bus nach Pisa gefahren?«, fragte Sergio erstaunt.

»Nein, das nicht«, sagte Giulia. »Aber in der Questura hatten sie ihm nur ein Busticket für die Heimfahrt in die Hand gedrückt. Um die Zeit fährt aber kein Bus mehr.«

»Diese verfluchten Geizhälse!«, schimpfte Angelo. Seine Stimme war von den Geräuschen aus der Spülmaschine kaum zu unterscheiden. »Ich habe verlangt, dass mich dieser Baldi dahin zurückbringt, wo er mich entführt hat. Aber er hat mir kalt lächelnd den Busfahrschein rübergeschoben. Ich sage dir: In den Augen dieses Typen hat die Genugtuung der Ungerechten aufgeblitzt!« Er strich mit der Hand über die Spülmaschine. »Ich stand also an der Haltestelle und fragte mich gerade, wie ich jetzt nach Hause kommen soll. Da hält dieser grüne Cinquecento neben mir, eine schöne Signora schaut aus dem Fenster und fragt, ob sie mich mitnehmen könne. Ich hoffe, dieser Baldi hat aus seinem Bürofenster zugesehen, wie ich eingestiegen bin.«

Sergio wollte gerade fragen, woher Giulia überhaupt wusste, wie sein Vater aussah. Da fiel ihm dessen Auftritt im Il Mulino ein. Niemand vergisst eine Szene wie diese.

»Er hat sich hoffentlich benommen während der Fahrt.« Sergio stellte sich vor, wie sein Vater die ganze Strecke über Flüche und Verwünschungen gegen die Kollegen der Questura ausgespuckt hatte.

»Signor Panda war sehr höflich und hat sogar noch

die Rückenlehne des Beifahrersitzes repariert«, berichtete Giulia.

Sergio schien es, als löse sich sein Weltbild zwischen Spülschaum und Küchendunst auf. »Er hat also nicht ununterbrochen etwas von faschistischen Fossilien geschrien?«

»Mein Junge«, erwiderte Angelo, »wenn ein alter Mann wie ich noch einmal so einer Wuchtbrumme begegnet, schrumpfen alle seine Widersacher auf die Größe von Stechmücken.«

Wuchtbrumme? Sergio überlief es kalt. Er hielt die Luft an. Sein Vater hatte Giulia doch nicht etwa belästigt?

»Was für Formen«, schwärmte Angelo und streichelte mit seinen Händen die Luft. »Und in den Kurven – alles genau richtig.« Er seufzte. »Ein echter Fiat 500. Eins von den alten Modellen. In so einem Auto habe ich meine erste Liebesnacht verbracht.«

Sergio atmete weiter. »In so einer Erbse? Damals warst du wohl noch gelenkig«, sagte er. »Aber wenn wir schon mal bei deinen Liebesnächten sind: Was ist denn nun am Freitagabend zwischen Stella und dir geschehen?«

»Ich glaube, das Spülprogramm ist gleich durch.« Sein Vater beugte sich über die Anzeige am oberen Rand der Maschine und klopfte dagegen, als wäre sie ein Barometer.

Sergio wiederholte die Frage.

»Da gibt's nicht viel zu erzählen«, antwortete Angelo und machte eine abwehrende Handbewegung.

Giulia schaltete sich ein. »Signor Panda. Das nächste Mal werde ich Sie nicht aus Pisa abholen.«

»Dann fahre ich eben per Anhalter«, knurrte er, schaute zu Boden und murmelte etwas Unverständliches vor sich hin. »Aber das wäre natürlich kein Vergleich zu einer Fahrt in einem Cinquecento«, sagte er dann. »Und zu Ihrer Gesellschaft«, fügte er rasch hinzu.

Sergio holte eine Flasche Grappa hervor und goss drei Gläser ein. Der Nebbiolo würde Angelos Zunge lösen.

Doch etwas Hochprozentiges war mit einem Mal gar nicht mehr nötig.

»Stella ist in die Trattoria gekommen, um mich zu sehen«, begann sein Vater. »Ich weiß«, sagte Sergio. »Ich war dabei.«

»Willst du die Geschichte selbst erzählen?«, raunzte Angelo. »Ich wollte Stella ausführen. Hinauf in die Stadt zum Ristorante Don Alpha. Damals, als sie ihren Film in Volterra gedreht hat, haben die Schauspieler immer da oben gegessen. Ich dachte, es wäre eine gute Idee. Aber Stella wollte nur spazieren gehen. Die alten Drehorte besuchen und dahin gehen, wo wir früher unser Zusammensein genossen haben. Also haben wir das gemacht. Der Abend war schön. Nicht mehr so heiß wie tagsüber, aber noch angenehm warm. Jedenfalls«, er räusperte sich, »hab ich das so empfunden. Wir waren oben im Park und haben in die alte Zisterne hinuntergeschaut. Dann sind wir zum Römischen Theater gegangen.«

Sergio erstarrte.

»Nein«, sagte sein Vater. »Ich habe Stella nicht in die Tiefe gestoßen. Als ich sie das letzte Mal gesehen habe, war sie quicklebendig.«

»Was ist am Teatro Romano geschehen?«, fragte Sergio. Er hatte seinen Vater noch nie so gesprächig erlebt. Anscheinend steckte ihm noch der Schreck über seine Beinahe-Verhaftung in den Knochen.

»Dieses alte Theater.« Angelos Blick schien durch die Mauern der Küche zu dringen und etwas zu fixieren, das nur er sehen konnte. »Da oben über den Ruinen hatten wir schon vor fünfundvierzig Jahren nachts auf der Mauer gesessen, Wein getrunken und uns wohlgefühlt. Wir wussten damals beide, dass es nur für den Moment war. *Dio mio!* Ich war ja nicht blöd. Ein Pizzabäcker und ein Filmstar. So was funktioniert nur im Märchen. Aber wir haben die gemeinsame Zeit trotzdem genossen. Versteht ihr? Mit dem Abgrund vor uns, in dem diese alten Steine lagen, da war es, als läge uns die Zeit zu Füßen. Obwohl sie uns doch zwischen den Fingern zerrann. Da! Jetzt rede ich schon wie einer dieser weibischen Dichter aus Florenz.« Er kippte den Grappa. Dann hielt er Sergio mit bebender Hand das leere Glas hin, das dieser umgehend auffüllte.

»Also sind wir auch diesmal wieder zu unserer alten Stelle gegangen. Es war sofort klar, dass unser Weg dorthin führen muss. Wir haben das nicht verabredet … wir haben es beide gewusst. Die Ruinen waren auch immer noch dieselben. Steine verändern sich nicht so schnell. Aber Stella und ich … wir waren zu anderen Menschen geworden. Wir haben versucht, uns zu umarmen, aber das Gefühl von Nähe wollte sich nicht einstellen. Es schien, als würden sich all die Begegnungen, Ereignisse und Erfahrungen unserer unterschiedlichen Leben zwischen uns schieben.

Es ging einfach nicht. Da haben wir uns angesehen und wussten nicht weiter.« Er schluckte schwer. »Dann hat Stella etwas zu mir gesagt, das ich niemals vergessen werde. Und ich werde es mit niemandem teilen. Nicht mal mit euch. Als ich sie im singenden Mondlicht ansah, hatte ich das Gefühl, in einen Spiegel zu schauen. Versteht mich nicht falsch. Sie war immer noch hinreißend. Aber fünfundvierzig Jahre gehen selbst an einer Schönheit wie ihr nicht spurlos vorüber. Und da habe ich mich gefragt, was aus mir selbst geworden ist.«

Sergio verzichtete darauf, ihm ein Kompliment zu machen und ihm zu versichern, dass er immer noch ein stattlicher Kerl sei. Niemand sagt so etwas zu einem Toskaner und kommt ungestraft davon. Angelos Bericht rumorte in ihm. Aber der wichtigste Teil fehlte noch.

»Stella ist einfach diese Gasse runtergelaufen«, erzählte Angelo weiter. »Einmal war sie noch unter dem Licht einer Hauslaterne zu sehen. Ihr Gang war der einer Zwanzigjährigen. Für einen Moment dachte ich, die Zeit würde stillstehen oder etwas in der Art. Ich konnte doch nicht einfach auf der Mauer sitzen bleiben und zusehen, wie sie in der Dunkelheit verschwindet. Ich bin hinter ihr hergelaufen. Nennt mich ruhig einen Idioten. Aber mit einem Mal konnte ich sie nicht einfach so ziehen lassen. Nicht nach fünfundvierzig Jahren.« Er machte eine Pause, zog ein Taschentuch aus blauer Baumwolle aus seiner Hosentasche und putzte sich geräuschvoll die Nase. »Ich habe gesehen, dass sie vor einem Haus stehen blieb. In den Fenstern war noch Licht. Sie schien zu überlegen. Dann ging sie weiter.

Hielt an. Kehrte wieder um. Und klopfte an die Tür. Jemand öffnete. Ich hörte noch, wie Stella ein paar Worte sagte. Dann ist sie reingegangen.«

»Welches Haus war das?«, fragte Sergio, der die Antwort bereits zu kennen glaubte.

»Die Werkstatt von Massimo P. Cini.«

KAPITEL 17

»Warum hast du mir nichts davon erzählt?«, brach es aus Sergio heraus.

»Was erwartest du?«, fragte Angelo. »Stella ist zu Massimo gegangen. Na und? Nach unserem Wiedersehen hat sie mit ihm vielleicht auch noch Erinnerungen aufgefrischt, wer weiß? Dafür verpfeife ich niemanden. Nicht mal diesen sogenannten Künstler und Möchtegerncasanova!«

Für einen Moment sah es so aus, als würde der Streit zwischen Vater und Sohn wieder ausbrechen. Da hielt Giulia ihren Grappa am ausgestreckten Arm zwischen die beiden Männer und rief: »*Salute!* Auf die Liebe!«

Sie tranken. Wärme breitete sich in Sergios Magen aus und strömte von dort durch alle Körperregionen. Dennoch ließ ihm der Gedanke keine Ruhe.

»Und wenn Massimo Stella ermordet hat?«

»Der? Der kann doch nicht mal Pasta kochen. Der bringt niemanden um. Schon gar nicht jemanden wie Stella.«

Sergio war sich da nicht so sicher. Sein Vater wusste nichts von dem Absatz, den Sergio bei Massimos Werkstatt gefunden hatte.

»Hinkte Stella, als sie die Gasse hinunterging?«, fragte Sergio.

»Du hast sie doch selbst gesehen, als sie hier in der Trattoria war. Sie hinkte nicht, sie ging nicht – sie schwebte.« Die Erinnerung brachte Angelos Augen zum Leuchten.

Sergio lächelte seinem Vater zu. In Gedanken war er jedoch nicht mit ihm und Giulia in der Küche des Il Gusto, sondern in der Gasse beim Römischen Theater. Wenn Stellas Schuhe noch in Ordnung gewesen waren, als sie Angelo verlassen hatte, dann musste sie den Absatz erst später verloren haben, nachdem sie Massimo P. Cini besucht hatte. Aber warum war sie dann noch einmal zum Theater gegangen?

»Du hast sie danach also nicht mehr gesehen? Du hast nicht am Theater auf sie gewartet?«, fragte Sergio weiter.

»Als ich sie in Massimos Atelier verschwinden sah, bin ich nach Hause gegangen«, antwortete Angelo. »Ich habe dich noch in der Trattoria aufräumen sehen, aber ich bin gleich nach oben gegangen. Gesellschaft hatte ich an diesem Abend genug. Mein Junge, deine Verhörtechniken sind schlimmer als die deiner Kollegen in Pisa.«

»Was hast du denen eigentlich erzählt?«

»Jedenfalls nichts von dem, was ich euch beiden gerade gesagt habe. Und ich erwarte, dass ihr das alles für euch behaltet. Weder die *sbirri* noch unsere Jungs hier im Viertel dürfen etwas davon erfahren. Die einen würden mich einsperren und die anderen für einen Waschlappen halten.«

Die Spülmaschine kam mit einem stotternden Geräusch zum Stillstand. Angelo riss die Klappe auf. Heißer Dampf stieg auf und hing für einen Moment wie Nebel in der Küche.

»Wenn das alles ist, Commissario Terremoto, würde ich jetzt gern gehen«, sagte er. »Mein Lokal ist ein Schlachtfeld und mein Herz ein Trümmerhaufen. Gönn deinem alten Vater etwas Ruhe. Jedenfalls für heute.« Er bedankte sich noch einmal bei Giulia und sagte, wenn sie sich bereit erkläre, ihn wieder aus Pisa abzuholen, würde er sich liebend gern wieder verhaften lassen.

Sergio versuchte noch, ihm zu erklären, dass es sich nicht um eine Verhaftung gehandelt hatte, doch da war Angelo schon zur Küchentür hinaus. Sergio hörte ihn noch im Lokal rumoren.

»Geh nach Hause, *babbo*. Ich kümmere mich schon ums Aufräumen«, rief Sergio, während er mit Giulia die Spülmaschine ausräumte.

Bald darauf verstummte das Geräusch von scharrenden Stuhlbeinen. Stille kehrte in die Trattoria ein.

Giulia faltete ein Geschirrtuch und hängte es über eine Stange. »Das wär's dann. Jedenfalls hier in der Küche.«

»*Grazie*«, sagte Sergio. »Ohne dich wäre das hier eine Katastrophe geworden.«

»Unsinn!«, erwiderte Giulia. »Ich bin nur die Busfahrerin.«

Aber die schönste Busfahrerin, die ich kenne, wollte Sergio sagen. Im letzten Moment biss er sich auf die Lippen. War das überhaupt ein Kompliment? Er kannte nur männliche Busfahrer. Und die waren alles andere als Schönheiten.

»Schon gut«, sagte Giulia. »Du musst nichts sagen, was du nicht sagen willst. Komm mich mal wieder in der Pause besuchen und zeig mir neue Fotos. Wir sehen uns bald.«

Sie ging zur Tür der Küche.

»Warte!«, rief Sergio und streckte einen Arm nach ihr aus. Er bekam ihre Hand zu fassen und spürte ihr Armband aus Holzperlen unter seinen Fingern.

Giulia blieb stehen und drehte sich zu ihm um.

Sergio atmete tief durch. »Du bist die schönste Busfahrerin, die ich kenne«, sagte er. »Und ich würde dich gern so schnell wie möglich wiedersehen.«

Ein Lächeln erblühte auf ihrem Gesicht. Sie beugte sich vor und küsste Sergio auf die Wange. Er spürte, dass etwas von ihrem Lippenstift auf seiner Haut zurückblieb – und noch etwas anderes.

»Steig einfach morgen früh wieder in den Bus, dann siehst du mich«, sagte Giulia. »Aber bis dahin vergeht ja noch einige Zeit. Und wir haben noch jede Menge vor.«

Sergio stockte der Atem. Wollte sie etwa bei ihm übernachten? Er spürte Erregung in sich aufsteigen. Sein Mund wurde trocken.

»Denn wir räumen jetzt das Lokal auf«, fuhr Giulia fort. »Oder willst du deinem Vater morgen den Laden in diesem Zustand übergeben?« Sie deutete in die Gaststube.

Er versuchte, seine Erregung zu unterdrücken, und hoffte, dass seine Stimme normal klang. »Das Aufräumen erledige ich schon selbst.«

Doch Giulia war schon in der Gaststube verschwunden. »Oh!«, hörte er sie rufen. »Was ist denn hier passiert?«

Sergio lugte um die Ecke. Das Lokal sah noch immer aus wie nach einem Gelage. Essensreste klebten in trocknenden Pfützen verschütteter Limonade. Es roch nach Pizza, Erdbeerkaugummi und Kinderfüßen. Aber jetzt waren die schmutzigen Tische beiseitegeschoben, und mitten in dem Chaos war eine Lichtung entstanden. Darin stand ein einzelner Tisch, der für zwei Personen gedeckt war. Besteck, Teller und Weingläser glänzten im Licht zweier Kerzen. Im Dämmerschein wirkten die Seidenblumen auf der weißen Tischdecke beinahe echt.

Giulia ging um den Tisch herum und strich mit den Fingern über das Flechtwerk der Stuhllehnen. »Das war doch dein Vater?«

»Solche Gesten kenne ich gar nicht von ihm«, sagte Sergio. »Irgendwas muss in ihn gefahren sein.«

»Oder irgendjemand«, sagte Giulia.

Auf dem Tisch stand ein zu einem Dach gefaltetes Kärtchen, eines der *Reserviert*-Schilder des Hauses. Darauf hatte jemand mit flüchtiger Hand einige Worte gekritzelt.

»*Ich räume morgen früh auf. Kümmert euch um das Himbeertiramisu im Kühlschrank der Cocktailbar*, las Sergio laut vor. Eine Unterschrift fehlte. Aber die war auch nicht nötig.

Er schaute Giulia fragend an. »Noch Appetit?«

»Das kommt darauf an, ob du jetzt mein Tischgenosse oder mein Kellner bist«, sagte sie und griff nach der Karte, um sie selbst zu lesen.

»Immer eins nach dem anderen«, sagte Sergio und zog einen der Stühle zurück.

Giulia nahm Platz. Das Licht der Kerzen brachte ihre markanten Züge zur Geltung.

»Nur einen Augenblick.« Sergio verschwand in der Kammer hinter der Theke. Im Kühlschrank fand er die Platte mit dem Himbeertiramisu. Ein stattlicher Rest der rot-weißen Köstlichkeit war noch da. Daneben stand eine Flasche Vernaccia. Auf dem Etikett klebte ein weiterer Zettel. *Keine Flecken auf die Sitze des Cinquecento*, hatte sein Vater daraufgekritzelt. Sergio konnte förmlich hören, wie er dabei in die hohle Hand gelacht hatte.

Er knüllte den Zettel zusammen und ließ ihn in seiner Hosentasche verschwinden. Dann zog er das silberne Tablett mit den ziselierten Griffen aus dem Kühlschrank und stellte es auf die Arbeitsplatte. Mit einem Messer schnitt er zwei große Portionen Tiramisu ab und ließ sie vorsichtig in Schälchen gleiten. Er wischte noch einen Klecks fort, der sich an den Rand des Geschirrs verirrt hatte. Dann trug er den Wein und die Nachspeise in die Gaststube und stellte eine Schale vor Giulia und die andere an seinem Platz ab.

»Das war der Kellner«, verkündete Sergio und blickte streng, »und hier kommt der Tischgenosse.« Er drehte sich einmal im Kreis. Als er wieder an seinem Ausgangspunkt angekommen war, hatte sich seine ernste Miene in ein charmantes Lächeln verwandelt.

Giulia klatschte in die Hände. »Bravo. In dir steckt ja ein richtiger Schauspieler.«

»Vielleicht habe ich von der Compagnia etwas gelernt«, sagte Sergio und setzte sich ihr gegenüber. »Ich war heute bei den Theaterleuten.«

Er entkorkte den Wein und goss ihr ein wenig ins Glas. Sie kostete den Tropfen und nickte. Sergio schenkte nach und goss auch sich selbst ein. Sie prosteten sich zu.

»Ich muss gestehen, dass ich noch nie Tiramisu als Hauptgang hatte«, sagte Giulia.

»Eine Spezialität des Hauses«, erklärte Sergio. »Es ist Antipasto, erster Gang, zweiter Gang und Nachtisch in einem.«

»Klingt raffiniert.« Giulia betrachtete aufmerksam die Himbeeren auf der Mascarponecreme in ihrem Schälchen. »Und sehr ökonomisch.« Sie nahm einen kleinen Löffel und probierte. »Außerdem schmeckt es großartig. Da wünscht man sich gleich, noch mal zehn zu sein.«

»In den Biskuitboden mischen wir Schokolade statt Kaffee. Die Kinder lieben das.«

Sie genossen das kleine Gericht. Zwischendurch lehnte sich Giulia in ihrem Stuhl zurück und ließ den Blick durch die Trattoria schweifen. »Wo ist denn nun dieses Loch in der Wand, das Massimo hineingeschlagen haben soll?«

Sergio deutete auf den Heizkörper im vorderen Teil des Lokals. Darüber war die Mulde in der Wand zu sehen.

»Und diese Wildschweine?«, wollte Giulia als Nächstes wissen. »Hat dein Vater die alle selbst erlegt?« Sie zeigte auf eine Wand im hinteren Teil des Il Gusto. Mehrere Köpfe von Keilern hingen über den Tischen. An einer Stelle waren ausgestopfte Wildschweinklauen auf ein Brett montiert. Sie dienten als Garderobenhaken.

Sergio musste lachen, als er sich Angelo mit einem Gewehr vorstellte. »Mein Vater kann zwei Gläser Wein, drei

Teller Suppe und vier Gläser Grappa zu Fuß bis hinauf zur Piazza bringen, und wenn er ankommt, ist das Essen noch warm und er hat keinen Tropfen Alkohol verschüttet. Aber wenn er jemals ein Gewehr in die Hand nehmen sollte, dann lauf weg, so schnell du kannst.«

Giulia lachte. »Aber woher kommen dann diese Wildschweinköpfe?«

»Ob du es glaubst oder nicht – die hat meine Mutter geschossen. Du weißt ja, dass die Jagd hier in der Region große Bedeutung hat. Als meine Mutter noch lebte, kamen jeden Samstag die Jäger zu uns in die Trattoria, stärkten sich für ihren Ausflug und zogen am nächsten Tag frühmorgens los. Jedes Mal versuchten sie, meinen Vater zum Mitkommen zu überreden. Aber er kann Schusswaffen nicht ausstehen. Seiner Meinung nach hat Gott dem Menschen Fäuste gegeben, um seine Meinung zu vertreten – nicht Gewehre.«

»Dein Vater scheint ein gläubiger Christ zu sein.« Giulias Löffel hing unbeweglich über dem Tiramisu. »Aber wieso hat deine Mutter Wildschweine geschossen?«

»Die Jäger gaben keine Ruhe. An einem dieser Samstage kam *mamma* aus der Küche gerauscht und hat ihnen gedroht, sie sollten Angelo endlich in Ruhe lassen oder verschwinden. Da hat Zitadelle gesagt, dass meine Mutter ja stattdessen auf die Jagd mitkommen könne, wenn ihr Mann die Hosen voll habe. Das war natürlich nur als Scherz gemeint, verstehst du?«

Giulia nickte.

»Aber mit meiner Mutter trieb man keine Scherze. Sie

hat sich die Schürze losgebunden, die Jacke angezogen und sich in die Tür gestellt. ›Wann geht's los?‹, hat sie gefragt. Tja, da konnten die Jungs nicht mehr zurück. Und als sie von der Jagd zurückkehrten, haben sie einen dieser Keiler in die Trattoria geschleppt. *Mamma* hatte ihn erlegt. Mit einem einzigen Schuss.«

»Ist das einer von denen da?« Giulia deutete auf die Wildschweinköpfe. Die Augen aus Glasmurmeln funkelten im Kerzenschein. Die Tiere schienen sie anzublicken.

»Der linke dort drüben«, sagte Sergio. »Die anderen sind auch von ihr, weil die Jäger danach nicht mehr ohne sie losziehen wollten. Sie haben sie jedes Wochenende hier abgeholt. Sie wurde so etwas wie der gute Geist der Gruppe.«

Giulia zählte die Trophäen mit ausgestrecktem Finger. »Und nach fünf Treffern hat sie dann aufgehört? Vermutlich war dein Vater eifersüchtig.«

»Sie ist krank geworden. Das Herz. Sie vertrug die Aufregung nicht mehr. Es ging ihr aber noch lange Zeit gut. Erst viele Jahre später ist sie daran gestorben.«

Giulia legte eine Hand auf Sergios Finger.

Er sah zu den Wildschweinköpfen hinüber. »Manchmal denke ich, sie schaut von da oben auf die Gaststube herab und sieht nach, ob alles in Ordnung ist.«

»Nach einem Abend wie diesem müssten diese Köpfe anfangen zu lächeln«, sagte Giulia.

Als die Weinflasche geleert war, stand Giulia auf. »Danke für den wunderbaren Abend.«

Auch Sergio schob seinen Stuhl zurück. Er begleitete sie zur Tür. Bevor sie in die Nacht verschwinden konnte, hielt er sie fest und küsste sie. Ihr Parfum vertrieb den Geruch der Trattoria aus seiner Nase. Giulia legte die Hände an seinen Rücken, ließ sie hinabgleiten und verharrte an der Hosentasche.

»Trägst du immer eine Pistole, wenn du Frauen küsst?«, fragte sie.

»Man kann nie wissen«, sagte Sergio. Dann erst fiel ihm ein, was Giulia meinte.

Sie knöpfte Sergios Gesäßtasche auf, holte den Absatz hervor und musterte das Fundstück. »Das ist wohl ein Andenken an ein besonders stürmisches Rendezvous.«

Sergio hatte eigentlich nicht vorgehabt, Giulia in seine Nachforschungen zu Stellas Tod einzuweihen. Aber wenn er ihr die Herkunft des Absatzes jetzt nicht erklärte, würde sie vielleicht wirklich denken, es gebe noch eine andere Frau. Oder sogar mehrere.

»Also, das ist jetzt vielleicht unpassend«, begann er.

Giulia ließ den Absatz sinken. In ihrem Blick breitete sich Enttäuschung aus.

»Aber das ist womöglich ein Absatz von Stellas Schuh«, setzte er hinzu.

Beinahe hätte Giulia ihn fallen gelassen. Stattdessen hielt sie ihn mit zwei Fingern hoch. »Ist das ein Beweisstück?«

»Das weiß ich noch nicht«, antwortete Sergio. Die Atmosphäre, die sich zwischen ihnen aufgebaut hatte, begann sich zu verflüchtigen. Er spürte, wie er sich vom eleganten Plauderer wieder in einen Polizisten verwandelte und schaute zu Boden. Im Lichtschein, den die Trattoria-Laterne durch das Türfenster warf, konnte er sehen, dass Giulia Sandaletten trug.

»Du hast ja auch Absätze«, entfuhr es ihm.

»Das fällt dir aber früh auf«, gab sie zurück.

Er überging die Bemerkung. »Dann kannst du mir bestimmt helfen.« Er nahm ihr den Absatz aus der Hand. »Den hier habe ich in der Nähe des Römischen Theaters gefunden. Ich glaube, dass er zu Stellas Schuh gehörte.«

»Wie kommst du darauf?«, fragte Giulia.

»Als sie im Römischen Theater gefunden wurde, fehlte der Absatz ihres linken Schuhs.«

»Also gut«, räumte Giulia ein. »Nehmen wir mal an, du hast recht. Was verrät dir das?«

»Das Ding steckte im Asphalt der Gasse, die vom Teatro Romano ...«, er zögerte.

»... zu Massimos Werkstatt führt«, vollendete Giulia den Satz. »Deshalb hast du deinen Vater gefragt, ob ihm etwas an Stellas Gang aufgefallen sei. Du wolltest wissen, ob sie den Absatz schon verloren hatte, als sie zu Massimo ging, oder erst, als sie seine Werkstatt wieder verlassen hat.«

Sergio nickte. »Mein Vater hat ja gesagt, ihm sei nichts aufgefallen. Also muss Stella den Absatz nach ihrem Besuch bei Massimo verloren haben.«

Giulia drückte auf den Lichtschalter neben der Tür. Die Lampen flackerten und klickten. Dann ergoss sich strahlende Helligkeit in den Raum. Sergio und Giulia kniffen einen Moment lang die Augen zusammen. Als sie sich an den Lichtschein gewöhnt hatten, war die romantische Stimmung im Summen der Neonröhren verflogen.

Giulia pflückte Sergio den Absatz wieder aus den Fingern und betrachtete ihn von allen Seiten. »Klassisches Damenunglück«, sagte sie. »Der Schuh bleibt irgendwo stecken. Man merkt es zu spät und geht weiter. Knacks.«

»Steigt die Wahrscheinlichkeit, dass man einen eingeklemmten Absatz verliert, wenn man schnell läuft?«, fragte Sergio.

»Natürlich«, antwortete Giulia. »Wenn du spazieren gehst und dein Schuh bleibt stecken, hast du Zeit genug zu reagieren. Vielleicht schaffst du es, rechtzeitig stehen zu bleiben und die Katastrophe abzuwenden.« Sie massierte ihre Stirn. »Du glaubst, Stella wäre schnell gelaufen, vielleicht vor jemandem geflohen, bevor sie von der Mauer gestürzt ist?«

»Glauben ist etwas für Priester«, erwiderte Sergio. »Ich versuche, eine Spur zu finden, der ich folgen kann. Nur mal angenommen: Stella geht die Gasse hinunter. Der Schuh bleibt stecken, und der Absatz bricht ab. Was würdest du in so einem Fall tun?«

»Entweder würde ich versuchen, das verfluchte Teil wieder einzusammeln, damit ein Schuster meine sündhaft teuren Schuhe reparieren kann. Oder, wenn das nicht funktioniert, gehe ich halt weiter«, erklärte Giulia.

»Ziehst du den anderen Schuh aus, oder behältst du ihn an?«

»Du bist doch bestimmt schon mal mit nur einem Schuh ein paar Schritte gelaufen«, sagte sie. »Das ist schon mit niedrigem Absatz etwas für Artisten. Mit nur einem Stöckelschuh läufst du Gefahr, umzuknicken und dir den Fuß zu verstauchen. Also zieht man in so einem Fall auch den zweiten Schuh aus.«

»Stella hatte aber beide Schuhe noch an, als sie aufgefunden wurde.«

»Dann muss sie es wirklich sehr eilig gehabt haben«, sagte Giulia. »So eilig, dass sie nicht stehen bleiben wollte, um ihre Schuhe auszuziehen. Glaubst du, sie wurde verfolgt? Von Massimo?«

Sergio hob die Hände in einer Geste der Ratlosigkeit. »Kann sein. Es kann aber auch sein, dass sie es sich anders überlegt und versucht hat, meinen Vater noch am Römischen Theater anzutreffen. Aber der war schon fort und hat davon nichts mitbekommen.«

»Nach dem, was er von der traurigen Szene zwischen den beiden erzählt hat, klingt das unwahrscheinlich«, sagte Giulia.

»Aber nicht unmöglich«, gab Sergio zurück.

»Ebenso gut könnte sie aus Massimos Werkstatt gekommen und mit einem Betrunkenen aneinandergeraten sein. Mit irgendjemandem, der gerade die Gasse entlangtaumelte.«

Sergio nickte. »Auch das kann sein. Allerdings ist das keine Spur, die wir verfolgen können.« Sergio fiel auf, dass er *wir* gesagt hatte. »Mein Vater hat uns alles erzählt, was er weiß. Bleibt nur einer übrig: Massimo. Des Rätsels Lösung hängt wohl davon ab, was sich in seiner Werkstatt abgespielt hat.«

»Dann finde es heraus«, forderte Giulia ihn auf.

»Hab ich schon versucht«, sagte Sergio. »Aber Massimo ist so schweigsam wie der Alabaster, den er in seinem Atelier bearbeitet.«

Giulia verstummte. Konzentriertes Schweigen legte sich über den Raum. Das Surren der Neonlichter klang jetzt lauter. Oder kam das Geräusch aus ihren Köpfen? Mit einem Mal fühlte Sergio sich Giulia verbunden. Er spürte die Gewissheit, die zwischen Menschen herrscht, die dasselbe denken.

»Wie wäre es, wenn ich diesem Bildhauer einen Besuch abstatte?«, fragte sie. Die Worten kamen so langsam hervor, dass Sergio erst gar nicht glauben konnte, was er hörte.

»Du? Aber du bist keine Polizistin. Und wenn Massimo Stella umgebracht hat? Wenn er ein Mörder ist, dann solltest du nicht allein in seinem Atelier herumschnüffeln.«

»Er kennt mich nicht. Ich gehe in seinen Laden und sage, ich suche ein Geschenk für meine Tante. Das ist nicht mal falsch. Sofia hat nächste Woche Geburtstag. Er wird ein Geschäft wittern und mich herumführen. Ich zeige mich interessiert und frage nach den kostspieligsten Stücken. Dann kommst du hinzu und lockst Massimo aus der Werkstatt. Ich werde sagen, ich schaue mich noch ein wenig um. Er wird sich das Geschäft nicht entgehen lassen wollen und mich im Atelier warten lassen. Es sei denn, er hat wirklich etwas zu verbergen. Dann wird er darauf bestehen, dass ich mit euch nach draußen gehe.«

»Und wenn du drinbleiben darfst?«, fragte Sergio.

»Dann beschäftigst du ihn draußen so lange wie möglich, und ich sehe nach, ob ich etwas Ungewöhnliches in seiner Werkstatt entdecke.«

Sergio stieß die Luft aus. »Du weißt ja nicht mal, wonach du suchen musst ...«

»Wie schwer kann das sein? Spuren eines Kampfes? Lange graue Frauenhaare? Ungeschickt verwischte Fußspuren im Alabasterstaub, die von Stöckelschuhen stammen? Du könntest mir etwas mehr zutrauen, Agente.«

Giulia hatte recht. Sie war es, die zu Massimo gehen musste. Sergios offizieller Besuch als Polizist hatte nichts zutage gefördert. Und selbst wenn einer seiner Kollegen aus der Wache einen zweiten Versuch starten und bei Massimo anklopfen würde, wäre das Ergebnis dasselbe. Der Bildhauer würde Verdacht schöpfen und sich entsprechend zurückhaltend benehmen. Einer Kundin gegenüber wäre er vielleicht weniger misstrauisch. Blieb die Frage, wie Sergio ihn aus der Werkstatt locken könnte. Das würde er vor Ort entscheiden. Irgendetwas würde ihm schon einfallen. Und wenn es ein Erdbeben war.

»Also gut«, sagte Sergio. »Aber wenn dir irgendwas unheimlich vorkommt, verlässt du sofort das Atelier.«

»Oder ich rufe um Hilfe. Wann treffen wir uns?«

»Wie wäre es morgen um vier?«

Giulia nickte. »Das passt.« Sie zwinkerte Sergio zu. »Und dann werden wir ja sehen, ob wir deinen Vater entlasten können.«

Sie langte um Sergios Bauch herum und steckte den Absatz dorthin zurück, wo sie ihn gefunden hatte. »Dieses

Beweisstück ist bei dir wohl am besten aufgehoben«, sagte sie. Als der Absatz in Sergios Gesäßtasche rutschte, knisterte es darin. Giulia schaute Sergio fragend an und zog einen zusammengeknüllten Zettel hervor.

Erst wusste Sergio nicht, um was es sich handelte. Dann fiel es ihm plötzlich wieder ein. Er griff danach. Zu spät! Giulia hatte das Papier bereits auseinandergefaltet und schaute auf die Worte, deren zerknitterte Buchstaben jetzt eine gewisse Ähnlichkeit mit Angelos Stirnfalten hatten.

»*Keine Flecken auf die Sitze des Cinquecento*«, las sie laut vor.

»Das ist von meinem Vater«, sagte Sergio schnell. »Er hat die Notiz beim Tiramisu hinterlassen.«

»Von deinem Vater also«, sagte Giulia. »Er wird wohl wissen, warum er dir so was schreibt. Sergio Panda, du scheinst wirklich kein Priester zu sein.« Sie warf ihm den Zettel gegen die Brust.

Bevor er das Papier zu fassen bekam, segelte es zu Boden. Er drehte sich um und hob es auf. Da hörte er, wie sich die Tür öffnete. Als er aufschaute, stand Giulia schon vor der Trattoria.

»Bis morgen, Pandolino«, sagte sie und verschwand in der Nacht. Ein leichter Regen setzte ein.

KAPITEL 18

Noch einen«, sagte Sergio.

»Du hattest schon einen Doppelten«, sagte Alessandro.

»Dann noch einen Doppelten.«

»Gleich ist Dienstbeginn.«

»Dann noch zwei Doppelte.«

»Na gut. Ich hole dir noch einen *caffè doppio*. Aber nur, wenn du dich dann nicht mehr so kindisch aufführst.« Alessandro erhob sich von dem kleinen Tisch vor der Bar Piazza, nahe der Wache, und ging zur Theke.

Sergio schaute seinem Kollegen hinterher. Eine kleine Ewigkeit arbeiteten sie schon zusammen in der Volterraner Polizeiwache. Alessandro, zehn Jahre jünger als Sergio, war nie ein Draufgänger gewesen und hatte eine Ernsthaftigkeit an sich, die Sergio von niemandem sonst kannte. Hinzu kamen eine fast schon irritierende Pünktlichkeit und Zuverlässigkeit. Seit er Familienvater war, hatte sich das noch verstärkt.

Jetzt spazierte der schlaksige Polizist mit einem *caffè doppio* in der einen und einem Glas Orangensaft in der anderen Hand aus der Bar. Es war Frühstückszeit an der Piazza dei Priori, und das bedeutete: Männer und Frauen mit großen dunklen Sonnenbrillen brauchten auf dem Weg zur Arbeit viel Koffein und wenige Worte – sogar an einem Sonntagmorgen mitten im Juli.

Alessandro reichte Sergio die cremefarbene, dickwandige Tasse mit dem roten *Nannini*-Schriftzug. Schweigend blickten sie über den Platz.

Alessandro hatte Sergio vor dem Dienst zu Hause angerufen und ihm mitgeteilt, dass der Arbeitstag für sie beide mit einem Außentermin beginnen werde und sie sich deshalb statt in der Wache in der Bar Piazza treffen könnten. »Zur Morgenkonferenz«, hatte Alessandro gesagt, und Sergio war klar gewesen, dass das kein Scherz sein sollte. In der Wache schob derweil Bertini Dienst.

Das Sommergewitter, das in der Nacht um den Stadthügel gekreist und immer wieder an einer anderen Stelle losgebrochen war, hatte ihn mehrmals aus dem Schlaf gerissen – ebenso wie der Gedanke an Giulia. Wie sie sich beim Himbeertiramisu von ihrer Vergangenheit erzählt hatten. Wie sie sich nahegekommen waren. Er ein Dorfpolizist und Kellner. Sie eine Busfahrerin, die Saxophon spielte. Ein Mann und eine Frau.

»Wir brauchen mehr Absperrgitter«, sagte Alessandro.

»Wie bitte?«

»Für den Palio del Cero. Deshalb sind wir schließlich hier, Sergio. Wirkt der Kaffee immer noch nicht?«

»Doch, doch, natürlich. Die Sicherheitsprüfung für die Großveranstaltung am Donnerstag. Auftrag vom Bürgermeister. Wichtige Sache.« Sergio verbeugte sich theatralisch nach links zum Rathaus, einem Prachtbau aus dem 13. Jahrhundert, aus dem ein schlanker Glockenturm aufragte.

Alessandro maß ihn mit einem strengen Blick. »Mit den paar Zäunchen«, er deutete nach rechts auf einen Stapel Metallteile, die an der Fassade des Palazzo Pretorio lehnten, »schaffen wir keine Ordnung. Die Piazza wird aus allen Nähten platzen.«

Der zentrale Platz der Stadt war in jedem Jahr Austragungsort des Palio del Cero. Dieser »Wettkampf um die Kerze« war ein Tauziehen von Männern und Frauen in mittelalterlichen Kostümen und lockte Massen an Besuchern nach Volterra. Die einen faszinierte das bunte Spektakel: die Paraden der acht Wettkampfteams, die aus den konkurrierenden Contraden, den Stadtvierteln, ins historische Zentrum zur Piazza dei Priori zogen, begleitet von Trommlern und Fahnenträgern. Die anderen fieberten mit, wenn die Mannschaften versuchten, einen hölzernen Turm mit Seilen zu sich heranzuziehen. Der Lohn der Anstrengung war die große Kerze, die auf dem Turm installiert war. Das Gewinnerteam brachte die begehrte Trophäe unter lautem Jubel in sein Stadtviertel. Die Bewohner der Bezirke stimmten sich monatelang auf den Palio del Cero ein – mit kleinen Festen, versteht sich.

Um den Wettkampf herum wurden Traditionen gepflegt wie die Segnung der Seile, das Salzwiegen, das Armbrustschießen und das Flaggenwerfen zum Trommelwirbel. Und im Hintergrund leuchtete die mittelalterliche Geschichte der Contraden. Ihre Bewohner sollen Anfang des 15. Jahrhunderts auf Volterras zentralem Platz die Fahnen der Viertel geschwenkt haben, weil die Florentiner Truppen Pisa besiegt hatten. Bis zum Tag des Wettkampfs würde die ganze Stadt mit Fahnen geschmückt sein.

Sergio nahm Alessandro das leere Saftglas ab und stellte es zusammen mit seiner Kaffeetasse auf einem Tisch am Eingang der Bar ab. Dann rieb er sich die Hände, zum Zeichen des Aufbruchs.

»Komm, wir drehen eine Runde über die Piazza und haken ein paar Punkte auf deiner Liste ab.«

Alessandro klopfte dreimal in seine Dienstmütze, bevor er sie aufsetzte. Dann zog er einen Bleistift und einen kleinen Schreibblock aus der Hosentasche. Der Kollege konnte zwar kein Blut sehen, war aber wegen seiner ordentlich geführten Listen gefürchtet. Mit den Aufstellungen hatte er schon so manche Klüngelei aufgedeckt, hatte unredliche Geschäftsleute und korrupte Beamte zu Boden gehen lassen – besser als es ein Fausthieb vermocht hätte.

Die Piazza lag noch in Schatten und Schlummer. Die wenigen Passanten, die schon unterwegs waren, querten sie zielstrebig. Die Holzbühne für die Theateraufführung, die am selben Tag stattfinden würde wie der Palio, stand verlassen da. Einige der Zuschauersitze waren zu kleinen Runden gruppiert und erzählten die Geschichte des Vorabends: Einheimische hatten die Ränge kurzerhand aufgelöst und die Stühle über den Platz verstreut wie in einem riesigen Freiluftlokal.

Sitzgelegenheiten zogen die Volterraner magisch an.

Vor allem auf der Piazza war dieses Phänomen immer wieder zu beobachten. Kein Stapelstuhl, keine Holzbank, die dort für eine Veranstaltung aufgestellt waren, blieben lange unbesetzt. Die Einheimischen nutzten die Sitze als Beobachtungsposten und hießen jede Gelegenheit für ein Schwätzchen willkommen. Auch Touristen sanken, von Besichtigungstouren erschöpft, auf die Stühle nieder.

Massimo P. Cini hatte diese Eigenart der Stadt sogar einmal zum Anlass für eine Ausstellung genommen: Er hatte Bildhauerinnen und Bildhauer aus mehreren Ländern eingeladen, Sitze und Bänke aus Alabaster zu fertigen und in der Altstadt aufzustellen. Die Kunstwerke – vom steinernen Schemel bis zum Thron – durften einen Sommer lang bewundert und genutzt werden. Die Ausstellung war ein Riesenerfolg gewesen.

Ob man das später auch über die Theaterinszenierung der Compagnia Cardinale sagen würde? Konnte der junge Michele die große Stella Aurora ersetzen?

Sergio ging grübelnd neben Alessandro her, der mit seinem Notizblock redete. »Die Bestuhlung müssen wir eingrenzen. Also noch mehr Absperrgitter.« Er notierte, stockte und sagte dann: »Oder besser: Wir reduzieren die Zahl der Sitze, sonst kommen sich Theater und Palio in die Quere.« Alessandro strich durch, notierte wieder und tippte sich mit dem Stift gegen die Lippen. Schließlich ließ er die Hände sinken und sah zu Sergio herüber. »Es ist wirklich eine Schnapsidee von der Stadtverwaltung, beides gleichzeitig am selben Ort stattfinden zu lassen.«

Sergio nickte. »Schauspieler und Trommler werden sich

wieder beharken, und die Besucher wahrscheinlich dann auch. Aber diesmal können wir keine der beiden Gruppen umquartieren.«

»Und ein Zusammenspiel ist wohl auch ausgeschlossen«, stellte Alessandro fest und schaute verwundert, als Sergio schallend lachte.

»Ich stelle mir gerade vor, wie *Die blinde Sängerin im Theater des Schweigens* Fahnen wirft und mit der Armbrust schießt. Lontani kommt vielleicht mit antiken Autoren klar, deren Texte er zurechtbiegen kann, aber nicht mit unseren mittelalterlichen Kostümgruppen.«

Sie hatten die Westseite der Piazza erreicht. Im Erdgeschoss des alten Incontri-Palastes verdeckten bunte Contraden-Fahnen die Fenster zwischen den Sandsteinbögen der Fassade. In dem Gebäude residierte ein Geldinstitut, dessen Chef zu den Organisatoren des Palio del Cero gehörte. Die Bushaltestelle davor lenkte Sergios Gedanken wieder zu Giulia. Ob er sie in der Mittagspause besuchen sollte? Vielleicht spielte sie noch einmal Saxophon und konnte ihn mit Coltrane behandeln.

»Apropos zurechtbiegen: Die Sperrpfosten klemmen«, hörte er Alessandro sagen. Die beiden Poller, mit denen man die Piazza für Fahrzeuge sperren konnte, waren eingefahren und vollständig im Boden versenkt. Alessandro tippte mit der Spitze seines Schnürschuhs aus hellbraunem Wildleder auf einen der dunklen Kreise im Steinpflaster. »Sie lassen sich seit Wochen nicht mehr hochfahren.«

Sergio kratzte sich an einer Augenbraue. »Wenn ich nicht mit dem Mordverdacht gegen meinen Vater zu kämpfen hätte, würde ich sagen, diese Doppelveranstaltung auf der Piazza ist unsere schwierigste Aufgabe seit Langem.«

»Wir haben es mit einer doppelten Doppelbelastung zu tun«, sagte Alessandro, und wieder einmal suchte Sergio vergeblich nach einem versteckten Lächeln oder einem ironischen Blitzen in den Augen des Kollegen.

Trotzdem nahm er den Faden auf: »Darauf noch einen Doppelten.«

Alessandro nickte. »Gut, aber dann müssen wir zurück in die Wache und Bertini ablösen.«

Diesmal zogen sich Sergio und Alessandro ins Innere der Bar zurück. Inzwischen füllten Busladungen von Touristen die Gassen rund um die Piazza. Wörter in Sprachen aus aller Welt wirbelten durcheinander. *Confusione* nannten die Volterraner das, was die Gäste in die Stadt brachten – und gingen diesem Lärmen und Treiben am liebsten aus dem Weg.

»Dein alter Herr sollte endlich auspacken, was an dem Abend mit Stella gelaufen ist«, sagte Alessandro und schob sein Saftglas auf der polierten Marmortheke hin und her. »Wenigstens dir gegenüber.«

Sergio stand neben ihm und rührte in seinem *caffè*. Angelo hatte ihm und Giulia das Versprechen abgenommen, niemandem etwas von seinen Erlebnissen mit der Diva zu erzählen. Und schon gar nicht von Massimo. Andererseits brauchte Sergio dringend einen Rat. Und wer könnte verschwiegener sein als Alessandro?

»Es gibt vielleicht noch einen Verdächtigen«, begann er.

»Wen? Woher weißt du das?« Alessandro erstellte gedanklich wohl schon wieder eine Liste.

»Was ich dir jetzt sage, muss unter uns bleiben. Deine Dienstmütze musst du für einen Moment absetzen. Einverstanden?«

Alessandro zögerte keine Sekunde. »Natürlich.« Er nahm die Mütze ab.

Sergio spürte deutlich, dass der Kollege ein Freund war.

»Ich war bei Massimo P. Cini.«

»Dem Bildhauer? Warum?«

»Weil er Stella nachgestellt hat, als hier vor fünfundvierzig Jahren ihr großer Film gedreht wurde.«

»Da war er wohl nicht der Einzige in der Stadt. Du müsstest noch bei einigen älteren Herren anklingeln.«

»Sonst arbeitet aber niemand in einer Alabasterwerkstatt in der Nähe des Tatorts. Stellas Leiche war doch mit Alabasterstaub bedeckt.«

»Das ist trotzdem noch ein bisschen dünn für einen Verdacht.« Alessandro drehte sein Glas auf der Stelle. »Was hat er denn gesagt, als du bei ihm warst?«

»Er streitet alles ab.«

»Was denn? Dass er Bildhauer ist und sein Arbeitsplatz am Teatro Romano liegt?«

»Dass er in der Mordnacht mit Stella zusammen war.«

Alessandro rührte mit dem Finger in dem feuchten Fleck, den sein Glas auf der glänzenden Theke hinterlassen hatte. »Und du hast Anlass anzunehmen, dass sie bei ihm war?«

Sergio starrte in seine Tasse und schwieg. Das wusste er

von seinem Vater und durfte es nicht erzählen. Er musste sich weiter so mit Alessandro verständigen, dass dieser seine eigenen Schlüsse ziehen konnte.

»Du müsstest Baldi und Rossi einweihen. Es ist ihre Ermittlung.«

Sergio zuckte mit den Schultern, sagte aber nichts.

»Ich könnte den beiden einen Hinweis geben.«

Sergio runzelte die Stirn, ohne aufzusehen.

»Aber dazu bräuchte ich meine Dienstmütze, und die habe ich ja abgesetzt. Also müssen wir uns selber etwas einfallen lassen, um deinen Vater zu entlasten.«

»Genau.«

»Und du hast auch schon eine Idee und willst jetzt von mir wissen, ob du weiter auf eigene Faust ermitteln sollst.«

Sergio wartete gespannt, was jetzt kommen würde.

Alessandro klatschte mit der Handfläche auf die nasse Theke. »Ja, das solltest du, Sergio. Und ich helfe dir, wo ich kann. Dein Vater ist mir näher als meine Uniform.«

Zufriedenes Schweigen breitete sich aus. Mit jemandem reden zu können, ohne etwas zu sagen, war der schönste Teil eines Gesprächs und eine Kunst, die nur Männer beherrschten. Hinter der Theke fauchte etwas.

»Ihr solltet euch mal eine Pause gönnen«, rief Giacomo, der *barista*, über das Zischen hinweg. Er hielt ein silberglänzendes Kännchen unter den dampfenden Hebel der Kaffeemaschine. »Wollt ihr noch einen Saft und einen Doppelten?«

Kapitel 19

Die Kirchturmuhr schlug vier, als Sergio auf die Mauer über dem Römischen Theater zuging. Giulia war noch nicht da. Er dachte darüber nach, wie er den Bildhauer aus seiner Werkstatt locken könnte.

Insektenpunkte tanzten durch die heiße Luft. Aus der Gasse, die zu Massimos Atelier führte, wirbelte Staub, und ein Presslufthammer lärmte. Sergio folgte dem Geräusch.

Zwei Männer arbeiteten an einem Loch in der Straßendecke, etwa dort, wo Sergio gestern den Absatz gefunden hatte. Einer war bis zu den Schultern in der Baugrube verschwunden, der andere stemmte den Asphalt mit dem Presslufthammer auf. Sie trugen blaue Overalls, die ebenso von Staub bedeckt waren wie ihr Haar und ihre Gesichter.

Sergio kannte die beiden. Stefano und Oscar arbeiteten für Luigi Manfredi, den größten Bauunternehmer in der Stadt. Als sie Sergio sahen, stellte Oscar den Motor ab. Der Lärm erstarb mit einem Stottern. Ohrenbetäubende Stille legte sich auf die Gasse.

»Signori!«, grüßte Sergio freundlich und tippte sich an die Polizeimütze.

Oscar nickte und nahm die Ohrschützer ab. »Ist was nicht in Ordnung?«, schrie Stefano, dessen Ohren dem Lärm ungeschützt ausgesetzt gewesen waren.

Ja, dachte Sergio. Es ist einiges nicht in Ordnung. Mein Vater steht unter Mordverdacht, meine Angebetete glaubt, ich sei ein Lüstling, und ich bin gerade dabei, als Polizist eine Straftat zu begehen und illegal Massimos Werkstatt durchsuchen zu lassen.

Laut sagte er: »*Tutto a posto*, alles in Ordnung. Was macht ihr hier?« Er beugte sich vor und stützte die Hände auf die Knie, um besser in die Baugrube hineinschauen zu können.

»Wir machen gleich Feierabend«, rief Stefano und zog sich die Arbeitshandschuhe aus. Dann ließ er sich von Oscar aus dem Loch ziehen.

»Und die Grube?«, fragte Sergio. »Die sichert ihr aber ab, bevor ihr nach Hause verschwindet. Warum habt ihr die Straße überhaupt aufgerissen? An einem Sonntag!«

Oscar holte bereits zwei Absperrsäulen herbei. Er schleifte sie hinter sich her. Die Gewichte am Fuß der Plastikschilder kratzten Schlangenlinien in den Asphalt.

»Eine Wasserleitung war undicht«, sagte Stefano. »Das Leck haben wir geflickt, damit nichts passieren kann, den Rest erledigen wir morgen.« Seine Stimme klang allmählich leiser. Er klopfte sich den Staub vom Overall und wuschelte sich durch die Haare.

Eine Idee nahm in Sergios Gedanken Gestalt an. Er beugte sich noch tiefer in die Grube. In dem aufgewühlten Erdreich waren Rohre aus Beton und Kunststoff zu sehen.

Dazwischen ragten Leitungen aus Kupfer hervor. An einigen waren rote und grüne Hebel angebracht.

»Sag mal«, forderte er Stefano auf. »Was ist das da?«

»Wieso willst du das wissen, Sergio?«

»Weil ich gesehen habe, wie zwei Bauarbeiter frühzeitig den Arbeitsplatz verlassen haben. Und wenn hier plötzlich die Straße unter Wasser steht, muss ja wenigstens einer da sein, der weiß, wie man Volterra vor dem Ertrinken rettet.«

Stefano schaute Sergio mit grimmiger Miene an. »Du verlangst doch wohl nicht von uns, dass wir am Sonntag auch noch Überstunden machen, oder?«

»Ich verlange überhaupt nichts. Ich biete euch meine Hilfe an. Also! Erklär's mir einfach, dann könnt ihr abziehen.«

Stefano zeigte Sergio, wie der rote Hebel die Zufuhr von Frischwasser unterbrach und wieder öffnete. Das grüne Eisenrad sei hingegen dafür gedacht, die Leitung für das Abwasser zu verschließen, für den Fall, dass es weiter unten in der Kanalisation ein Leck gebe.

»Aber das passiert so schnell nicht. Du kannst ganz beruhigt sein«, sagte der Bauarbeiter noch. Er half Oscar, die Absperrsäulen mit rot-weißem Flatterband zu verbinden. Dann zog er mit seinem Kollegen davon.

Sergio hatte genug in Erfahrung gebracht. Er sah bereits vor sich, wie Massimo aus seiner Werkstatt gestürmt kam, weil ein Sturzbach darauf zuschoss.

Als er zur Mauer zurückkehrte, saß Giulia dort. Sie hatte ihre Dienstkleidung abgelegt und trug eine graugrüne Seidenbluse und eine weiße Jeans mit Blätteraufdruck.

Massimo würde staunen, wenn sie plötzlich in seinem Atelier auftauchte.

Sergio nahm neben ihr Platz. »Schön, dass du gekommen bist«, sagte er.

Er schaute sie an und wollte ihr sagen, dass er einen Plan habe. Aber als er in ihr Gesicht blickte, entschied er sich anders. »Dieser Zettel gestern Abend. Mein Vater hat ihn geschrieben. Er ist ein Macho. Manchmal kann er richtig widerlich sein.«

»Wenn dir die Notiz zuwider war, warum hast du sie dann aufbewahrt? Du hättest sie ebenso gut zerreißen können.«

Sergio nickte. So ging es ihm mit vielen Dingen. Er fand etwas scheinbar Unbedeutendes und hob es auf. Erst nach Wochen oder Monaten kam es ihm wieder in die Finger. Dann wusste er meist nicht einmal mehr, wo er das Fundstück entdeckt hatte.

»Eine Angewohnheit von mir«, sagte er. »Ich behalte, was ich finde. Kann ja noch mal wichtig sein.«

»Gilt das auch für Freundschaften?«, fragte Giulia.

»Ganz besonders dafür.« *Porca miseria!* Er war ein Mann der Tat, nicht der Worte. »Ich glaube, dass wir uns allmählich unserem Vorhaben zuwenden sollten.«

»Hast du denn schon einen Plan?«, wollte sie wissen.

»Einen wasserdichten«, gab Sergio zurück.

Ein Touristenpaar schlenderte herbei, beugte sich über die Mauer und schaute auf das antike Theater hinab.

Als Sergio wieder mit Giulia allein war, erklärte er ihr mit gesenkter Stimme, was er vorhatte. »Da drüben ist eine Baugrube. Ich habe mir zeigen lassen, wie man das Wasser abstellt.«

Giulia sah ihn fragend an. »Na und?«

»Wenn man weiß, wie das Wasser abgedreht wird, weiß man auch, wie man es fließen lässt«, fuhr Sergio fort.

»Schlaumeier«, stieß Giulia hervor. »Du hast doch nicht etwa vor, die Gasse unter Wasser zu setzen?«

»Nur für eine kleine Weile«, antwortete Sergio. »Gerade lange genug, um Massimo aus der Werkstatt zu locken. Sein Atelier liegt am unteren Ende der Gasse. Das Wasser wird genau auf sein Haus zulaufen.«

Giulia verzog das Gesicht. »Ist das nicht ein bisschen übertrieben? Kannst du nicht einfach anklopfen und sagen, eine Dachpfanne sei heruntergefallen?«

Sergio schüttelte den Kopf. »Massimo hat schon seit Jahren einen Dachschaden. So was wird ihn kaum dazu bringen, aus dem Atelier zu stürmen und eine Kundin warten zu lassen.«

Giulia schwieg eine Weile.

Dann stand sie auf. »Gib mir zehn Minuten mit diesem Bildhauer. Und dann Wasser marsch, Pandolino.«

KAPITEL 20

Giulias Schritte klangen hell auf dem Asphalt. Während Sergio sie davongehen sah, dachte er an den Schuhabsatz, den er etwa an der Stelle gefunden hatte, wo jetzt ein Loch klaffte. Der Spalt, in dem er gesteckt hatte, war zerstört.

Er beobachtete, wie Giulia das Atelier erreichte und durch die offene Tür verschwand. Er strich sich über das Haar, dann über die Hosenbeine. Am liebsten wäre er jetzt losgerannt und in die Werkstatt gestürzt, um Giulia aus den Händen Massimo P. Cinis zu befreien. Kopfschüttelnd trat er von einem Fuß auf den anderen. Er schaute zu viele Krimis im Nebenzimmer der Trattoria. Giulia konnte gut auf sich selbst aufpassen.

Jedenfalls für zehn Minuten.

Sergio schaffte es gerade noch, einmal die Mauer auf und ab zu gehen. Dann war seine Geduld am Ende. Er ging zu der Baugrube, bückte sich unter dem Absperrband hindurch und sah, dass die Rohre und Hebel mit einer Plastikplane abgedeckt waren.

Gerade als er sich daranmachte, in das Loch zu steigen,

hörte er Schritte. Jemand sagte: »Signor Agente! Einen Augenblick, bitte.«

Ein junger Mann mit einem rotblonden Schopf näherte sich. Die obere Hälfte seines Gesichts war voller Sommersprossen, die untere voller Bartstoppeln. Er trug ein schwarzes T-Shirt mit einem verwaschenen Aufdruck. Die Schrift konnte Sergio nicht lesen, dafür erkannte er, dass eine Kameratasche an der Schulter des Mannes hing.

Das Blut schoss Sergio in die Wangen. Er fühlte sich ertappt und beschloss, die Flucht nach vorn anzutreten.

»Ich habe keine Zeit«, knurrte er. »Sehen Sie nicht, dass diese Baugrube nur unzureichend gesichert ist? Wenn gerade kein Notfall vorliegt, wenden Sie sich bitte an die Wache.«

Er stieg in das Loch hinunter. Es wurde höchste Zeit, Giulia von Massimo zu erlösen. Aber der junge Mann ließ sich nicht abwimmeln.

»Ein Notfall ist es nicht gerade. Aber wissen Sie, Agente, ich würde gerne am Römischen Theater fotografieren. Da, wo Stella Aurora hinuntergestürzt ist. Ich bin Journalist. *Volterra Adesso* will morgen noch einmal darüber berichten.«

Sergio fluchte im Stillen. Ausgerechnet jetzt rückte ihm die Lokalzeitung auf den Leib.

»Dann tun Sie, was Sie nicht lassen können«, sagte er und schlug die Plane in der Baugrube zurück.

»Sieht aus, als wäre da unten alles in Ordnung«, kam die Stimme von oben. Der junge Mann streckte Sergio eine Hand entgegen. »Darf ich Ihnen heraushelfen? Sie könnten mir im Gegenzug einen Gefallen tun und das Tor zum Theater aufschließen. Dann könnte ich mich dort ein wenig umsehen.«

Sergio suchte nach einer Ausrede, nach einem Grund dafür, in dem Loch bleiben zu können, ohne Verdacht zu erregen. Es gab keinen. Er griff nach der angebotenen Hand und ließ sich aus der Grube ziehen.

»Joe Bonos«, stellte sich der junge Mann vor. Er ließ Sergios Hand nicht los und schüttelte sie heftig. Erst als Sergio den Druck seiner Finger verstärkte, gab der andere ihn frei.

»Bonos?«, fragte Sergio. »Den Namen habe ich in Volterra noch nie gehört. Sie sind wohl nicht von hier.«

Der junge Mann rieb sich die Hand. »Das ist nicht mein richtiger Name. Eher eine Art Künstlername. Meine Eltern sind Volterraner und heißen Buongiorno. Aber mit dem Namen Giovanni Buongiorno kann niemand Journalist werden und erwarten, dass man ihn ernst nimmt.«

»Hören Sie«, sagte Sergio, »ich habe viel zu tun. Und ins Theater darf niemand hinein, solange der Fall Stella Aurora nicht abgeschlossen ist.« Er schaute Bonos über die Schulter. Die Tür zum Atelier lag nur wenige Schritte entfernt.

»Sagten Sie ›Fall‹?« Die Stimme des Journalisten hatte einen lauernden Unterton bekommen. »Ich dachte, Stella wäre von der Mauer gestürzt. Betrunken oder bekokst.«

Sergio durchfuhr es heiß. »Fall. Ja. Unglücksfall, meinte ich. Ich muss jetzt wirklich gehen.«

»War die Tote wirklich mit Rauschgift bedeckt, wie alle

behaupten? Das haben Ihre Kollegen aus Pisa vor den Fernsehkameras gesagt.«

»Ein Irrtum«, erwiderte Sergio knapp.

»Ja, das hat dieser Baldi auch behauptet, als die Kameras noch liefen. Ich bin zwar nur freier Mitarbeiter bei einer kleinen Zeitung, aber ich bin Profi genug, um zu erkennen, dass der Commissario nur von der Wahrheit ablenken wollte. Gibt es eine Rauschgiftszene in Volterra? War Stella Aurora in illegale Geschäfte verwickelt?« Joe Bonos griff in das Seitenfach seiner Kameratasche und holte Block und Stift hervor.

»Rufen Sie in der Questura an«, schnappte Sergio und ging davon. Auf Massimos Werkstatt zu.

»Sie sind doch der Sohn von Angelo Panda. Es gibt Gerüchte, dass er und Stella ein Paar gewesen sein sollen.«

Sergio war geistesgegenwärtig genug, um einfach weiterzugehen.

Bonos gab keine Ruhe. »Wenn Sie mir nichts sagen, schreibe ich genau das: Der Sohn des Verdächtigen ist Polizist und schweigt. Wollen Sie, dass das morgen in der Zeitung steht?«

Aus Sergio drohte das Erdbeben hervorzubrechen. Er fuhr herum und streckte einen Zeigefinger nach dem Journalisten aus. »Sie drohen einem Polizisten. Das ist strafbar.«

»Wir werden ja sehen, was strafbar ist.« Bonos kritzelte hektisch auf seinem Block herum.

Sergio lief auf den Mann zu, bereit, ihm Papier und Stift aus der Hand zu reißen. Er wusste, dass er dabei war, einen

Fehler zu begehen. Aber der Seismograf in seinem Bauch stand auf Stärke Fünf Komma null.

Bonos wich zurück.

Bevor Sergio zupacken konnte, kam jemand um die Ecke und ging auf die Baugrube zu. Es war Oscar. Er trug noch immer den blauen Overall, winkte Sergio zu und zeigte auf etwas in seiner Hand. Es schien eine Kette zu sein.

»Der Chef hat uns beauftragt, die Leitungen zu verschließen«, rief Oscar. »Damit nichts passieren kann. Dann ist hier alles gesichert.«

Oscar ließ sich in das Loch hinab und machte sich an den Hebeln und Rädchen zu schaffen. Er schlang eine Kette um die Armaturen und sicherte sie mit einem Schloss von der Größe einer Männerfaust. Sergio musste zusehen, wie sein Plan in die Brüche ging.

Daran war nur dieser Bonos schuld.

»Da sehen Sie, was Sie angerichtet haben«, rief er.

»Aber es ist doch gar nichts passiert.« Joe Bonos runzelte die Stirn. »Was geht hier eigentlich vor?« Er schaute zwischen Sergio und Oscar hin und her.

Sergio fluchte leise. »Also gut«, sagte er. »So viel verrate ich Ihnen: Dort, wo jetzt die Baugrube ist, hat die Polizei gestern ein Beweisstück gefunden. Etwas, das mit dem Tod Stella Auroras in Verbindung stehen könnte. Und in dem Loch habe ich nach weiteren Indizien gesucht. Das ist alles.«

Bonos nickte. Sein Stift zuckte über den Notizblock.

»Und jetzt muss ich gehen.« Sergio bewegte sich wieder

auf Massimos Werkstatt zu. Als er sich umblickte, sah er, wie Joe Bonos in die Baugrube hineinlugte. Der Journalist sprach mit Oscar und nestelte an seiner Kameratasche. Was auch immer er vorhatte, er war vorerst beschäftigt.

Vor dem Eingang zögerte Sergio. Wie sollte er den Bildhauer jetzt aus dem Atelier herauslocken?

Noch einmal sah er zur Baugrube hinüber. Joe Bonos fotografierte das Loch in der Erde. Er hatte Oscar dazu gebracht, darin zu posieren. Der Arbeiter hatte die Hände in die Hüften und ein Geburtstagslächeln in sein Gesicht gestemmt. Bonos bat ihn, eine ernste Miene aufzusetzen, doch das schien Oscar schwerzufallen. Er lächelte einfach weiter.

Im Innern der Alabasterwerkstatt war niemand zu sehen. Auf einem schiefen Holztisch lagen zwei Hämmer neben einer alten Registrierkasse. Die Zahlen auf den Tasten waren so dick mit Staub bedeckt, dass sie nicht mehr zu erkennen waren.

Weiter drinnen waren Stimmen zu hören. Sergio fand Giulia gemeinsam mit dem Bildhauer im hinteren Raum. Massimo hatte eine Hand auf eine Büste gelegt, den Torso eines Mannes. Aus dem Bauchnabel wuchs der Kopf einer Schlange hervor.

»Das habe ich selbst entworfen«, hörte Sergio Massimo sagen, »inspiriert von den Überresten der Statuen des römischen Kaisers Claudius … Oh, *buona sera*, Signor Panda.«

Sergio grüßte den Bildhauer und lüpfte kurz die Mütze,

als er Giulia mit »Signora« begrüßte. Sie verzog keine Miene und nickte ihm zu.

»Signor Cini«, sagte Sergio, »ich habe etwas mit Ihnen zu besprechen. Etwas …«, er senkte die Stimme, »… Dienstliches. Kommen Sie bitte einen Augenblick mit mir vor die Tür?«

»Sehen Sie nicht, dass ich Kundschaft habe?« Der Bildhauer deutete auf Giulia. In der Hand hielt er eine Zigarette, die nicht angezündet war. »Entschuldigen Sie, Signora. Aber die Polizei in Volterra kann sehr aufdringlich sein.«

Giulia lächelte. »Den Eindruck habe ich auch.«

»Es dauert nur eine Minute«, sagte Sergio. »Die Signora wird uns doch entschuldigen?«

Giulia schaute auf ihre Armbanduhr. Sie zögerte. »Eigentlich muss ich in zehn Minuten meine Kinder vom Sportplatz abholen«, sagte sie.

»Da sehen Sie es«, rief Massimo Sergio zu und streckte beide Hände in Richtung Giulia aus. Dabei fiel die Zigarette zu Boden. Er ließ sie liegen.

»Aber ich kann meine Mutter bitten, das für mich zu erledigen.« Giulia zog ihr Telefonino aus der Handtasche und wählte eine Nummer. »Dann habe ich Zeit für Ihre faszinierenden Werke. *Mamma*?« Sie hielt sich den Apparat ans Ohr, wandte sich ab und sprach leise ins Telefon.

»Sie waren doch erst gestern hier, Signor Panda«, sagte der Bildhauer, als er Sergio durch die Gewölbe folgte.

»Es hat sich etwas Neues ergeben.«

Sergio trat ins Freie. Das Sonnenlicht biss in seine Augen. Oscar und Joe Bonos waren nicht mehr zu sehen.

»Was gibt es denn Geheimnisvolles?« Massimo warf nervöse Blicke zurück zum Atelier.

Sergio fischte nach einem Gedanken. Was könnte er Massimo jetzt sagen?

»Wie geht es Ihnen?«, brachte er hervor.

»Wie es mir geht?« Massimo riss die Augen auf. »Mir geht gerade ein Geschäft durch die Lappen. So geht es mir. Kommen Sie zur Sache. Handelt es sich wieder um Stella Aurora?«

»Nicht direkt«, antwortete Sergio ausweichend.

»Was ist denn nun los? Wollen Sie mich einfach nur von der Arbeit abhalten?« Der Bildhauer fuhr sich mit einer Hand durchs Haar und ballte sie zur Faust.

Diese Hände waren schlank, aber kräftig. Sergio hatte sich gefragt, ob das Loch in der Wand der Trattoria wirklich von einem Faustschlag Massimos stammte. Oder von einer faustdicken Lüge Angelos. Als er jetzt die Hände des Bildhauers sah, kam ihm eine Idee.

»In der Trattoria meines Vaters gibt es ein Loch in der Wand«, sagte Sergio.

Massimo schnaubte, ging aber darauf ein. »Das ist immer noch da?« Er blickte auf seine rechte Hand, öffnete die Faust und schloss sie wieder. »Der Schlag hätte mich fast die Bildhauerei gekostet. Drei Finger waren gebrochen. Das Handgelenk verstaucht. Angelo Panda kann von Glück reden, dass ich nur den Putz – und nicht ihn – getroffen habe.«

Sergio deutete auf Massimos Faust. »Mein Vater wollte das Loch nie entfernen«, plapperte er drauflos. »Ich finde allerdings, dass es ein Schandfleck in der Trattoria ist. Ein Loch in der Wand. Wie sieht das aus?«

Hinter einem der verstaubten Fenster der Werkstatt war eine Bewegung zu erkennen. Giulia schien bei der Arbeit zu sein.

»Deshalb würde ich das Loch gern ausbessern und die Wand streichen«, fuhr Sergio fort.

»Erinnerungen kann man nicht mit etwas Mörtel und Farbe beseitigen«, gab Massimo zu bedenken. »Da muss ich Angelo recht geben, auch wenn ich ihm das nicht gern zugestehe. So, und nun genug geplaudert. Ich muss mich um meine Kundin kümmern.« Er wollte sich abwenden.

Sergio griff nach seiner Schulter. »Ich möchte Ihnen ein Geschäft vorschlagen.«

Wenn der Bildhauer über Sergios Berührung verärgert war, dann zeigte er es nicht. »Was für ein Geschäft?«

»Also, es geht um Folgendes.« Sergio sprach jetzt langsam. Er musste Zeit gewinnen. Zeit für Giulia. Und für das, was er im Begriff war zu sagen. Die Worte lagen ihm schon auf der Zunge, doch sie waren schwer wie Kanonenkugeln. »Also, das ist jetzt nicht einfach für mich«, sagte er. »Es ist sozusagen gegen den Willen meines Vaters.«

»Der aber nicht so zögerlich ist wie Sie, wenn es ums Geschäftemachen geht«, sagte Massimo. Neugier leuchtete aus seinen Augen.

»Wenn ich das Loch in der Wand schon nicht ausbessern darf, dann möchte ich es wenigstens verbergen. Etwas davorzustellen, wäre bestimmt schon eine Verbesserung.«

»Fahren Sie zum Gartencenter nach Pontedera und kaufen Sie einen Gummibaum«, schlug Massimo vor.

»Eine gute Idee«, sagte Sergio. »Aber das Loch ist ja gleich neben der Heizung. Das würde der Pflanze nicht bekommen.« In seinem Kopf entstand das Bild einer welkenden Zimmerpflanze. Gleich daneben blühten immer neue Gedanken. »Außerdem dachte ich an etwas mit mehr Aussage. Etwas, das nur Sie anfertigen könnten, Signor Cini.«

Der Bildhauer legte die Stirn in Falten und strich sich über den Schnäuzer. »Ich? Ausgerechnet ich soll etwas schaffen, das die Trattoria der Pandas schmücken soll? Was soll das sein?«

»Ein Kunstwerk«, antwortete Sergio und vollführte eine Geste wie ein Museumskurator. »Eine Skulptur, die das Loch verbirgt, es aber nicht verschwinden lässt. Es wäre so etwas wie eine Brücke. Zwischen dem Bildhauer Massimo P. Cini und dem Gastwirt Angelo Panda. Was halten Sie davon?« Sergio überlief es heiß. Hoffentlich erfuhr sein Vater niemals davon. Hoffentlich lehnte Massimo das Angebot ab.

»Eine hervorragende Idee«, sagte der Bildhauer. »Warum haben Sie das nicht gleich gesagt? Kommen Sie! Wir schauen uns im Atelier um. Ich habe bestimmt etwas Passendes.«

»Nein, nein, nein!«, entfuhr es Sergio. »Nicht ins Atelier. Ich …« Er melkte die Luft.

Massimo legte den Kopf schief. Ein Lächeln erschien auf seinem Gesicht, das gar nicht wie das eines Finsterlings aussah. »Ach so! Sie wollen ein Werk in Auftrag geben. Ich soll etwas vollkommen Neues schaffen?«

Sergio nickte. Ihm war alles recht, solange Massimo nur hier draußen bei ihm blieb.

»Das wird aber nicht gerade günstig werden. Sie müssen verstehen: Die meisten Stücke fertige ich in Serie an. Konfektion. Aber bezahlbar. Ein einzigartiges Werk hingegen erfordert Aufwand. Ich muss es entwerfen. Ich muss Probestücke anfertigen. Ich muss Farbe und Gewicht des Rohmaterials aufeinander abstimmen. Dazu muss ich vielleicht sogar in die Alabasterminen hinabsteigen.«

»Wie viel?«, fragte Sergio mit matter Stimme.

»Viertausend. Ungefähr. Genau kann ich es erst sagen, wenn alles fertig ist. Haben Sie schon eine Vorstellung, was es darstellen soll? Oder sollen wir gemeinsam ein paar Skizzen anfertigen?« Wieder wollte Massimo in die Werkstatt gehen.

»Ja, ich ... Es soll ...« Fieberhaft überlegte Sergio, was für ein Kunstwerk er in Auftrag geben könnte. In Gedanken ging er seine Fotosammlung durch. »Ein Spinnennetz vielleicht«, brachte er hervor.

»Oh, ein reizvoller Einfall. Aber für etwas so Filigranes eignet sich Alabaster nicht. Na, kommen Sie! In der Werkstatt fällt uns bestimmt etwas Besseres ein. Hier draußen ist es auch viel zu heiß.« Er wischte sich den Schweiß von der Stirn. Der Staub auf seiner Haut verschmierte zu bleichen Streifen.

Massimo hatte recht. Sie standen mitten in der Nachmittagssonne. Sergio spürte, wie seine Kopfhaut unter der

Dienstmütze glühte. »Das geht nicht«, sagte er. »Sie haben gerade Kundschaft. Ich glaube, das ist die neue Busfahrerin. Die schwatzt tagein, tagaus mit ihren Fahrgästen. Seit sie ihren Dienst angetreten hat, machen die Gerüchte in Volterra nach Fahrplan die Runde. Kommt der Bus in San Giusto an, weiß das ganze Viertel eine halbe Stunde später, was im Zentrum gerade los ist. Das kann ich nicht gebrauchen. Also, bitte, lassen Sie uns hier draußen alles besprechen.«

»Aber ich muss wenigstens meinen Skizzenblock holen«, sagte Massimo.

»Skizzen sind nicht nötig«, erwiderte Sergio. »Es genügt, wenn wir uns über die Aussage einig sind. Den Rest überlasse ich Ihnen.«

»Sie geben mir freie Hand?« Massimos Schnäuzer zuckte. »Der Kunde lässt sich überraschen. Das habe ich noch nie erlebt.«

Ich auch nicht, dachte Sergio. Er würde eine Möglichkeit finden müssen, den Auftrag zu stornieren. Viertausend Euro und ein tobsüchtiger Vater waren ein zu hoher Preis. Er beschloss, den Bildhauer so lange zu verwirren, bis dieser einsah, dass es unmöglich war, eine Skulptur für die Familie Panda zu schaffen.

»Freie Hand«, sagte Sergio. »Das stimmt. Aber die Aussage ...«

»... muss stimmen. Das sehe ich genauso.« In der Stimme des Bildhauers lag Eifer. »Also, in welche Richtung denken wir?«

Sergio hatte daheim ein Regal mit Fotobüchern. Die

Bände waren voller Bildkunst. Er liebte die Fotografien. Und er kannte die Texte, die versuchten, etwas zu beschreiben, wofür es eigentlich keine Worte gab. Genau diese Beschreibungen kamen ihm jetzt in den Sinn.

»In der grundsätzlichen Gestaltung soll der Betrachter eine offene, transparente Anmutung entdecken«, begann Sergio.

Massimo nickte.

»Andererseits soll die Skulptur aber auch abweisend und geschlossen wirken«, fuhr Sergio fort.

Der Bildhauer hob an, etwas zu sagen, überlegte es sich aber anders. Er nickte noch einmal. Diesmal zögerlich. »Ich stelle mir eine archaisch monumental anmutende Kubenkomposition vor«, sagte er dann. »Etwas mit ungebrochenen Kanten, das mit seiner Klarheit und seinen Dimensionen vielleicht nur mit technisch-funktional orientierten Industriedenkmälern vergleichbar ist.«

»Jedenfalls im näheren Umfeld«, setzte Sergio hinzu. Wenn doch Giulia ihn so erleben könnte!

»Das hört sich gut an. Aber wie groß soll das Objekt denn werden?«

»Das hängt natürlich vom Grundsätzlichen ab.« Sergio war mit seinem Latein noch nicht am Ende. Oder war das Chinesisch? »Es soll ja eine Kleinteiligkeit geben. Und einige roh belassene Additive. Die sollen schützend den kommunikativen Kern der Plastik umlagern. Verstehen Sie? Es soll reine, ungestörte Kunst sein, ungeschminkte Wahrheit, reine Fotografie.«

»Fotografie?«, fragte Massimo verwirrt.

»Bildhauerei meine ich natürlich.« Sergio biss sich auf die Unterlippe. »Jetzt wissen Sie, was ich meine.« Insgeheim hoffte er, Massimo wisse das keinesfalls, aber der Bildhauer verblüffte ihn.

»Endlich spricht mal jemand meine Sprache«, brach es aus Massimo heraus. »Signor Panda! Wir werden diesem Kubus eine Haut verleihen von feiner Maßstäblichkeit. Trotz einer überragenden Ornamentik wird er unaufdringlich in der Trattoria stehen und nur durch seine Anwesenheit den Raum verzaubern.«

Sergio seufzte. Offenbar beherrschte Massimo den Ton der Feuilletons. Und er fühlte sich anscheinend wohl, wenn er ein Werk allein kraft seiner Gedanken formte. Während er sprach, ergriff Erregung von dem Bildhauer Besitz. Er trat von einem Fuß auf den anderen, gestikulierte, riss die Augen auf und redete, redete, redete. Sergio hörte zufrieden zu.

»Das genügt!«, sagte Massimo plötzlich. »Ich kann nicht noch mehr nachdenken. Ich muss jetzt arbeiten, die Gedanken umsetzen. Die Inspiration ist flüchtig.« Er drehte sich um und eilte auf die Werkstatt zu. Diesmal konnte Sergio ihn nicht aufhalten.

Giulia! Er musste sie warnen.

»*Arrivederci*, Signor Cini!«, brüllte er, so laut er konnte.

KAPITEL 21

Giulia hatte gewartet, bis die beiden Männer aus der Werkstatt verschwunden waren. Dann hatte sie sich wie eine neugierige Kundin verhalten, war hier und da vor einem fertigen Werk stehen geblieben und hatte mit den Fingern Linien in den Staub auf einer Arbeitsplatte gestrichen. Als sie sicher sein konnte, dass Sergio den Bildhauer ins Freie gelockt und ihn in ein Gespräch verwickelt hatte, sah sie sich genauer im Atelier um.

Schon in den ersten Minuten war ihr das Durcheinander im Reich des Künstlers aufgefallen. Eine mannshohe Schleifmaschine beherrschte den Raum. Sie war umringt von schneeweißen Statuen. Eine stellte den heiligen Antonius mit dem Kind im Arm dar. Jemand hatte Antonius eine grüne Schirmmütze aufgesetzt. Daneben lag ein adrett zusammengefalteter Wollpullover, der so stark mit Alabasterstaub überzogen war, dass seine ursprüngliche Farbe darunter verschwunden war. Giulia strich darüber und stellte überrascht fest, dass es sich um eine Alabasterarbeit handelte. Massimo P. Cini bildete nicht nur Menschen naturgetreu ab.

Weiter! Sie war schließlich nicht in dieser Werkstatt, um tausend kleine Wunder zu bestaunen, sondern um etwas zu suchen. Etwas, das mit dem Tod Stella Auroras in Verbindung stehen konnte. Die Diva war zuletzt bei Massimo gewesen und von dort zum Römischen Theater gerannt. Der Grund für ihre Eile – und vielleicht für ihren Tod – konnte in diesen Räumen zu finden sein.

Milchiges Licht fiel durch ein verstaubtes Fenster herein. Man würde von draußen nicht sehen können, was sie hier trieb. Und selbst wenn! Sie tat nichts Verbotenes, sah sich nur in einer Werkstatt um.

Trotzdem schlug ihr Herz schneller.

Giulia drehte sich langsam im Kreis. Dieses Durcheinander! Wenn es hier etwas zu entdecken gab, so lag es nicht offen herum.

Die Werkbank hatte drei Schubladen, von denen zwei zur Hälfte offen standen. Giulia lugte in die oberste. Braune Plastikteile lagen darin, die zu einem elektronischen Apparat zu gehören schienen, mehr war durch den Spalt nicht zu sehen.

Sie zog die Schublade ganz auf. Das Holz klemmte auf den Führungsschienen, und Giulia riss an dem Griff. Unter Klappern und Rasseln gab die Schublade ihren Inhalt preis. Giulia wühlte durch die braunen Plastikabdeckungen. Darunter kamen Kartons aus Pappe zum Vorschein, die Sicherungen enthielten. Auch in der zweiten Schublade fand sich nichts Verdächtiges.

Die untere war verschlossen.

Lag der Schlüssel hier irgendwo herum? Auf der Arbeitsplatte war er nicht. Ebenso wenig in der kleinen Schale mit dem Schleifpapier.

Giulia ging in die Knie und spähte unter den Schreibtisch. Sie suchte auch unter der Werkbank und schaute noch einmal in den Schubladen nach, die sich hatten öffnen lassen. Einen Schlüssel fand sie nicht.

Aber einen Meißel. Das Werkzeug lag auf einer Arbeitsplatte, neben anderen seiner Art. Die Meißel waren parallel aufgereiht und nach Größe geordnet. Das passte so wenig in die Unordnung, die im Atelier herrschte, dass Giulia nervös auflachte.

Sie griff nach dem breitesten Meißel. Irgendwann einmal war der Stahl mit einer blauen Lackschicht überzogen gewesen, von der jetzt nur noch Spuren erkennbar waren. Das Metall lag schwer und kalt in ihrer Hand. So kühl, wie sie jetzt handeln musste.

Sie stemmte das flache Ende des Meißels in den Spalt der verschlossenen Schublade und lehnte sich darauf. Giulia brachte zwar nur achtundfünfzig Kilo auf die Waage, aber Schreibtisch und Schublade zählten mindestens ebenso viele Jahre.

Es krachte. Das Schloss ging entzwei.

In der Schublade lagen Papiere. Als Giulia den Stapel herausnahm, rieselte Staub zwischen den Seiten hervor. Obenauf lagen Rechnungen. Es folgten Skizzen von Skulpturen, Büsten, Händen, Gesichtern. Entwürfe offenbar. Giulia suchte weiter. Unter den letzten losen Seiten fand sich ein kleines Heft, wie es Schulkinder im Mathematikunterricht verwenden. Sie zog es hervor und schlug es auf.

Stella Aurora schaute ihr entgegen.

Die Filmdiva war mit schnellen Bleistiftstrichen fest-gehalten. Der Zeichner hatte sie gut getroffen. Die kleine Nase. Den eleganten Schwung der Augenbrauen. Die glän-zenden Wangen. Den Schmollmund. So hatte Stella in ihrer Jugend ausgesehen. So konnte man sie in ihren Fil-men immer noch bewundern.

Giulia blätterte durch das Heft. Es enthielt ein gutes Dutzend Porträts der Schauspielerin. Einige zeigten sie von vorn, andere im Halbprofil. Auf einem war der Kopf von hinten zu sehen. Das waren nicht einfach nur Bilder eines Bewunderers. Das waren Arbeitsvorlagen.

Hatte Massimo P. Cini eine Stella aus Alabaster geschaf-fen? Oder war es bei den Skizzen geblieben?

Giulia ließ den Blick über die in Alabaster erstarrten Figuren schweifen. Ungerührt stand der heilige Antonius neben der Schleifmaschine, die grüne Mütze schief auf dem Kopf. Das Kind in seinem Arm lächelte zu ihm auf. Es schien, als lache der Knabe den Heiligen wegen seiner unpassenden Kopfbedeckung aus.

Unter den Statuen waren auch einige Frauen. Ihre Ge-sichter waren ausdrucksstark und lebensecht aus dem Stein hervorgeholt. Aber keine ähnelte Stella.

Giulia überlegte. Wie viel Zeit blieb ihr noch? Wenn der Bildhauer jetzt zurückkäme, würde er sofort sehen, dass sie seine Unterlagen durchsucht hatte.

Draußen hörte sie Sergio sprechen. Giulia lächelte. Er hatte Courage, Geist und das Herz am rechten Fleck. Sie hatte es schlagen gespürt, als sie ihm die Hand auf die

Brust gelegt hatte, gestern Abend in der Trattoria. Er war ein reizvoller Mann. Wenn er sich nur nicht in den schönsten Momenten in einen Polizisten verwandeln würde!

Giulia sah wieder auf die Zeichnungen. Sie musste die Büste finden, die zu den Bildern von Stella gehörte. So gut es ging, brachte sie die Schubladen wieder in die ursprünglichen Positionen. Das Heft mit den Skizzen behielt sie.

So langsam, wie es ihre angespannten Nerven zuließen, schritt sie die drei Räume des Ateliers ab. In der mittleren Werkstatt entdeckte sie eine alte Holztür hinter einigen Blöcken unbehauenen Alabasters. Während sie noch überlegte, wie sie die schweren Brocken beiseiteschaffen könnte, um die Tür zu öffnen, fiel ihr auf, dass diese zu keinem Durchgang gehörte. Auch sie war aus Stein gefertigt, eine Sinnestäuschung, wie so vieles in Massimos Zauberwelt.

Schließlich kehrte Giulia dorthin zurück, wo der Torso mit der Schlange im Nabel stand. Sie hob eine Staubdecke hoch, unter der eine halb fertige Statue zum Vorschein kam: eine Nymphe, die sich Wasser aus einem Krug über den Kopf goss. Ihr Oberkörper war nackt. Ihr Unterleib war noch von einem unbehauenen Stück Alabaster umkleidet. Auch sie war keine Stella.

Ein Haufen Steinblöcke war an der Südwand des Ateliers aufgeschichtet. Darüber hingen eine schwarz-weiße Fotografie und ein Schränkchen aus hellem Holz. Das war der einzige Ort, an dem Giulia noch nicht nachgesehen hatte.

Sie erstarrte. War da ein Geräusch im vorderen Raum

zu hören? Kam der Bildhauer zurück? Nein. Sie hörte noch immer Sergios Stimme. Er rief etwas.

Giulia legte das Heft mit den Skizzen ab und stieg auf die Steinblöcke. Mit ihren eleganten Schuhen fand sie nur unsicheren Halt auf den Quadern. In den Oberflächen des Gesteins waren Riefen erkennbar, die vermutlich vom Abbau des Alabasters herrührten. Sie boten Giulias Händen Halt, während sie vorsichtig weiterkletterte, auf das Schränkchen zu.

Dann rutschte sie ab.

Ihr rechter Fuß geriet in eine Lücke zwischen den Steinen. Schmerz fuhr in ihren Knöchel. Fast hätte sie aufgeschrien. Der Fuß steckte fest.

Sie versuchte, das Bein zu befreien. Es protestierte bei jeder Bewegung. Giulia griff nach einem der Steine und räumte ihn beiseite. So war es besser. Ihr Fuß klemmte zwar immer noch fest, aber der Schmerz hatte ein wenig nachgelassen. Der nächste Stein folgte. Dann noch einer. Giulia streckte sich und schöpfte Atem.

Als sie sich wieder den Steinen zuwenden wollte, sah sie die Büste.

Sie lag unter dem Steinhaufen und trug Stellas Gesicht. Es war bleich wie das einer Leiche. Im ersten Augenblick hatte Giulia den Eindruck, die tote Stella läge unter dem Alabaster begraben. Vor Schreck hielt sie sich eine Hand vor den Mund, um einen kleinen Schrei einzufangen.

Obwohl die Züge der Schauspielerin gut erkennbar waren, schien das Werk unvollendet zu sein. Die Oberfläche war nur grob behauen, den Haaren fehlten Details, den Augen die Pupillen. Scheinbar blind schaute Stellas Abbild zu Giulia empor. Auch das trug zu dem Eindruck bei, eine Tote läge unter den Steinen verborgen.

Giulia atmete tief durch. Sie hatte eine Spur in der Werkstatt gefunden, war ihr gefolgt und hatte das Geheimnis des Bildhauers entdeckt. Massimo P. Cini hatte eine Büste von Stella Aurora angefertigt und sie dann unter seinem Rohmaterial verborgen gehalten.

War er deshalb ein Mörder?

Das würde sie mit Sergio besprechen. Sie holte ihr Telefonino hervor und fotografierte Stellas weißes Gesicht.

»Signora! Was machen Sie denn da?« Die Stimme Massimos ließ sie zusammenfahren. Sie wollte zurückweichen, aber ihr Fuß steckte noch immer fest.

Giulia schrie auf.

Als Nächstes sah sie, wie sich der Bildhauer hektisch in seinem Atelier umschaute. »Sie!«, rief er, als er die aufgebrochene Schublade entdeckte. »Sie wollten mich bestehlen.« Dann sah er das Loch, aus dem Stellas Antlitz hervorschaute. Eine Veränderung schien mit ihm vorzugehen. Ein Zittern befiel ihn. Er schlang die Arme um den Leib und schüttelte den Kopf. In stummer Zwiesprache mit sich selbst bewegten sich seine Lippen.

Giulia versuchte noch einmal, ihren Fuß zu befreien. Vergeblich.

Sie keuchte.

Massimo schaute zu ihr herüber. Dann kam er mit schleppenden Schritten auf sie zu.

Kapitel 22

Sergio versuchte, ruhig zu bleiben. Erst vor wenigen Augenblicken war Massimo in der Werkstatt verschwunden, und doch kam es ihm vor, als wären seither Stunden vergangen. Hoffentlich war mit Giulia alles in Ordnung! Wie gern wäre er hinter dem Bildhauer hergestürzt. Stattdessen versuchte er, sich in Geduld zu üben. Er hatte Massimo eine ganze Weile aufgehalten, ohne dass dieser Verdacht geschöpft hatte. Das musste einfach genügen!

Sergio zwang sich, nicht länger auf den Eingang zum Atelier zu starren. Er schaute zum Himmel, wo der Wind Cirruswolken über der Stadt kämmte, und verschränkte die Arme vor der Brust. Er ging auf. Er ging ab. Er versuchte, seinen Atem zu beruhigen. Er fand sich vor der Werkstatt wieder. Er setzte einen Fuß über die Schwelle. Er ...

Von drinnen erklang ein Schrei. Und kurz darauf noch einer.

Giulia!

Er rannte durch den ersten Raum, durch den zweiten. Im hinteren Gewölbe fand er sie.

Giulia hockte auf einem Haufen Steine. Anscheinend war sie dorthin vor Massimo geflohen. Der Bildhauer schimpfte lauthals und packte Giulias rechtes Bein mit seinen schmutzigen Pranken.

Sergio stürzte sich auf ihn, riss ihn von Giulia fort und schob ihn gegen eine Werkbank. Massimo wehrte sich nicht. Als er gegen den Tisch stieß, fiel der Torso herunter. Die Schlange, die aus dem Bauchnabel hervorschaute, brach mit einem hässlichen Geräusch ab.

»Lassen Sie sofort die Signora in Ruhe!«, rief Sergio. Mit aller Kraft umklammerte er die Handgelenke des Bildhauers.

Waren da Tränen in den Augen des Künstlers?

»Schon gut, Sergio!«, sagte Giulia, die noch immer auf dem Alabaster hockte. »Signor Cini wollte mir nur helfen.«

Sergio schaute zu ihr hinüber und schüttelte energisch den Kopf. Jetzt hatte sie verraten, dass sie beide sich kannten. Was trieb sie überhaupt da oben?

»Wenn ihr euren Hahnenkampf beendet habt, könntet ihr euch mal um meinen Fuß kümmern.«

Sergio wunderte sich über Giulias lockeren Ton. Er ließ Massimo nur zögerlich los.

Der Bildhauer rieb sich die Handgelenke. »Ihr habt mich reingelegt. Und ich war dumm genug, mich täuschen zu lassen.« Er lachte gekünstelt. »Eine schöne Kundin will etwas Teures kaufen. Ein Polizist gibt mir freie Hand beim Entwurf eines Kunstwerks. Und beides geschieht gleichzeitig. Ich hätte sofort merken müssen, dass da was nicht stimmt.«

Sergio fluchte innerlich.

»Dann befreien wir mal Ihre Komplizin.« Massimo ging zurück zu Giulia.

Jetzt erst sah Sergio, dass ihr Fuß in einem Spalt zwischen den Alabasterblöcken verschwunden war.

Massimo räumte Steinbrocken beiseite, bis Giulia den Fuß herausziehen konnte. Ihr Knöchel war geschwollen. Bei dem Anblick stellten sich die Haare auf Sergios Armen auf. Dabei war er doch sonst nicht so zimperlich.

»Damit müssen wir zum Arzt«, sagte er. »Sofort!«

Giulia zog ihren Schuh aus und rieb sich den malträtierten Fuß. Sie musterte ihren Knöchel. »Das muss warten.« Dann deutete sie auf den Steinhaufen. »Erst einmal ist uns Signor Cini eine Erklärung schuldig.«

Massimo hockte neben den Alabasterbrocken. Seine Schultern hingen herab, und seine Hände streichelten die raue Oberfläche eines Steins. Was war mit ihm los?

Sergio blickt Giulia fragend an. Dann kletterte er zu ihr auf den Steinhaufen.

Kurz darauf hatte er Stellas Büste aus ihrem Versteck hervorgeholt. Der Stein war groß und schwer. Sergio trug ihn im Arm, stellte ihn sanft auf der Werkbank ab und betrachtete das Werk mit einer Mischung aus Bewunderung und Entsetzen.

Stella war vom Scheitel bis zu den Schultern aus Alabaster gehauen. Obwohl die Büste erst grob bearbeitet war, hatte sie eine erschreckende Ähnlichkeit mit der wirklichen Diva. Zumal der Alabaster auf unheimliche Art an den Staub erinnerte, der ihren Leichnam bedeckt hatte.

»Signor Cini«, begann Sergio. Mehr war nicht nötig.

»Fünfundvierzig Jahre«, sagte der Bildhauer. »Fünfundvierzig Jahre habe ich auf Stella gewartet.« Er trat dicht an die Büste heran und schien zu der steinernen Diva zu sprechen. »Ich habe sie geliebt, schon bevor sie zum ersten Mal nach Volterra gekommen ist. Fast ein halbes Jahrhundert ist das her. Ich kannte schon damals jeden ihrer Filme. Sie war erst siebzehn, als sie *Der Tod ist nur ein Spiel* gedreht hat, wussten Sie das? Stand etwas über Stella in der Zeitung, habe ich die Berichte ausgeschnitten und aufbewahrt. Andere Frauen haben mich nicht interessiert. Wenn ich mit einer ausgegangen bin, habe ich sie insgeheim mit Stella verglichen. Keine konnte ihr das Wasser reichen.« Massimo machte eine Pause und schloss die Augen. Als er sie wieder öffnete, lächelte er seine Zuhörer an. »Als ich dann hörte, sie käme nach Volterra, um hier einen Film zu drehen, war ich wie gelähmt. Vor Schreck. Und vor Glück. Die Frau meiner Träume, von der ich glaubte, sie wäre unerreichbar für mich, kam in meine Stadt. Drei Wochen lang sollte Stella in meiner Nähe sein! Verstehen Sie?« Er schaute Sergio an und lachte zu laut. »Ich habe mich nach ihr verzehrt. Tag für Tag litt ich darunter, glaubte, von innen heraus zu verbrennen. Was sollte ich tun? Sie war ein Star. Reich und berühmt, auch wenn sie damals noch sehr jung war. Ich war Geselle bei einem Steinmetz, ein linkischer Jüngling, der sich den ersten Flaum unter der Nase nicht abrasierte, weil er ihn für einen Bart hielt. Ich war arm, schmutzig und chancenlos.«

»Aber selbstbewusst genug, um Stella nachzustellen«, warf Sergio ein.

»Nachstellen, nachstellen!« Massimo wedelte mit den Händen. »Wenn Sie glauben, ich hätte sie damals belästigt, müssten sie das der ganzen Stadt vorwerfen. Wo immer sie auftauchte, tagsüber bei den Dreharbeiten, abends im Ristorante, sogar nachts, wenn sie in ihr Hotel ging – immer warteten die Männer Volterras irgendwo auf sie, riefen Anzüglichkeiten und pfiffen ihr hinterher. Einmal hätte sich der verrückte Astorre beinahe auf sie gestürzt. Ich war es, der ihn festgehalten hat.« Er schüttelte den Kopf. »Nein, ich habe ihr nicht nachgestellt.«

»Aber als sie mit meinem Vater angebändelt hat, da war es mit der Zurückhaltung vorbei«, erinnerte Sergio den Bildhauer.

»Hat Angelo Ihnen erzählt, wie Stella auf ihn aufmerksam geworden ist?« Massimos Augen weiteten sich. Das Lächeln, das jetzt auf seinem Gesicht erschien, verriet die diebische Freude eines Mannes, der dabei war, das Geheimnis eines anderen auszuplaudern.

»Er hat für sie gekocht. Und sie konnte ihm nicht mehr widerstehen«, sagte Sergio. So jedenfalls hatte sein Vater ihm die Geschichte erzählt.

»Das stimmt.« Massimo nickte. »Die Familie Panda gehörte damals zu den Gastwirten, die das Filmteam tagsüber an den Drehorten versorgten. Hat Angelo auch erzählt, was er gekocht hat?«

Sergio versuchte, sich zu erinnern. Aber darüber hatte er mit seinem Vater niemals gesprochen.

»*Fagioli all'uccelletto*«, verkündete Massimo.

Sergio runzelte die Stirn. Das waren mit Salbei geschmorte Bohnen in einer Tomatensoße. Eine klassische Delikatesse der Toskana, die Familie Panda hütete ihre Version des Rezepts wie einen Schatz. Das Gericht hatte Nebenwirkungen. Wer davon aß, in dessen Innern begann es bald darauf zu zwitschern. Daher auch der Name: *fagioli all'uccelletto* – Bohnen nach Art des Vögelchens.

»Sind Sie sicher?«, fragte Sergio.

Der Bildhauer nickte. »Stella muss entweder besonders viel davon gegessen haben, oder sie reagierte stark auf die *fagioli*. Jedenfalls mussten die Dreharbeiten unterbrochen werden. Zwei Tage lang. Regisseur und Produzent haben getobt. Aber da war nichts zu machen.«

»Ich verstehe das nicht«, sagte Sergio. »Wie ist La Stella dann mit meinem Vater zusammengekommen?«

»Sie sagte, diese Bohnen seien das Köstlichste, was sie jemals gegessen habe. Stellen Sie sich das mal vor! Ein Filmstar aus Rom! Sie verkehrte in den teuersten Restaurants der Welt. Und fand ihr kulinarisches Glück in einer kleinen Trattoria in Volterra!« Massimo präsentierte seine Handflächen. »So gelangte sie ins Il Gusto. Und zu Angelo.«

Sergio nahm sich vor, Giulia diese *fagioli* zu servieren. Dann war er wieder bei der Sache. »Sie haben aber nicht aufgegeben.«

»Natürlich nicht!«, bestätigte Massimo. »Ich war ein junger Künstler. Ich konnte mich doch nicht von einem Teller Bohnen abservieren lassen. Deshalb war ich jedes Mal, wenn Stella zu Angelo ging, schon in der Trattoria.

Ich versuchte, an den Gesprächen der beiden teilzuhaben. Aber drei sind einer zu viel. Angelo und Stella wollten unter sich sein. Schließlich wurde es Angelo zu bunt. Er erteilte mir Hausverbot. Pah! Da hab ich halt vor der Tür auf meine Schöne gewartet. Das konnte er mir nicht verbieten. Manchmal habe ich sie verpasst. Doch eines Abends – es war ein Mittwoch – stürzte sie weinend aus dem Lokal. Sie war allein. Ich war sofort zur Stelle, bot ihr meinen Arm und mein Verständnis an. Sie können sich meine Überraschung vorstellen, als La Stella sich tatsächlich von mir den Borgo hinauf ins Stadtzentrum begleiten ließ, wo ihr Hotel lag. Sie kennen es vermutlich nicht mehr. Wo früher das Albergo Garibaldi war, ist ja heute eine Grundschule.«

Von dem Hotel hatte Sergio gehört. Es war vor etwa dreißig Jahren geschlossen worden.

»Aber es wurde wieder nichts mit uns beiden. Ich hatte gehofft, dass sie und Angelo sich gestritten hätten. Stattdessen war es ein Abschied gewesen. Die Dreharbeiten gingen zu Ende, und Stella musste zurück nach Rom. Jeder wollte so weiterleben wie zuvor. Stellen Sie sich mal das Gegenteil vor: La Stella als Kellnerin im Il Gusto. Angelo als Liebhaber eines Filmstars in Rom. Also bitte!«

Sergio spürte Zorn in sich aufsteigen. Da kannte dieser Massimo seinen Vater aber schlecht. Natürlich besaß Angelo alle Qualitäten, die man braucht, um unter den Reichen und Berühmten Roms zu bestehen. Es waren ungewöhnliche Fähigkeiten, aber er hätte alle Hürden gemeistert, da war Sergio sicher. Doch er wollte jetzt nicht mit dem Bildhauer streiten. Er wollte hören, wie die Geschichte weiterging.

»Sie hatte an Angelo einen Narren gefressen«, fuhr Massimo fort. »Keine Ahnung, warum. Diese Filmleute sind manchmal nicht ganz richtig im Kopf. Ich habe versucht, sie zu beruhigen. Aber die Situation hat mich innerlich zerrissen. Da hing diese einzigartige Frau an meinem Arm und beschrieb mir ihre Liebe zu einem anderen! Alles in mir drängte danach, sie an mich zu pressen, ihr Worte der Zuneigung und Wollust ins Ohr zu flüstern und sie gleich dort auf der nächtlichen Straße zu verführen. Aber wie hätte ich dagestanden? Wie ein Lüstling! Dabei wollte ich doch ihr Liebhaber sein ...« Behutsam legte er eine Hand auf das Haar der steinernen Stella.

»Was ist dann passiert?«, wollte Giulia wissen.

Der Bildhauer sah in eine unbestimmte Ferne. Es hatte den Anschein, als erlebe er im Geiste noch einmal jene Nacht, in der er mit seiner großen Liebe allein gewesen war.

»Ich habe sie getröstet. Mit Worten. So gut ich konnte. Dafür hat sie mir einen Kuss gegeben. Es sollte der einzige bleiben, den ich jemals von ihr bekam. Na, immerhin.« Er seufzte. »Am nächsten Tag war sie fort. Ich blieb zurück und war schlimmer dran als zuvor. Die Erinnerung an die Momente auf dem Borgo waren ebenso schön wie schmerzhaft. Was hätte ich Stella alles gesagt, wenn Angelo Panda nicht schon in ihrem Herzen gewesen wäre. Ach was! In ihrem Herzen! Er war in ihren Augen, ihren Ohren, lag ihr auf der Zunge. Immer wieder sagte sie seinen Namen. Dabei hätte sie nur ein einziges Mal ›Massimo‹ sagen müssen, und ich hätte sie zur glücklichsten Frau der Welt gemacht.«

Sergio beobachtete, wie Giulia an Massimo herantrat und eine Hand ausstreckte, um sie ihm zum Trost auf die Schulter zu legen. Sergio schüttelte den Kopf. Giulia ließ die Hand wieder sinken.

Der Bildhauer erzählte weiter.

»Alles, was ich in der Zeit danach von ihr zu sehen bekam, waren Filme und Berichte in den Hochglanzzeitschriften. Nichts weiter als zweidimensionale Kopien der echten Stella. Irgendwann hatte ich eine Eingebung. So geht es doch vielen Künstlern. Rodin hat seine stärksten Werke für Camille Claudel geschaffen, Gustav Klimt für Emilie Flöge, Picasso für Dora Maar.«

»Einige dieser Frauen waren selbst Künstlerinnen«, warf Giulia ein.

Massimo nickte. »So wie Stella. Die Kunst war es, die uns verband. Was lag näher, als meine große Liebe durch die Kunst zu mir zu holen? Ich begann, eine Büste zu entwerfen. Stellas Ebenbild. Ich dachte: Sollte mir das gelingen, wäre sie bei mir, tagein, tagaus. Natürlich nur aus Stein. Aber ich könnte sie von allen Seiten betrachten. Ich könnte mit ihr sprechen. Während ich arbeitete. Beim Abendessen. Sie wäre bei mir. Immerzu. Was für eine Idee!« Er deutete auf das Standbild auf der Werkbank. »Aber dabei blieb es. Ich habe es nicht geschafft. Ich bin an der wichtigsten Aufgabe meines Lebens gescheitert.«

»Aber die Skizzen sehen sehr lebensecht aus«, sagte Giulia und nahm das Zeichenheft von der Werkbank. Sie blätterte durch die Seiten, bis sie gefunden hatte, was sie suchte, und hielt es Massimo vors Gesicht. »Jemand, der so zeichnen kann, hat wahres Talent.«

»Talent genügt nicht«, gab er zurück. Er nahm Giulia das Heft aus der Hand und warf es fort. »Man muss dem eigenen Anspruch genügen. Das ist die wirkliche Schwierigkeit eines Bildhauers. Ach was! Eines Künstlers jedweder Disziplin. Die Büste wollte mir einfach nicht gelingen. Zwar ähnelte jeder Versuch der echten Stella, und andere hätten vielleicht gesagt: ›Das ist sie. Du hast sie lebendig aus dem Stein herausgeholt, Massimo.‹ Aber mir genügte das nicht. Der Büste fehlte die Seele. Der Stein blieb kalt. Ich …« Er zögerte.

Sergio spürte, dass der Bildhauer zum entscheidenden Teil des Berichts kam. »Erzählen Sie weiter, Signor Cini.«

Massimo schluckte. »Als ich davon hörte, dass Stella nach Volterra zurückkehren würde, habe ich ihr einen Brief geschrieben. Bitte, fragen Sie nicht, was alles darin stand. Ich hoffe, sie hat ihn verbrannt, bevor … bevor sie … Am Ende des Briefs bat ich sie, in meine Werkstatt zu kommen, wenn es ihre Zeit in Volterra erlaube. Nichts anderes wollte ich von ihr, als dass sie mir Modell saß. Eine Stunde hätte genügt. Die Büste war ja schon vorbereitet. Ich musste nur noch das Wesentliche in den Stein bekommen. Ihren Ausdruck, ihr Lächeln, ihren Blick.«

»Aber sie war über sechzig, als sie wieder hierherkam«, wandte Giulia ein.

»Stein fragt nicht nach Zeit. Oder haben Sie schon mal gesehen, dass Alabaster Falten bekommt?«, fragte Massimo.

»Genau das habe ich auch Stella geschrieben. Dass ich ihre Schönheit verewigen wolle. Sie sollte noch in zweitausend Jahren bewundert werden können. So wie die schönen Frauen der Griechen und Römer, die als Statuen die Jahrhunderte überwunden haben.«

»Und darauf hat sie sich eingelassen?«, fragte Sergio.

»*Sì*. Sie kam spät an jenem Abend. Drei Tage ist das her. Sie klopfte tatsächlich an meine Tür. Als ich öffnete, war es, als hätte es die vergangenen Jahrzehnte nicht gegeben. Natürlich hatte sie sich verändert. Aber der traurige Gesichtsausdruck war derselbe wie damals, als ich sie ins Albergo Garibaldi begleitet hatte. Sie trug einen Schmerz mit sich herum. Und ich wusste, dass es wieder wegen Angelo war. Ich wusste es einfach. Sie musste mir gar nichts davon erzählen. Und dann habe ich sie hereingebeten.«

Vorn in der Werkstatt war ein Geräusch zu hören. Massimo verstummte. »Massimo? Bist du da?«, rief jemand.

»Das ist Carlo mit den Touristen. Die letzte Führung für heute. Warten Sie einen Moment.« Der Bildhauer eilte aus dem Raum.

»*Porca miseria!*«, fluchte Sergio. »Ausgerechnet jetzt! Wir waren so nah dran!« Er hielt Daumen und Zeigefinger so dicht zusammen, dass nicht einmal eine Stecknadel dazwischengepasst hätte.

Eine Hälfte von Giulias Unterlippe verschwand in ihrem Mund. »Wenn er jetzt die Gelegenheit nutzt, um zu fliehen, sagt das doch alles.«

»Und wenn er ahnt, dass wir so denken?«, fragte Sergio.

Bevor Giulia antworten konnte, erschien Massimo wieder im Durchgang. »Bitte entschuldigen Sie die Unterbrechung. Ich habe die Gruppe weggeschickt.«

Giulia warf Sergio einen bedeutungsvollen Blick zu.

»Diese Touristen sind ganz versessen darauf, meine schmutzige Werkstatt zu besichtigen.« Der Bildhauer sah sich in seinem Atelier um, als hätte er es gerade zum ersten Mal betreten. »Wissen Sie, normalerweise würde ich den Laden viel sauberer halten. Aber Carlo meint, es wirke so viel authentischer.« Er seufzte. »Wo waren wir stehen geblieben?« Er brauchte nur wenige Atemzüge, um seine Gedanken zu sammeln. »Da war sie also«, berichtete er und deutete auf Giulia. »Etwa dort, wo Sie jetzt stehen. Ich spürte, wie meine Hände zitterten, und steckte sie in die Hosentaschen. Albern! Aber was sollte ich machen? Ich wollte mir keine Blöße geben.«

»Manchmal finden Frauen genau das reizvoll«, sagte Giulia. »Männer, die stark genug sind, um ihre Schwächen zu zeigen.«

»Heutzutage vielleicht, Signora«, erwiderte der Bildhauer. »Stella und ich gehören einer Generation an, in der man so jemanden verachtet.«

Sergio nickte. Diese Worte hätten auch von seinem Vater stammen können. Dieselbe Generation, dieselben Ansichten. Vermutlich waren die beiden Männer auch deshalb Rivalen, weil sie sich ähnelten. »Was hat Stella zu Ihrem Anliegen gesagt?«, fragte er.

»Sie sagte, sie fühle sich geschmeichelt. Davon, dass ein Künstler wie ich sie als Modell wollte. Und davon, dass ich mich nach fünfundvierzig Jahren noch an sie erinnerte.

Wo wir doch nur einen kleinen Spaziergang unternommen hatten. Ich zeigte ihr die Zeichnungen und den Rohentwurf der Büste. Stella war begeistert und willigte ein, mir an einem oder zwei Abenden Modell zu sitzen. Sie müsse aber erst mit ihrem Regisseur sprechen, da sie den Zeitplan der Theaterproben noch nicht kenne, sagte sie. In diesem Moment ist bei mir eine Sicherung durchgebrannt.« Massimo sah sich hektisch in der Werkstatt um, als suche er nach etwas, an dem er sich festhalten konnte. »Ich brachte es nicht über mich, sie wieder gehen zu lassen. Was, wenn sie nicht zurückkommen würde? Wenn sie nur einen Vorwand suchte, um mich zu verlassen? Es wäre wie damals gewesen. Ein kurzer Moment zusammen, und danach wäre ich wieder allein gewesen. Diesmal hätte ich keine fünfundvierzig Jahre warten können. Stella musste bei mir bleiben. Wenigstens für diesen einen Abend.«

»Was haben Sie getan?«, fragte Sergio, dem Massimos Schilderungen Schauder über den Rücken jagten.

»Ich habe ihr vorgeschlagen, dass wir die Sitzung sofort abhalten könnten. Sie lehnte ab. Da habe ich das Atelier von innen abgeschlossen. Ich konnte sie nicht entkommen lassen.« Massimo sprach jetzt schneller. »Sie hat Angst bekommen. Ich habe beteuert, dass ich ihr nichts antun wolle.« Er griff zu einem Hammer.

Sergio ließ seine rechte Hand auf die Tasche seiner Dienstpistole gleiten. Er öffnete den Verschluss, ließ die Waffe aber vorerst stecken.

Der Bildhauer wog den Hammer in der Hand, so als suche er den Schwerpunkt des Werkzeugs. »Ich habe Stella gesagt, sie müsse mir nur dieses eine Mal Modell sitzen. Vorher könne ich sie nicht gehen lassen. Ob sie meine Gründe verstanden hat, weiß ich nicht. Aber sie ließ sich auf das Spiel ein. Setzte sich auf den Schemel dort. Und ich konnte mein Werk vollenden.«

Giulia runzelte die Stirn. »Aber die Büste ist doch gar nicht fertig!«

»Ich …« Massimos Finger strichen über den Schaft des Hammers. »Ich habe Stella in Positur gesetzt. Aber ihr Gesicht! Es war voller Angst und Sorge. Wie sollte ich so mein Meisterwerk vollenden? Also redete ich ihr gut zu. Versprach ihr, sie könne sofort gehen, wenn ich fertig sei, und das geschehe umso schneller, je lieblicher sie mich ansehe. Ich konnte sie nicht dazu bringen. Dabei war sie doch Schauspielerin! Aber eine Nacht in einer Alabasterwerkstatt ist keine Galavorstellung. Sie saß wie versteinert auf dem Hocker. Als ihr dann eine Träne über die Wange lief, konnte ich nicht mehr an mich halten. Ich bin auf sie zugegangen und wollte sie an mich drücken, wollte ihr erklären, dass sie keine Angst vor mir zu haben brauche. Ja, ich gestehe, ich habe versucht, sie zu küssen, aber sie hat mich weggestoßen. Sie ist dort drüben in die Ecke zurückgewichen. Hat um Hilfe gerufen und sich an die Wand gepresst. Dabei muss sie an das Schaltpult für die Absauganlage geraten sein. Da vorn.« Massimo deutete auf ein olivgrün lackiertes Metallkistchen, das an einem schwarzen Kabel von der Decke hing. Drumherum verliefen Rohre. »Damit sauge ich den Alabasterstaub aus der Luft, wenn ich schleife«, erklärte er. »Man kann die Düsen auch umkehren, dann funktionieren sie wie ein Gebläse. Damit säubere ich die Arbeitsflächen. Natürlich muss ich die Stärke dann herunterfahren. Sonst ist alles voller Staub.«

Vor Sergios innerem Auge lief die Szene jetzt wie ein Film ab: Stella, die verschreckt vor dem Bildhauer sitzt. Massimo, der sich nicht mehr beherrschen kann. Er wird zudringlich. Stella springt auf. Sie stößt gegen einen Schalter. Das Gebläse springt mit voller Kraft an. Ein Höllenlärm erfüllt die Werkstatt. Stellas Rufe gehen darin unter. Alabasterstaub fliegt durch die Luft. Sie kann nichts mehr sehen. Sie kann nicht mehr atmen. Jetzt ist sie Massimo ausgeliefert. Aber Massimo bekommt selbst keine Luft mehr. Er kann kaum noch etwas sehen. Er versucht, den Schalter zu erreichen. Tastet sich vorwärts.

»Als ich die Anlage endlich abgestellt hatte«, sagte der Bildhauer tonlos, »war Stella verschwunden. Sie hat es durch dieses Fenster da hinausgeschafft. Wenn man bedenkt, in was für einer Situation sie sich befand. Halb blind. Atemlos. Trotzdem hat sie das Fenster gefunden, es geöffnet und ist über die Werkbank rausgeklettert. Als ich endlich im Freien war, sah ich sie noch davonlaufen. Sie ist vor mir geflohen. Dabei hätte ich sie unsterblich machen können.« Er legte den Hammer beiseite.

Sergio entspannte sich. Die Pistolentasche ließ er jedoch geöffnet.

»Verhaften Sie mich jetzt, Agente Panda?«, fragte Massimo und schaute Sergio mit zerknittertem Gesicht an. Seine Geschichte war die eines traurigen Mannes.

Sergio musste sich eingestehen, dass ihn die Erzählung

berührt hatte. Er hatte Mitleid mit dem Bildhauer, der auf seine große Liebe gewartet hatte, um sie dann sofort wieder zu verlieren. Für immer. Aber Sergio war nicht hier, um sich Gefühlen hinzugeben. Er war hier, um das Geschehen um Stella Auroras Tod zu rekonstruieren. Wenn dabei Gefühle eine Rolle spielten, so waren es die der anderen: Massimos Sehnsucht, Stellas Angst. Addierte man das eine mit dem anderen, ergab sich eine Summe aus Schrecken und Tragik.

»Ihre Geschichte klingt glaubwürdig«, sagte Sergio langsam. Er überlegte sich jedes Wort, bevor er es aussprach.

»Glaubwürdig!«, platzte es aus Massimo heraus. »Wollen Sie damit sagen, ich sei vielleicht ein Lügner?«

»Beruhigen Sie sich, Signore«, sagte Giulia mit sanfter Stimme.

»No!« Der Bildhauer hob abwehrend die Hand. »Ich habe Ihnen beiden mein Herz ausgeschüttet. Sie haben Dinge von mir erfahren, von denen niemand sonst weiß. Ins Vertrauen habe ich Sie gezogen. Und jetzt glauben Sie womöglich, das wäre alles nur erfunden? Eine Geschichte, die ich mir ausgedacht hätte, um mich herauszureden?«

»Kehren wir einfach zum Ende dieser Geschichte zurück«, schlug Sergio vor. »Stella entkommt aus Ihrer Werkstatt. Das ist nicht gerade glaubhaft, oder? Sie war in Panik. Sie konnte nicht atmen. Sie lief blindlings umher. Vielleicht haben Sie sogar versucht, sie zu packen. Und da soll Stella ein Fenster geöffnet haben und daraus verschwunden sein? Signore! Sie war dreiundsechzig.«

»Und trotzdem hat sie es geschafft.« Massimo ging zu

der Werkbank, die unter dem Fenster stand. Er schlug mit der flachen Hand darauf. Die Geräte auf der Platte klapperten. »Hier ist sie rauf, und dann war sie weg! Mir doch egal, ob sie dreiundsechzig war. So war es jedenfalls!«

Sergio nickte bedächtig. Ein wichtiges Detail fehlte noch.

»Sie haben Stella also davonlaufen sehen. In welche Richtung?«

»Die Gasse hinauf zum Römischen Theater. Am Haus von Enrico Maccione ist eine Laterne angebracht. Ich konnte sehen, wie Stella davonlief. Ich konnte sehen, wie sie sich noch mal umdrehte. Ich konnte sehen, dass sie humpelte. Und ich konnte sehen, dass sie winkte.«

»Sie humpelte?«, fragte Sergio.

»Sie winkte?«, fragte Giulia.

»Wem soll ich denn nun Fragen beantworten?«, knurrte der Bildhauer. »Ja, sie humpelte. Vermutlich hat sie sich verletzt, als sie aus dem Fenster gestiegen ist. Und ja, sie hat gewinkt. Aber nicht in meine Richtung.«

»Haben Sie gesehen, wem sie zugewinkt hat?«, wollte Sergio wissen.

»Ich sagte ja schon, es gibt da diese Laterne. Aber die beleuchtet nicht die halbe Stadt.«

Sergio und Giulia verließen Massimos Werkstatt. Die frische Luft roch nach Pinienharz. Der Sonntagabend rekelte sich über der Stadt, und es schien, als genieße Volterra die letzten Stunden des Wochenendes mit tiefen, ruhigen Atemzügen. Sie gingen los. Giulia zog den verletzten Fuß ein bisschen nach.

Unter einem Durchgang blieben sie stehen. Über ihren Köpfen verband ein Gewölbebogen zwei gegenüberliegende Häuser. Der Ort lag in tiefem Schatten.

»Du hattest versprochen, ihn aufzuhalten«, sagte Giulia.

»Aber ich habe ihn aufgehalten«, sagte Sergio. »Ich habe sogar ein Kunstwerk bei ihm bestellt.« Mit Schrecken fiel ihm wieder ein, welchen Auftrag er dem Bildhauer in seiner Not erteilt hatte.

»Das also ist es, was dir einfällt, um mich zu retten«, stellte Giulia fest. Sie legte das Kinn auf die Brust und intonierte mit tiefer Stimme: »Aber ich habe ein Kunstwerk bestellt, Signora.« Dann sprach sie mit normaler Stimme weiter. »Und dann bist du einfach auf ihn losgestürmt, obwohl Signor Cini mir nur helfen wollte.« Sie lächelte. »Aber wie du auf ihn losgegangen bist, das war hinreißend.«

Sergio kam es vor, als würde es mit einem Mal wärmer im Schatten unter dem Durchgang.

Da näherten sich Schritte und Stimmen. Der Stadtführer Carlo tauchte unter dem Durchgang auf, nickte Sergio und Giulia kurz zu und eilte an ihnen vorbei. Eine Gruppe Touristen folgte ihm. Sie starrten die beiden im Vorbeigehen an wie eine Sehenswürdigkeit.

Nachdem die Touristen verschwunden waren, suchte Sergio nach dem schönen Moment, der gerade noch unter dem Durchgang geschwebt hatte. Aber er war verflogen.

»Was denkst du jetzt über Massimo?«, fragte Giulia.

»Es gibt zwei Möglichkeiten«, entgegnete Sergio. »Entweder ist Stella aus seinem Atelier entkommen, ohne dass er ihr hinterhergelaufen ist. Oder er hat sie verfolgt und in den Abgrund gestoßen.« Er rückte seine Dienstmütze zurecht. »Was glaubst du?«

Giulia griff nachdenklich nach dem Saum ihrer Bluse. »Massimo ist ein Mann, der an seiner großen Liebe verzweifelt«, sagte sie. »Er musste lange auf Stella warten. Dann taucht sie endlich wieder in seinem Leben auf – und alles geht schief. Erst fühlt sie sich von ihm bedroht. Dann löst sie das Chaos mit der Absauganlage aus. Und schließlich flieht sie vor ihm. Stell dir das vor: Sie rennt vor ihm davon! Das ist das genaue Gegenteil von dem, was Massimo erhofft hat. Meinst du nicht, da kann ein Mann durchdrehen? Wie würdest du reagieren? Du bist doch auch ein Mann.«

»Zum Glück«, sagte Sergio. Er versuchte, sich in Massimos Lage hineinzuversetzen. Ein alternder Künstler, der einen alternden Filmstar liebt. »Ich bin zwar kein Bildhauer«, sagte er, »aber ich fotografiere leidenschaftlich gern. Wenn du mich stehen lassen würdest, würde ich mir auch ständig deine Fotos ansehen wollen. Ich wäre vielleicht wütend. Aber niemals könnte ich dich deshalb in den Tod stoßen.« Der Gedanke ließ ihn erschaudern. »Im Gegenteil. Wenn du in einen Abgrund stürzen würdest, dann würde ich sofort hinterherspringen.«

Massimos Geschichte hatte Sergio ins Grübeln gebracht. Jetzt zuckte er zusammen, als er Giulias Hand in seinem Nacken spürte. Er zog sie an sich. Ihr Atem strich warm über sein Gesicht.

»Wenn du das noch mal sagst«, flüsterte sie, »springe ich wirklich.«

KAPITEL 23

An der Via della Frana, am Rand des Viertels San
Giusto, ragte ein Transformatortürmchen auf, das wie
ein Wachtposten über das Land hinausblickte. Davor standen drei Stühle. Ein Holzstuhl, dem ein Teil der Sitzfläche
fehlte. Ein weißer Küchenstuhl mit schlanken Aluminium-
beinen, der glänzend aussah, aber wackelte. Und ein Plastikstuhl, dessen Sitzfläche mit Spanplatten ausgebessert
worden war. Woher die Stühle kamen, wusste niemand.

Sie standen gegenüber von Sergios Haustür und waren
einer seiner Lieblingsplätze in der Stadt. Das Ensemble
war ein Treffpunkt, an dem die Bewohner San Giustos am
Abend Neuigkeiten austauschten. Ließ man sich bei den
tre amici, den drei Freunden, nieder, blieb man nicht lange
allein.

Um diese Jahreszeit wogten blühende hellgelbe Gräser
durch die Aussicht vor dem Transformatortürmchen und
leuchteten in der Abendsonne. Die gewundenen Zweige
von Brombeersträuchern ragten in das Panorama. Volterras Wind bewegte das Bild, und ein feines Rascheln war zu
hören. Von den nahen Gärten wehten Rosmarinduft und

Stimmen herüber. Der Stromkasten brummte leise. Oder war das Angelo?

Der Abend in der Trattoria war so ruhig verlaufen, dass Sergio seinen Vater von einem späten Spaziergang zu den *tre amici* hatte überzeugen können. Er musste in Ruhe mit ihm reden, ohne dass eine Pizza Il Gusto oder ein Stockfisch in Tomatensugo dazwischenkamen.

Sie ließen sich auf zwei der Stühle nieder und blickten über das dämmerige Cecina-Tal bis zum Meer. Die Erinnerung an die Sonne schwamm noch dunkelrot auf dem Horizont. Die Landschaft davor war schon ergraut. Lichter zwinkerten ihnen aus dem Tal zu.

»Hast du Ärger mit Giulia, oder warum haben wir hier ein Rendezvous?«, fragte Angelo.

»Ich möchte noch mal mit dir über Massimo P. Cini sprechen«, erwiderte Sergio und fügte an: »Wir waren bei ihm.«

Wieder war das Brummen zu hören.

»Wann?«, wollte sein Vater wissen. Er sprach leise. »Und wer ist ›wir‹?«

Zumindest hatte er angebissen.

»Heute Nachmittag war ich mit Giulia in seinem Atelier«, antwortete Sergio. »Sie hat mir geholfen, ihn und seine Werkstatt unter die Lupe zu nehmen.« Dass er bei dem Bildhauer eine Büste für die Trattoria in Auftrag gegeben hatte, sparte er besser aus.

»Andere Paare gehen ins Kino.« Angelo lachte heiser. »Ihr spielt Sherlock Holmes und Dr. Watson.«

»Deine Situation ist ernst«, beharrte Sergio. »Und unser

Verdacht gegen Massimo auch. Es gibt Indizien dafür, dass er in die Sache mit Stella verwickelt ist.«

Die Dunkelheit zog heran. Mit dem Licht schwanden die Geräusche des Tages. Nur das Zirpen der Grillen blieb.

Angelos raue Stimme mischte sich darunter. »Und was sollen das für Indizien sein, Commissario Terremoto?«

Sergio rückte seinen Stuhl zurecht, um Zeit zu gewinnen und den ironischen Stoß abzufangen. Wie zwei Kontinentalplatten drohten er und sein Vater mal wieder zu kollidieren. Er berichtete von Stellas Büste und von Massimos Beichte.

»Das ist deine Chance, aus der Sache rauszukommen«, sagte er eindringlich. »Du musst meinen Kollegen aus Pisa erzählen, dass du Stella in Massimos Atelier hast verschwinden sehen. Damit sie in eine neue Richtung ermitteln.«

»Ich bin keine Petze, Sergio. Das weißt du. Denunziantentum liegt mir so fern wie der Faschismus, der Verräter belohnt.«

»Gilt diese ehrenhafte Einstellung auch, wenn du damit die Suche nach Stellas Mörder behinderst?«

»Massimo ist ein Schwachkopf. Ja, das ist er. Aber die Betonung liegt auf ›schwach‹, und an Schwächlingen vergreift man sich nicht. Niemals wäre er zu einem Mord fähig. Das habe ich dir schon mal gesagt. Du bist auf der falschen Spur, mein Sohn.«

»Und du bist auf dem besten Weg ins Gefängnis.«

»Vielleicht buchten sie mich ja in Volterra ein. Ich wollte unsere Medici-Festung schon immer mal von innen bewundern.«

»Das lohnt sich«, mischte sich eine tiefe Stimme aus der Dunkelheit ein. »Aber nur für diejenigen, die auch wieder rausspazieren können. Habt ihr noch einen Platz frei?«

»*Ciao*, Onkel Lorenzo«, grüßte Sergio den ehemaligen Leiter der Polizeiwache Volterras.

Etwas knisterte. »Ich habe frische Tomaten für euch.«

»Was wir gerade brauchen«, sagte Angelo, »sind keine Tomaten, sondern die Zellenschlüssel für die Medici-Festung. Oder einen Hochprozentigen.« Er hüstelte. »Setz dich trotzdem, Schwager. Deine Liebesäpfel tun es vorerst auch. Sergio hat sie dringend nötig.«

Lorenzo ließ sich mit einem wohligen Seufzer auf dem freien Stuhl nieder. Er trug eine Plastiktüte bei sich, in der er wühlte. Dann lagen auf seiner großen Handfläche drei längliche Tomaten, die feucht im Licht der Straßenlaterne glänzten. Sergio und sein Vater bedankten sich und griffen zu. Einen Moment lang waren sie Verbündete im Schlürfen und Kauen.

»*Molto bene*, sehr gut, diese *pomodoro*«, lobte Sergio mit vollem Mund. So viel Sonne steckte in der kleinen Frucht, dass sie in seinem Innern etwas aufleuchten ließ.

Lorenzo Testi war Gourmet und Gartenfreund. Er zog Tomaten aus Saatgut, das er aus alten Sorten gewonnen hatte. Er erntete die hellgelbe Cherise, die weiße Pfirsichtomate, die tiefrote Roma und die gestreifte Tigerella, und er konnte zu jeder Sorte eine Geschichte erzählen. Darin wimmelte es von lateinischen Pflanzennamen. Angelo und dessen Kumpane hatten ihm deshalb den Spitznamen »Dottor Pomodoro« gegeben. Dem pensionierten Polizisten gehörte einer der Gärten unterhalb der Stadtmauer. Das Gelände mit stattlichem Olivenhain lag am sonnigsten Hang des Stadthügels. Er beackerte die Fläche seit Beginn seines Ruhestands mit Hingabe. Nach einigen Fehlversuchen presste er inzwischen ein formidables Olivenöl und experimentierte seit Neuestem mit der Herstellung von Wein, den er aus Vernaccia- und Trebbiano-Trauben herstellte. Er baute so viel Gemüse und Obst an, dass er damit einen Marktstand betreiben könnte, wie seine Bekannten meinten. »Dann würde mir ja die Zeit im Garten fehlen«, konterte er stets. Stattdessen belieferte er das Il Gusto, und im Gegenzug genoss er, was sein Schwager und der Koch Matteo aus seinen Gartenfrüchten zubereiteten.

Lorenzo verteilte noch eine Runde Tomaten und stellte die Tüte vor den Stühlen ab. »Gut, dass ich euch hier antreffe. Ich war schon auf dem Weg in die Trattoria.« Er lehnte sich zurück, verschränkte die Arme über dem Kopf und seufzte noch einmal. Die Stuhllehne quietschte. »Herrliche Nacht«, brummte er. »Wie viel Zeit haben wir noch?«

»Was meinst du damit?«, wollte Sergio wissen.

»Bis Angelo eingekerkert wird«, erwiderte sein Onkel. »Darüber habt ihr doch gerade gesprochen, oder?«

»Bis dahin ist noch Zeit genug, aus der Trattoria einen Grappa Riserva und drei Gläser zu holen«, krächzte Sergios Vater.

»Schenk mir lieber reinen Wein ein: Wie steht es um dich, Angelo?«, fragte Lorenzo.

Sergio ergriff das Wort. »Wir sind uns nicht einig darüber, was aus dem Fall Stella Aurora und dem Mordverdacht gegen meinen Vater wird. Was glaubst du, Dottore?«

»Die tote Diva kann Angelo Schwierigkeiten bereiten«, entgegnete Lorenzo. »Die Ermittler stehen unter Druck, weil sie diesen prominenten Fall schnell aufklären müssen. Und wenn ihnen eine Lösung in den Schoß fällt, greifen sie natürlich gerne zu.«

»Die müssten mich erst mal finden«, sagte Angelo. »Außerdem bin ich ja schon von Polizisten umzingelt.«

»Ich bin schon lange außer Dienst, wie du weißt.« Lorenzos Tonfall war jetzt streng. »Und deinem Sohn mutest du gerade ganz schön viel zu.«

Das Brummen setzte wieder ein. Diesmal ging das Geräusch eindeutig von Angelo aus. Er fischte sein Mobiltelefon aus der Tasche seines Hemdes. »*Pronto?*«

Sergio konnte eine dumpf quäkende männliche Stimme vernehmen, die aufgeregt klang. Die Worte konnte er nicht verstehen.

»*Sì, sì, sì*«, sagte sein Vater ins Telefon, als würde er die Tonleiter üben. Als er aufgelegt und das Telefon wieder verstaut hatte, pfiff er durch die Zähne. Die Grillen antworteten. »Das war Matteo. Die *sbirri* suchen mich tatsächlich.« Angelo klang überrascht und – amüsiert. »Dieser Gorilla Baldi und sein Äffchen Rossi waren gerade in der Trattoria. Haben sich wohl aufgeführt, als wären sie hinter einem Mafiaboss her. Wollten noch nicht mal Crostini mit Wildschweinragout probieren.«

»Wo sind sie hin?«, fragte Lorenzo.

»Die sind erst mal beschäftigt. Trommelfeuer hat sie auf

eine falsche Fährte gelockt.« Angelo grinste im fahlen Licht der Straßenlaterne. »Er hat ihnen gesagt, ich hätte eine Verabredung mit meiner Dulcibella. Im Il Mulino.«

Sergio dachte mit Schrecken daran, wie sich sein Vater am Freitagabend im Restaurant von Giulias Tante aufgeführt hatte. »Wenn sie feststellen, dass das nicht stimmt, wird es Baldi und Rossi nur noch weiter auf die Palme bringen.« Er stöhnte. »Und Sofia Zacchi wird auch nicht gerade begeistert sein, dass sie schon wieder die Polizei im Haus hat.«

»Genau das gefällt mir daran«, erwiderte Angelo.

Sergio seufzte. Sein Vater war wirklich ein Kindskopf. Wenn man ihm doch Stubenarrest verordnen könnte ...

Genau das war es!

»Du musst untertauchen«, sagte Sergio. »Nur ein paar Tage. Das verschafft uns Zeit, die Umstände von Stellas Tod zu klären.« Und den Mörder zu finden, ergänzte er in Gedanken. Aber er wollte den Mund nicht zu voll nehmen.

Das übernahm sein Vater schon selbst. »Ich soll mich verkriechen wie ein Grottenolm? Niemals!«, zischte er. »Eher würde ich Rosenblüten im Il Mulino ausstreuen.« Entnervt beobachtete Sergio, wie Angelo seine Arme vor der Brust verschränkte und mit seinem Stuhl nach hinten kippelte.

»Dann werde ich dafür sorgen, dass du in eine Zelle kommst«, mischte sich Lorenzo ein.

Die *tre amici* vor dem Transformatorentürmchen standen plötzlich unter Hochspannung. Für einen Moment war es still.

Lorenzo lehnte sich zu seinem Schwager hinüber: »Die Mönchszelle, Angelo. Da werden wir dich verstecken. Und zwar jetzt gleich.«

Die Mönchszelle. Sergio konnte sich nicht vorstellen, dass sein Vater sich darauf einlassen würde, sich ausgerechnet dort zu verbergen. *La cella di monaco* nannten Angelo und seine Kumpane Lorenzos Gartenlaube.

Die eigenbrötlerische Art des ehemaligen Polizeichefs und die Tatsache, dass er nie geheiratet hatte, hatten ihm den Namen »Der Mönch« und seiner Gartenlaube die Bezeichnung »Mönchszelle« eingebracht. Die Hütte inmitten der wilden Gärten Volterras war eine Klause, in der er es sich gemütlich eingerichtet hatte. Der Einfall, seinen Schwager dort unterzubringen, war, das musste Sergio zugeben, bestechend einfach und bestechend gut.

Angelo war anderer Ansicht. Er werde sich nicht vor den *sbirri* verstecken, knurrte er. Er müsse die Trattoria am Laufen halten.

Wie sollte man den alten Sturkopf überzeugen? Was Sergio niemals geschafft hätte, gelang seinem Onkel mit drei Fingern.

Lorenzo klappte mit der rechten Hand den Ringfinger der Linken aus. »Erstens«, sagte er, »gibt es in einer Gefängniszelle weder Wein noch Espresso. In der Mönchszelle steht hingegen beides zur Verfügung. Zweitens ...«, er klappte auch den Mittelfinger auf, »... haben auch die Partisanen in der Zeit der *Resistenza* ein gutes Versteck zu schätzen gewusst. Nicht weil sie Feiglinge waren, sondern weil sie Köpfchen hatten. Und drittens ...« Schließlich klappte er auch den Zeigefinger aus und deutete damit zum Himmel, »… schaut Pina gerade von da oben kopf-schüttelnd auf dich herunter. Spürst du den Windhauch, Angelo? Das ist sie. Deine Frau wundert sich, dass du dich wie ein Maultier aufführst und meine Hilfe nicht an-nimmst.«

Sergio und sein Vater schauten in den dunklen Himmel.

»Also gut«, sagte Angelo nach einer Weile. »Dann wer-de ich eben dein Novize in der Mönchszelle. Aber nur für ein paar Tage.«

»Länger hält meine Gartenlaube es mit dir auch nicht aus. *Andiamo!* Gehen wir!«

KAPITEL 24

Sergio blieb noch einen Moment lang bei den *tre amici* stehen und sah zu, wie Angelo und Dottor Pomodoro die Via della Frana hinabgingen und in der Dunkelheit verschwanden.

Er selbst machte sich auf den Weg zum Il Mulino. Vielleicht konnte er seine Kollegen aus Pisa dort noch abfangen. Er musste herausfinden, warum Baldi und Rossi schon wieder mit seinem Vater sprechen wollten und was sie mit ihm vorhatten.

Der Mühlenturm war hell erleuchtet und strahlte in der toskanischen Nacht. Durch eines der kleinen Fenster sah Sergio, dass noch einige Schauspieler der Compagnia an einem Tisch beisammensaßen. Giulia war auch da. Sie stand neben einem Weinregal, hielt ein Glas in der Hand und sprach mit Rossi. Der Polizist nippte hin und wieder an seinem Weißwein und tänzelte von einem Fuß auf den anderen. Giulia warf den Kopf zurück und lachte über etwas, das Rossi gesagt hatte. Ein dienstliches Gespräch führten die beiden bestimmt nicht.

In Sergio kam ein Geröllfeld in Bewegung. Er ließ sich

von dem Gefühl nach vorn tragen, öffnete die Tür und wollte gerade auf Rossi und Giulia zugehen, als sich ihm Baldi in den Weg stellte.

»Signor Panda! Den Vater bekommen wir nicht zu fassen. Aber der Sohn kommt freiwillig zu uns.« Baldis Brillengläser reflektierten das goldene Licht des Restaurants.

Sergio versuchte, unverbindlich zu lächeln. »So spät noch im Dienst, Commissario?«

»Ihr Vater hält uns schließlich das ganze Wochenende auf Trab. Wo ist er?«

»Warum wollen Sie das um diese Zeit wissen?«, fragte Sergio ausweichend. »Und wieso suchen Sie ihn hier?«

»In seiner Trattoria sagte man uns, er sei im Il Mulino. Was offensichtlich nicht stimmt.«

Sergio hielt Baldis vorwurfsvollem Blick stand. Die wichtigste Frage hatte der Commissario nicht beantwortet.

»Liegt denn etwas Neues gegen ihn vor?«, versuchte Sergio es noch einmal.

»Lieber Kollege«, Baldi wechselte in einen vertraulichen Ton. »Sie müssen uns helfen. Ihr Vater ist in der fraglichen Nacht mit Stella Aurora am Römischen Theater gesehen worden. Genauer gesagt, an der Mauer darüber.«

Sergio fühlte sich, als hätte man ihm einen Fausthieb in den Magen versetzt. Für einen Moment machte ihn diese Entwicklung sprachlos. Jetzt musste er schnell reagieren.

»Wer sagt das?« Außer ihm wusste nur Giulia davon, dass sein Vater mit Stella am Teatro Romano gewesen war.

Er hörte Giulias Stimme und wagte einen kurzen Blick

über Baldis rundliche Schulter zu ihr hinüber. Sie fing seinen Blick auf, schaute jedoch schnell zur Seite.

»Erst hätte ich jetzt gern mal eine Antwort«, sagte Baldi. »Wenn Sie den Aufenthaltsort Ihres Vaters kennen, müssen Sie uns bei den Ermittlungen behilflich sein. Es liegt doch auch in Ihrem Interesse als Polizist, Klarheit in diesen Fall zu bringen.«

»Genau so ist es«, erwiderte Sergio. »Vielleicht kann ich Ihnen tatsächlich helfen.« Er zog den Schuhabsatz aus seiner Hosentasche und überreichte ihn Baldi.

»Was soll ich damit?« Im Blick des Commissario lagen Verwunderung und die Erkenntnis, schon wieder von einer Frage nach Angelo abgelenkt worden zu sein.

»Den habe ich oberhalb des Teatro Romano gefunden«, erklärte Sergio. »Stella Aurora fehlte ein Schuhabsatz.«

Baldi musterte das Stück. »Ach, ist dies dann das angebliche Beweisstück, von dem Sie diesem Journalisten erzählt haben?« Das Wort »Journalist« sprach der Commissario aus, als könne er sich daran die Zunge verbrennen.

Porca miseria! Es war voreilig gewesen, das Beweisstück Joe Bonos gegenüber zu erwähnen. Sergio hatte den Reporter vor Massimos Werkstatt einfach nur abschütteln wollen. Und dabei hatte er diesen unangenehmen Typen sogar noch ermutigt, in der Questura anzurufen.

»War es dieser Reporter, der meinen Vater mit Stella Aurora am Teatro Romano gesehen haben will?« Bonos hatte Sergio gegenüber mit seinem Wissen über Angelos alte Liaison mit der Schauspielerin geprahlt und außerdem bewiesen, dass er den Mund gern zu voll nahm.

»Wenn Sie noch einmal meine Frage mit einer Gegenfrage beantworten, können Sie die nächsten Monate Ausweisanträge lochen und abheften.« Baldi hielt den Schuhabsatz jetzt wie eine Pistole und deutete damit auf Sergio. »Dafür werde ich sorgen.«

»Entschuldigen Sie, Commissario«, lenkte Sergio ein. »Aber dieses Fundstück ...«

»... sieht nicht besonders verdächtig aus«, unterbrach ihn Baldi. »Die Straßen und Plätze der Toskana sind gepflastert mit abgebrochenen Absätzen. Aber ich werde ihn mit nach Pisa nehmen und untersuchen lassen. Interessant könnte für uns eher die Fundstelle sein. Die haben Sie ja bestimmt gesichert.«

Sergio dachte an die Baugrube, die dort in der Zwischenzeit entstanden war. »In gewisser Weise, ja.« Das würde noch Ärger geben. Natürlich wollte Baldi, wenn der Absatz zu Stellas Schuh passte, dort auftauchen und den Ermittlungserfolg für sich verbuchen.

Im Hintergrund entfernte sich Rossi rückwärtsgehend von Giulia. Endlich. Aber er sprach noch immer mit ihr. »... nicht vergessen ... Pisa bei Nacht ...«, hörte Sergio ihn sagen. Giulia war jetzt dabei, leere Gläser von den Tischen einzusammeln.

Hatten sich die beiden verabredet? Sergio spürte die Kugeln für ein ganzes Bocciaturnier in seinem Magen herumrollen.

Rossi drehte sich um. Als er Sergio erblickte, zerfloss sein Lächeln. »Wen haben wir denn da?« Sein Atem roch nach Alkohol und Knoblauch.

»Kollege Panda hilft uns leider nicht weiter«, sagte Baldi.

»Wie der Vater, so der Sohn.« Rossi hob sein Weinglas wie zu einem Trinkspruch und leerte es.

»Wir sind hier fertig, denke ich.« Ohne ein weiteres Wort setzte sich Baldi in Bewegung. Rossi stellte sein Weinglas in eine Wandnische und folgte seinem Chef ins Freie.

Im Restaurant war nur noch ein Tisch besetzt. Sergio erkannte das junge Touristenpaar wieder, dem er am Vortag im Eingang des Il Mulino begegnet war. Die Blicke der beiden waren ineinander versunken, auf der weißen Tischdecke lagen zwischen einer niedergebrannten Kerze, ausgekratzten Tiramisuschalen sowie geleerten Wein-, Wasser- und Grappagläsern ihre ineinander verschränkten Hände.

So schön konnte das Leben sein! Sergio sah sich nach Giulia um.

Auf der Terrasse stieß er auf Sofia Zacchi, die gerade ihre Köchin und zwei Küchenhilfen verabschiedete.

»Du wirst bald zu meinen Stammgästen zählen, Sergio«, raunte die Restaurantchefin. »Und deine Kollegen von der Kriminalpolizei wohl auch.«

»Die Questura scheint hier einen Außenposten einrichten zu wollen«, versuchte Sergio zu scherzen.

Sofia blieb ernst und senkte die Stimme noch weiter als üblich. »Musst du dich nicht um euer eigenes Geschäft kümmern? Die Trattoria Mortale droht, in Verruf zu geraten. Du weißt doch, wie schnell das geht. Ich habe heute drei Tischreservierungen von Leuten angenommen, die bei euch abgesagt haben.«

Sergio nickte. »Keine Sorge. Wo ist eigentlich Giulia?«

»Sie ist nach Hause gefahren. Ich soll dir das hier ausrichten«, sagte Sofia und gab ihm einen Kuss auf die Wange.

KAPITEL 25

Es reichte.

Sergio verließ die Polizeiwache und stampfte über die Piazza dei Priori. Er schob mit dem Fuß einen Plastikstuhl beiseite. Einige Sitze waren mal wieder aus den Rängen für die Theateraufführung gerissen und über den zentralen Platz der Stadt verstreut worden. Auch die Absperrgitter für den Palio del Cero hatte man zweckentfremdet: Die Metallgerüste waren an der Fassade des Palazzo Pretorio zu Haufen aufgestapelt, die sich als Sitzgelegenheiten eigneten.

Es war fast Mittag, Sergio war auf dem Weg zur Redaktion der Lokalzeitung *Volterra Adesso*, und nichts würde ihn aufhalten.

Die Montagsausgabe hielt er zusammengerollt in der Hand. Er presste das Papier zusammen.

Die Schlagzeile prangte nicht nur auf der Titelseite des Blattes, sondern auch auf den Klappschildern vor allen Zeitungsläden der Stadt:

MORD AN STELLA AURORA – WIRT AUS VOLTERRA UNTER VERDACHT

Noch nicht einmal Alessandro hatte Sergio beruhigen können. Wie alle Zeitungsleser der Stadt hatte der Kollege längst Bescheid gewusst, als Sergio morgens in die Wache gestürmt war. *Volterra Adesso* hatte mehrere Seiten der Montagsausgabe mit Artikeln über Stella Aurora gefüllt. Im Mittelpunkt der Berichterstattung stand ein Text, in dem Joe Bonos nicht nur die neuen polizeilichen Erkenntnisse zum Tod der Diva präsentierte, sondern auch offen über *die dramatischen Ereignisse am Römischen Theater* spekulierte.

Ein *Wirt aus Volterra* spielte dabei die Hauptrolle. Der Trattoria-Besitzer aus San Giusto sei mit der Schauspielerin an jenem Abend am Teatro Romano gesehen worden und stehe unter Mordverdacht. Der Name Angelo Panda wurde zwar nicht genannt, aber viel präziser konnte die Beschreibung nicht ausfallen. Wohl jeder in Volterra würde wissen, wer gemeint war. Für den alten Panda war die Rufschädigung ein ebensolcher Schlag wie für die Trattoria Mortale.

Auch Sergio wurde in dem Artikel erwähnt: *Ein Ortspolizist, der in den Fall verstrickt ist, berichtete von einem Beweisstück, das in der Nähe des Tatorts sichergestellt wurde. Worum es sich dabei handelt, wollte er nicht sagen. Am Fundort ist inzwischen eine Baustelle entstanden.* Daneben war ein Foto des strahlenden Bauarbeiters Oscar zu sehen.

Wenn Baldi die Zeitung in die Finger bekäme, würde er Sergio noch nicht einmal mehr Ausweisanträge lochen und abheften lassen.

Die Redaktion von *Volterra Adesso* hatte ihren Sitz an der Porta San Francesco. Sergio lief von der Piazza aus zu dem Stadttor. Es ging bergab. Immerhin konnte er sich seinen Atem für die »Verursacher« sparen. So nannte man in Sergios Bekanntenkreis die Mitarbeiter der Redaktion, wenn man sich über die Berichterstattung ärgerte. Was vor allem in den Bereichen Sport und Politik häufig vorkam. Die Journalisten nahmen die Schmähung gelassen hin. Sie fassten Kritik sogar als Kompliment für ihre Artikel auf.

Heute nicht. Dafür würde er sorgen.

Die Redaktionsbüros lagen in einem unscheinbaren, zweigeschossigen Ziegelbau, der sich neben dem Stadttor duckte. Sergio ging an dem Ladenlokal vorbei, das seit Jahren leer stand. Die staubigen Schaufenster waren mit verblichenen Zeitungsseiten zugeklebt. Ein Sinnbild der Situation vieler Geschäftsleute in Volterra.

Der Seiteneingang des Hauses stand offen. Im düsteren Flur roch es nach Staub, altem Kleister und angebranntem Kaffee. Eimer mit angetrockneter Farbe blockierten eine Tür, an der ein Zettel mit der handgeschriebenen Notiz *Archiv alt* angeklebt war. Sergio wusste, dass in dem verlassenen Ladenlokal die papiernen Zeugen der Stadtgeschichte abgestellt waren: Zeitungsausgaben der vergangenen Jahrzehnte, Fotos und Mitschriften. Kaum jemand arbeitete noch mit etwas, das man umblättern musste und nicht anklicken konnte.

Auf der ausgetretenen Holztreppe nahm er zwei Stufen auf einmal. Hinter einer Biegung war eine graue Metalltür zu sehen, die man eher in einem Keller vermutet hätte. Sie stand einen Spaltbreit offen. Blasses Neonlicht und diskussionsfreudige Stimmen drangen heraus. Eine zusammengefaltete Regenbogenfahne der italienischen Friedensbewegung war so um die Klinke gebunden, dass die Tür nicht zufallen konnte. Die Aufschrift *Volterra Adesso* – Volterra Jetzt – hatte jemand mit einem Kugelschreiber in *Pausa caffè Adesso* – Kaffeepause Jetzt – verwandelt.

Sergio riss die Metalltür auf und ging durch den winzigen Flur dahinter. Sein Ziel war Redaktionsleiter Leonardo Lupo. Im Büro rechter Hand, das wusste Sergio, saßen die Redakteure für Sport und Kultur. Außerdem hatte der Fotograf Enrico Lenzi, den Sergio aus dem Fotoklub kannte, dort seinen Schreibtisch. Als Lenzis Fotolabor vor einigen Jahren abgebaut und durch einen Computer und eine Digitalkamera ersetzt worden war, hatte der Fotograf Vergrößerer, Wannen, Chemikalien und Fotopapier unter den Klubkollegen verteilt.

In dem Büro, auf das Sergio jetzt zusteuerte, waren die Ressorts Politik und Wirtschaft untergebracht. Als er in den Redaktionsraum hineinplatzte, blickten ihn die Verursacher von *Volterra Adesso* träge an. Er störte die Montagskonferenz. Gut so.

Leonardo Lupo war von sieben Mitarbeiterinnen und Mitarbeitern umringt, die auf Bürostühlen, Schreibtischen, Fensterbänken und umgedrehten Papierkörben saßen. Joe Bonos war nicht unter ihnen. Der Redaktionschef stand als Einziger. Alles an dem kleinen Mann wirkte eckig: sein glatt rasiertes Kinn, seine ausgeprägten Koteletten, seine Schultern im lilafarbenen Hemd und seine dunkelblauen

Hosenbeine mit Bügelfalten. Statt seinen Namen mit »Leo« abzukürzen, nannte man ihn »Lego«. Er war mit Sergio zur Schule gegangen und hatte schon damals diesen Spitznamen getragen, weil er aussah wie aus Würfeln zusammengesetzt.

Sergio wünschte absichtlich einen guten Abend in die Runde – obwohl es noch nicht einmal Mittag war –, um sich über den späten Dienstbeginn der Zeitungsleute lustig zu machen. Er selbst war schon seit fast sechs Stunden auf den Beinen.

»Überlegt ihr gerade, welche unbescholtenen Bürger ihr morgen in Schwierigkeiten bringen könnt?«, fragte er.

Lego reagierte sofort. »Wir sind wie immer dabei, aktueller, schneller und besser zu berichten als alle anderen. Das ist uns in der heutigen Ausgabe mit der Berichterstattung über Stella Aurora und ihren tragischen Tod hervorragend gelungen.«

»Den Werbetext kannst du dir sparen, Lego«, polterte Sergio. »Bist du etwa stolz darauf, dass ihr Lügen über meinen Vater verbreitet?«

»Lass uns das in meinem Büro besprechen«, sagte der Redaktionschef und nickte seinen Kolleginnen und Kollegen zu. »An die Arbeit.«

Lego führte Sergio in sein kleines Büro. Es war mit einem wuchtigen Schreibtisch, zwei kleinen Stühlen, einer vertrockneten Zimmerpflanze und einem Aktenschrank ausgestattet. Der Redaktionsleiter schloss die Tür, setzte sich an seinen Schreibtisch und bot Sergio den Platz gegenüber an. Sergio blieb stehen.

»Also, wo drückt der Schuh?«, fragte Lego. Er hatte die Ellenbogen auf dem Schreibtisch aufgestützt und bildete mit den Händen ein Giebeldach.

Sergio tigerte durch den winzigen Raum. »Wie konntest du diesen Unsinn von Joe Bonos veröffentlichen?«

»Die Fakten sind doch in Ordnung«, sagte Lego und breitete die Handflächen in einer Unschuldsgeste aus. »Sein etwas reißerischer Stil ist zugegebenermaßen Geschmacksache, kommt aber bei vielen unserer Leser gut an.«

»Vielleicht bei denen, die gerne Blut riechen«, erwiderte Sergio. Ständig musste er beim Gehen die Richtung wechseln und der Pflanzenmumie ausweichen. Er fühlte sich wie in einem Käfig.

»Ihr spekuliert darüber, dass mein Vater ein Mörder ist. Und da sprichst du von Fakten?«

Lego lehnte sich in seinem Stuhl zurück und verschränkte die Finger auf dem Kopf. »Der Kollege hat sich in die Stella-Geschichte ordentlich reingehängt und ist ganz nah dran.«

»Was meinst du mit ›ganz nah dran‹?«

»Er wollte Stella Aurora unbedingt in Volterra interviewen – den gealterten Star, der an den Ort seines größten Erfolgs zurückkehrt. Seit Wochen hat er versucht, dafür einen Termin von ihrem Büro zu bekommen, ist aber immer abgewiesen worden. Deshalb war er ihr auf den Fersen, als sie hier eintraf.«

»Hat er mit ihr gesprochen?«

»Dazu ist es nicht mehr gekommen.«

»Dann war er doch nicht nah dran!«

»Er wollte sie auf der Piazza abfangen, als der Bus der Theaterleute ankam. Da hat er Fotos für uns gemacht. La Stella hat ihn wieder abblitzen lassen. Das hat ihn geärgert, aber auch angestachelt.«

Sergio dachte an die Ankunft der Schauspieltruppe, bei der er als Polizist im Einsatz gewesen war. Vier Tage war das her. Der Bürgermeister hatte La Stella und das Ensemble auf der Piazza dei Priori erwartet und begrüßt. Viel Aufsehen hatte es nicht gegeben. Ein paar Fotografen – darunter offenbar Joe Bonos – und einige neugierige Passanten mit gezückten Mobiltelefonen hatten sich die kleine Zeremonie vor der prächtigen Kulisse des Rathauses angesehen. Mit einer gewissen Traurigkeit sah Sergio durch den Vorhang der Erinnerung, wie die Diva strahlend einen Strauß Rosen entgegengenommen hatte. Die Hand mit den Blumen in einer eleganten Bewegung in die Höhe gestreckt, hatte sie gerufen: »*Ciao*, Volterra, schön, dich wiederzusehen!« Dann war La bella Stella mit ihrer Truppe und den Gastgebern im Palazzo dei Priori verschwunden, um bei einem Glas Prosecco den Ratssaal zu besichtigen.

»Nach der Begrüßung auf der Piazza war dann aber Schluss für deinen Kollegen, in den Palazzo durften nur die offiziellen Vertreter mit hinein«, sagte Sergio.

Lego kippelte mit seinem Stuhl. »Das stimmt. Aber Bonos ist hartnäckig. Er wusste, wo die Theatertruppe untergebracht ist, und hat vor dem Il Mulino gewartet. Doch auch da ist er nicht an Stella herangekommen. Glück hatte er erst, als er am selben Abend in seiner Stammkneipe saß. Du kennst sie. Es ist die Bar Finito. Oberhalb des Römischen Theaters.«

Sergio ahnte, was jetzt kam.

»Du kannst dir Bonos' Überraschung vorstellen, als er von seinem Platz an der Theke Stella Aurora draußen vorbeigehen sah. Arm in Arm mit Angelo Panda.«

»Woher sollte Bonos meinen Vater kennen?«

»Der Barmann aus dem Finito konnte ihm sagen, mit wem die Diva auf der Mauer über dem Teatro Romano saß. Du siehst also, es gibt sogar mehr als einen Zeugen.«

»Aber nicht für den Mord«, beharrte Sergio. »Wieso hat dein hartnäckiger Kollege die beiden nicht angesprochen?« Angelo hätte einen solchen Zwischenfall erwähnt.

»Das weiß ich nicht. Aber er hat ein Foto gemacht. Auch das beweist, dass er die beiden tatsächlich gesehen hat.«

Sergio blieb abrupt stehen. »Es gibt ein Foto von Stella und meinem Vater?«

»Ja, mein Lieber. Und das habe ich erst mal zurückgehalten. Schließlich sind wir alte Schulfreunde, nicht wahr? Aber wenn dein Vater verhaftet werden sollte, dann drucken wir es.«

So heiß war es in Volterra noch nie gewesen. Sergio hätte sich am liebsten sein Diensthemd aufgerissen. Aber das wäre unangebracht gewesen, vor allem an diesem Ort, dem Dom.

Der Geruch von heruntergebrannten Kerzen hing in der Luft. Sergio stand vor einem der Nebenaltäre. Hierher hatte er sich nach seinem Besuch der Zeitungsredaktion zurückgezogen. Zwar suchte er keine Zuflucht im Gebet, aber einen ruhigen Platz zum Nachdenken. Den fand er stets, wenn er ungestört grübeln wollte, im linken Seitenschiff des Doms. Noch nicht einmal die Touristen brachten Unruhe hierher. Das erhabene Gebäude aus dem zwölften Jahrhundert ließ seine Besucher in Ehrfurcht verstummen.

Über dem Nebenaltar hing ein Gemälde, das die Verkündigung Mariens darstellte. Die künftige Mutter Gottes zeigte sich gegenüber dem erschienenen Engel demütig. Sergio erkannte aber noch etwas anderes an ihr. Etwas Vertrautes. Eigensinn, Vorsicht, Skepsis. Die Werkzeuge, die jemand brauchte, der erst mal die richtigen Fragen stellen musste, bevor er Antworten bekommen konnte.

Als er jetzt an das Gespräch mit dem Chef von *Volterra Adesso* dachte, wurde Sergio bewusst: Das Foto von der Mauer über dem Römischen Theater bewies, dass nicht nur sein Vater in der Mordnacht in Stellas Nähe gewesen war.

Sondern auch Joe Bonos.

Sergio schaute zu Boden. Dort herrschte die Klarheit glänzender schwarzer und weißer Quadrate. Sein Blick schweifte umher und blieb an einem Marmorlöwen hängen. Das Raubtier war aus dem Sockel einer Säule herausgearbeitet. Es stellte eine Pranke auf den Leib eines Menschen. Sergio betrachtete die Bildhauerarbeit. War er wie der Mensch, der Opfer des Löwen wurde? Oder war er der Löwe?

KAPITEL 26

Sergio trat aus dem Dunkel des Doms ins grelle Licht auf der Piazza San Giovanni. Die quer gestreifte Fassade des Baptisteriums gegenüber flimmerte kurz vor seinen Augen, dann klärte sich sein Blick. Er musste herausfinden, was Joe Bonos in der Mordnacht am Römischen Theater getrieben hatte. Der Journalist war dort gewesen, als Stella und Angelo auf der Mauer gesessen hatten.

Vielleicht würde der Wirt der Bar Finito etwas dazu sagen können.

Aber das Lokal war jetzt, um die Mittagszeit, noch geschlossen.

Das gab Sergio die Gelegenheit, eine andere Sache in Ordnung zu bringen. Eine, die seinen Puls genauso schnell schlagen ließ wie die Vorstellung, das Foto von seinem Vater und Stella in der Zeitung sehen zu müssen.

Er verließ den Platz zwischen Dom und Baptisterium und schlug den Weg in Richtung Via di Castello ein. Die Mittagshitze drückte auf die Stadt. Trotzdem beeilte er sich.

Sein Ziel war der Busparkplatz. Er musste dringend mit

Giulia sprechen. Er musste sie sehen! Er musste wissen, ob sie auf Rossis Einladung eingegangen war. Was hatte der Kollege ihr noch gleich angeboten? Pisa bei Nacht?

Lächerlich! Pisa war selbst im Dunkeln hässlich. Und wer sich mit diesem Rossi einließ, baute genauso auf Sand wie die Architekten des schiefen Turms.

Sergio spürte, wie seine Finger bebten. Er schritt noch schneller aus. Die Katzen, die in der Via di Castello auf der Mauer dösten, zuckten mit den Ohren, als er an ihnen vorübereilte.

Durch das Tor in den Park. In einiger Entfernung hörte Sergio die Stimmen der Theaterschauspieler, die auf der Akropolis bei den Proben waren.

Auf die Festung zu. Sergio wünschte Rossi hinter die grauen Mauern des Gefängnisses. Eine Anstellung als Gefängniswärter war genau das Richtige für ihn. Und zwar lebenslänglich ohne Bewährung. Dann könnte er von dort auf den Park blicken und zuschauen, wie Sergio mit Giulia bei einem Picknick im Gras lag und sich Trauben in den Mund legen ließ.

Aus der Altstadt hinaus über die Landstraße SR68 zum Busparkplatz. Die Erbse parkte vor dem Dienstgebäude. Aber Giulias Bus war nicht da. Seltsam. Normalerweise verbrachte sie doch ihre Pause hier, um ungestört Saxophon zu spielen.

Sergio holte sein Telefonino hervor. Eigentlich hatte er Giulia nicht anrufen wollen, weil er lieber persönlich mit ihr sprechen wollte. Andererseits konnte er nicht den halben Tag hier auf sie warten.

Das Telefon war ausgeschaltet. Die Sonne spiegelte sich in dem schwarzen Glas. Es schien, als zwinkerte ihm das Gerät zu. Der Riss im Display und das herausgebrochene Plastik des Rahmens erinnerten Sergio daran, dass er den Apparat als Werkzeug benutzt hatte, um den Schuhabsatz aus dem Asphalt herauszuhebeln. Das Telefon war kaputt. Schon in der Trattoria hatte es gestreikt. Aber seither war so viel geschehen, dass Sergio vergessen hatte, sich darum zu kümmern.

Er versuchte trotz allem, es wieder zu aktivieren, und drückte lange auf die entsprechende Taste. Sie war viel zu klein für die Finger eines erwachsenen Mannes. Wer konstruierte so was? Gnome? Seufzend ließ er das Gerät in seiner Uniformjacke verschwinden und betrat die Dienststelle der Busgesellschaft.

Hinter dem Eingang lag ein Flur, von dem rechts zwei Türen zu den Büros abzweigten. Weiter hinten führte eine rot gestrichene Treppe nach oben. Sergio klopfte und betrat das Büro des alten Beluisi. Der Fahrdienstleiter saß vor einem Schreibtisch, der aussah, als käme er gerade aus dem Möbelgeschäft. Die Tischbeine aus verchromtem Metall wiesen keinen einzigen Kratzer auf. Die Tischplatte aus hellem Holz glänzte wie frisch poliert. Ein Computermonitor stand darauf, sonst war nur eine Tastatur zu sehen. So sah ein Arbeitsplatz aus, der seinen Namen nicht verdiente.

Beluisi thronte auf einem riesigen Bürostuhl, der in die Kommandozentrale eines Raumschiffs gepasst hätte. Die Rückenlehne des Stuhls war nach hinten gekippt, und es sah aus, als ruhe der Fahrdienstleiter in einer Hängematte aus zerknautschtem Kunstleder. Er hatte ein zerfurchtes, von der Sonne verbranntes Gesicht. Seine Augen versprühten Eigensinn und Gewissenhaftigkeit, wie die der meisten älteren Toskaner.

»Panda«, sagte Beluisi.

Sergio wusste nicht, ob das eine Begrüßung sein sollte, oder ob der Fahrdienstleiter sein Namensgedächtnis auf volle Lautstärke gestellt hatte.

»Beluisi«, grüßte er auf dieselbe Weise zurück. »Alle Ampeln auf Grün?«

Wenn der Fahrdienstleiter überhaupt bemerkt hatte, dass Sergio versuchte, eine Plauderei zu beginnen, so zeigte er es nicht.

»Liegt was an?«, fragte Beluisi, stieß sich mit einer Hand von seinem Schreibtisch ab und drehte dadurch seinen Stuhl so, dass er in Sergios Richtung zeigte. Die zurückgelehnte Haltung behielt er bei. Seine Körpersprache war eindeutig: Nur weil die Polizei bei ihm erschien, würde er sich nicht aus der Ruhe bringen lassen.

»Ich suche Signora Fonte«, sagte Sergio. »Hat sie ihre Mittagspause schon beendet?«

»Hat sie was ausgefressen?« Beluisi zog eine Schublade auf und holte einen länglichen Metallgegenstand hervor. Eine elektrische Zigarette. Er steckte sich das Mundstück zwischen die Lippen, schaltete das Gerät aber nicht ein.

Vielleicht ist sie ja im Begriff, etwas auszufressen. Sergio lagen die Worte auf der Zunge. »Ich bin nicht dienstlich hier«, sagte er stattdessen.

»Du nimmst wohl Unterricht bei ihr«, nuschelte der Fahrdienstleiter an seiner Zigarette vorbei. In das Fragezeichen von Sergios Gesicht sagte er: »Musikunterricht. Ich hab dich neulich in den Bus steigen sehen, und kurz darauf konnte man Giulias Saxophon hören.«

Beluisi deutete auf das Fenster, das, wie Sergio erkannte, auf den Parkplatz hinausging. Von hier aus hatte Beluisi genau im Blick, wer kam, wer ging und was sich vor den Fahrzeugen abspielte.

Sergio spürte, dass er sich auf dünnem Eis bewegte – auf dünnem Eis an einem heißen Tag! Wenn er Beluisi jetzt den Eindruck vermittelte, er hätte ein Stelldichein mit Giulia in einem der Busse gehabt, war womöglich ihr Job in Gefahr. Andererseits konnte er aber auch nicht erklären, er lerne Saxophonspielen. Das würde in der ganzen Stadt die Runde machen.

»Nein, ich nehme keinen Unterricht«, sagte Sergio. »Aber Signora Fonte hat neulich bei uns in der Trattoria Mundtrompete gespielt.« Er musste lächeln, als er daran dachte, wie Giulia beim Kindergeburtstag die Gäste musikalisch unterhalten hatte.

»Mundtrompete«, wiederholte Beluisi gedehnt, zog eine Augenbraue in die Höhe und drückte den Knopf seiner elektrischen Zigarette. Er sog daran. Aber die Zündung hatte nicht funktioniert. Missmutig schaute er auf den Metallstab.

»Weißt du, wo sie jetzt ist? Ich muss sie sprechen.«

Die Zigarette hing noch zwischen Beluisis Lippen, als er einen Fahrplan entfaltete und mit zusammengekniffenen

Augen die klein gedruckten Zahlen las. »Wenn sie sich nicht verspätet hat, fährt sie gerade am Campingplatz vorbei. Sie musste Marios Tour mit übernehmen, der ist krank.« Er hustete. »Da habe ich wohl eine sehr beliebte Fahrerin im Team.«

Sergio nickte. Giulia war zwar erst wenige Tage zurück in Volterra, aber es schien, als wäre sie nie weg gewesen. Das meinte Beluisi jedoch nicht.

»Gerade erst hat jemand nach ihr gefragt. Sonst kommen immer nur Fahrgäste, die sich über die Fahrer beschweren. Aber bei ihr ist offenbar das Gegenteil der Fall.«

»Wieso? Wer wollte denn etwas von ihr?« Sergio meinte, die Antwort bereits zu kennen.

»So ein Kerl mit spitzen Wangenknochen. Sah aus, als hätte er sich in Rom das Gesicht straffen lassen. Er hat auch nach Giulia gefragt. Er hat nur ihren Vornamen genannt. Entweder kannte er ihren Nachnamen nicht, oder er ist mit ihr vertrauter als du. Ah!« Die Zigarette zündete, und Beluisi nahm einen langen Zug. Dann blies er den Rauch genussvoll in die Luft wie ein Drache, der auf seinem Hort ruht. Einem Hort der Schadenfreude.

Sergio ballte innerlich die Fäuste. »Wann war das?«

»Vor einer halben Stunde etwa. Ich habe ihm gesagt, dass Giulia um sechzehn Uhr Dienstschluss hat und den Bus hier abstellen wird. Dann wollte er wiederkommen. Was ist denn? Warum wirst du so blass? Panda! Wo rennst du denn hin?«

KAPITEL 27

Sergio verließ den Busparkplatz und schlug den Weg zurück ins Zentrum ein. Die Luft zitterte. Oder war er das selbst? In seinem Kopf erschienen Bilder von Rossi und Giulia, wie sie gemeinsam durch Pisa schlenderten; von Rossi, der Giulia den schiefen Turm zeigte.

Sergio stöhnte. Seine Eifersucht war vermutlich unbegründet. Aber eine Vermutung genügte nicht. Er brauchte Beweise. Er musste sichergehen, dass Giulia Rossi einen Korb gab. Dazu würde er pünktlich um sechzehn Uhr am Busparkplatz warten. Komme, was wolle! Und wenn ein Dutzend Filmstars in Volterra ermordet werden würde!

Nur gut, dass er bis dahin alle Hände voll zu tun hatte. Er war auf dem Weg in die Bar Finito, um sich dort nach Joe Bonos zu erkundigen. Kaum vorstellbar, dass er jetzt die Stunden bis zum Zusammentreffen mit Giulia in der Wache verbringen müsste.

Sergio versuchte, sich abzulenken, indem er sich die Ereignisse der vergangenen Tage in Erinnerung rief. Der Absatz im Asphalt. Angelo in der Laube von Dottor

Pomodoro. Der Artikel in der Zeitung. Giulia in Massimos Werkstatt. Giulia in Rossis Armen.

»*Porca miseria!*«, rief Sergio. Eine Gruppe Touristen schaute ihn erschrocken an. Er tippte an seine Dienstmütze und versuchte ein freundliches »*Giorno, Signori!*«

Am Römischen Theater nahm er diesmal nicht die Gasse, die an Massimos Werkstatt vorbeiführte, sondern die Via Guarnacci und bog von dort links ab. Jetzt war er wieder an der Stelle, an der die ganze üble Geschichte begonnen hatte. Gegenüber der Mauer, von der Stella hinabgestürzt war, ragten Wände aus Naturstein in die Höhe. An einer Stelle öffnete sich eine Einfahrt zu einem freundlichen kleinen Hof. Weiße Sonnenschirme standen schief in ihren Ständern. Sie waren zusammengeklappt und warteten auf den Abend. Das Klappern von Geschirr war zu hören. Das Finito, eine der berüchtigtsten Tavernen Volterras, bereitete sich auf die abendlichen Gäste vor.

Sergio überquerte den Hof. Ein Bogengang führte in die Bar, die in ein Gewölbe hineingebaut war. Früher war dies einer der zahlreichen Lagerräume Volterras gewesen. Vor acht Jahren hatte Fino Bosetti die Idee gehabt, daraus eine ungewöhnliche Kneipe zu machen.

Sie war niedrig, aber weitläufig. Zwischen den Tischen war sogar ausreichend Platz zum Tanzen. Das Konzept war aufgegangen: Das Finito war der Anlaufpunkt für die jüngere Generation Volterras geworden – und dazu gehörte Joe Bonos.

Es roch nach Putzmitteln und schalem Bier. Ein junger Mann war gerade dabei, die Stühle von den Tischen zu heben. Dann platzierte er Getränkekarten auf den Tischplatten und steckte Kerzen in die dafür vorgesehenen Halter. Dabei achtete er nicht darauf, dass diese schon voller Wachs waren. Beim nächsten Anzünden der Kerze würden sie überlaufen. In Sergio zog sich etwas zusammen. Am liebsten hätte er nachgebessert, aber er nahm sich zusammen. Schließlich war er nicht als Kellner hier, sondern als Polizist.

Fino, der Wirt, war damit beschäftigt, einen Pappkarton auszuräumen. Seine kräftigen Arme tauchten in die Schachtel ein und holten Flaschen mit einer kastanienbraunen Flüssigkeit hervor: Wermut für beliebte Cocktails wie den Americano. Fino begutachtete die Flaschen, dann stellte er sie auf ein Regal hinter der Theke, legte den Kopf schief und nickte zufrieden.

»*Salve*, Fino«, sagte Sergio zu dem mächtigen Rücken im rosafarbenen Poloshirt. Er nahm seine Dienstmütze ab und zog sich einen Barhocker heran.

»Wir haben geschlossen«, rief Fino, ohne sich umzudrehen. »Alkohol wird erst ab achtzehn Uhr ausgeschenkt.«

»Servier mir lieber ein paar Informationen«, sagte Sergio.

Fino drehte sich um. Sein Kopf war kahl und erinnerte an eine Bocciakugel – an eine, die jemand mit einer Ladung Schrot beharkt hatte. Sein linkes Auge fehlte. Der Wirt hatte eine Glasprothese eingesetzt, doch die sah nicht etwa aus wie die naturgetreue Nachbildung eines Augapfels. Sie war leuchtend rot. Fino trug Sonderanfertigungen aus Florenz. Sein künstliches Auge war mal rot, mal blau, mal grün. In eines seiner Modelle waren winzige Reflektoren eingearbeitet, wie sie in den Rücklichtern von Autos Verwendung fanden. Und unter der Theke, das wusste Sergio aus leidvoller Erfahrung, lagen die echt aussehenden Prothesen. Fino liebte es, seinen Gästen zu später Stunde einen künstlichen Augapfel ins Glas zu schmuggeln – er hatte einen eigenwilligen Humor. Auch jetzt lachte er, als er erkannte, wer ihm einen Besuch abstattete.

»Mein Lieblingspanda!«, rief Fino über die Theke hinweg. »Wie geht's deinem Vater? Haben sie ihn schon erwischt?« Er beugte sich zu Sergio hinüber und stützte sich auf seine Oberarme, die ebenso gut Oberschenkel hätten sein können. »Ich hab's in der Zeitung gelesen. Falls Angelo ein Versteck braucht: Ich helfe euch. Die *sbirri* werden uns niemals kriegen. Die sind doch alle nicht richtig im Kopf.« Fino stockte. Erst jetzt schien ihm aufzufallen, dass Sergio Uniform trug. »War nicht persönlich gemeint«, fügte er hinzu.

»Schon gut«, sagte Sergio und drehte seine Dienstmütze auf der Theke im Kreis. »Ich versuche gerade, seine Unschuld zu beweisen. Du könntest mir helfen.«

Finos Kinn ruckte in die Höhe. »Alles, was du willst, Sergio. Wenn ein Kollege aus dem Schlamassel gezogen werden muss, kannst du auf mich zählen.«

»Es geht um einen deiner Stammgäste«, sagte Sergio. »Diesen Journalisten. Joe Bonos. Du kennst ihn doch?«

»Bonos?«, fragte Fino. »Natürlich kenne ich den. Bei dem Aufheben, das der um sich macht, kommt man gar nicht darum herum, ihn zu kennen.« Fino schaute zu seinem Angestellten hinüber, der noch immer mit den Tischen beschäftigt war. Er senkte die Stimme. »Wusstest du, dass der gar nicht Bonos heißt? Buongiorno heißt der. Giovanni Buongiorno.« Er lachte unterdrückt.

»Sein Chef hat mir erzählt, Bonos sei hier gewesen an dem Abend, als Stella Aurora von der Mauer gestürzt ist«, fuhr Sergio fort.

»Ist er ein Verdächtiger?«, fragte der Wirt. »War er es etwa, der La Stella von der Mauer runtergestoßen hat? Komm schon, Sergio. Das musst du mir sagen. So ein Gesindel will ich nicht in der Taverne haben.«

Es gelang Sergio, Fino zu beruhigen. »Stella ist in der Nacht von Donnerstag auf Freitag gestorben. Kannst du dich erinnern, wann Bonos an dem Abend hier war?«

Fino kratzte sich die Kopfhaut mit einem schabenden Geräusch. »Weißt du, hier sind jeden Abend viele Gäste. Die kommen und gehen. Und wenn getanzt wird, huschen sie auch noch durcheinander. Wie soll ich da wissen, wann Joe Bonos ... Warte mal!«

Der Wirt holte sein Telefonino aus der Hosentasche. Er tippte und wischte darauf herum, hielt es sich vor die Nase, wischte weiter. Nach einer Weile streckte er Sergio das Display entgegen. Darauf war ein Foto zu sehen. Nein, die Bilder bewegten sich. Es war ein Film. Es zeigte, wie Fino am ausgestreckten Arm sein Etablissement filmte. Zwei Tische waren besetzt. Ein Paar tanzte zu einer Musik, die blechern aus dem kleinen Lautsprecher des Telefons drang.

»Hier steht, dass das spät am Donnerstagabend war«, erklärte Fino. »Pass auf!«, befahl er unnötigerweise.

Sergio starrte ohnehin gebannt auf den Apparat. Es gab einen Schwenk, und als Nächstes füllte Finos Gesicht das Display aus. Seine Augen waren geschlossen. Jetzt riss er beide auf und präsentierte ein gesundes Auge und eines, das wie das einer Katze aussah.

Der Wirt lachte. »Gut, oder? Der Spaß hat mich ein kleines Vermögen gekostet. Aber du solltest mal meine Follower im Internet sehen. Die kriegen gar nicht genug davon.«

Sergio verzog das Gesicht zu einem Lächeln. »Beeindruckend, Fino. Aber was hat das mit ...«

»Bonos ist da hinten.« Der Wirt tippte auf den Bildschirm. Der Film fror ein.

Sergio kniff die Augen zusammen. Hinter Finos überdimensionalem Kopf saß tatsächlich Joe Bonos an der Theke. Er war allein und beugte sich über ein Glas mit einer giftgrünen Flüssigkeit. Sein Platz war nahe am Ausgang. Von dort musste er gute Sicht auf die Mauer über dem Römischen Theater gehabt haben.

»Das ist er«, brummte Fino.

»Ja«, sagte Sergio. »Weißt du, wann er von hier verschwunden ist?«

Fino hielt sich wieder das Telefon vor die Nase und wischte darauf herum. »Tut mir leid. Am Ende des Videos sitzt er immer noch da. Das war gegen Mitternacht.«

Stella war erst zwischen zwei und vier Uhr morgens von der Mauer gestürzt. Das hatte Sergio in den Berichten aus Pisa gelesen.

Fino legte ihm eine Pranke auf den Arm. »Irgendwann

an dem Abend hat Bonos mich angesprochen. Besser gesagt: Er hat versucht, gegen die Musik anzuschreien. Er hat auf die Mauer über dem Teatro Romano gedeutet. Da saß La Stella mit einem Begleiter. Bonos wollte wissen, wer der alte Herr neben ihr sei. Ich habe deinen Vater erkannt und es ihm gesagt. Angelo bekommt doch jetzt wegen mir keine Schwierigkeiten, oder?«

Sergio suchte nach einer Antwort. Letztendlich war Fino mit dafür verantwortlich, dass Angelo in der Klemme steckte. Aber der Wirt war arglos. Er hatte Bonos nur eine Frage beantwortet.

»Nein«, antwortete Sergio. »Du hast nichts falsch gemacht, Fino. Bei Joe Bonos bin ich mir allerdings nicht so sicher.«

»Ach! Und warum nicht?« Die Stimme in Sergios Rücken klang wie ein Hammer, der auf Marmor schlägt.

Sergio fuhr herum. Joe Bonos stand im Eingang der Taverne. Er trug Jeans, ein weißes T-Shirt und hatte sich ein Leinenjackett über die Schulter geworfen. Er schaute Sergio gipsgesichtig an. Sogar seine Sommersprossen schienen blasser geworden zu sein. Der Reporter sah aus, als sei er krank. Krank vor Wut.

»Agente Panda schnüffelt Journalisten hinterher!«, stieß er hervor.

Sergio setzte sich schweigend die Dienstmütze auf. Die Zeit der Plauderei war vorüber.

Bonos stellte seine Kameratasche auf den Tresen. »Ich weiß genau, was Sie vorhaben, Signor *sbirro*. Sie wollen meine Berichterstattung und die Arbeit der Presse behindern, die Suche nach der Wahrheit. Ihnen ist alles recht, solange nur Ihr Vater entlastet wird. Aber jemanden wie mich hält man nicht so leicht auf.« Bonos warf einen wilden Blick zu Fino hinüber. »Stimmt doch, oder?«

Der Wirt trat einen Schritt zurück und zeigte seine Handflächen.

»Whiskey!«, knurrte Bonos. Anscheinend wollte er den abgebrühten Journalisten spielen, den nichts umhaut: kein Streit und kein harter Drink am Nachmittag.

»Ich darf erst ab achtzehn Uhr ausschenken, Joe«, sagte Fino. Er nickte zu Sergio hinüber. »Sonst bekomme ich Ärger mit der Polizei.«

»Die Polizei sollte besser aufpassen, dass sie keinen Ärger mit mir bekommt«, gab Bonos in Sergios Richtung zurück.

Sergio versuchte, sich nicht reizen zu lassen. »Sie waren am Donnerstagabend hier. Wann haben Sie die Gaststätte verlassen?«, fragte er so ruhig wie möglich.

Bonos schien zu einer Antwort nicht bereit. »Wenn Sie mir weiter hinterherspionieren, passiert was«, drohte er. »Ich habe Stella und Ihren Vater zusammen gesehen. Fino ist mein Zeuge, dass sie da auf der Mauer gesessen haben. Und zwar kurz bevor der alte Panda …«, er zögerte, »… kurz bevor Stella hinuntergestürzt ist.« Jetzt klopfte der Journalist auf seine Kameratasche. »Ich habe sogar ein Foto von Ihrem Vater und Stella. Aber das wissen Sie ja schon, Agente. Sie haben meinen Chef ausgefragt. Wissen Sie denn auch, dass ich dieses Foto veröffentlichen werde, wenn Sie mich nicht in Ruhe lassen?« Bonos' Augen wur-

den so groß, dass sie einer von Finos Prothesen ähnelten.
»Dann können Sie einpacken. Sie werden als Polizist vom
Dienst suspendiert. Und Ihr Vater verschwindet für ein
paar Jahre in der Medici-Festung, wegen ...«

»Genug!«, polterte Fino. »Reiß dich zusammen, Joe!
Sonst reiß ich dich auseinander!«

»Schon gut!«, sagte Sergio und drückte mit beiden Händen Luft zu Boden. Er gab sich ruhig. Innerlich war er jedoch aufgewühlt. Zwar hätte er stundenlang still dastehen
können, solange Bonos nur gegen ihn selbst wetterte. Aber
wenn es gegen seinen Vater ging, brachen in Sergio die
seismischen Wellen los. »Sagen Sie mir einfach, wann Sie
die Taverne am Donnerstagabend verlassen haben«, forderte er den jungen Mann auf und fügte hinzu: »Signor
Buongiorno.«

Die Erwähnung seines richtigen Namens brachte den
Journalisten aus der Spur. Er stockte und schaute sich um,
als wäre er bei etwas Unanständigem erwischt worden.

Weiter hinten in der Taverne kicherte die Aushilfe leise.

Bonos-Buongiorno fing sich wieder. »Wann ich hier
weggegangen bin, geht Sie nichts an. Nichts und wieder
nichts.«

Sergio trat auf den Journalisten zu. Die beiden Männer
standen sich dicht gegenüber. »Sie halten also meinen
Vater für verdächtig, weil er sich kurz vor der Tatzeit am
Römischen Theater aufgehalten hat?«, fragte Sergio.

»Allerdings«, blaffte Bonos. »Bringt man euch auf der
Polizeischule nicht bei, Schlussfolgerungen zu ziehen?«

Sergio kaute mit langsamen Bewegungen auf seiner

Zunge. Dann sagte er: »Man bringt uns bei, in mehrere Richtungen zu denken. Mein Vater war da und ist verdächtig. Stimmt. Aber es waren noch andere Leute in der Nähe. Sie zum Beispiel.«

Bonos verzog das Gesicht. Dann zeigte er auf seine Brust. »Ich?«

»Sie sagen ja selbst, dass Sie hier waren. Und Sie haben das Finito verlassen, um Stella und meinen Vater heimlich zu fotografieren. Das Foto gibt es doch?«

Bonos nickte stumm.

»Also haben Sie sich ebenfalls in der Nähe des Tatorts aufgehalten. Mein Vater sagt, er habe Stella allein gelassen. Da lebte sie noch. Wenn seine Version der Geschichte stimmt, muss danach jemand gekommen sein, der Stella hinuntergestoßen hat.« Absichtlich verschwieg Sergio, dass die Schauspielerin in Massimos Atelier gewesen war.

»Und Sie glauben, dass ich das war?«

»Auf das, was ich glaube, kommt es nicht an«, entgegnete Sergio ausweichend. »Wohl aber auf das, was Sie getan haben könnten.«

»Ich habe nichts getan. Nur ein Foto geschossen. Ist das verboten?« Bonos wich vor Sergio zurück.

»Das kommt darauf an«, sagte Sergio und schaute ihn abwartend an.

Einige Augenblicke lang lieferten sich die Männer ein Duell des Schweigens. Dann hielt Bonos es nicht länger aus. »Warum hätte ich sie umbringen sollen? Sehe ich aus wie einer dieser verrückten Filmfans?«

»Sie wollten ein Interview von ihr«, antwortete Sergio.

»Sie haben es mehrfach versucht: vor La Stellas Besuch in Volterra. Als sie mit dem Bus ankam. Vor dem Il Mulino. Und als Sie sie auf der Mauer sahen, glaubten Sie, die Gelegenheit sei endlich gekommen.«

Bonos erstarrte, offenbar erstaunt darüber, dass Sergio so viel von seinen Bemühungen um Stella wusste.

Sergio setzte nach: »Das Interview mit ihr hätte Ihnen eine Anstellung bei *Volterra Adesso* beschert. Vielleicht sogar bei einer Zeitung in Florenz.« In seiner Vorstellung lief das Geschehen wieder ab wie in einem Film: Stella und Angelo sitzen über dem Römischen Theater. Sie stellen fest, dass sie sich nicht lieben können, und trennen sich. Stella geht zu Massimos Atelier. Der Bildhauer wird zudringlich. Bei dem Versuch, ihn abzuwehren, stößt Stella an die Absauganlage. Das Atelier füllt sich mit Alabasterstaub. Stella flieht. Sie verliert einen Absatz, ist jedoch so sehr in Panik, dass sie einfach weiterläuft. Sie sieht jemanden an der Mauer stehen. Dort, wo sie zuvor mit Angelo gesessen hat. Sie hofft auf Hilfe. Sie winkt und läuft auf ihren vermeintlichen Retter zu. War es Joe Bonos?

»Sie haben Stella am Teatro getroffen und sie gedrängt, Ihnen Fragen zu beantworten«, sagte Sergio.

»Aber das stimmt nicht!« Die Stimme des Journalisten hatte einen weinerlichen Ton angenommen. »Ich habe nur das Foto gemacht. Sonst nichts. Ich ... Ja, ich habe darüber nachgedacht, sie anzusprechen. Aber ich habe ihr nichts getan. Warum sollte ich auch?«

»Ihre Aussicht auf einen schnellen Erfolg war zerstört«, erwiderte Sergio. »Außerdem waren Sie betrunken.«

Bonos schaute auf die Spitzen seiner Schuhe.

Volltreffer!, dachte Sergio. Das genügte, um ihn in die Ecke zu drängen.

»Erzählen Sie, was in jener Nacht geschehen ist«, forderte er den Journalisten auf.

»Ich hatte tatsächlich etwas getrunken«, gestand Bonos. »Das Gespräch mit Stella war meine große Hoffnung. Aber sie wollte sich offensichtlich nicht mit mir abgeben. Ich war verärgert. Fino hat mir ein paar Drinks gemixt. Dann ging es wieder.« Er holte tief Luft. »Ich sitze also an der Bar hier und drehe mich um. Da sehe ich La Stella und Ihren Vater auf der Mauer sitzen. Sie können sich vorstellen, dass ich darin meine große Chance sah. Ich habe die beiden eine Weile beobachtet. Trotz der Dunkelheit gelang mir sogar eine einigermaßen akzeptable Aufnahme. Natürlich wollte ich sofort zu ihr gehen und sie noch mal um ein Interview bitten. Aber ich habe gemerkt, dass ich in einen persönlichen Moment hineingeplatzt wäre. Und einem Störenfried tut niemand einen Gefallen. Also hab ich gewartet. Getrunken und gewartet. Als ich das nächste Mal hinsah, war sie nicht mehr da. Und Ihr Vater war auch verschwunden. Es hat mich eiskalt überlaufen. Die Gelegenheit meines Lebens! Und ich hatte sie verpasst. Ich habe meine Kameratasche geschnappt und bin zur Mauer gerannt. Aber von Stella war weit und breit nichts mehr zu sehen.«

»Heißt das, du hast deine Rechnung an dem Abend nicht bezahlt?«, fragte der Wirt.

»Tut mir leid, Fino. Das erledigen wir gleich«, antwortete Joe Bonos. Dann wandte er sich wieder Sergio zu. »Sie müssen mir glauben. Ich habe sie nicht getötet. Ich war ja nicht mal in ihrer Nähe!«

Während der Journalist eine Geldbörse aus speckig glänzendem Leder aus der Innentasche seines Jacketts hervorholte und seine Schulden beglich, versuchte Sergio, Bonos' Version der Geschichte gegen das Bild zu halten, das er bisher von den Ereignissen gewonnen hatte.

Angenommen, der junge Mann sagte die Wahrheit, und er hatte Stella wirklich nicht mehr angetroffen. Dann gab es zwei Möglichkeiten: Entweder war er an der Mauer erschienen, als sie gerade bei Massimo gewesen war. Oder Bonos hatte die Mauer erreicht, als sie schon tot war.

»Sie haben Stella und meinen Vater auf der Mauer gesehen. Dann waren die beiden verschwunden. Wie viel Zeit lag dazwischen?«, fragte Sergio.

Bonos steckte sein Portemonnaie wieder weg. Er wirkte zerknirscht. »Schwer zu sagen. Höchstens ein paar Minuten.«

In dieser Zeit konnte die Diva das Atelier noch nicht wieder verlassen haben. Was bedeutete das?

»Willst du was trinken, Sergio?«, fragte Fino.

Die Stimme des Wirts drohte, Sergios Gedanken zu verscheuchen wie einen Schwarm Vögel. Sergio hob abwehrend eine Hand und schloss die Augen. Die Vögel kehrten zurück und setzten sich auf die Hochspannungsleitungen seiner Gedanken.

Stella war bei Massimo. Zeitgleich stand Bonos an der Mauer über dem Römischen Theater. Er verschwand unverrichteter Dinge. Stella kam zurück und begegnete ihrem Mörder. Wenn aber Bonos zu diesem Zeitpunkt schon gegangen war …

»Haben Sie jemanden gesehen, als Sie über dem Teatro nach Stella Ausschau gehalten haben?«, wollte Sergio wissen.

Bonos schüttelte den Kopf. »Nein, da war niemand.« Er schien zu überlegen. »Und im Finito waren auch kaum noch Leute.«

Sergio schaute sich um. War es möglich, dass Stellas Mörder hier mit Joe Bonos auf der Lauer gelegen hatte? Unwahrscheinlich. Die Spur, die Sergio entdeckt hatte, verschwand nach wenigen Schritten auf dem harten Boden der Tatsachen.

»Kann ich gehen?«, fragte Bonos.

Sergio nickte. »Wenn Sie dieses Foto veröffentlichen, werde ich Sie an den Ohren in die Questura nach Pisa schleifen und dafür sorgen, dass Sie in den nächsten zehn Jahren Ihre Honorare in die Staatskasse einzahlen.«

Bonos schluckte und machte sich davon.

»Dem hast du aber eingeheizt«, bemerkte Fino. »Willst du jetzt was trinken?«

Sergio schaute auf seine Armbanduhr, ein Erbstück der Familie. Sie lief ohne Batterie, und Sergio hatte noch nie vergessen, sie aufzuziehen. Die Zeiger standen auf kurz vor fünfzehn Uhr.

»Ich habe noch was vergessen.« Das war die Stimme von Joe Bonos. Er hatte am Eingang des Finito kehrtgemacht und stand wieder an der Theke.

Sergio hob die Augenbrauen. Erst glaubte er, der Journalist habe seine Kameratasche in der Taverne liegen gelassen. Dann begriff er, dass Bonos ihm noch etwas sagen wollte.

»Da war doch noch jemand. Nachdem ich Stella verpasst hatte, bin ich nicht wieder ins Finito zurückgekehrt. Ich war müde und deprimiert. Ich wollte nach Hause. Da ist mir eine Frau entgegengekommen. Eine Frau ganz allein in der Nacht. Das ist mir aufgefallen.«

Sergio, der schon auf eine Offenbarung gehofft hatte, fühlte Enttäuschung. Eine Frau geht allein durchs nächtliche Volterra. Was sollte daran ungewöhnlich sein? »Danke«, knurrte er.

»Hören Sie!«, fuhr Bonos fort. »Die Signora ist mir deshalb aufgefallen, weil ihr Kopf in der Dunkelheit leuchtete. Erst dachte ich, sie trägt einen Helm. Aber es war ihr Haar. Es war ganz kurz geschnitten und weißblond gefärbt.« Bonos schaute Sergio erwartungsvoll an. Er ging wohl davon aus, dass Sergio ihn jetzt von jeglichem Verdacht lossprechen würde.

»Ich werde Commissario Baldi davon berichten«, sagte Sergio. Er ahnte allerdings, dass dieser ihm wieder nicht zuhören würde.

Bonos trottete davon.

»Hast du schon mal von einer Signora gehört, die sich so verunstalten lässt?«, fragte Fino. »Aus Volterra war die bestimmt nicht.«

»Vielleicht eine Touristin«, sagte Sergio. In Gedanken war er bereits wieder bei Giulia, die er rechtzeitig auf dem

Busparkplatz erreichen musste, um sie vor Rossis Zudring-
lichkeiten zu bewahren.

Sergio schlug sich erst gegen die Stirn und hieb die
Hand dann auf die Theke. »Jetzt weiß ich, wer das gewesen
sein könnte!«

»Wer denn?«, rief der Wirt dem davoneilenden Polizisten hinterher. Aber Sergio war schon aus der Tür.

KAPITEL 28

Sergio hatte Fino noch rufen hören, wollte ihm aber keine Antwort geben. Noch nicht. Wenn Joe Bonos die Wahrheit sagte, dann war ihm am Donnerstagabend eine Frau begegnet, die Ornella Cavalieri ähnelte.

Sergio machte sich auf den Weg zur Akropolis. Auf dem Ausgrabungsgelände am höchsten Punkt der Stadt probten noch immer Lontani und die Compagnia. Vorhin, als er durch den Park gegangen war, hatte er ihre Stimmen gehört. Wenn die Schauspieler noch dort waren, konnte er der Maskenbildnerin vielleicht ein paar Fragen stellen.

Der Nachmittag erreichte seine heißeste Phase. Die Fensterläden waren geschlossen, um die Hitze auszusperren. Fernsehgeräusche und das Geschnatter von Kindern drangen dumpf heraus.

Als Sergio in den Park trat, konnte er ringsum auf das Land hinabsehen. Er blieb stehen und ließ den Blick schweifen. Die ersten Felder tief unten am Fuß des Stadthügels waren abgeerntet, die Erde war ungeschützt der Sonne preisgegeben. Das Grün des Frühjahrs war dem Gelb und Braun des Hochsommers gewichen.

Und noch etwas hatte sich verändert.

Die Hitze hatte die Quecksilbersäule des Thermometers hinaufgeschoben. Das Wetter näherte sich einem Wendepunkt. Es drohte umzuschlagen. Zwar war noch keine Wolke am Himmel zu sehen, aber Sergio konnte die Stürme in Volterra so zuverlässig voraussagen wie die Wutausbrüche seines Vaters.

Unwetter über der Toskana zogen meist vom Meer heran. Über dem Wasser hatten die schweren Wolken noch freie Bahn. Erreichten sie aber erst einmal das Land, verirrten sie sich zwischen den Hügeln. Die Erhebungen mit Höhenunterschieden von bis zu fünfhundert Metern, Schluchten, Täler, Wälder und Flüsse formten ein Labyrinth, aus dem die Unwetterwolken nicht mehr herausfanden. Wie eingesperrte Raubtiere drehten sie sich im Kreis und tobten sich aus, bis ihre Kraft erschöpft war. Dann prasselte Regen auf das ausgedorrte Land. Sturzbäche schossen durch die Straßen. Der Wind nahm alles mit, was nicht rechtzeitig in die Häuser getragen werden konnte. Nach einem solchen Sturm hatten Sergio und sein Vater im Innenhof der Trattoria schon Einkaufskörbe vom nahen Supermarkt gefunden und eine klatschnasse Katze, die von einem der umliegenden Dächer heruntergefegt worden war. Einmal war sogar ein Autoreifen vor dem Il Gusto gelandet. Angelo hatte ihn in einen Blumenkübel verwandelt.

Sergio hielt die Nase in den Wind. Noch konnte er das Meer nicht riechen. Die Küste war vierzig Kilometer entfernt. Bahnte sich Schlechtwetter an, drückte der Wind schon Tage zuvor die Luft ins Landesinnere. Dann roch es in der Stadt schwach nach Salz und Tang.

Der Wetterumschwung stand kurz bevor.

Sergio erreichte den Eingang zur Akropolis. Das Tor stand offen, das Ausgrabungsgelände war für Besucher geöffnet. Schon von Weitem war das Rufen von Kindern zu hören – und zornige Stimmen von Erwachsenen.

Sergio ging auf das Kassenhäuschen zu, in dem die quirlige Gina Eintrittskarten verkaufte und dabei strickte. Das Klicken ihrer Nadeln hörte sich an, als gäbe sie den Stimmen im Hintergrund den Takt vor.

»*Sera*, Signora«, grüßte Sergio und tippte sich an die Dienstmütze.

»Sergio! Wie gut, dass du kommst.« Gina ließ das Strickzeug sinken. Die Brille auf ihrer langen Nase war weit nach unten gerutscht, und die Volterranerin sah ihn über die Ränder des Gestells an.

»Wer schreit denn da so rum?«, fragte Sergio. Er warf einen Blick auf das Ausgrabungsgelände und seufzte. Hatte er nicht schon genug um die Ohren? »Ich kümmere mich darum«, versprach er.

Gina beugte sich vor. »Pass bitte auf, dass die Touristen nicht vergrault werden. Du weißt ja, dass mein kleiner Posten hier davon abhängt. Und nicht nur meiner.«

Sergio nickte. Er kannte die Lage. Täglich kamen einige hundert Touristen nach Volterra, doch die meisten kauften nur rasch toskanische Spezialitäten, vielleicht mal eine Alabasterfigur, und tranken einen Espresso in der Bar Piazza, bevor sie wieder in ihre Reisebusse stiegen und in die nächste Stadt gefahren wurden. Für historische Sehenswürdigkeiten blieb da oft keine Zeit.

»Ich werde die Leute mit Samthandschuhen anfassen«, sagte Sergio.

»Sei bitte nur Polizist und kein Panda«, gab Gina ihm mit auf den Weg.

Sergio ging den kleinen Weg an den Zypressen entlang, bis er vor dem Ausgrabungsgelände stand. Das Geschrei war jetzt noch lauter. Auf der rechten Seite, etwa dort, wo die Grundmauern eines Tempels verliefen, erkannte Sergio einige Schauspieler der Compagnia, darunter Michele. Vor ihnen hüpften zwei Kinder auf und ab und klatschten aufgeregt in die Hände. Sie riefen etwas in einer Sprache, die Sergio nicht verstand, aber ihre Begeisterung war auch so deutlich zu erkennen.

Linker Hand sah die Lage anders aus. Regisseur Lontani redete lautstark auf eine Frau mit schulterlangem blondem Haar ein, die einen bunten Rucksack trug. Hinter ihr stand ein Mann mit einem Strohhut. Er hatte die Arme vor der Brust verschränkt und versuchte vergebens, sich in das Streitgespräch einzumischen.

Lontani wedelte mit den Händen die heiße Luft durcheinander. »Theater ist kein Kindergarten«, rief der Regisseur gerade.

Die Touristin zeigte auf die Kinder und redete mit derselben Lautstärke auf Lontani ein. Nach einigen Worten erkannte Sergio, dass sie Schwedisch sprach. Einige Brocken dieser Sprache hatte er von den Gästen der Trattoria gelernt, aber die genügten nicht, um dem Streit zu folgen.

Sollte es Lontani ebenso ergehen, so zeigte er es nicht. Ohne sich um die Worte der Frau zu scheren, ereiferte er sich. Seine Stimme wurde schriller. Obwohl keiner der Streitenden die Sprache des anderen zu beherrschen schien, kam es Sergio so vor, als verstünden sie trotzdem, was der andere sagte.

»Wo liegt das Problem?«, fragte Sergio auf Englisch, verschränkte die Hände auf dem Rücken und bog die Schultern durch.

Die Touristin verstummte, anscheinend eingeschüchtert durch das Auftauchen der Polizei. Lontani hingegen wetterte einfach weiter, jetzt allerdings in Sergios Richtung.

»Sagen Sie diesen Leuten, dass dies hier kein Kinderspielplatz ist«, verlangte er.

Die Schwedin nahm ihren Mut zusammen und wollte etwas zu Sergio sagen, aber der Regisseur ließ sie nicht zu Wort kommen. »Die bringen einfach ihre Kinder hierher. Auf ein Ausgrabungsgelände. Tausend Jahre alte Steine. Die ehrwürdige Geschichte dieser Stadt. An einem solchen Ort rennt man nicht kreischend herum. Schon gar nicht, wenn hier die Compagnia Cardinale arbeitet. Entfernen Sie diese Leute, Agente Panda!«

Sergio hob eine Augenbraue. Lontanis Tonfall ähnelte dem von Commissario Baldi. Er wandte sich den Touristen zu. »Bitte erklären Sie mir, worum es bei diesem Streit geht.« Unter seinem Lächeln schien die Angst der Schweden vor seiner Uniform zu schmelzen.

»Das sehen Sie doch«, rief Lontani. »Die Kinder verderben mir das Theater.«

Sergio drehte sich noch einmal zu Lontani um. »Ich habe diese beiden Gäste der Stadt gebeten, mir die Lage zu erklären. Bitte lassen Sie mich meine Arbeit tun, Signor Lontani.«

Aber der Regisseur war nicht zu bremsen. »Diese Fremden sind es, die mich meine Arbeit tun lassen müssen! Sie, Agente, waren es schließlich, der mir diesen Ort zur Verfügung gestellt hat, jetzt sorgen Sie auch dafür, dass ich ihn nutzen kann. Sie tragen die Verantwortung für das, was hier geschieht. Sie allein!«

Sergio zog seine Uniformjacke an den Säumen zurecht. »Sie sind dreifach im Irrtum, Signor Lontani. Dieser Ort steht Ihnen nicht allein zur Verfügung. Er ist auch keine tausend Jahre alt, sondern zweitausend. Und es ist völlig in Ordnung, zwischen den Mauern herumzurennen. Für die Kinder ebenso wie für Ihre Leute.« Sergio deutete nach hinten, wo gerade Michele einige Ballettschritte zwischen den alten Steinen probierte. Die beiden Kinder klatschten dazu den Rhythmus und sangen ein schwedisches Kinderlied, jedes in einer anderen Tonart.

Michele schnappte sich die goldene Statue aus dem Stapel mit den Requisiten und begann, mit ihr einen Walzer zu tanzen.

»Lass die Klytaimnestra los, Michele!«, rief Lontani und lief zu seinen Leuten hinüber.

Endlich war Ruhe.

Der Schwede fasste seine Frau am Arm und sagte etwas zu ihr. Offenbar wollte er sie zum Gehen bewegen, doch sie schüttelte den Kopf.

»Wir wollten uns die Ausgrabungen ansehen«, begann sie. Ihre Stimme zitterte ein wenig. »Wir haben auch Eintritt gezahlt. Esja und Kalle sind sofort losgestürmt und auf diese Leute da gestoßen. Die haben sich richtig über die Kinder gefreut. Typisch Italiener, oder?« Sie schwieg betreten. Die Verwendung der englischen Sprache hatte sie anscheinend vergessen lassen, dass sie soeben mit einem Italiener sprach.

»Stimmt schon«, lenkte Sergio ein. »Wir mögen Kinder.« Er forderte sie mit einem Nicken auf weiterzusprechen.

»Ingvar und ich waren noch gar nicht ganz auf dem Gelände, da spielten die Schauspieler schon mit Esja und Kalle. Wirklich beeindruckend. Sie verständigen sich nur mit Gesten.« Sie warf einen liebevollen Blick zu ihren Kindern hinüber.

Im Hintergrund brüllte Lontani seine Leute an.

Kalle und Esja kamen herbeigerannt und versteckten sich hinter den Beinen ihrer Eltern. Der Vater versuchte, die beiden zu beruhigen.

»Aber dann kam dieser Kerl«, fuhr die Schwedin fort. »Und schrie alles nieder. Sie haben es ja gehört.«

Gab es jemanden in Volterra, der nicht mit Lontani aneinandergeriet, fragte sich Sergio. Laut sagte er: »Die Compagnia Cardinale steht kurz vor der Premiere. Da ist der Regisseur besonders nervös.«

Neben der Tempelmauer versuchte Lontani gerade, Michele die Statue zu entreißen. Der Schauspieler ließ sich aber nicht aus dem Takt bringen, hielt die mit Goldfarbe besprühte Klytaimnestra in den Armen und drehte Pirouetten. Dabei zwinkerte er Lontani zu und drückte der Statue einen Kuss aufs Auge.

Lontani platzte der schon lange zu eng gewordene Kragen. Er griff nach Klytaimnestras Armen und zog daran. Michele hielt fest. Lontani stieß ihn zurück. Die Statue kam frei, aber der Regisseur bekam sie nicht zu fassen. Klytaimnestra stürzte, prallte auf die Kante einer Mauer und zerbrach. Jetzt lag die antike Königin in zwei Hälften zerteilt im vertrockneten Gras der Akropolis.

Stille legte sich über die Szenerie. Die Schauspieler erstarrten. Lontani ging vor dem Debakel in die Knie. Er nahm den Oberkörper Klytaimnestras in seine Arme. Im Innern war die Statue schneeweiß. Vermutlich bestand sie nur aus Gips.

»Wir gehen besser«, sagte die Schwedin. Der Vater schob die Kinder bereits in Richtung Ausgang.

Sergio begleitete sie zum Kassenhäuschen. Er rief Gina zu, sie möge den Touristen das Eintrittsgeld zurückzahlen. Die Schweden winkten ab.

Die Frau drehte sich noch einmal zu ihm um. »Hier ist ja allerhand los. Können Sie uns vielleicht ein Lokal empfehlen, in dem wir ungestört zu Abend essen können?«

Sergio überlegte nicht lange. »Die Trattoria Il Gusto. In der Nähe des Campingplatzes. Ein sehr ruhiger Laden.« Das stimmte, denn die Gäste blieben aus. Er holte eine Visitenkarte hervor und reichte sie der Touristin. »Einfach den Borgo San Giusto hinunter. Sie können es nicht verfehlen.«

Er winkte den Schweden nach. Sie drehten sich nicht

noch einmal zu ihm um, sondern gingen durch den Park in Richtung Medici-Festung. Von dort kam ihnen Ornella Cavalieri entgegen. Sie passierte die Familie und erwiderte Sergios Winken.

»Signor Panda«, sagte die Maskenbildnerin, als sie den Eingang zur Akropolis erreicht hatte. Passend zu ihrer Haarfarbe trug sie ein hellgelbes Sommerkleid, das die Schultern freiließ und ihr bis zu den Knien reichte. »Schön, Sie wiederzusehen. Bewachen Sie die Compagnia, damit wir keinen Schaden an den antiken Mauern anrichten oder damit uns die Touristen nicht steinigen?«

Bevor Sergio antworten konnte, war aus Richtung des Ausgrabungsgeländes wieder Lontanis Stimme zu hören. »Ich habe schon eine Göttin verloren. Und jetzt geht mir noch eine entzwei. Das hält doch kein Sterblicher aus.«

»Ihr Regisseur ist in Höchstform«, sagte Sergio und deutete mit dem Daumen über die Schulter. Er musterte Ornellas weißblondes Haar. Im Vergleich zu dem natürlichen Blond der Schwedin wirkte die Farbe künstlich und aufdringlich. Die Maskenbildnerin wäre Sergio bei einem nächtlichen Spaziergang gewiss auch aufgefallen. So wie Joe Bonos.

Ornella wollte an Sergio vorbeigehen und die Akropolis betreten. Er berührte ihren Ellenbogen. Auf ihrer Haut lag ein feiner kühler Film Schweiß.

»Einen Augenblick, Signora.«

Die Maskenbildnerin blieb stehen und drehte sich so zu Sergio um, dass seine Hand nicht von ihrem Arm rutschte, und schenkte ihm ein strahlendes Lächeln.

»Donnerstagnacht«, sagte er, »ist eine Frau am Römischen Theater gesehen worden, deren Beschreibung auf Sie passt. Waren Sie dort?«

Ornella spitzte die Lippen. »Donnerstag? Das ist der Tag, an dem wir hier angekommen sind. Die Nacht, in der Stella gestorben ist, nicht wahr? Sie glauben doch nicht, ich hätte sie ermordet, oder?« Sie sagte es, als hätte Sergio einen anzüglichen Scherz gemacht.

»Ich gehe nur Hinweisen nach«, antwortete er. Ornella hatte die Frage noch nicht beantwortet. »Waren Sie da?«

Die Maskenbildnerin wich einen Schritt zurück. Sergios Hand verlor den Kontakt zu ihrem Arm. »Kann sein«, sagte sie. »Wir sind an dem Abend alle ein bisschen spazieren gegangen. Der Bus war ja direkt aus Rom gekommen. Da wollten wir uns nach dem Abendessen noch ein wenig die Beine vertreten. Aber es war dunkel. Und ich bin durch eine fremde Stadt geschlendert. Wo ich überall war, kann ich nicht sagen.«

»Das Römische Theater ist nachts angestrahlt«, sagte Sergio. »Und eine riesige Anlage. Die können Sie nicht übersehen haben.«

»Nun, dann war ich wohl auch nicht dort. Logisch, oder?« Ihre Stimme klang jetzt spitz.

»Ornella! Wo bleibst du denn?« Lontani war neben den Zypressen aufgetaucht. Im Arm hielt er die Beine der zerbrochenen Statue.

»Sie sehen ja: Ich werde gebraucht.« Mit schwungvollen Schritten ging die Maskenbildnerin am Kassenhäuschen vorbei und begrüßte Lontani mit einem Kuss auf die

Lippen. Der Regisseur flüsterte ihr etwas zu. Dann verschwanden beide in Richtung der antiken Mauern.

Was hatte Lontani wohl gerade zu Ornella gesagt? Der Regisseur sprach selten leise. Entweder brüllte er herum, weil er sich aufregte. Oder er lärmte, weil er sich in Szene setzen wollte.

»Warten Sie!«, rief Sergio den beiden hinterher. »Ich habe noch einige Fragen.«

»Ich auch.« Sergio hörte eine wohlbekannte Stimme hinter sich. Als er sich umdrehte, sah er Fabrizio Baldi auf sich zukommen. Der Commissario trug eine weiße Hose und ein hellblaues Hemd. Er sah aus, als wäre er im Urlaub, aber sein Gesicht sprühte vor Anspannung und Ärger.

»Panda!«, rief er. »Was tun Sie hier?« Er erreichte Sergio und keuchte vor Anstrengung. Der Weg zum Park und zur Akropolis hinauf war steil.

Im ersten Moment war Sergio versucht, Baldi von seinen Erkenntnissen zu berichten, ihm von Massimo zu erzählen und von dem, was er von Joe Bonos erfahren hatte. Doch er wusste, dass der Commissario diesen Spuren nicht nachgehen würde. Er würde glauben, Sergio wolle ihn von Angelo ablenken. Baldi musste seine eigenen Spuren finden – alles andere zählte für ihn nicht.

»Ich versuche zu verhindern, dass Schauspieler und Touristen aufeinander losgehen«, sagte Sergio. »Volterra kann keine weiteren Probleme gebrauchen.«

Baldi schaute ihn prüfend an, dann nickte er. »Gute Arbeit, Agente. Und wenn Sie damit fertig sind, müssen

Sie mir bei den Ermittlungen im Mordfall Stella Aurora helfen.«

Was waren das nun wieder für Töne? »Ist Kollege Rossi krank?«, fragte Sergio. In ihm keimte die Hoffnung, dass Rossi sich von all den Restaurantbesuchen eine Magenverstimmung zugezogen hatte und das Feld hatte räumen müssen. Dann konnte er weder nach Angelo suchen noch Giulia nachstellen.

Der Traum zerplatzte, als Baldi antwortete: »Er hat irgendwo in der Stadt zu tun. Eine Frauengeschichte. Und ich brauche jemanden, der die Alabasterwerkstätten in Volterra abklappert und den Händlern und Handwerkern einige Fragen stellt.« Weil er Sergios Gesichtsausdruck offensichtlich falsch deutete, fügte er hinzu: »Keine Sorge, Agente. Das schaffen Sie schon. Ich habe einen Fragebogen zusammengestellt. Den brauchen Sie nur abzulesen. Vergessen Sie aber nicht, die Antworten zu notieren.« Er holte ein zusammengefaltetes Blatt Papier hervor und reichte es Sergio, der es öffnete und überflog.

Hat die Schauspielerin Stella Aurora Ihr Atelier besucht? Wo waren Sie am Donnerstag nach Mitternacht? Ist es möglich, dass in Ihrem Atelier jemand mit Alabasterstaub bedeckt wird? Welche Möglichkeiten gibt es, die dazu führen könnten?

Fehlte noch die Frage: Haben Sie Stella selbst umgebracht, oder haben Sie einen Auftragskiller angeheuert, schoss es Sergio durch den Kopf. Er faltete das Blatt wieder zusammen und steckte es in die Innentasche seiner Jacke. »Wird erledigt, Commissario. Eine gute Idee, der Spur des

Alabasterstaubs nachzugehen.« Die Untersuchung des Schuhabsatzes hätte dich vielleicht weitergebracht, dachte Sergio, sagte aber nichts.

»Nicht wahr?« Baldi schien sich über das Lob zu freuen. »Wir lassen nichts unversucht, dieses Verbrechen aufzuklären. Und jetzt los, Agente! Bringen Sie mir einen Hinweis.«

Baldi machte sich auf den Weg in das Ausgrabungsgelände hinein und verschwand unter den Zypressen.

Sergio wartete noch einen Augenblick. Er legte eine Hand an seine Uniform und hörte, wie Baldis Fragebogen in seiner Brusttasche knisterte. Die Werkstätten in Volterra abzuklappern, das würde dauern. Dabei wusste Sergio längst, woher der Alabasterstaub auf Stellas Leichnam gekommen war. Aber das konnte und wollte er Baldi nicht sagen. Also würde er wohl oder übel durch die Ateliers der Stadt tingeln müssen, um nutzlose Fragen zu stellen, auf die es nur nutzlose Antworten geben würde.

Doch zuvor gab es Wichtigeres zu erledigen. Rossi war nicht etwa krank, sondern putzmunter auf Freiersfüßen unterwegs! Im Laufschritt eilte Sergio durch den Park auf den Busparkplatz zu.

KAPITEL 29

Die Riesenorange rollte hupend an Sergio vorbei auf den Busparkplatz. Am Steuer saß Giulia. Sergio winkte ihr zu und beschleunigte seine Schritte. Sollte Beluisi an seinem Beobachtungsposten im Büro der Busgesellschaft doch denken, was er wollte.

Als das Gefährt in einer Parkbucht zum Stehen kam, wirbelte Staub auf. Zischend öffnete sich die vordere Bustür. Sergio wollte einsteigen, aber er kam nicht weit. Ein Hund sprang aus dem Eingang und landete neben ihm auf dem Schotter. Das schwarz-weiße Tier schüttelte sich und blickte ihn an. Seine Zunge hing aus dem Maul und glitzerte im Sonnenlicht. Lächelte der Hund? »Das ist Cardenio«, hörte er Giulia aus dem Bus herausrufen.

»Du hast die interessantesten Fahrgäste«, erwiderte Sergio und ließ sich von Cardenio beschnüffeln. Der Hund schmatzte.

»Danke.« Wieder war Giulias Stimme im Bus zu hören. »*Ciao*, bis demnächst!«

Sergio stutzte. Warum verabschiedete sie sich schon wieder von ihm? Er wandte sich von Cardenio ab und setzte gerade den Fuß auf die unterste Eingangsstufe des Busses, als sich jemand an ihm vorbeidrängte.

Dino Rossi.

Der Polizeikollege stieg aus dem Bus, kniff seine großen Augen zusammen und blickte Sergio finster an. »Signor Panda macht wohl mal wieder Pause. Oder haben Sie sich verlaufen?«

»Im Gegensatz zu Ihnen weiß ich genau, wo ich hingehöre«, erwiderte Sergio.

»Hinter einen Tresen«, höhnte Rossi.

»Ein guter Ort, um zu lernen, wie man Alkohol von Wasser unterscheidet. Genauso wie Drogen von Alabasterstaub«, gab Sergio zurück.

Der Hund nieste geräuschvoll.

»Feierabend!«, rief Giulia. Sie stand im Bus neben dem Fahrersitz und knotete das orange-blaue Seidentuch auf, das sie um den Hals trug. »Ich bin gleich bei dir.«

Wen meinte sie damit?

Beide Männer blickten zu ihr hinauf. Cardenio bellte.

Giulia kramte auf dem Boden der Fahrerkabine.

»Sie können dann jetzt gehen«, sagte Rossi in Sergios Richtung.

»Ich warte noch auf meine Begleiterin«, sagte Sergio.

Eine Minute lang herrschte Stille, die nur von den Geräuschen aus dem Bus unterbrochen wurde: dem Klingeln eines Schlüsselbunds, dem Sausen eines Taschenreißverschlusses, dem harmonischen Brummen von Giulias Mundtrompete.

Schließlich verlor Rossi die Geduld. Er holte seine Sonnenbrille hervor und schüttelte sie mit einer Hand, um die Brillenbügel aufzuklappen. Er brauchte drei Anläufe. Beim Aufsetzen traf er nicht sofort die richtige Stelle an den Ohren. Cardenio bellte ihn an, und Rossi versuchte, den Hund mit wedelnden Handbewegungen zu verscheuchen. »Sie können ja Stöckchen apportieren lassen, während Commissario Baldi und ich Polizeiarbeit leisten«, sagte er.

Sergio hockte sich hin und streichelte den Hund mit beiden Händen am Kopf. Cardenio legte ihm eine Pfote auf den Arm. »Wir werden ja sehen, wer den richtigen Riecher hat.« Sergio stand auf und blickte in Rossis Sonnenbrillengläser, die ein bisschen schief auf dessen knochigem Gesicht saßen.

»Schön, dass du da bist«, rief Giulia. »Hast du noch ein bisschen Zeit für mich?«

Als niemand etwas sagte, fügte sie hinzu: »Sergio?«

Rossi schnalzte mit der Zunge. Er warf Giulia im Bus noch einen kurzen Blick zu. Dann seufzte er, drehte sich langsam um und schlug den Weg Richtung Stadtzentrum ein.

Sergio schüttelte den Kopf. »Wo hast du den denn aufgegabelt?«, rief er in den Bus hinein.

Giulia erschien wieder in der Tür. »Das ist eine lange Geschichte«, sagte sie. »Hier, nimm das mal.« Sie reichte ihm eine längliche dunkelgraue Tasche heraus.

Sergio spürte die Form des Saxophons in dem prall gefüllten Behältnis. Er musterte die Riemen auf einer Seite der Tasche und setzte sie auf wie einen Rucksack. Dann nahm er noch einen Stoffbeutel mit hellgrünem Batikmuster und eine Thermoskanne von Giulia entgegen. Da stand er nun, wie die uniformierte Variante von Juan, dem Straßenmusiker von der Piazza dei Priori. Beluisi hatte hinter dem Bürofenster sicher seinen Spaß.

»Tja, die Geschichte von Cardenio«, setzte Giulia beim Aussteigen wieder an. Sie hielt eine kleine rote Schüssel mit weißen Punkten in der einen und eine Wasserflasche in der anderen Hand. Sofort war der Vierbeiner neben ihr. »Das Ende kann ich dir schon verraten: Mein Herz, meinen Bus, meine Müslischüssel – alles hat dieser Hund erobert.« Sie stellte das Gefäß auf dem Boden ab und füllte es mit Wasser. Cardenio beugte sich darüber und trank schmatzend. Giulia tätschelte seinen Rücken.

Sergio hatte eigentlich wissen wollen, wie Rossi hierhergelangt war und ob Giulia sich von ihm hatte einladen lassen. Doch jetzt war erst der vierbeinige Konkurrent um Giulias Gunst an der Reihe.

»Ist er ein Streuner?«, fragte Sergio. Ein Halsband trug Cardenio nicht.

»Er war ein Passagier der Fähre, auf der ich gearbeitet habe«, erzählte Giulia. »Der ungewöhnlichste Fahrgast, der mir je begegnet ist. Stell dir das vor: Jahrelang ist er jeden Tag von Piombino nach Elba gefahren. Allein. Um Punkt zehn Uhr morgens stand er am Anleger, um auf die Insel überzusetzen. Nachmittags hat er die Sechzehn-Uhr-Fähre zurück aufs Festland genommen. Auf dem Schiff kannte ihn jeder. Den Namen Cardenio hat ihm der Hafenmeister von Piombino gegeben, nach irgendeinem Typen aus einem Buch, der wohl auch eine Art Streuner ist.«

»Woher kam der Hund denn?«, wollte Sergio wissen. »Und was hat er auf Elba gemacht?«

»Einen Spaziergang vielleicht? Das haben wir auf der Fähre nicht mitbekommen.« Giulia goss Wasser nach. Cardenio schleckte weiter. »Seine Geschichte hat die Runde gemacht. Die Zeitungen haben über ihn berichtet, sogar das Fernsehen ist auf der Fähre gewesen. Aber auch die Medienleute sind ihm nicht auf die Spur gekommen. Als sie auf Elba herumfragten, warum der Hund mit der Fähre unterwegs sei, haben die Inselbewohner nur gesagt: Was soll er denn sonst machen, um herzukommen? Schwimmen?«

Sergio schmunzelte. Diese lakonische Art der Insulaner war ihm vertraut, die Stammkunden der Trattoria hätten ähnlich reagiert. Er betrachtete den schwarz-weißen Mischlingsrüden, der von der Wasserschüssel aufblickte.

»Und warum ist er jetzt hier?«

»Er ist ein Opfer der Einsparungen, genau wie ich. Die Veränderungen im Fährbetrieb betrafen auch Cardenio, er durfte nicht länger mitfahren. Aber wir wollten ihn natürlich nicht am Anleger sitzen lassen. Der Hafenmeister hatte eine Idee. An der Küste gibt es Schulen für die Ausbildung von Hunden zu Rettungsschwimmern. Es hat sich jedoch schnell herausgestellt, dass das nichts für Cardenio ist. Er ist wasserscheu. Deshalb habe ich ihn gestern Abend aus Piombino abgeholt. Vielleicht gefallen ihm Volterra und das Busfahren so gut wie mir.«

»Die Linie eins nach San Giusto kann mit der Fähre nach Elba locker mithalten, was den Unterhaltungswert angeht«, bestätigte Sergio. »Außerdem sagt mein Vater immer: Gute Gesellschaft unterwegs ist die beste Abkürzung.«

Cardenio trabte über den Parkplatz und schnüffelte an den Reifen des abgestellten Busses. Giulia klaubte die Schale vom Boden auf und kippte die letzten Tropfen aus.

»Das Wasser, das du ihm servierst, scheut der Hund jedenfalls nicht«, stellte Sergio fest.

Giulia nahm ihm die Thermoskanne ab. »Und was ist mit dir? Lust auf einen Kaffee?«

Sergio nickte und musste an das letzte schweißtreibende Erlebnis mit Giulias Bordkaffee denken.

»*Bene*«, sagte sie. »Dann zeige ich dir, was an diesem Parkplatz schön ist.«

Sie luden das Gepäck in Giulias kleines Auto. Den Kaffee und zwei Becher nahm Giulia mit und führte Sergio am Dienstgebäude der Busgesellschaft vorbei auf einen fensterlosen Flachbau zu. Er war von einem hohen Metallzaun umgeben, und auf dem Dach wehte ein Windsack. Sergio kannte die Anlage. Hier lag der Landeplatz für Hubschrauber. Rettungsflüge aus der ländlichen Region steuerten über diese Station das Krankenhaus Volterras an, das wenige Straßen entfernt lag.

»Hast du jetzt auch noch einen Flugschein gemacht?«, fragte er.

»Den brauche ich nicht, um mit dir hier die Aussicht genießen zu können«, antwortete Giulia und öffnete das in den Zaun eingelassene Tor.

Auf der Rückseite des Flachbaus ließen sich Giulia und

Sergio auf einem Steinsockel nieder und tranken den Kaffee. Hier trieb der Wind die Hitze vor sich her. Vor ihnen lag die Landefläche für Helikopter wie eine schwebende Plattform über der toskanischen Hügellandschaft. Wie eine Tanzfläche, dachte Sergio und wunderte sich über sich selbst. So hatte er die breite Betondecke noch nie gesehen. Lag das an dem Kaffee? Er sah sich mit Giulia über den Dingen schweben.

Aber zugleich zwickte ihn etwas. »Was wollte Rossi von dir?«

»Dein Kollege?« Giulia stellte ihren Becher ab. »Der ist auf der Piazza dei Priori in meinen Bus gestiegen und hat gesagt, er wolle bis zur Endstation mit mir fahren. Komischer Knabe. Er hat mich nach Pisa eingeladen. Schon zum zweiten Mal. Pandolino, bist du etwa eifersüchtig?«

»Das ist nur polizeiliche Neugier.«

»Dann gebe ich zu Protokoll, dass ich ihm einen Korb gegeben habe. Zwei Körbe, um genau zu sein.«

Sergio brummte zufrieden. Daran hatte Rossi sicher schwer zu tragen.

Er spürte eine Hand auf seinem Rücken. Als er Giulia küsste, fühlte er sich leicht. So leicht, dass er sich an ihr festhielt, um nicht abzuheben.

Auf dem Weg zurück zum Auto sah Sergio sich um. »Wo ist eigentlich der Hund geblieben?«

»Cardenio? Der geht seine eigenen Wege. Er taucht bestimmt gleich auf, wenn ich mich auf den Weg nach Hause mache.«

»Du fährst jetzt nach Cecina? Und was, wenn du heute Abend noch gebraucht wirst?«

Giulia lächelte. »Steht wieder ein Kindergeburtstag in der Trattoria an? Ich könnte abends wieder da sein. Aber nur, wenn es Himbeertiramisu gibt.« Sie stutzte. »Oder geht es um deinen Vater?«

»Ich brauche deinen Rat«, sagte Sergio. Er lehnte sich mit verschränkten Armen gegen den Wagen und berichtete vom Wirt des Finito und von dem Journalisten Joe Bonos, der den Verdacht auf Ornella Cavalieri gelenkt hatte. Sergio beschrieb die Ausflüchte der Maskenbildnerin und deren rätselhafte Beziehung zu Regisseur Lontani.

»Wir haben also inzwischen eine Vorstellung davon, was sich an der Mauer über dem Römischen Theater abgespielt haben könnte«, fasste Giulia zusammen. Sie stützte sich mit einem Ellenbogen auf dem Autodach ab. »Aber wir wissen nicht, was zwischen den Ruinen passiert ist.«

»Es gibt nur die Informationen aus den Polizeiberichten«, bestätigte Sergio.

Cardenio kam aus Richtung der Riesenorange über den Parkplatz auf sie zu. Offenbar tauchte der Hund tatsächlich auf und ab, wie es ihm beliebte, solange er festen Boden unter den Pfoten hatte.

»Wir könnten uns selbst mal im Teatro Romano umsehen«, schlug Giulia vor.

»Schon wieder eine gemeinsame Ermittlung? Reicht dir ein lädierter Knöchel nicht?«

»Das ist halb so schlimm, ich spüre kaum noch was davon. Außerdem müssen wir niemanden austricksen, um dort reinzukommen.«

»Einfach hineinspazieren können wir aber auch nicht. Das Gelände ist immer noch gesperrt.«

»Du bist doch von der Polizei. Und hast einen Schlüssel.«

»Ja, aber ich bin auch der Sohn des Hauptverdächtigen, und bei Commissario Baldi bin ich in Ungnade gefallen. Er lässt mich nur noch Laufburschenarbeit erledigen und wäre bestimmt nicht begeistert, wenn er davon erfährt, dass ich die Ruinen durchsucht habe.« Er überlegte einen Moment. »Deshalb gehen wir nachts rein. Dann sieht uns niemand.«

»Und suchen Spuren im Dunkeln?« Giulia schüttelte den Kopf.

»Das Theater ist beleuchtet.« Sergio lächelte sie an. »Den Rest erledigen unsere Geistesblitze. Hol mich nach Mitternacht in der Trattoria ab.«

KAPITEL 30

Das Besteck blitzte auf den Tischen. Die Deckenlampen waren frisch geputzt. Die Trattoria strahlte. Und Sergio war zum Heulen zumute. Was war das Il Gusto ohne Angelo Panda?

Und was war es ohne Gäste? Normalerweise erschienen schon um sieben Uhr die ersten Hungrigen. Touristen meist, die nicht wussten, dass für Italiener der Abend erst viel später begann. Aber jetzt kamen nicht einmal mehr die Urlauber. Tische und Stühle waren um halb acht noch leer. Im Lokal sah es nicht aus wie in einem Gasthaus der Toskana, sondern wie im Katalog eines Möbelgeschäfts.

Sergio lehnte mit verschränkten Armen auf der gläsernen Oberfläche der Theke. Ihm gegenüber stemmte Matteo die Hände auf die Durchreiche von der Küche zum Gastraum. Sie unterhielten sich über Fußballergebnisse, das Programm des Palio, die steigenden Preise für Gemüse. Nur über das Offensichtliche verloren sie kein Wort: In der Trattoria Mortale war es so ruhig wie auf dem Friedhof. Sofia Zacchi hatte recht behalten – das Il Gusto war in Verruf geraten.

Die Türglocke klingelte. Ein warmer Luftzug fuhr von draußen herein. Zwei Kinder und zwei Erwachsene traten über die Schwelle – die Schweden von der Akropolis.

Sergio umrundete die Theke, um die Gäste zu begrüßen. Die Kinder liefen bereits durch das Lokal und blieben staunend unter den Wildschweinköpfen stehen.

»*Buona sera*, Signori«, sagte Sergio.

»*Buona sera*«, erwiderte die Frau und lächelte. Ihr Mann nickte knapp und nahm den Strohhut vom Kopf. Die Schwedin ließ den Blick durch das Il Gusto schweifen. »Können wir hier zu Abend essen?«, fragte sie in gebrochenem Italienisch.

»Aber sicher«, antwortete Sergio. Obwohl er die Touristen erst vor drei Stunden im Park getroffen hatte, schienen sie ihn nicht zu erkennen. Er hatte ja auch die Uniform gewechselt. Oft war es die Kleidung, die einen Menschen ausmachte.

Er führte die Familie zu einem der Tische unter den Wildschweintrophäen. Als er die Speisekarten brachte, musterte ihn der Mann. »Sind Sie nicht der Polizist von vorhin?«, fragte er auf Englisch.

Die Frau nickte. »Stimmt. Sie hatten doch eine Uniform an«, sagte sie zögerlich. »Wieso sind Sie jetzt Kellner?« Ihrem Stirnrunzeln konnte Sergio entnehmen, dass sie argwöhnte, einem Hochstapler aufgesessen zu sein.

»Das muss mein Bruder gewesen sein. Er ist bei der Polizei. Wir sehen uns sehr ähnlich.« Sergio sprach so laut, dass Matteo ihn hören konnte. Der Koch musste bei der Maskerade mitspielen.

Bevor die Schweden weitere Fragen stellen konnten, empfahl ihnen Sergio Salbeihuhn und in Butter geschwenkte Erbsen. Dazu eine Flasche San Felice und für die Kinder eine Karaffe Saft aus selbst geernteten Orangen. Vorneweg könne er einen Aperitif empfehlen. Das Il Gusto sei für seine Cocktails bekannt. »Wollen Sie sich überraschen lassen?«

Die Schweden stimmten allem zu. Matteo verschwand in die Küche, um die Hühnchen zuzubereiten. Sergio ging in die Kammer hinter der Theke und öffnete die Schranktür, hinter der die Zutaten für die Cocktails standen. Er griff zu einer Flasche Wermut und verharrte kurz, als er den Namen *Rossi* auf dem Etikett las. Sergio musste schmunzeln. Martini & Rossi. So lautete der vollständige Name des Herstellers dieses berühmten Getränks. Er drehte den Verschluss auf und maß zweimal zwei Zentiliter ab. Nachdem er den Wermut in einen Shaker gegeben hatte, holte er die nächste Flasche aus dem Schrank. Sein Plan, den Schweden einen ernst zu nehmenden Scandinavian Tiger zu mixen, geriet noch einmal ins Stocken, als er den Namen *Lontani* las. Er sah genauer hin: Es war Gin Lontano. Sergio gab auch den Gin in den Becher. Bevor er die letzte Zutat, Ananassaft, aus dem Schrank holte, schaute er sich auch die Etiketten der anderen Flaschen an. Da gab es einen Wodka namens Aurora und einen Grappa, dessen Herkunftsort Massa Marittima war und Sergio an Massimo P. Cini denken ließ.

Sergio reihte Lontani, Massimo, Rossi und Stella Aurora nebeneinander auf. Da standen sie, der eine undurchsichtig und bläulich, der andere opak und sahnefarben. Aber es fehlten ja noch Bonos und Ornella. Sergio nahm eine Flasche Grenadine aus dem Schrank und nannte sie Bonos, weil der Saft so klebrig war. Als Ornella diente Limoncello. Der gelbe Zitronenlikör hatte genau die richtige Farbe.

Dann stand Sergio vor der Batterie Alkohol und stemmte die Hände in die Hüften. Für einen Moment kam er sich vor wie ein Wissenschaftler, der darüber nachdenkt, was er mit seinen Versuchstieren anstellen soll. Am besten, dachte er, schenke ich ihnen die Freiheit.

Er goss einen Schluck aus jeder Flasche in den Shaker. Dabei achtete er sorgsam auf die Menge. Besonders der Limoncello durfte nicht zu beherrschend sein. Eigentlich hätte Sergio ganz auf die süße Zutat verzichtet. Aber die schrille Farbe verlieh der Kreation eine fröhliche Note.

Nachdem Massimo, Lontani, Rossi, Stella Aurora, Bonos und Ornella im Shaker waren, schloss Sergio den Deckel und schüttelte das Metallgefäß, während er bis zwanzig zählte. Als er einen Spritzer des Ergebnisses in ein Glas gab, nickte er zufrieden. Die rote Grenadine hatte sich mit dem gelben Zitronenlikör zu einem orangefarbenen Ton verbunden. Dazu würde das Grün einer Limette passen. Sergio schnitt eine Scheibe ab und gab sie in das Glas. Jetzt musste das Ganze noch gut schmecken, dann würde er den Schweden einen Mordscocktail servieren, den sie so schnell nicht wieder vergessen würden.

Gerade setzte er das Glas an die Lippen, um zu kosten, als erneut die Türglocke klingelte. Er stellte den Cocktail ab und schaute in die Gaststube. Dort erschien eine Gruppe Männer. Sie sahen aus, als wären sie einem Historienfilm entstiegen. Vorneweg ging jemand in einer Ritterrüstung, über der ein rot-weißer Waffenrock hing. Unter dem silbernen Helm aus Plastik schaute das Gesicht von Kugelblitz hervor. Es war von den Seitenklappen des Helms zusammengedrückt. Ihm folgte Trommelfeuer im Gewand eines florentinischen Kaufmanns: mit einer Melonenhose, die sich an den Oberschenkeln beulte, einer Samtjacke mit Schlitzen an den Ärmeln sowie einem schwarzen Barett. Dann kam Zitadelle herein. Der mächtige Toskaner war als König verkleidet. Er trug eine aufblasbare goldene Krone auf dem Kopf und einige Tücher um die Schultern, die wohl einen Hermelinkragen imitieren sollten, aber ihre Herkunft aus der Altkleidersammlung der Misericordia nicht verleugnen konnten. Das schadete dem Auftritt seiner Majestät aber keineswegs, denn Zitadelle schritt mit einer Herrschaftlichkeit einher, als käme er gerade von seiner Krönung.

Der Letzte in der Reihe war eine Gestalt in der schwarzen Kutte eines Mönchs. Die Kapuze bedeckte das Gesicht, und die Hände steckten in den weiten Ärmeln. Trotzdem erkannte Sergio seinen Vater sofort.

Die Prozession steuerte auf einen der Tische neben der Durchreiche zu. Kugelblitz stellte die Hellebarde, die er trug, an der Wand ab. Alle setzten sich.

Sergio eilte zu ihnen. »Ist euer Brotverstand mit euch durchgegangen?« Er stützte die Hände auf dem Tisch ab und beugte sich zu den Männern hinunter.

»Das sind die Kostüme für das Mittelalterfest. Wir haben sie im Arci anprobiert«, brummte Zitadelle.

»Das meine ich nicht«, erwiderte Sergio. »Ihr könnt doch hier nicht einfach mit meinem Vater auftauchen. Wenn ihn jemand erkennt ...«

Angelo hob den Kopf und schaute aus dem schweren schwarzen Stoff hervor. Er schmunzelte. »Du hast schließlich selbst dafür gesorgt, dass ich in die Mönchszelle umgezogen bin. Dafür muss ich mich auch standesgemäß kleiden. Die Jungs hatten die Idee, dass wir uns die Kostüme für den Palio schon mal ausleihen. Vier Verrückte fallen weniger auf als einer. Mir wird schon nichts geschehen. Außerdem ist sowieso niemand hier, der mich erkennen könnte. Du hast wohl die letzten Gäste auch noch vergrault?«

Sergio schaute zu den Schweden hinüber. Die Eltern musterten die Kostümierten. Die Kinder schienen zu überlegen, ob sie zu den lustigen Männern hinüberlaufen sollten.

»Moment!«, sagte Sergio zu seinem Vater. »Rühr dich nicht von der Stelle!« Er eilte in den Nebenraum, bereitete die Cocktails zu und stellte sie zusammen mit zwei Gläsern Orangensaft auf ein Tablett. Dann trug er alles zum Tisch der Schweden. Unterwegs fiel ihm ein, dass er von seiner neuen Mixtur noch nicht gekostet hatte. Sei's drum! Jetzt blieb dafür keine Zeit mehr.

Er servierte die Getränke. Die Kinder freuten sich über ihren Orangensaft. Sie wollten noch nicht einmal von dem Aperitif der Eltern probieren, wie das sonst der Fall war, denn alle Getränke sahen gleich aus. Es ist die Farbe, auf die es ankommt, dachte Sergio, so wie es die Kleidung ist, die einen Menschen ausmacht. Oft zählt nur das, was man sieht. Er hoffte, dass diese Weisheit auch für den merkwürdigen Mönch galt.

Vorn im Lokal unterhielten sich die Kostümierten bereits lautstark mit Matteo, der aus der Küche herausgekommen war und die Verkleidungen bewunderte. Natürlich war ihm die wahre Identität des Mönchs nicht lange verborgen geblieben, doch bevor er seinen Chef mit Vornamen ansprechen konnte, legten alle einen Finger an die Lippen.

»Der da sieht ja nur aus wie jemand, den man hier kennt«, erklärte Trommelfeuer und klopfte auf die Kapuze des Mönchs. »Aber sein Name ist Harpune.«

Sergio legte sich eine Hand gegen die Stirn. Hatte er richtig verstanden? Um Angelos Inkognito zu wahren, sollten ihn alle mit seinem Kampfnamen anreden? Mit dem Namen, den ohnehin jeder im Viertel kannte? Die größten Narren waren immer noch die alten Narren.

Harpune. So hieß Angelo Panda schon, seit er ein Kind war. Als Zehnjähriger war er mit seinem Vater nach Livorno gefahren, um dort Stockfisch zu kaufen. Der Trockenfisch kam einmal im Monat mit dem Schiff aus Norwegen und wurde von den Gastronomen der Toskana noch im Hafen von Livorno ersteigert. Die Pandas machten an jenem Tag einen guten Fang. Angelos Vater kaufte fünf Kisten Stockfisch zu einem lächerlich niedrigen Preis. In Hochstimmung fuhren Vater und Sohn zurück nach Volterra. Doch auf der Landstraße schnitt sie ein Sportwagen,

Vater Panda musste ausweichen, und der Transporter kam ins Schlingern. Zwar bekam er den Wagen wieder unter Kontrolle, aber die Kisten mit dem Stockfisch lösten sich aus der Halterung und rutschten von der offenen Ladefläche. Zwei landeten auf der Straße und ließen sich wieder aufladen. Die restlichen drei polterten einen Abhang hinunter und schlugen im Bett eines Flusses auf. Das Holz ging entzwei. Der Trockenfisch fiel ebenso ins Wasser wie das gute Geschäft. Während der Vater fluchend am Straßenrand stand, kletterte der Sohn zum Fluss hinab und sammelte den Stockfisch ein. Dabei muss er so geschickt vorgegangen sein, dass er alle Verluststücke fand. Zwar hatte Angelos Vater den wiedereingefangenen *stoccafisso* später an die Katzen von San Giusto verfüttert, aber er erzählte allen von dem tapferen Einsatz seines Sohnes, dem es gelungen war, tote Fische mit bloßen Händen zu fangen. Seither nannten diejenigen Volterraner, die genug Mut dazu aufbrachten, Angelo Harpune.

»Harpune?«, fragte die Schwedin, als Sergio das Salbeihuhn an den Tisch brachte. »Rufen diese Männer wirklich Harpune?«

»Sie verstehen schon richtig«, sagte Sergio. Im Hintergrund redeten die Verkleideten durcheinander. Jeder versuchte, den anderen von irgendetwas zu überzeugen, und das beste Argument war eine laute Stimme. Was sollte er tun? Sollte er den Touristen erklären, dass sein Vater heimlich hier war, weil er als Verdächtiger in einem Mordfall galt?

Sergio deutete auf die Getränke vor den Schweden.

»Das ist eine Harpune, ein Cocktail, den ich selbst erfunden habe«, brach es aus ihm heraus. »Er heißt Harpune«, wiederholte er, erleichtert darüber, dass ihm etwas eingefallen war.

»Muss ja sehr beliebt sein, wenn alle Gäste danach verlangen«, sagte der Familienvater auf Englisch, hob sein Glas hoch und schaute hinein wie in eine Kristallkugel. »Was ist denn da drin?«

»Das kann ich nicht verraten«, antwortete Sergio. »Geheimnisse schmecken besser als Gewissheit.« Er ließ die Schweden mit ihren Getränken allein und kehrte zum Tisch der Kostümierten zurück.

»Ihr müsst sofort verschwinden«, sagte er leise. »Sogar die Touristen wollen schon wissen, wer ihr seid. Wenn Baldi und Rossi hierherkommen, fliegt euer Mummenschanz auf. Und dann nehmen die beiden dich endgültig fest, *babbo*.«

»Die lassen sich doch wahrscheinlich wieder im Il Mulino vergiften«, krächzte Angelo. »Und ich bin hier, weil meine Freunde mich zum Essen eingeladen haben. Was steht auf der Tageskarte?«

Die Türglocke klingelte. Diesmal stand Joe Bonos im Eingang. Der Journalist trug seine Kameratasche über der Schulter und schaute sich suchend im Lokal um. Er zog die Nase hoch, als wittere er eine gute Geschichte.

Sergio wäre am liebsten gemeinsam mit seinem Vater durch den Hinterausgang geflohen. Aber dazu war es zu spät. Er ging auf den Journalisten zu.

»Sie?«, fragte Bonos und schaute Sergio an, als müsse er

die Allgemeinen Geschäftsbedingungen einer Website lesen. »Sind Sie nicht mehr bei der Polizei?«

Sergio gab Matteo ein Zeichen. Der Koch begriff sofort und ging zu den Schweden an den Tisch, um die Gäste in ein Gespräch zu verwickeln. Die Familie war vorerst abgelenkt.

»Sprechen Sie bitte leise«, bat Sergio.

Bonos nickte und senkte die Stimme. »Ist Ihr Vater schon wieder aufgetaucht?« Mit einer fließenden Bewegung zog er Notizblock und Stift hervor. Es klickte, als er dreimal auf den Kugelschreiber drückte.

»Wollen Sie etwas essen?«, fragte Sergio.

»Eigentlich wollte ich mich in der Trattoria umsehen, um über das Lokal zu berichten, dessen Wirt unter Verdacht steht, Stella Aurora umgebracht zu haben. Lego würde eine Reportage bestimmt drucken.« Bonos sah zu den Kostümierten hinüber. »Ein dankbares Fotomotiv gibt es ja auch schon.«

Das war das Letzte, was Sergio gebrauchen konnte. Sein Vater im Mönchsgewand auf der Titelseite. Darunter die Schlagzeile: DER SCHWARZE ABT – DER HORROR-MÖRDER VON VOLTERRA.

Er musste Bonos aus dem Lokal bekommen. Aber wie sollte er das anstellen, ohne dass der Journalist Verdacht schöpfte?

Bonos hatte bereits die Kamera gezückt. Er schaltete sie ein und drehte an einem Rädchen.

»He, du!«, rief Kugelblitz. »Du kannst hier nicht fotografieren.«

Bonos schaute weiterhin konzentriert auf die Einstellmöglichkeiten der Kamera. »Ach ja?«, fragte er. »Und warum nicht?«

»Weil das hier die Kostüme für den Palio sind«, sagte Kugelblitz, »und die werden erst in der Öffentlichkeit vorgeführt, wenn … na, was glaubst du wohl … wenn Palio ist. Ist doch klar, oder?«

Bonos schüttelte den Kopf. »Nein. Ihr lauft mit den Klamotten schon in der Öffentlichkeit herum, dann kann ich die auch in die Zeitung bringen.« Er hatte die Kamera offenbar auf die Lichtverhältnisse eingestellt und hob sie vor das Gesicht. Dabei schaute er auf den Monitor, der hinten am Gehäuse angebracht war.

Bevor er auslösen konnte, streckte Sergio eine Hand aus und schaltete die Lampen aus. Die Trattoria versank im Zwielicht. Nur vor der Tür zum Innenhof und an den beiden Fenstern neben dem Eingang war es noch hell.

Die Kinder der Schweden quietschten vergnügt und rannten durch die halbdunkle Trattoria. Matteo ging zum Tisch der Familie und entzündete die Kerze.

Joe Bonos fluchte. »Was soll das?«, blaffte er Sergio an. »Sie behindern die Arbeit der Presse.« Er versuchte, den Lichtschalter zu erreichen, aber Sergio ließ ihn nicht durch.

»Kommen Sie etwa mit dem Licht nicht aus?«, fragte Sergio.

»Doch, natürlich«, erwiderte Bonos. »Aber das Motiv war gerade viel besser ausgeleuchtet.«

»Digitalkamera?«, fragte Sergio mit ruhiger Stimme.

»Was sonst?« Bonos schnaubte. »Glauben Sie, Journalisten arbeiten heute noch auf Film? Da kann ich ja gleich Tusche und Papyrus benutzen.«

»Tja«, sagte Sergio. »Damit kämen Sie in einer Situation wie dieser bestimmt weiter. Soll ich Ihnen meine Contax leihen? Damit fotografiere ich Volterra bei Nacht aus der Hand.«

»Ohne Stativ? Das glaube ich nicht«, gab Bonos zurück.

Gut. Er ließ sich ablenken.

»Hochempfindlicher Film«, erklärte Sergio. »Beim Entwickeln kann ich die Zeiten und Temperaturen der Bäder selbst beeinflussen und noch mehr rausholen. Sollten Sie mal probieren.«

»Das stammt doch aus der Steinzeit.« Bonos winkte ab. »Die Bilder sind viel zu körnig, als dass man was erkennen könnte. Da bleibe ich lieber bei meinem digitalen Modell. Das hat den neuesten Sensor, damit kann ich jede Menge Licht einfangen.« Er hielt seine Kamera hoch. Sergio dachte an das Foto, das der Journalist bei Nacht von Angelo und Stella gemacht hatte. Mit den richtigen Einstellungen würde ihm auch in diesem Zwielicht hier eine Aufnahme gelingen.

Auf dem Kameragehäuse konnte Sergio die Spuren von Bonos' Fingern erkennen.

»Wie interessant«, sagte er. »Das muss ja ein toller Apparat sein. Darf ich mal?«

Bonos zögerte kurz. Dann gab er Sergio die Kamera.

Das Gehäuse war aus Kunststoff und wog viel weniger als Sergios metallene Contax. Aber dafür würde man es wohl auch nicht so oft fallen lassen können.

Sergio steckte den Gedanken in die Schublade seines

Gehirns, in der er seine Notizen für die nächste Beichte sammelte. Wann auch immer die an der Reihe sein mochte. »Damit kann man beim Fotografieren sicher auch mehr Fehler machen und die dann am Computer ausbügeln«, sagte er. Dann nahm er den kleinen Teller mit Oliven, der immer auf der Theke stand, und hielt ihn Bonos entgegen. »Wollen Sie auch eine?«

Bonos griff zu und steckte sich drei Oliven schnell nacheinander in den Mund. Sergio tat es ihm nach. Dann gab er Bonos die Kamera zurück.

»Ein gutes Gerät, oder?«, fragte der Journalist. »Lassen Sie mich jetzt meine Arbeit erledigen?« Er nickte zu dem Lichtschalter hinüber.

Sergio drückte darauf. Die kleinen Lampen an den Wänden der Trattoria blinzelten und leuchteten auf.

Sofort hob Bonos die Kamera wieder vor das Gesicht und visierte den Tisch mit König, Ritter, Mönch und Kaufmann an. Aber auch diesmal gelang ihm das Foto nicht.

»Was haben Sie getan?«, rief er und inspizierte die Linse seines Objektivs. »Da ist ja alles verschmiert.«

»Oh«, sagte Sergio. »Da muss ich wohl ein bisschen Olivenöl an den Fingern gehabt haben.« Er riss eine dünne Serviette aus dem kleinen Metallständer auf der Theke und reichte sie Joe Bonos. »Hier! Damit können Sie das Glas sauber putzen.«

Bonos riss Sergio das Tuch aus der Hand und warf es zu Boden. »Ihnen ist ja wohl klar, dass man Fett auf der Linse nicht einfach abwischen kann. Ich muss das Gerät reinigen lassen.«

Sergio versuchte, ernst zu bleiben. »Sie wissen doch sicher den Weichzeichnereffekt zu schätzen.«

Joe Bonos platzte der Kragen. »Wissen Sie, was ich zu schätzen weiß?«, schimpfte er. »Dass diese Trattoria hier bald geschlossen sein wird. Ich schicke das Gesundheitsamt und das Ordnungsamt her, und dann mache ich richtig gute Fotos. Von einem Kellner, der vorgibt, ein Polizist zu sein. Von einem Wirt, der vielleicht ein Mörder ist. Von einem Koch, der einem Gift ins Essen streut.« Bonos lachte höhnisch. »So leer, wie der Laden hier ist, haben Sie wohl schon alle Stammgäste ins Jenseits befördert.«

»Und du bist der Nächste, wenn du jetzt nicht den Mund hältst.« Angelos Stimme klang hohl aus der schwarzen Kapuze hervor. Der Mönch schob polternd den Stuhl zurück und stand auf. Mit seiner kleinen Statur war er nicht gerade eine eindrucksvolle Erscheinung. Aber das machte er durch seine Stimme wett, die sich anhören konnte wie Fingernägel, die über eine Schiefertafel kratzten.

Zitadelle hielt Angelo am Arm fest und versuchte, ihn wieder auf seinen Platz hinabzuziehen, aber er riss sich los.

»Diese Trattoria ist ein ehrenwertes Lokal«, kam es unter der Mönchskapuze hervor. »Und wenn du es wagen solltest, etwas anderes zu veröffentlichen …«

»Komm, Harpune!«, rief Kugelblitz. »Setz dich wieder!«

Bonos wich vor dem Mönch zurück, bis er gegen die Theke stieß. Schützend hielt er seine Kamera vor sich. Hoffentlich, dachte Sergio, macht er keine Fotos. Er versuchte, sich zwischen Bonos und seinen Vater zu drängen, aber Angelo schien beschlossen zu haben, den Journalisten eigenhändig aus dem Lokal zu befördern, und versuchte, sich an Sergio vorbeizudrängen. Bei dem Versuch, Bonos zu packen, hatte er die Arme ausgestreckt. Seine knorrigen Hände kamen aus den weiten Ärmeln hervor wie Baggerschaufeln.

In diesem Moment öffnete sich die Tür ein weiteres Mal. Sergio hörte zwar die Glocke, hatte jedoch keine Zeit, sich umzudrehen, so sehr war er mit seinem Vater beschäftigt. Erst als er eine Stimme »Hier steckst du also!« rufen hörte, wusste er, wer ins Il Gusto gekommen war.

Sein Onkel Lorenzo marschierte geradewegs auf Angelo zu und legte ihm einen Arm um die schmalen Schultern. »Kommt, Padre, es wird Zeit, die Abendmesse vorzubereiten.« Damit zog er ihn mit sich durch die Tür. Der schwarze Mönch versuchte noch einmal, sich loszureißen, doch er hatte dem Griff des ehemaligen Polizeichefs nichts entgegenzusetzen. Die beiden Männer machten sich davon.

Kaum waren sie verschwunden, schloss Sergio die Tür hinter ihnen. Am liebsten hätte er einen Stuhl unter die Klinke geklemmt, um zu verhindern, dass sein Vater zurück in die Trattoria stürmte.

Sergio wandte sich wieder Joe Bonos zu. »Das hier ist nicht das Finito«, sagte er. »Wenn Sie das Lieblingslokal unserer Gäste verunglimpfen, beleidigen Sie diese Männer persönlich.« Er deutete auf Kugelblitz, Zitadelle und Trommelfeuer, die grimmig herüberschauten.

»Schon gut«, sagte der Journalist. »Ich entschuldige mich.« Er wiederholte die Worte laut in Richtung der

Kostümierten. Wenn er gehofft hatte, sich damit aus der Affäre ziehen zu können, wurde er eines Besseren belehrt.

Zitadelle erhob sich und rückte die Krone zurecht. Er ging zu Bonos hinüber, fasste ihn am Arm und zog ihn zu den anderen hinüber. Dann deutete er auf Angelos Stuhl und befahl: »Setz dich!« Als Bonos nicht gehorchte und sich Hilfe suchend nach Sergio umdrehte, legte Zitadelle eine schwere Hand auf die Schulter des jungen Mannes und drückte ihn auf den Sitz.

»Matteo«, rief der König. »Einen Vernaccia und einmal Stockfisch für unseren Hofberichterstatter.« Zu Bonos sagte er: »Jetzt erzähl mal, was du alles über die Trattoria Mortale schreiben wolltest.«

Umringt von König, Ritter und Kaufmann schrumpfte Joe Bonos in seinem Stuhl zusammen. Sergio entspannte sich. Der Journalist war jetzt in guter Gesellschaft. Seine Tischgenossen würden schon dafür sorgen, dass er das Il Gusto nicht noch weiter in Verruf brachte.

Sergio ließ sich gegen die Theke fallen und stieß die Luft aus, die er, so schien es ihm, die letzten zehn Minuten lang angehalten hatte. Das Il Gusto vertrug vielleicht allabendlich die Maskerade eines Polizisten, der zum Kellner wird. Aber wenn auch noch der Wirt als Mönch auftrat, erschienen Risse an den Rändern der Realität.

Alles war noch mal gut gegangen.

»*Cameriere!*«, rief die Schwedin. »Wir hätten gerne noch mal Harpune.«

Ich nicht, dachte Sergio und verschwand mit einem Lächeln in Richtung Cocktailbar.

KAPITEL 31

Giulia stolperte. »Verdammt«, fluchte sie.

Sergio griff nach ihrem Arm und fing sie auf.

»Verdammt guter Plan, in finsterer Nacht zwischen antiken Trümmern herumzulaufen«, sagte sie.

»Es ist dunkler, als ich dachte«, räumte er ein. »Wenn wir wenigstens etwas mehr Mondlicht hätten.«

»Oder mehr Geistesblitze.«

Das Teatro Romano lag ruhig und düster vor ihnen. Sergio rieb sich die Augen. Er musste es zugeben: Ihre heimliche Spurensuche an der Stelle, an der Stella Aurora tot aufgefunden worden war, könnte schwierig werden.

Kurz nach ein Uhr hatte Giulia ihn vor der Trattoria aufgelesen. Cardenio hatte auf dem Rücksitz des Cinquecento gesessen und sein Hundelächeln zur Schau getragen. Sie hatten die Erbse vor dem Nebeneingang des Römischen Theaters geparkt, einem rostigen Tor an der Viale Franco Porretti. Von dort führte eine grasüberwachsene Schotterpiste auf die Reste des Bühnengebäudes und die Zuschauertribüne zu.

Die Wolken, die der nächtliche Wind um den Stadthügel scheuchte, ließen den Mond nur ab und zu durchschimmern. Die Scheinwerfer wiederum, die in den Boden des Besichtigungsgeländes eingelassen waren, gaben das Licht hauptsächlich nach oben ab. Sie strahlten den rekonstruierten Teil der Theateranlage an, vor allem das Bühnengebäude mit seinen korinthischen Säulen.

Ein Streifen Licht fiel auf die Orchestra, den kleinen halbrunden Platz vor der Theaterbühne. Von diesem Scheinwerfer musste Stella Auroras Leichnam beleuchtet gewesen sein, sonst wäre sie nicht schon vor Sonnenaufgang entdeckt worden.

»Wie ist La Stella nur vor die Bühne gekommen?«, fragte Giulia. Sie setzte sich auf die unterste Sitzreihe der Zuschauertribüne. Cardenio trabte zwischen den nach oben ansteigenden Rängen umher.

»Die Untersuchungen legen nahe, dass sie es noch aus eigener Kraft geschafft hat«, sagte Sergio. Über die Berichte der Rechtsmediziner und Kriminaltechniker aus Pisa hatte er bisher nur mit Alessandro gesprochen. Er stellte einen Fuß auf den Sitz neben Giulia.

»Also hat sie den Sturz zunächst überlebt?«

»Wahrscheinlich.«

»Weiß man, wohin sie gefallen ist?«

Sergio deutete die Tribüne hinauf. »Da hat man ihre Handtasche gefunden.«

Sie stiegen über die steilen Stufen zwischen den Rängen nach oben. Das Licht eines Scheinwerfers erreichte die Sitzreihen. Sergio fiel der helle, von dunklen Flechten gefleckte Stein der Sitze auf. Die Treppen daneben schimmerten blaugrau. Die antiken Baumeister hatten das Gestein aus Volterras Umgebung effektvoll eingesetzt.

Auf dem oberen Absatz der halbkreisförmigen Zuschauertribüne angelangt, stießen sie auf die Reste eines überdachten Ganges.

»Wir müssen noch weiter rauf«, sagte Sergio.

»Warte mal«, erwiderte Giulia. »Was ist denn das?« Sie deutete auf eine Auslassung in der steinernen Wand auf der Seite des Ganges, die dem Stadthügel zugewandt war. Dort war ein Durchgang zu erkennen, der tiefer in die Tribüne der Theaterruine zu führen schien. Ein Tor mit verschnörkelten Eisenstreben versperrte den Weg. Giulia rüttelte daran. Cardenio zwängte sich durch die Streben ins dunkle Innere. Sein Schnüffeln hallte dumpf von Steinwänden wider.

»Kannst du das öffnen?«, fragte Giulia.

»Nein. Es gibt entlang des Korridors mehrere solcher Tore«, entgegnete Sergio. »Sie sind alle verschlossen, damit bei den Besichtigungen kein Unsinn geschieht. Es soll mal eine Verbindung zum Stadtzentrum gegeben haben, aber die ist nicht mehr vorhanden. Das Publikum vor zweitausend Jahren hat das Theater wohl von oben betreten, über Treppen und Gänge wie diesen hier.«

Giulia spähte in die Dunkelheit und rüttelte noch einmal an dem Tor.

In diesem Moment war ein Kreischen zu hören. Giulia krallte ihre Hände in Sergios Unterarm.

Aus dem Innern hinter dem Durchgang drang ein Jaulen und Knurren. Dann huschte etwas Kleines zwischen den Eisenstreben hindurch und rannte fauchend davon. Cardenio steckte seinen Kopf durch das Tor und schnaubte.

»Er hat wohl eine Bewohnerin des Teatro Romano aufgestöbert«, sagte Sergio. »Die Katzen von Volterra lassen sich nicht davon beeindrucken, dass die Polizei das Gelände abgesperrt hat.«

Giulia räusperte sich und ließ seinen Arm los. »Es ist besser, du gehst vor.«

Sie folgten dem Gang noch ein Stück und stiegen den rasenüberwachsenen Hang bis zum Fuß der Mauer hinauf, die das Gelände begrenzte. Cardenio lief leichtfüßig neben ihnen her.

»Hier muss es passiert sein.« Sergio sprach leise und schaute nach oben. Direkt vor ihm ragte die Mauer zwanzig Meter in die Höhe. Konnte ein Mensch einen solchen Sturz überleben?

Auch Giulia flüsterte. »Stella kann von hier aus noch ein Stück die Tribüne heruntergefallen sein. Der Hang ist sehr steil. Trotzdem scheint sie noch Kraft genug gehabt zu haben, sich weiterzuschleppen – aber warum nicht zum Ausgang? Warum in das Theater hinein zur Bühne?«

»Das ist die Frage.« Sergio schabte mit einem Fuß über das vertrocknete Gras. »Bislang gibt es keine Anhaltspunkte.«

Sie stiegen wieder zur Orchestra hinab.

»Echte Detektive hätten Taschenlampen dabei, um alles genau untersuchen zu können«, maulte Giulia.

»Wir machen nur unnötig auf uns aufmerksam, wenn

wir mit Taschenlampen herumhantieren«, erwiderte Sergio. »Da können wir auch gleich mit Blaulicht hier reinfahren.«

»Das ist eine großartige Idee, Pandolino«, rief Giulia aus und fügte leiser hinzu: »Warte hier.« Sie setzte sich in Bewegung und verschwand hinter einem Mauerrest. Kurz darauf knirschten ihre Schritte auf dem Schotterweg. Sergio schimpfte leise vor sich hin. Was hatte sie vor?

Einige Zeit später hörte er ein vertrautes Geräusch: das Brummen des Cinquecento. Giulia fuhr mit der Erbse in das Teatro Romano hinein. Ohne Licht.

Langsam rumpelte der kleine Wagen zum Bühnengebäude. Am Rand der Orchestra erstarb der Motor. Erst jetzt leuchteten die kleinen runden Scheinwerfer auf und erhellten die Fläche. Giulia stieg aus.

Sergio trat zu ihr. »Was machst du denn da?«, fragte er.

»Ich wollte Licht in die Dunkelheit deiner Gedanken bringen«, erklärte sie. »Reg dich nicht auf.«

Sergio sah sich um. Die Scheinwerfer des Cinquecento fluteten die Orchestra zwar nicht gerade mit Licht. Aber das Halbrund war jetzt besser zu erkennen.

Sie selbst allerdings auch. Hoffentlich lagen die Volterraner im tiefen Schlummer und sahen nicht, was im Römischen Theater vor sich ging.

Sergio und Giulia schritten den von den Autoscheinwerfern beleuchteten Bereich ab. Auch hier war der Boden hart und ausgetrocknet. Cardenios Schnüffeln war das einzige Geräusch in der konzentrierten Stille. Der Hund lief an einer steinernen Rinne zwischen Orchestra und

Bühne auf und ab. Sergio näherte sich dem Spalt im Boden und ging ebenfalls daran entlang.

»Habt ihr was gefunden?« Giulia kam herbei und blickte in die Vertiefung.

»Entweder hat sich hier auch eine Katze versteckt, oder Cardenio interessiert sich für die antike Bühnentechnik.«

Giulia ging in die Hocke und stützte sich auf dem Boden ab, um besser sehen zu können. »Was für eine Technik?«

Sergio deutete auf die Rinne. »Da drin war der Bühnenvorhang untergebracht.« Sergio hatte sich bei seinen Fotostreifzügen mit dem Aufbau des Teatro beschäftigt. »Rechts und links der Bühne sind noch Reste der Anlage zu sehen, mit der man den Vorhang heben und senken konnte.«

Er schaute sich die Vorhangrinne genauer an. Wie alle steinernen Reste des Theaters war auch diese Konstruktion mit Flechten überwachsen. An einer Stelle schimmerte etwas. Sergio stutzte und griff vorsichtig danach.

Es war eine zerknickte Eintrittskarte für das Teatro. Zwei Jahre alt, entnahm er dem Aufdruck. Er zerknüllte den Fund und steckte ihn in die Hosentasche. Als er die Hand wieder hervorzog, sah er etwas Dunkles daran. Er rieb die Finger gegeneinander. Erdkrumen waren das nicht, denn der Fleck zerbröselte nicht etwa, sondern verschmierte auf seiner Haut. Was war das?

Sergio bat Giulia, den Motor des Cinquecento anzulassen. Das Licht der Scheinwerfer wurde heller und leuchtete die Rinne aus.

Auf dem Rand der Vertiefung war ein Fleck zu sehen. Er war grau, wie der Stein selbst, und deshalb kaum von ihm zu unterscheiden. Aber der Grauton war ein anderer. Viele Jahre in seinem Schwarz-Weiß-Fotolabor hatten Sergio gelehrt, solche feinen Unterschiede zu erkennen. Und diesen Grauwert hatte er erst kürzlich gesehen.

»Ich habe etwas gefunden«, rief er ins Scheinwerferlicht.

KAPITEL 32

W enn ich es dir doch sage: Das ist keine Schmiererei!«
Sergio lief durch die Polizeiwache. Er hatte in der
Nacht kein Auge zugetan. Das hatte zum einen an Giulia
gelegen, die bei ihm geblieben war. Zum anderen waren
ihm die Farbspuren im Teatro Romano bis zum Morgengrauen nicht aus dem Sinn gegangen. Die Bürostühle stieß
er zur Seite, um freie Bahn zu haben. Stillstehen konnte er
nicht, geschweige denn vor Alessandros Schreibtisch sitzen
bleiben. Er musste gehen, gehen, gehen. Bewegung war die
einzige Möglichkeit, um zu verhindern, dass die Gedanken an diesem Vormittag in seinem Kopf explodierten.

Alessandro saß an seinem Platz und verfolgte Sergios
Büroslalom mit sparsamen Drehungen seines Kopfes.
»Warum glaubst du, dass das keine Schmiererei war?«,
fragte er. »Graue Streifen auf zweitausend Jahre altem
Mauerwerk können von überallher stammen.«

Sergio ließ sich nun doch auf den leeren Stuhl von Bertini fallen. Unter dem plötzlichen Gewicht sackte die
Federung ein und zischte protestierend. »Weil ich Fotograf bin. Seit dreißig Jahren arbeite ich auf Schwarz-Weiß-

Film. Ich kenne mich mit Grauwerten aus. Ich sehe jedem Foto an, ob es die Tonwerte des Films und des Papiers ausschöpft. Und ganz bestimmt weiß ich, dass ich das dunkle Grau dieses Flecks aus dem Römischen Theater erst gestern gesehen habe. Auf den Kostümen der Compagnia. Es ist derselbe Tonwert, Alessandro!« Sergio sprang wieder auf und setzte seine Wanderung durch die Wache fort. Seine Schuhsohlen quietschten auf dem Linoleum.

»Also gut.« Alessandro nickte so bedächtig, dass Sergio ihn am liebsten geschüttelt hätte. »Mal angenommen, du hast recht.«

»Natürlich habe ich recht!«

»Also, mal angenommen, der Vergleich trifft zu«, fuhr Alessandro fort. »Was glaubst du, damit gewinnen zu können?«

»Ist das eine ernst gemeinte Frage?« Sergio rieb sich die Augenbrauen. »Das könnte der Beweis dafür sein, dass jemand von der Schauspieltruppe in der Nacht von Donnerstag auf Freitag im Teatro war. Vielleicht hat Stellas Mörder diese Farbspur hinterlassen. Wir müssen sofort Baldi informieren. Dann wird er meinen Vater von jeglichem Verdacht freisprechen.«

Alessandro hob beide Hände in einer abwehrenden Geste. »Moment mal! Ich verstehe ja, dass du deinen Vater rehabilitieren willst. Aber du bist nicht nur Sohn, sondern auch Polizist. Also lass dich von deinen Gefühlen nicht vom Denken abhalten.« Alessandro holte eine Papiertüte aus einer Schublade hervor und hielt sie Sergio entgegen. »Pfefferminz. Das beruhigt die Nerven.«

Sergio hätte ihm die Tüte am liebsten aus der Hand gerissen und sie aus dem Fenster geschleudert. Pfefferminzregen über der Piazza dei Priori. Das wäre eine Schlagzeile für *Volterra Adesso*! Doch er besann sich, pulte eine der weißen Pastillen aus der Tüte und schob sie sich in den Mund. Der Geschmack der Minze fegte durch seinen Rachen.

»Zuerst«, sagte Alessandro, »möchte ich wissen, wie die Farbe von einem Stück Stoff auf einen Stein gelangt sein soll.«

»Die Kostüme haben abgefärbt«, erklärte Sergio. »Das weiß ich von der Maskenbildnerin.«

»Gut. Dann müssen wir die Farbspuren vergleichen. Dein Auge mag für die Fotografie geschult sein. Aber bevor ich dir in dieser Sache zur Seite stehe, muss ich mich selbst davon überzeugen, dass die Farben identisch sind. Einverstanden?«

Sergio nickte und schob das Pfefferminz im Mund hin und her. Es klickte zwischen seinen Zähnen.

»Übrigens kannst du Baldi vorerst nicht von deiner Entdeckung erzählen«, sagte Alessandro. »Er ist mit Rossi nach Rom gefahren. Sie begleiten Stellas Leichnam, der dorthin überführt wird. Morgen soll die Beerdigung stattfinden, und Baldi will sich vorher mit Stellas Tochter unterhalten, die aus Kalifornien anreist. Cathi Cossa, diese Filmschauspielerin. Ob sie Baldi etwas sagen kann, was zur Aufklärung des Mordes führen wird, bezweifle ich. Aber der Commissario wird neben Cossa in allen Boulevardblättern abgebildet sein.«

»Wir könnten ihn trotzdem anrufen«, brachte Sergio kauend hervor.

»Vergiss es«, sagte Alessandro. »Baldi hat dir nicht geglaubt, als du ihm den Schuhabsatz gegeben hast. Er wird auch diesmal denken, dass du ihm Hinweise unterjubeln willst, die du womöglich gefälscht hast, um deinen Vater zu entlasten.«

Sergio schluckte den Rest der Pastille herunter. »Aber irgendwas müssen wir doch mit dieser Entdeckung anfangen!«

In der Tür zur Wachstube erschien Morelli. Er hielt zwei *cornetti* in der Hand.

»*Giorno*«, sagte der Kollege, legte die Hörnchen auf seinen Schreibtisch und setzte sich einen Tee auf.

»Du hast recht«, sagte Alessandro zu Sergio und grüßte Morelli mit einer Geste. »Wir gehen der Spur selbst nach. Wenn sie uns wirklich weiterbringt, verständigen wir Baldi. Oder noch besser: *Ich* sage es Baldi. Mir wird der Commissario mehr Glauben schenken als dir. Aber jetzt besuchen wir erst mal die Schauspieler und besorgen uns eines ihrer Kostüme in dieser merkwürdigen Farbe.« Er stand auf und nahm die beiden Uniformjacken vom Garderobenhaken. Eine reichte er Sergio, die andere zog er selbst über. Aus der Innentasche nahm Sergio Baldis Zettel mit den Fragen an die Alabasterkünstler. Er schaute auf das Papier, überlegte noch einen Moment, dann zerknüllte er es in seiner Faust. Mit einem geschickten Wurf beförderte er Baldis Liste in den Papierkorb.

»Was war das?«, fragte Alessandro.

»Ein Strafzettel«, antwortete Sergio.

Alessandro sah ihn prüfend an. »Gehen wir«, sagte er.

Sergio spürte, wie die Spannung in ihm nachließ. Endlich geschah etwas.

Doch an der Tür blieb er stehen. »Warte«, sagte er, huschte zu Alessandros Schreibtisch und steckte die Tüte mit dem Pfefferminz in die Jackentasche. Dann nickte er seinem Kollegen zu. »Nur für den Fall, dass uns im Gespräch mit den Schauspielern der Atem ausgeht.«

»Die Verrückten von der Compagnia?«, fragte Gina aus ihrem Kassenhäuschen an der Akropolis heraus. »Die waren heute noch nicht da.«

Porca miseria! Sergio krallte die Finger in das Holz des Fensterrahmens. »Haben sie denn gestern nicht gesagt, wann sie kommen? Oder wo sie heute Vormittag sind?«

Gina hob die Schultern. »Mir sagt niemand was. Vielleicht schlafen sie heute länger. Du weißt doch, wie diese Schauspieler sind, Sergio.«

Nein, dachte er, das weiß ich leider nicht. Aber ich werde es herausfinden. »Danke, Gina«, sagte er und wandte sich an Alessandro. »Was machen wir jetzt?«

Alessandro rieb sich das Kinn. »Entweder wir warten, bis Lontani mit seiner Truppe auftaucht, und schauen uns dann deren Kostüme an.«

»Oder wir sehen jetzt gleich nach, ob sich die graue Farbe auch auf den Mauern der Akropolis finden lässt«, schlug Sergio vor. »Wenn der Stoff im Römischen Theater abgefärbt hat, könnte das hier auch der Fall sein.«

Alessandro nickte. »Außerdem wären wir ungestört. Ich wähle Möglichkeit zwei«, sagte er auf seine förmliche Art.

Sie gingen den Weg unter den Zypressen entlang und traten zwischen den Bäumen heraus auf das Ausgrabungsgelände. Die Ruinen buken ungeschützt im Sonnenlicht. Sergio fragte sich, ob die Hitze für die Steine eine Qual war, so unbeweglich, wie sie sie erdulden mussten.

»Was für ein ruhiger Ort«, sagte Alessandro und sah sich um. Einige Besucher betrachteten konzentriert die Informationstafeln zu den historischen Gebäudegrundrissen, andere lehnten an den Holzgeländern, den Blick auf die Vergangenheit Volterras gerichtet.

»Du hättest gestern hier sein sollen, als Lontani sich mit den Touristen angelegt hat. Und noch lauter wurde er, als seine Bühnenstatue zerbrochen ist.«

»Oje«, sagte Alessandro. »Der arme Kerl, der das zu verantworten hatte.«

»Es war Lontani selbst.«

»Hätte ich mir denken können.«

Sie gingen weiter in die Ruinen hinein. Zwischen den Mauern führte ein Pfad aus festgestampfter Erde hindurch. Sergio versuchte, sich zu erinnern, an welchen Stellen er die Schauspieler gesehen hatte.

»Bei den ersten Proben haben sie hier gestanden.« Er blieb vor einigen Steinen stehen, die den Grundriss eines antiken Gebäudes erkennen ließen, und ging an dem kniehohen Mauerrest entlang, bis er die Stelle erreicht hatte. Er hockte sich vor die Steine und strich mit den Fingern über die raue Oberfläche.

Das Wetter hatte die Ruinen über Jahrhunderte verfärbt. Dereinst mussten Tuff und Sandstein in hellem Gelb geleuchtet haben. Jetzt war davon nichts mehr zu sehen. Die Mauern waren dunkel geworden, Flechten hatten sich ausgebreitet. An einigen Stellen, an denen das Gefüge auseinanderzufallen drohte, hatten Konservatoren Beton in die Zwischenräume gegossen.

»Hier ist alles grau«, rief Alessandro, der einige Schritte entfernt die Ruinen musterte. »Wie sollen wir da frische graue Farbe finden?«

»Schau genau hin«, entgegnete Sergio. »Das Grau, nach dem wir Ausschau halten, sieht ungefähr so aus wie das an deiner Gürtelschnalle.« Er war wenig begeistert von der Vorstellung, die Mauerreste in gebückter Haltung absuchen zu müssen, die Nase nur eine Handbreit von den aufgeheizten Steinen entfernt. Da war es ja im Römischen Theater mitten in der Nacht noch einfacher gewesen.

Sie zogen ihre Jacken aus und legten sie auf die Mauer. Alessandro nahm seinen Gürtel ab und schaute abwechselnd auf die Steine und auf die Schnalle. »Wer von der Compagnia kommt denn als Verdächtiger infrage?«, wollte er wissen. Er verschwand hinter einer Mauer.

Sergio konnte seinen Kollegen zwar noch hören, aber nicht mehr sehen. »Da ist zunächst mal Ornella Cavalieri«, sagte er. »Joe Bonos behauptet, er hätte sie in der Nacht von Donnerstag auf Freitag in der Nähe des Römischen Theaters gesehen.«

»Ist das diese Maskenbildnerin?«, fragte Alessandro.

»Ja«, bestätigte Sergio. »Als ich mit der Compagnia herkam, hatte sie die grauen Togen dabei. Ich glaube, sie hat die Kostüme selbst zugeschnitten und eingefärbt. Ich habe mich mit ihr unterhalten. Das war da vorn. Wir haben auf den alten Mahlsteinen gesessen.« Sergio richtete sich auf und ging dorthin, wo er mit Ornella gesprochen hatte. Auch die Mahlsteine waren grau. Er umrundete sie und suchte nach einem Strich oder Klecks, aber auch dort war nichts zu sehen.

Alessandros Dienstmütze kam hinter der Mauer hervor. »Hier gibt es keine Farbspuren. Mir ist heiß.«

Jetzt war die Reihe an Sergio, die Papiertüte aus der Tasche zu ziehen. Er hielt sie ihm hin. »Hier, nimm ein Pfefferminz. Das hilft so ziemlich gegen alles. Behauptet ein Kollege von mir.«

Alessandro verzog das Gesicht, griff aber in die Tüte.

»Außer Ornella sind da noch die Schauspieler«, fuhr Sergio fort. »Aufgefallen ist mir einer namens Michele. Er hat sich bei den Proben am meisten ins Rampenlicht gestellt. Ich habe den Eindruck, er will immer und überall die Hauptrolle spielen. Talent scheint er zu haben. Als wir auf die Akropolis kamen, hat er den Baldi gegeben und wirkte dabei echter als das Original.«

Alessandro nuschelte etwas an seinem Pfefferminz vorbei.

»Überdies«, setzte Sergio hinzu, »ist er die Zweitbesetzung für die Klytaimnestra. Er hat Stellas Rolle übernommen.«

Alessandro schluckte schwer. »Könnte das ein Mordmotiv sein?«

Sergio strich sich übers Kinn. »So was gibt es wahrscheinlich eher in der Mailänder Scala, wo die Schauspieler um Weltruhm ringen, aber nicht bei einem Tourneetheater in der Provinz.«

Alessandro setzte sich auf die Mauer und wischte sich Steinchen von der Hose. »Und was ist mit Lontani?«

Sergio legte eine Hand auf den Mahlstein und konnte die Risse spüren, die die Zeit in den Granit getrieben hatte. »Er ist schwer zu durchschauen.« Er dachte an seine bisherigen Begegnungen mit dem Regisseur. Zum ersten Mal war ihm Lontani in der Polizeiwache entgegengestürzt, erbost darüber, dass man sein Stück vom Römischen Theater auf eine Bretterbühne verlegt hatte. Danach hatte sich Lontani im Il Mulino vor Baldi und Rossi aufgeplustert. Seine Ein-Mann-Show war so einnehmend gewesen, dass er Sergio das Rendezvous mit Giulia verdorben hatte. Weitere Szenen tauchten in Sergios Erinnerung auf: Lontani, der auf der Piazza mit den Trommlern des Palio in Streit gerät; Lontani, der die Akropolis in Beschlag nimmt wie Napoleon den Feldherrenhügel bei Waterloo; Lontani, der die goldene Statue der Klytaimnestra zerbricht.

»Klytaimnestra trug auch eine Toga«, rief Sergio plötzlich. »Ornella hat der Statue den Stoff umgelegt. Und dann ist die Skulptur bei einem Gerangel zwischen Michele und Lontani hingefallen und zerbrochen. Das war da drüben.« Er fand die Stelle schnell wieder. Zwischen den vertrockneten Grasbüscheln lagen noch Splitter. Sergio deutete darauf. »Hier. Die Statue war aus Gips. Als sie aufgeschlagen ist, sind die Bruchstellen gesplittert. Die kleinsten Teile wird der Wind mitgenommen haben, aber es liegen noch ein paar größere Brocken herum.«

Insgesamt waren fünf Bruchstücke in der Größe eines Handtellers zu sehen. Als sich Alessandro bückte, um eines davon aufzuheben, hielt Sergio seinen Arm fest. »Warte«, sagte er und zog seine Sonnenbrille aus der Brusttasche seines Hemdes. Mit einem Bügel berührte er vorsichtig einen der Brocken, der mit der weißen Bruchstelle nach oben lag. Sergio wendete das Gipsstück mit dem Bügel. Auf der anderen Seite war noch die Goldfarbe zu erkennen. Und darauf ein grauer Streifen.

»Halt mal die Hand auf«, forderte er seinen Kollegen auf. Alessandro streckte sie ihm entgegen. Sergio holte noch einmal die Papiertüte hervor und schüttete die Pfefferminz in Alessandros Hand. Dann schüttelte er die letzten Krümel aus der Tüte, kehrte ihr Inneres nach außen und verwendete sie wie einen Handschuh. Er griff damit nach dem Gipsstück und zog das Papier darüber. Jetzt war der Brocken in der Tüte, und die Farbe war nicht verwischt worden.

Sergio legte Alessandro den Fund so vorsichtig in die andere Hand, als würde er ihm einen Schmetterling übergeben. »Wir haben das Vergleichsstück. Jetzt fehlt uns nur noch der Vergleich.«

KAPITEL 33

Sergio und Alessandro trennten sich auf der Piazza dei Priori. Sergio kehrte zur Wache zurück, Alessandro machte sich auf den Weg zum Römischen Theater. Dort wollte er die Farbspuren vergleichen. Die Papiertüte mit dem Bruchstück der Statue beulte die Tasche seiner Uniformjacke aus, als er auf der anderen Seite des Platzes verschwand. Sergio hatte seinem Kollegen die Stelle im Teatro beschrieben, an der er die graue Farbe finden würde. Es war nach wie vor besser, wenn ihn selbst niemand am Tatort sah.

Gerade wollte Sergio durch den hohen Bogengang in die Kühle des Palazzo Pretorio treten, als eine bekannte Stimme über den Platz schallte. Die seines Onkels Lorenzo. Er hörte sich an, als habe man ihm gerade die Pension gekürzt.

Sergio schaute über die Piazza. Sie wurde beherrscht von der Bretterbühne für das Theaterstück. Davor standen die Stühle für die Zuschauer, einige waren wie immer aus den Reihen gezogen worden. Auf einem Stuhl saß sein Onkel. Er trug eine dunkelblaue Jeans und ein grün kariertes Hemd. Die oberen Knöpfe standen offen und ließen sein weißes Brusthaar erkennen. Dottor Pomodoro hatte die Arme über dem Bauch verschränkt und schaute nach oben – in Sofia Zacchis Gesicht.

Das konnte nichts Gutes bedeuten. Sergio überquerte den Platz. Viel lieber hätte er jetzt ein paar ruhige Minuten im kühlen Büro verbracht, als in der Sonnenglut einen hitzigen Streit zu schlichten. Wieso gerieten denn jetzt auch noch Sofia und Lorenzo aneinander?

»Ich soll Angelos Probleme ausnutzen?« Sofia beugte sich über Lorenzo und legte eine Hand an ihren Hals. Ein zierliches Goldarmband glitzerte an ihrem Handgelenk. Ihre hellbraune Leinenhose und die passende ärmellose Bluse schwangen mit jeder Bewegung. »Das ist das Schamloseste, was man seit Langem zu mir gesagt hat.«

»Deine Nächte verlaufen wohl recht ereignislos«, gab Lorenzo zurück. »Und die des armen Angelo auch. Er muss aus seinem Versteck heraus zusehen, wie in seiner Trattoria die Gäste ausbleiben. Und welches Lokal ist immer voll bis auf den letzten Platz? Das Il Mulino!«

»Was soll ich deiner Meinung nach dagegen unternehmen?«, fragte Sofia. »Soll ich die Gäste etwa rauswerfen? Soll ich auch einen Mord begehen und mich gemeinsam mit Angelo in einem Keller verkriechen?«

Die beiden waren so sehr miteinander beschäftigt, dass sie Sergio erst bemerkten, als er neben ihnen stand. Gerade sagte Lorenzo: »Mein Schwager versteckt sich nicht in einem Keller, sondern in einer Mönchszelle.«

»Mein Onkel meint, Angelo lebt zurückgezogen wie ein

Eremit«, sagte Sergio. Zwar glaubte er nicht, dass Sofia mit dem Begriff »Mönchszelle« etwas anfangen konnte. Aber er wollte kein Risiko eingehen.

»Oh, Sergio«, rief Sofia, griff nach seinen Schultern und drückte ihn kurz an sich. Der Duft ihres herben Parfums hüllte ihn ein. »Dein Onkel wirft mir vor, ich würde Profit aus dem Unglück deines Vaters schlagen.«

Lorenzo nickte schweigend zur Begrüßung, zog die Beine unter den Stuhl und schlug sie über Kreuz.

»Hört mal!«, sagte Sergio in einem möglichst versöhnlichen Ton. »Ihr helft meinem Vater bestimmt nicht, wenn ihr hier die halbe Stadt über seine Lage informiert. Warum geht ihr nicht zusammen ins Il Mulino und besprecht das dort weiter?«

»Da setze ich keinen Fuß hinein«, sagte Lorenzo.

Gleichzeitig brummte Sofia: »Dein Onkel bekommt bei mir nichts zu essen.«

»Dann bin ich ja noch mal davongekommen«, versetzte Lorenzo und gab vor, unbeteiligt in die Ferne zu schauen. Doch das Zittern seiner Nasenflügel sprach Bände.

»Das ist Geschäftsschädigung!« Sofias dunkle Stimme wurde lauter.

»Dein Geschäft kann man gar nicht noch mehr schädigen«, erwiderte Sergios Onkel. »Weiß doch jeder, dass dein Tiramisu aus der Packung kommt.«

»So?« Sofia schnaubte. »Das weiß jeder? Dann weiß wohl auch jeder, dass du deine Tomaten gar nicht alle selbst ziehst, sondern die halbe Ernte im Conad-Supermarkt kaufst.«

»Ruhe!«, rief Sergio streng. Er hatte versucht, den Streit zu schlichten. Jetzt musste er es mit der Autorität des Polizisten probieren. Sofia und Lorenzo verstummten, anscheinend überrascht von Sergios Kommando.

»Ich glaube nicht, dass Sofia etwas gegen meinen Vater hat«, sagte Sergio beschwichtigend. Obwohl sie allen Grund dazu hätte, fügte er in Gedanken hinzu. »Und du, Onkel Lorenzo, solltest hier nicht alles aufs Spiel setzen, was du für Angelo schon getan hast.«

»Was soll ich denn getan haben?«, fragte Lorenzo mürrisch.

»Wollt ihr meinem Vater nun helfen oder nicht?« Sergio blickte vom einen zum anderen.

Lorenzo zuckte mit den Schultern. Sofia nickte, wenn auch zögerlich.

»Dann unterstützt mich dabei«, sagte Sergio, »die Trattoria wieder in Schwung zu bringen.«

»Wie denn?«, fragte Lorenzo.

»Ich weiß schon, wie!«, verkündete Sofia. »Und danach will ich keinen Ton mehr von dir hören, Lorenzo Testi!« Sie bedachte ihn mit einem strengen Blick, berührte kurz Sergios rechten Arm zum Abschied und ging in Richtung San Giusto davon. Sergio ließ sich auf einen Stuhl neben Lorenzo fallen.

»Die ist doch verrückt«, sagte sein Onkel.

»Nicht verrückter als du und ich«, erwiderte Sergio.

»Verrückt genug. Was sie wohl vorhat?«

Sergio zuckte mit den Schultern. »Egal was – viel schlimmer kann es nicht mehr kommen.«

»Glaubst du?« Lorenzo löste die Arme, die er die ganze Zeit ineinander verschränkt gehalten hatte, stand auf und streckte sich. »Ist wohl besser, ich sehe nach, was Sofia ausheckt. Eins habe ich in meiner Zeit als Polizeichef gelernt: Wenn du glaubst, du steckst bis zum Hals im Dreck, zieht jemand von unten an deinen Füßen.«

KAPITEL 34

Sergio schaute seinem Onkel nach, der sich auf denselben Weg begab, den Minuten zuvor Sofia genommen hatte. Gerade als er aus dem Blickfeld verschwunden war, kam Alessandro von der gegenüberliegenden Straßenecke auf Sergio zu. In der einen Hand hielt er die Papiertüte mit dem Bruchstück der Statue, in der anderen ein Taschentuch, mit dem er Sergio zuwinkte.

»Sieh dir das an!«, sagte er und ließ sich auf den Stuhl fallen, auf dem zuvor Sergios Onkel gesessen hatte. Auf dem Gesicht des Kollegen glänzte Schweiß. Er musste eilig vom Teatro heraufgekommen sein. Jetzt hielt er Sergio das Papiertaschentuch unter die Nase. Darauf war ein grauer Fleck zu sehen. »Die Farbe habe ich auf der Vorhangrinne an der Orchestra gefunden. Genau, wie du gesagt hast. Du hattest recht, Sergio! Die Farbtöne sind identisch. Wir sollten das auf jeden Fall untersuchen lassen. Wie konntest du das bloß im Dunkeln erkennen? Du musst Augen haben wie eine Katze!«

»Das kommt vom vielen Pfefferminz«, gab Sergio zurück.

Alessandro sah sich verschwörerisch um, bevor er leise fortfuhr. »Wir haben eine Spur. Aber wohin führt sie?«

»Zu Stellas Mörder.«

»Wenn wir Glück haben …«, sagte Alessandro.

»Nein«, widersprach Sergio. »Wenn wir die Fäden richtig verknüpfen können. Glück hat keinen Platz in unseren Ermittlungen.«

Alessandro ließ das Taschentuch in einer Tüte verschwinden und steckte sie in seine Jackentasche. »Wie viele Verdächtige haben wir denn? Da wäre zunächst Massimo P. Cini, der Bildhauer. Dann Joe Bonos, der Journalist, der Schauspieler Michele, die Maskenbildnerin Ornella Cavalieri und Regisseur Lontani«, zählte er auf. »Baldi und Rossi haben nur deinen Vater.«

»Dann schlagen wir die Questura fünf zu eins«, sagte Sergio. »Allerdings gewinnt in diesem Spiel leider derjenige mit der niedrigen Punktzahl. Wir werden also so lange arbeiten müssen, bis nur einer übrig bleibt.«

»Aber wie machen wir das?«, fragte Alessandro.

Schritte näherten sich. Von der Bar Piazza kam der *barista* Giacomo herüber. Er trug ein Tablett. Darauf standen ein *caffè doppio* und ein Glas Orangensaft. »Ihr seht aus, als würdet ihr es nicht mehr bis in die Bar schaffen. Da hab ich gedacht, ich bringe euch die Getränke einfach her.« Giacomo verschwand wieder.

Sergio hielt sich den Kaffee unter die Nase und atmete das Aroma ein. Ich liebe diese Stadt, dachte er. Neben ihm trank Alessandro mit lauten Schlucken das Glas Saft in einem Zug leer.

»Wir haben also einen Kreis von Verdächtigen«, sagte Sergio und stellte die leere Tasse mit einem Klicken auf der Untertasse ab. »Außer Michele habe ich jeden Einzelnen so weit befragt, wie es möglich war, ohne Baldi in die Quere zu kommen. Weiter kann ich nicht gehen. Wenn der Commissario herausfindet, dass ich mich derart in den Fall eingemischt habe, wird er mich vom Dienst suspendieren lassen.«

»Aber wir müssen weitermachen«, drängte Alessandro. »Wir ...« Ein dumpfes Läuten war zu hören. Er zog sein Mobiltelefon aus der Innentasche seiner Jacke und nahm den Anruf an. Eine aufgeregte Männerstimme quäkte aus dem Gerät. »Was ist los?«, fragte er. »Ja, der sitzt hier neben mir.« Er hielt Sergio das Telefon hin. »Euer Koch. Er sagt, es sei dringend.«

Sergio nahm den Apparat entgegen und hielt ihn sich ans Ohr. Die Glasscheibe war warm. »*Pronto!* Matteo, was gibt's?«

»Hier steht dieser Bildhauer aus der Stadtmitte. Puccini. Er hat so ein Ding mitgebracht. Ein Kunstwerk. Es ist riesig. Sergio, ich musste ihm helfen, es von seinem Wagen in die Trattoria zu tragen. Puccini behauptet, du hättest das bestellt. Stimmt das?« Im Hintergrund hörte man Massimo etwas Unverständliches sagen.

»Cini«, sagte Sergio. »Der Mann heißt Massimo P. Cini.« Der nächste Satz kam ihm nur mit Mühe über die Lippen. »Und es stimmt. Ich habe eine Skulptur bestellt. Aber wieso ist sie schon fertig? Ich kann mich jetzt nicht darum kümmern.«

Aus dem Telefon war jetzt die Stimme des Bildhauers zu hören. Dann knisterte etwas. »Massimo hier, Signor Panda. Es ist nur ein Entwurf. Aber bevor ich die Skulptur fertigstelle, müssen Sie entscheiden, ob sie in etwa Ihren Vorstellungen entspricht. Und natürlich, ob sie das Loch in der Wand entsprechend würdigt.« Wieder war das Knistern zu hören. Dann folgte Matteos Stimme. »Was soll ich damit machen?«, fragte der Koch.

»Stellt das Ding ins Lager. Sorg bitte dafür, dass es niemand sieht. Ich schaue es mir heute Abend an.« Sergio unterbrach die Verbindung und gab Alessandro das Telefon zurück. Das hatte ihm gerade noch gefehlt. Massimo P. Cini arbeitete bereits an der Skulptur für die Trattoria. Sergio konnte schon die Rechnung über viertausend Euro vor sich sehen. Und seinen Vater, der die Skulptur mit einem Hammer bearbeitete, nachdem er erfahren hatte, wer sie angefertigt hatte.

»Ich habe eine Idee«, sagte Alessandro neben ihm. Er musste den Satz wiederholen, um Sergios Gedanken zurück auf das Gleis der Ermittlungen zu bringen. »Ich könnte alle fünf Verdächtigen noch einmal aufsuchen und ihnen Fragen stellen.«

»Und Baldi und Rossi?«, fragte Sergio.

»Die müssen davon ja nichts erfahren. Wenn sie mich bei der Ermittlungsarbeit überraschen, sage ich einfach … also … mir wird schon eine Ausrede einfallen.«

»Kommt nicht infrage«, sagte Sergio. »Das mit der Ausrede habe ich mir bei Massimo auch einfacher vorgestellt. Und jetzt habe ich eine riesige Skulptur in der Trattoria stehen.« Alessandro sah ihn fragend an. Ohne eine Erklärung fuhr Sergio fort: »Du bist seit drei Jahren kommissarischer Leiter der Polizeiwache von Volterra. Du stehst kurz davor, zum Polizeichef der Stadt befördert zu werden. Wenn du jetzt deine Kompetenzen überschreitest, setzt du alles aufs Spiel.«

»Das ist meine Sache«, erwiderte Alessandro. In seiner Stimme war jedoch ein leises Zögern zu hören.

»Und die deiner Frau«, gab Sergio zurück. »Wenn Antonia davon erfährt, wird sie mir niemals verzeihen. Und ich mir selbst auch nicht. Außerdem ahnt der Mörder vielleicht, dass wir ihm auf den Fersen sind. Er wird auf deine Fragen vorbereitet sein. Und falls es einer der Theaterleute sein sollte, wird er dir etwas vorspielen, ohne dass du merkst, was Wahrheit ist und was Lüge.« Er schüttelte den Kopf. »Dein Vorschlag kommt aus deinem Herzen. Aber ich nehme das Angebot nicht an.«

»Was willst du dann machen? Darauf warten, dass Baldi deinen Vater in der Mönchszelle aufstöbert und von dort direkt in eine Gefängniszelle überführt?«

Sergio zuckte zusammen. »Du weißt, wo er sich versteckt hält?«

»Du vergisst, dass dein Onkel Lorenzo mein Vorgesetzter war. Und dass ich ihn immer vertreten musste, wenn er schon vor Dienstschluss zur Mönchszelle musste, um die Tomaten zu wässern. Sergio, ich bin durchaus in der Lage, eins und eins zusammenzuzählen.«

Sergio beugte sich vor und schaute in seine Kaffeetasse. Der Bodensatz malte braune Arabesken auf das cremefarbene Porzellan. Er griff nach dem Löffel und schob damit den Kaffeesatz auseinander. Irgendetwas musste unter alldem zu finden sein. Eine Lösung im Durcheinander der Gedanken. Dann stieß er auf eine Möglichkeit.

»Hast du Lust, heute Abend essen zu gehen?«, fragte Sergio. Ohne eine Antwort abzuwarten, sagte er: »Bring deine Familie mit. Ich reserviere einen Tisch im Il Gusto. Geschlossene Gesellschaft.«

KAPITEL 35

Die Skulptur sah aus wie ein ausgeweideter Fisch, der auf der Schwanzflosse balanciert. Sergio stand in der Tür des Lagerraums und hielt noch den Lichtschalter fest, den er gerade betätigt hatte. Am liebsten hätte er Massimos Kunstwerk sofort wieder in der Dunkelheit verschwinden lassen. Er legte den Kopf schief. Der Fisch verwandelte sich in etwas, das einer Hand ähnelte. Was hatte der Bildhauer ihm da in die Trattoria gestellt?

»Sieht aus wie ein Affe, der auf einem Löwen reitet«, sagte Matteo hinter ihm. Der Koch hatte Sergio gleich nach dessen Ankunft im Il Gusto in den Lagerraum gezerrt, wo das Kunstwerk verstaut war. »Jedenfalls soll ich dir von dem Bildhauer ausrichten, dass es nur ein Entwurf ist und du noch Wünsche äußern kannst.«

Ich wünschte, ich könnte den Auftrag rückgängig machen, dachte Sergio. Laut sagte er: »Danke, Matteo. Komm, wir rücken das Ding weiter nach hinten, damit niemand darüberstolpert.«

»Du meinst wohl, damit es nicht jemand sieht, der zufällig dein Vater ist«, erwiderte Matteo.

Sie räumten eine Kiste mit Reinigungsmitteln beiseite. Gerade wollten sie die Skulptur in die Ecke schieben, als die Türglocke klingelte. Kamen schon wieder Gäste so früh zum Abendessen?

»*Buona sera*. Hat hier jemand eine Saxophonistin bestellt?«

Giulia! Sergio ließ Matteo mit dem Kunstwerk allein und lief in den Schankraum. Sie stand in der Tür. Cardenio trottete an Sergio vorbei in die Trattoria. Der Hund hatte den Kopf gesenkt und schnüffelte den Boden ab. Giulia trug ihr rotes Kleid und ihre Tasche mit dem Saxophon. Ihr dunkles Haar fiel in Wellen auf ihre Schultern herab.

Da steht das wirkliche Kunstwerk, dachte Sergio. Er ging Giulia freudestrahlend entgegen.

»Du warst so geheimnisvoll am Telefon«, sagte sie.

»Ich erkläre gleich alles. Wir warten noch auf Alessandro«, erwiderte Sergio. Allerdings fragte er sich, wie er eine eiskalte Strategie darlegen sollte, wenn er doch die ganze Zeit über nur Giulia ansehen wollte.

»Dann haben wir ja noch einen Moment für uns.« Giulia rückte sehr nah an ihn heran und strich mit den Fingern über seinen Rücken. Ihre Hände fühlten sich durch den dünnen Stoff des Hemdes warm an. Sie wanderten abwärts.

Sergio wäre jetzt gern mit ihr im Lagerraum verschwunden. Nicht einmal Massimos Statue hätte seine Leidenschaft abkühlen können. In diesem Moment verharrte Giulias Hand an seiner Hosentasche.

»Was für einen Fetisch hast du diesmal dabei?«, fragte sie. »Wieder einen Schuhabsatz? Nein, das fühlt sich an wie …« Sie zog das Fundstück hervor. »Ein Buch.« Sie schaute auf den Titel. »*Elektra*. Handelt wohl von einer Frau. Woher hast du das?«

»Ich habe es heute Nachmittag in der Stadtbibliothek ausgeliehen und gelesen.«

»Deine Dienstzeit muss ja aufregend sein«, sagte Giulia und gab ihm das Buch zurück. »Ich schick dir mal Maria und Giovanna vorbei, meine Lieblingsfahrgäste. Mit denen ist es nie langweilig.«

Langeweile! Sergio wusste nicht einmal mehr, wie man das buchstabierte. Er steckte das Buch wieder in seine Hosentasche. Es war eine dieser handlichen Ausgaben, die man für den Schulunterricht verwendete – oder für Theaterproben.

Wieder öffnete sich die Tür. Drei Jungen stürmten herein. Sie drängelten sich an Giulia vorbei und sprangen um Sergio herum. »Onkel Panda!«, rief der Kleinste. »Wir haben Hunger«, der Mittlere. »Ich durfte den ganzen Nachmittag nichts essen, weil es hieß, wir würden ausgehen«, der Älteste.

Das waren Claudio, Paolo und Federico. Und da erschienen auch schon die Eltern Antonia und Alessandro in der Tür.

Sergio wusste nicht recht, welchen der beiden Erwachsenen er mehr bewundern sollte: Antonia, die es geschafft hatte, ihren fülligen Körper in ein elegantes schwarzes Kleid zu hüllen, oder Alessandro, der zu einer dunklen Jeans ein buntes Hemd trug, auf dem ein Blätterdickicht mit Papageien zu sehen war. Sergio sah ihn meistens in seiner korrekt sitzenden Uniform. Dieses Hemd am Rande der Entgleisung ließ den Kollegen auf merkwürdige Art verwundbar aussehen.

Sergio begrüßte die Eltern mit einer Umarmung und führte die Familie zu einem Tisch im hinteren Bereich der Trattoria. Er rückte allen die Stühle zurecht, aber als Alessandro sich setzen wollte, hielt ihn Sergio zurück. »Ich muss dich kurz ins Nebenzimmer entführen. Du weißt ja, wir wollten etwas besprechen«, sagte er mit Verschwörerstimme und schaute mit gespielt zerknirschter Miene zu Antonia hinüber.

»Schon gut, Sergio«, sagte sie. »Ich überlasse ihn dir. Wenn ich eins von meinen Kindern gelernt habe, dann, dass man Jungs nicht vom Spielen abhalten soll. Stimmt's, Claudio?«

Der Knirps nickte und rief nach Limonade und Pasta. Seine Brüder hatten Cardenio entdeckt und zu ihrem Tisch gelockt. Der Hund und die Kinder würden erst mal beschäftigt sein.

Sergio führte Giulia und Alessandro ins Nebenzimmer. Darin standen nur drei Tische. Der Raum hatte keine Fenster, aber eine zweite Tür, die in den Innenhof des Il Gusto führte und meist geöffnet war. Auf einem Schrank aus dunkler Eiche war ein Röhrenfernseher aufgestellt. Hierher zogen sich die Stammgäste zurück, wenn Fußballspiele übertragen wurden. Heute blieb der Fernseher ausgeschaltet. Stumm schaute das Gerät mit seinem großen grauen Auge auf Giulia, Alessandro und Sergio hinab.

Während sich die anderen setzten, befestigte Sergio

noch rasch einen Zettel an der Tür zum Nebenzimmer. *Geschlossene Gesellschaft* stand darauf. Er hatte sich gerade zu seinen Freunden gesetzt, als schon wieder die Türglocke klingelte. »Das erledigt Matteo«, sagte Sergio auf Giulias fragenden Blick hin. »Wir sind hier ungestört und ...« Er brach ab, weil aus dem Gastraum laute Stimmen zu hören waren. Viele Stimmen. Männer und Frauen redeten in unterschiedlichen Sprachen durcheinander. Stühle wurden gerückt, und Matteo rief etwas, das vielleicht Französisch sein sollte.

»Entschuldigt mich noch mal kurz.« Sergio stand wieder auf. »Bin sofort wieder da.«

Im Eingangsbereich an der Theke drängte sich ein gutes Dutzend Gäste. Und von draußen traten noch mehr in das Lokal. Matteo versuchte, die Vorderen zu einem der hinteren Tische zu leiten. Einige setzten sich einfach an den nächstbesten Platz.

»Signori!«, rief Sergio. »*Buona sera, welcome,* herzlich willkommen im Il Gusto. Bitte warten Sie einen Augenblick, damit ich Ihnen einen Tisch zuweisen kann.« Er wusste aus Erfahrung, dass Gäste, die sich selbst einen Platz suchten, nur *confusione* verursachten. Dann musste sich eine ganze Familie an einen kleinen Tisch zwängen, während das verliebte Paar zu zweit eine ganze Tafel in Anspruch nahm.

»Hierhin, bitte!« Sergio platzierte zwei ältere Gäste an den Tisch unter den Wildschweinköpfen. Dort zog es nicht so sehr, wenn Matteo lüftete. Fünf Frauen um die dreißig ließ er in der Nähe der Eingangstür Platz nehmen.

Sie würden vermutlich viel und laut reden und oft zum Rauchen nach draußen gehen. »Signori, bitte hierher.« Sergio glitt zwischen den Tischen hindurch. Wo kamen bloß all die Leute her?

Matteo rauschte an ihm vorbei und hielt kurz inne, um ihm zuzuflüstern: »Ich glaube, einer dieser Touristenbusse hat sich verfahren.«

»Das lässt sich ja leicht herausfinden.« Sergio, mit fünf Speisekarten unter dem Arm, drei Weingläsern in der einen sowie Salz- und Pfefferstreuern in der anderen Hand, steuerte auf den Tisch einer Familie zu, die er Englisch reden hörte. Er stellte Salz und Pfeffer sowie die Gläser auf den Tisch, klappte die Speisekarten auf und reichte sie nacheinander der Mutter, dem Vater und der halbwüchsigen Tochter. »Signori, ich freue mich, dass Sie in unserer Trattoria zu Abend essen wollen. Schön, dass Sie hergefunden haben.«

»Das war nicht schwer«, sagte der Familienvater. »Die Beschreibung war klar und deutlich zu lesen. Sogar in zwei Sprachen.«

»Die Beschreibung«, sagte Sergio. Er versuchte, sich nichts anmerken zu lassen, und rückte die Weingläser vor den Gästen zurecht. »Natürlich.«

Die Tochter stemmte ihre Arme auf den Tisch und stützte das Kinn in die Hände. »Im Il Mulino wäre es bestimmt schöner gewesen«, maulte sie.

»Das weißt du doch noch gar nicht«, versuchte die Mutter, sie aufzumuntern. »Lass uns erst mal das Essen hier probieren.«

»Das Il Mulino ist Ihr Lieblingslokal?«, wollte Sergio wissen.

»Ja, aber es hat heute geschlossen«, verriet der Familienvater. »Wirklich nett von Ihnen, dass Sie die Gäste aufnehmen. Bei dem Betrieb, der hier herrscht ...«

»Natürlich«, sagte Sergio. »Wir lassen niemanden hungrig nach Hause gehen.«

Jemand tippte ihm auf die Schulter. Giulia stand hinter ihm. Auch sie hielt Speisekarten und Weingläser in der Hand, dazu einige Servietten. Anscheinend hatte sie nicht einfach dasitzen und zusehen können, wie Sergio und Matteo allein mit dem Ansturm fertigwerden mussten. »Du hast noch mehr Besuch«, sagte sie und deutete zur Theke. Dort beugte sich ihre Tante gerade hinter die Auslage und holte eine kleine Flasche Grappa hervor. Dann fischte sie nach einem Glas und goss sich ein.

»Sofia!«, rief Sergio und lief auf sie zu. Als er sie erreichte, senkte er die Stimme. »Was hat das zu bedeuten? Wieso hat das Il Mulino geschlossen?«

»Jede alte Mühle braucht mal eine Pause.« Sofia nippte an ihrem Grappa. »Du hast mich heute Mittag doch gefragt, ob ich helfen könnte, eure Trattoria wieder in Schwung zu bringen. Was du hier um dich herum siehst, ist meine Antwort.«

»Aber wo kommen all die Leute her?«

»Das sind eigentlich meine Gäste. Aber ich habe mich entschieden, heute einen Ruhetag einzulegen, und das Il Mulino abgeschlossen. Dein Onkel Lorenzo hat ein schönes Schild gemalt, auf dem steht: ›Heute Ruhetag. Gutes

Essen gibt es auch im Il Gusto. Die Straße runter rechts.‹«
Sie hob ihr Glas. »*Salute!*«

Sergio nahm ihr das Glas aus der Hand, kippte den
Grappa in einem Zug und umarmte sie. »*Grazie.* Das wird
mir mein Vater niemals glauben.«

»Es sei denn, er sieht es mit eigenen Augen«, brummte
Sofia. Sie löste sich von Sergio und sammelte imaginäre
Flusen von seinem Hemd. »Dafür habe ich natürlich ge-
sorgt. Ein bisschen Spaß gönnst du mir doch, oder?«

Bevor Sergio antworten konnte, stand er schon in der
Tür: sein Vater. Diesmal war seine Verkleidung weniger
auffällig. Angelo hatte einen Lederhut aufgesetzt, dessen
Krempe sein Gesicht beschattete. Außerdem war er un-
rasiert und trug die unvermeidliche Sonnenbrille. Ein
schlafendes Kind hätte ihn auf dreihundert Meter Entfernung erkannt. Aber darum ging es nicht, wie Sergio mittlerweile wusste. Unsichtbarkeit entstand nicht durch gute
Tarnung, sondern durch die Gewissheit, unsichtbar zu
sein.

Hinter Angelo kam Lorenzo herein, gefolgt von Kugelblitz, Trommelfeuer und Zitadelle. Der Platz in der Trattoria schrumpfte beängstigend schnell zusammen.

Angelo wurde in dem Gedränge nahe an Sofia heran-
geschoben.

Sergio erwartete, dass sein Vater die Konkurrentin mit
Schimpftiraden eindecken und aus der Trattoria scheuchen
würde. Sofia schien etwas Ähnliches zu glauben, denn sie
verschränkte die Arme vor der Brust und schob Angelo
provozierend das Kinn entgegen.

Angelo schaute sie an. Er öffnete den Mund. Schloss ihn wieder. Er sah hilfesuchend zu Lorenzo hinüber.

Sergios Onkel nickte mit strenger Miene.

»Lorenzo hat mir erzählt, was ihr getan habt«, sagte Angelo schließlich. »Was ihr gemeinsam getan habt«, verbesserte er sich.

»Ach ja?«, fragte Sofia. Das Kinn blieb oben.

»Ja«, fuhr der alte Wirt fort.

Lorenzo stieß ihn von hinten an.

»Danke«, sagte Angelo leise. Er verzog den Mund wie ein Priester nach einem gotteslästerlichen Fluch.

Bevor sein Gefühlsausbruch peinliche Ausmaße annehmen konnte, nahm Sergio ihn an die eine und Sofia an die andere Hand. »Ihr kommt jetzt mit nach hinten. Wir haben etwas zu besprechen.« Den anderen Stammgästen rief er zu: »Das gilt auch für euch. Alle ab ins Nebenzimmer.«

Während sich der kleine Raum füllte, versorgte Sergio die letzten wartenden Gäste mit Speisekarten, Gläsern, Getränken und Brotkörbchen. Er strich noch eine Tischdecke glatt. Dann besprach er sich mit Matteo, der mehrfach versicherte, eine halbe Stunde allein zurechtzukommen. »Falls Kermit und seine Bande jetzt auch noch reinschneien, rufe ich um Hilfe. Du bist ja nicht weit weg.«

Sergio stellte sich in die Tür zum Nebenzimmer und hielt einen Moment inne. Alle hatten einen Platz gefunden. Alle redeten durcheinander. Er schaute auf das Schild *Geschlossene Gesellschaft.* Geschlossene Anstalt wäre passender, dachte er. Wie sollte er mit diesem Haufen seinen

Plan besprechen? Ursprünglich hatte er nur Giulia und Alessandro einweihen wollen. Doch als jetzt all die anderen aufgetaucht waren, hatte sich in ihm die Überzeugung breitgemacht, dass er bei seinem Vorhaben jede Hilfe brauchte, die er bekommen konnte. Und wenn es ihn den Verstand kostete.

Er schloss die Tür. »Dann wollen wir mal«, sagte er laut und klatschte in die Hände, aber das Geschnatter ging mit unverminderter Lautstärke weiter. Giulia unterhielt sich über zwei Tische hinweg mit Sofia. Angelo krähte Kugelblitz und Trommelfeuer etwas zu. Lorenzo tauschte sich mit Alessandro über die Polizeiwache aus. Es klang, als liefen vier Fernseher und jeder übertrage ein anderes Programm.

»*Per favore!*«, rief Sergio, lauter diesmal. Niemand beachtete ihn.

Sein Blick fiel auf die Saxophontasche, die Giulia gegen den Schrank gelehnt hatte. Er griff danach, zog den Reißverschluss auf und holte das Instrument hervor. Es war schwerer, als er gedacht hatte. Und damit konnte Giulia stundenlang üben? Das Metall fühlte sich kalt an, erwärmte sich aber rasch in seinen Händen. Er zögerte kurz, dann drückte er willkürlich einige der Tasten, steckte das Mundstück zwischen die Lippen und blies hinein.

Es kam kein Ton heraus. Das Getöse um ihn herum ging weiter. Einzig Giulia warf ihm einen überraschten Blick zu, während sie mit Sofia redete.

Sergio versuchte es noch einmal. Diesmal klappte es. Aus dem Saxophon dröhnte der Klageton eines sterbenden

Dinosauriers. Während Sergio mit aller Kraft blies, bewegte er die Finger über die Klappen. Der Lärm war ohrenbetäubend. Die Scheiben in der Anrichte klirrten.

Als er das Instrument absetzte, herrschte Ruhe an den Tischen.

»Danke für eure Aufmerksamkeit«, sagte Sergio. Giulia stand auf und nahm ihm schmunzelnd das Saxophon ab.

Alle sahen ihn an und schwiegen. Ein seltener Moment. »Ich habe euch hier hereingebeten, weil ich eure Hilfe brauche.« Eigentlich war es sein Vater, der die Hilfe brauchte. Aber wenn Sergio das gesagt hätte, wäre Angelo aus dem Lokal gestürmt.

»Wie ihr alle wisst, steht mein Vater unter Mordverdacht. Commissario Baldi aus Pisa sucht nach ihm. Und wenn er ihn findet, wird er ihn verhaften.«

Angelo wollte etwas sagen, aber Sergio brachte ihn mit erhobener Hand zum Schweigen.

»Die Kollegen ermitteln gerade in Rom«, fuhr er fort. »Deshalb sind wir für den Moment vor ihnen sicher. Stella Auroras Mörder wird allerdings hier in Volterra zu finden sein.«

»Niemals!«, rief Kugelblitz. »Wir Volterraner bringen niemanden um. Schon gar keine Frauen.«

»Und was war das, das du mit deiner Tante anstellen wolltest, weil sie bei ihrem letzten Besuch deinen Riserva ausgetrunken hat?«, fragte Trommelfeuer.

»Ich meine ja nicht, dass es ein Einheimischer gewesen sein muss«, sagte Sergio beschwichtigend. »Alessandro, Giulia und ich, wir haben inzwischen einiges herausgefunden. Bis kurz vor ihrem Tod war mein Vater mit Stella zusammen. Gemeinsam haben sie auf der Mauer über dem Römischen Theater gesessen. Das macht ihn natürlich verdächtig. Aber nur, wenn man von den anderen Gestalten nichts weiß, die in jener Nacht unterwegs waren. Sie alle waren in Stellas Nähe. Entweder kurz bevor sie in die Tiefe gestoßen wurde. Oder kurz danach. Oder …«, er machte eine Pause, »… genau zur fraglichen Zeit.«

»Und wer soll das gewesen sein?«, fragte Sofia.

»Die Namen möchte ich nicht nennen«, antwortete Sergio. »Habt bitte Verständnis. Ein Gerücht kann schlimmere Folgen haben als die Wahrheit. Was ich hingegen sagen kann, ist, dass es sich um mindestens fünf Verdächtige handelt.«

»Das ist ja ein regelrechtes Wespennest«, sagte Lorenzo. »Bleibt die Frage, welche Wespe Stella gestochen hat.«

»Wenn du uns nichts verraten willst – wieso sind wir dann hier?«, wollte Zitadelle wissen.

»Weil ich eure Hilfe brauche«, wiederholte Sergio. »Erst dachte ich, meinen Plan nur mit Giulia und Alessandro in die Tat umsetzen zu können. Aber als ich euch vorhin alle im Schankraum stehen sah, da wusste ich mit einem Mal, dass wir meinen Vater nur dann von jedem Verdacht befreien können, wenn wir zusammenhalten.«

Kugelblitz schlug auf den Tisch, dass es krachte. »Alle für einen!«, rief er.

»Es gibt also diese Verdächtigen«, sagte Sergio. »Und es gibt Hinweise. Aber das genügt nicht, um den Mörder zu überführen. Deshalb sieht mein Plan vor, dass wir die Verdächtigen mit etwas konfrontieren, das den Mörder dazu bringen könnte, sich zu verraten.«

Angelo lehnte sich in seinem Stuhl zurück. »Und womit, wenn ich fragen darf?«

Sergio schwieg einen Moment. Noch einmal schaute er in die Runde. »Mit Stella Aurora selbst«, sagte er dann. »Damit ihr das versteht, muss ich euch eine Geschichte erzählen. Sie ist sehr alt und heißt ›Elektra‹.« Er stützte sich auf die Rückenlehne des vor ihm stehenden Stuhls. Das polierte Holz fühlte sich kühl und glatt an. »Im alten Griechenland gab es einen König. Der hieß Agamemnon. Er zog in den Krieg und half dabei, Troja zu erobern.«

»Diese Geschichte mit dem hölzernen Pferd«, warf Lorenzo ein.

»Richtig. Aber darum geht es hier nicht. Agamemnon war ziemlich lange von zu Hause fort. In dieser Zeit verliebte sich seine Frau Klytaimnestra in einen anderen Mann. Als Agamemnon aus dem Krieg heimkehrte, ermordeten ihn Klytaimnestra und ihr Liebhaber. Klytaimnestras Tochter Elektra war erschüttert. Sie sann auf Rache. Doch allein konnte sie diese nicht ausführen. Erst als ihr Bruder Orestes aus der Fremde zurückkehrte, wendete sich das Blatt. Orestes tauchte nämlich inkognito auf.«

»Was bedeutet das? Inkognito?«, fragte Kugelblitz.

»Er hat sich verkleidet, damit man ihn nicht erkennt«, erklärte Sergio. »So wie Angelo.« Er berichtete seinen Zuhörern, wie Orestes und Elektra ihre Rache vorbereitet hatten. Der Sohn tötete die Mutter. Als der Liebhaber den verhüllten Leichnam Klytaimnestras entdeckte, glaubte er zunächst, es sei jemand anders, der erschlagen am Boden lag. Dann erkannte er die Wahrheit und wurde ebenfalls von Orestes getötet. Bruder und Schwester blieben allein zurück.

Als Sergio geendet hatte, waren alle für einen Moment still. Kugelblitz schluckte. Sofia versuchte, ein unbeteiligtes Gesicht aufzusetzen.

Nur Lorenzo zeigte sich unbeeindruckt. »Was soll die Märchenstunde?«, fragte er.

»Das ist kein Märchen«, erwiderte Sergio, »sondern eine Tragödie.« Er zog das zerlesene Buch aus seiner Hosentasche und warf es Lorenzo über den Tisch zu. Es landete mit einem Klatschen vor seinem Onkel, der begann, lustlos durch die Seiten zu blättern. Er stieß auf eine Stelle und las laut vor: »*In welche ausgespannten Netze bin ich Unglückseliger hineingestürzt?*« Er schaute zu Angelo hinüber.

Sergio ergriff wieder das Wort. »*Elektra* ist das Stück, das Stellas Theatertruppe übermorgen in einer modernen Version auf der Piazza aufführen wird. Stella sollte die Rolle der Klytaimnestra spielen.«

»Die Rolle der Ermordeten«, sagte Alessandro. »Wie passend.«

Sergio nickte. »Die Aufführung findet am selben Tag statt wie der Palio. Das bedeutet, alle werden da sein, nicht nur diejenigen, die sich gern eine griechische Tragödie ansehen wollen. Und wenn ich sage alle, dann meine ich das auch. Die Kostümierten des Palio werden da sein, die Stadtoberen, unsere Freunde und Nachbarn, die Geschäftsleute, die Misericordia, die Geistlichen, sogar die Gefängnisdirektorin wird sich das Stück ansehen. Nicht zu vergessen die Touristen. Aber das Wichtigste ist: Unsere Verdächtigen werden sich ebenfalls auf und vor der Bühne aufhalten.«

»Auf der Bühne! Jetzt hast du dich verraten«, rief Kugelblitz. »Das bedeutet, dass es einer der Schauspieler war.«

Sergio redete einfach weiter. »Ich sagte auf und vor der Bühne. Der Mörder könnte überall sein.«

»Du sprichst mal wieder in Rätseln«, sagte Angelo. »Wie deine selige Mutter. Komm endlich zur Sache.«

»Wie denn, wenn ihr mich ständig unterbrecht?«, gab Sergio zurück.

»Also bitte mal Ruhe jetzt«, sagte ausgerechnet Kugelblitz. Alle schauten Sergio schweigend und erwartungsvoll an.

»Wir haben also gute Aussichten, dass der Mörder beim Theaterstück anwesend sein wird. Die Frage ist, wie können wir diesen Vorteil nutzen? Da der Täter sich wohl kaum selbst zu erkennen geben wird, müssen wir ihn dazu bringen, sich zu verraten. Indem wir ihm eine Falle stellen. Und die sieht so aus.« Sergio gab Giulia ein Zeichen.

Sie holte ihr Mobiltelefon hervor, wischte dreimal über die Oberfläche und reichte es Lorenzo. Sergios Onkel schaute auf das Bild, das Giulia in Massimos Atelier von Stellas Büste gemacht hatte. Er hielt sich das Telefonino dicht vor die Nase. Dann hob er die linke Augenbraue und gab es weiter nach links, zu Angelo.

Als das Bild die Runde durch den Raum gemacht hatte

und wieder bei Sergio angekommen war, fragte Sofia: »Wer hat denn dieses Kunstwerk angefertigt?«

»Ich kann es mir schon denken«, krächzte Angelo.

»Das erkläre ich später«, sagte Sergio. »Jetzt ist für uns nur wichtig, dass es diese Büste gibt. Hört genau zu. Im Stück der Theatertruppe gibt es eine Statue. Sie stellt Klytaimnestra dar, die ehebrecherische Mutter, die von Orestes erschlagen wird. Doch als Sohn und Tochter ihr Schicksal beklagen, taucht Klytaimnestra plötzlich wieder auf der Bühne auf. Sie erscheint ihren Kindern in goldener Gestalt.«

»Ein bisschen dick aufgetragen, findest du nicht?«, warf Lorenzo ein.

»Die Theaterkritik heben wir uns für später auf«, entgegnete Sergio. »Jedenfalls steht diese Statue auf der Bühne, und darüber ist ein Tuch drapiert. Auf dem Höhepunkt des Stücks wird das Tuch entfernt, und die Ermordete steht plötzlich vor den Akteuren.«

»Verstehe ich nicht«, sagte Alessandro. »Lebt die denn auf einmal wieder?«

»Vielleicht soll das so eine Art Erscheinung sein«, mutmaßte Giulia.

»Elektra und Orestes erschrecken natürlich, als sie ihre Mutter sehen«, fuhr Sergio fort. »Und das hat mich auf eine Idee gebracht. Wenn die beiden entsetzt sind, als sie dem Opfer ihrer Gewalttat gegenübergestellt werden – dann zeigt Stellas Mörder vielleicht auch eine Regung. Wir konfrontieren ihn mit Stella, indem wir die goldene Statue gegen die Büste von Stella austauschen. Und zwar so, dass niemand etwas davon bemerkt. Wenn dann das Tuch von der Skulptur gezogen wird, wird es Reaktionen geben.«

Lorenzo schüttelte den Kopf. »Du glaubst doch nicht etwa, der Mörder würde sich angesichts dieser Büste auf offener Bühne schuldig bekennen? Was bringen sie euch heute auf der Polizeischule eigentlich bei?«

Alessandro stand auf. »Wir lernen, auf unsere Intuition zu hören«, sagte er. »Sergio hat recht. Wenn Stellas Büste enthüllt wird, wird das jeden berühren, der sie kannte. Und das werden so gut wie alle sein.«

Sergio nahm den Faden auf, den Alessandro zu spinnen begonnen hatte. »Die Schauspieler werden für einen Moment erstarren. Danach werden sie vermutlich weiterspielen. Dem Mörder hingegen wird der Schreck in die Glieder fahren wie keinem sonst. Und das ist der Moment, wenn wir ihn erkennen können.«

Angelo lachte spöttisch. »Es werden fünfhundert Menschen auf dem Platz sein. Wie willst du denn da feststellen, ob sich ein Einziger komisch verhält?«

»Genau«, stimmte Sergio ihm zu, »das wird nicht ganz leicht werden. Aber zum einen beobachten wir nur einen kleinen Kreis von Verdächtigen. Zum anderen seid ihr genau zu diesem Zweck Teil meines Plans. Wir sind neun. Und es gibt fünf Verdächtige.«

»Wie willst du das teilen?«, fragte Zitadelle. »Zwei von uns für jeden Verdächtigen? Das geht nicht auf.«

»Eins Komma acht«, sagte Lorenzo. »Aber das ist hier nicht das Problem. Was mir an diesem sogenannten Plan nicht gefällt, ist diese Statue. Ich war auf der Piazza, als die

357

Theaterleute ihre Requisiten auf die Bühne getragen haben. Darunter war auch diese goldene Statue. Sie ist ja viel größer als eine Büste. Wenn du die beiden vertauschst, fällt das doch sofort auf. Schon wegen der Größe.«

»Gut beobachtet«, sagte Sergio. »Du weißt allerdings noch nicht, dass die Statue neulich bei den Proben zerbrochen ist. Die Compagnia arbeitet jetzt nur noch mit dem oberen Teil, den sie auf eine Säule stellen. Das hat mir Gina erzählt, die an der Akropolis vom Kassenhäuschen aus die Proben beobachtet hat. Dieses Reststück ist zwar etwas größer als Stellas Büste. Aber der Unterschied wird in der Aufregung nicht auffallen.« Sergio schritt den schmalen Gang auf und ab, der in dem kleinen Raum zwischen den Tischen frei geblieben war. »Unser Plan kann funktionieren. Die Frage ist: Wie tauschen wir die Büste gegen die Statue aus, ohne dass es jemand bemerkt?«

»Wenn wir auf Wildschweinjagd gehen«, rief Trommelfeuer, »gießen wir den Frischlingen unter den Jägern immer heimlich Spülwasser in die Thermosflaschen. Das merken die auch nie.«

»Das ist nicht dasselbe«, widersprach Kugelblitz.

Mit einem Mal hatte jeder eine Idee – und einen Grund, warum der Vorschlag eines anderen nicht funktionieren würde. Der Raum bebte von Stimmen. Sergios Vater nickte, sein Onkel schlug mit der flachen Hand auf die *Elektra*-Ausgabe. Zitadelle ließ seine mächtigen Arme rotieren.

Sergio hatte das Gefühl, einen einzigartigen Moment zu erleben. Rasch holte er seine Kameratasche aus dem Lagerraum, nahm die Contax heraus und fotografierte die

Szene. Er machte nur ein einziges Bild. Aber er wusste, dass es gelungen war.

Giulia rieb sich die Stirn, während sie dem Durcheinander aus Gesten und Rufen zu folgen versuchte. »Dein Plan wird nie und nimmer funktionieren«, sagte sie zu Sergio.

Er beugte sich zu ihr hinunter. »Keine Sorge. Wenn in der Trattoria Mortale alle an einem Strang ziehen, werden wir am Ende ein wunderbares Menü auf den Tisch gezaubert haben.«

KAPITEL 36

Der Plan war geschmiedet. Es kam einem Wunder gleich, dass sich gestern Abend alle auf ein gemeinsames Vorgehen geeinigt hatten. Zugegeben: Eine Weile hatte es gedauert, aber dann hatte die ganze Bande auf das Vorhaben angestoßen und war in Feierlaune geraten. Trommelfeuer hatte das Radio aufgedreht, als dort Gianna Nanninis *Bello e impossibile* gespielt wurde, und das Lied kurzerhand zur Hymne des Abends erklärt. »Schön und unmöglich« sei schließlich ein passendes Motto für Sergios Plan. Von Giulia auf dem Saxophon begleitet, hatten alle in der Runde mitgesungen.

Als Sergio um zwei Uhr morgens die Trattoria abgeschlossen hatte, war sein Rachen vom Rufen und Singen so rau gewesen, dass er sich mit Giulia nur noch flüsternd hatte unterhalten können.

Für den Rest der Nacht hatte das genügt.

Jetzt lag es an ihm, den ersten Teil des Vorhabens in die Tat umzusetzen. Er musste Stellas Büste von Massimo P. Cini bekommen.

Sergio hatte sich den Kopf darüber zerbrochen, ob er

den Bildhauer in seinen Plan einweihen sollte. Massimo zählte für ihn schließlich zu den Verdächtigen. Doch ausgerechnet Angelo hatte gesagt, Massimo sei kein Mörder. Der alte Wirt behauptete, der Bildhauer sei zu einfältig und zu ungeschickt, um einen Mord zu begehen – eigentlich meinte er wohl damit, dass sein alter Rivale niemandem etwas zuleide tun konnte.

Sergio war derselben Meinung. Er musste darauf setzen, dass Massimo die Wahrheit über seine letzte Begegnung mit Stella gesagt hatte und nicht in den Mord an der Diva verwickelt war. Es gab keine andere Möglichkeit.

Zudem bestand die Gefahr, dass der Bildhauer sich weigern würde, bei dem irrwitzigen Vorhaben mitzumachen, aber wenn alles nach Plan verliefe, würde Stellas Mörder entlarvt werden. Diese Gelegenheit würde sich Massimo gewiss nicht entgehen lassen.

Sergio näherte sich der Alabasterwerkstatt. Die Gasse brütete still in der Mittagshitze.

Vor dem Atelier bot sich ein ungewohntes Bild: Die doppelflügelige Tür war mitten am Tag geschlossen. Sergio klopfte gegen die Holzpforte. Nichts rührte sich. Er spähte durch das kleine, halbrunde Fenster neben dem Eingang. Im Innern war niemand zu sehen. Auch hinter den anderen Fenstern lag die weiße Werkstatt verlassen da.

Hatte sich der Bildhauer aus dem Staub gemacht?

Stimmen näherten sich aus Richtung des Römischen Theaters. Carlo, der Stadtführer, spazierte vor einer Gruppe Touristen her. Einige der Männer und Frauen trugen breitkrempige Hüte, bleiche und sonnenverbrannte Arme und Beine ragten aus beigefarbenen Hemden und Shorts. Carlo sprach Englisch mit den Gästen, die in jeden Winkel der Gasse deuteten, fotografierten und dabei Laute des Entzückens ausstießen. Das Schild neben der Tür zu Massimos Atelier mit der Aufschrift *Polvere* spiegelte sich in der Sonnenbrille des Stadtführers, als er Sergio im Vorübergehen zunickte. Offenbar hatte er nicht vor, die übliche Runde durch die Alabasterwerkstatt zu drehen. Sergio hielt ihn auf.

»*Ciao,* Carlo. Wie läuft's? Besuchst du heute nicht das Atelier?«

»Nein, das geht nicht. Massimo ist nicht da.« Der Stadtführer zog die Schultern hoch und zupfte sein schwarzes Hemd zurecht.

»Weißt du, wo er ist? Ich wollte zu ihm.«

»Ich hab ihn vorhin getroffen. Er war mit seinem Lieferwagen unterwegs zu Manfredis Baustofflager.«

Die Touristen versammelten sich um Sergio und Carlo und verfolgten das Gespräch der Männer mit dem Interesse von Biologen, die zwei seltene Tiere betrachten.

»Hat er gesagt, wann er zurückkommt?«

»Nein. Er hatte es eilig.« Carlo beugte sich vor und blickte Sergio über den Rand seiner verspiegelten Sonnenbrille an. »Er witterte wohl ein gutes Geschäft. Auf dem Beifahrersitz hatte er eine Frauenfigur aus Alabaster liegen. So eine halbe, die nur einen Oberkörper hat, weißt du? Als er mich kommen sah, hat er schnell eine Decke darübergeworfen. Manfredi hat wohl eine nackte Göttin für seine Villa bei Massimo bestellt. Oder es ist gar keine

Göttin, sondern Manfredis Frau. Ich muss jetzt los. Wir gehen ins Alabastermuseum. War schön, mit dir zu plaudern.«

Carlo blickte in die Runde und rief auf Englisch, dass es nun weiterginge. Er deutete mit der abgebrochenen Autoantenne, die er als Zeigestock benutzte, in Richtung des nahen Palazzo Minucci Solaini, in dem das Alabastermuseum untergebracht war. Die Gruppe setzte sich in Bewegung. Zum Abschied wiederholte jeder Einzelne Carlos Gruß an Sergio: ein beherztes *Arrivederci*.

Sergio unterdrückte seine Ungeduld, lächelte und wünschte ein gutes dutzend Mal einen schönen Tag. Als in der Gasse Ruhe eingekehrt war, ging er vor der geschlossenen Werkstatt auf und ab und sortierte seine Gedanken.

Die halbe Alabasterdame in Massimos Wagen war mit Sicherheit Stellas Büste. Nichts anderes beschäftigte den Bildhauer im Moment so sehr wie sie. Was wollte er damit in Manfredis Baustofflager? Das öde, sandige Firmengelände von Volterras größtem Bauunternehmer war kein Ort für ein Treffen mit einem Kunstliebhaber, der viel Geld für eine Alabasterarbeit ausgeben wollte. Außerdem würde Massimo seine Stella niemals verkaufen.

Sergio blieb vor der Holzpforte zum Atelier stehen. Sein Blick blieb an dem Schriftzug auf dem Schild daneben hängen. *Polvere*. Staub.

O nein, dachte er, Massimo will das verräterische Werk verschwinden lassen!

Er musste den Bildhauer aufhalten.

Ohne Stellas Büste würde sich der Plan, den sie gestern

Abend in der Trattoria geschmiedet hatten, in Staub auflösen.

Mit schnellen Schritten machte sich Sergio auf den Weg zur Wachstube. Um zu dem Baustofflager zu gelangen, würde er den Dienstwagen brauchen. Manfredis Firma lag am Fuß des Stadthügels, kurvenreiche acht Kilometer entfernt, im Vorort Saline di Volterra.

Ob er Massimo noch einholen konnte?

In der Wache goss sich Morelli an dem kleinen Waschbecken gerade einen Tee auf, als Sergio hereingehetzt kam. Sonst war niemand da. Es roch, als würden Alessandros Pfefferminzpastillen in heißem Wasser aufgelöst. Sergio grüßte Morelli kurz und fragte nach den Schlüsseln für das Polizeiauto. Für eine Erklärung hatte er keine Zeit.

Der Kollege setzte bedächtig den Wasserkocher ab und betrachtete den Dampf, der aus der großen blauen Tasse mit der roten Aufschrift *Alarm!* stieg. »Alessandro ist mit dem Wagen unterwegs. Unfall auf der SP15.«

Sergio spürte ein Zittern in den Beinen. Oder bebte die Erde unter seinen Füßen?

»Kann ich dein Auto haben? Oder ist Alessandro mit seinem Wagen da?«

Morelli schaute von seiner Teetasse auf. »Ist was passiert?«

»Ich brauche ein Auto«, rief Sergio. »Jetzt!«

»Tut mir leid, Sergio, …«, setzte Morelli an.

Weiter hörte Sergio seinem Kollegen nicht mehr zu. Er stürmte aus der Wachstube und zückte sein Mobiltelefon.

Sein kaputtes Mobiltelefon. Verdammt! Nach ein paar Schritten machte er im Flur kehrt, rannte wieder ins Büro und stürzte sich auf das Telefon, das auf seinem Schreibtisch lag. Gut, dass er Giulias Mobilnummer inzwischen auswendig wusste.

»Giulia hier.« Im Hintergrund war das Pfeifen und Brummen des Busses zu hören.

»Kann ich mir dein Auto ausleihen?«, platzte es aus Sergio heraus.

»Sofort?«

»Ja. Massimo will Stellas Büste beseitigen. Ich muss nach Saline.«

»Warte mal eben.« Giulia rief etwas in eine andere Richtung. Im Hintergrund brach ein Gewirr von Stimmen los. Darunter mischte sich Gebell. Kurz darauf hörte Sergio Giulia sagen: »In zehn Minuten am Busparkplatz.«

»Danke!« Er warf das Telefon auf den Schreibtisch und eilte an Morelli vorbei aus der Wache.

Am Busparkplatz war Sergio gerade wieder zu Atem gekommen, als die Riesenorange um die Ecke bog. Das Gefährt pflügte durch die heiße Luft über der Schotterfläche. Die Vordertür stand bereits offen. Mit einem Ruck und einem Schaukeln kam der Bus zum Stehen. Giulia sprang heraus und winkte Sergio mit einem Schlüsselbund. Zusammen liefen sie zu ihrem Cinquecento, der vor dem Dienstgebäude der Busgesellschaft abgestellt war.

»Wenn ich Massimo nicht rechtzeitig erwische, ist unser schöner Plan zum Teufel«, erklärte Sergio.

Giulia nickte, schloss den Wagen auf und schob mit Wucht den Fahrersitz nach hinten. »So, jetzt passt du rein.«

Sergio nahm ihr den Schlüssel aus der Hand, ließ sich in den Sitz fallen und startete den Wagen.

Der Cinquecento keuchte und hustete.

Dann war es still.

Sergio drehte den Schlüssel noch einmal, trat das Gaspedal durch, vorsichtig, dann mit Wucht.

Nichts geschah.

»Lass mich mal«, drängte Giulia. Er überließ ihr den Fahrersitz.

Doch auch sie brachte die Erbse nicht ins Rollen. Sie stieg aus und trat verdrossen mit dem Fuß die Tür zu. »Keine Ahnung, was damit los ist.«

Sergio sah sich gehetzt um. Was sollte er jetzt machen? Beluisis Schrottkiste stand zwar vor der Dienststelle der Busgesellschaft, aber Giulias Chef wollte er nicht in die Geschichte um Massimo einweihen.

Es gab nur noch eine Möglichkeit.

Sergio schnappte sich Giulias Hand und zog sie mit sich.

»Kannst du mit deinem Bus einen kleinen Umweg fahren?«

»Du willst Massimo mit dem Linienbus verfolgen?« In Giulias Blick lag so etwas wie Belustigung. »Pandolino, du bist verrückter, als ich dachte.« Sie deutete auf den Bus. »Ich habe Fahrgäste. Mit denen müssen wir erst reden.«

Im Bus stellte Sergio fest, dass es sich um Maria und Giovanna handelte. Die beiden Damen aus San Giusto saßen wie üblich nebeneinander und redeten laut und gestenreich miteinander. Zu ihren Füßen hockte Cardenio zwischen zwei vollen Einkaufskörben und ließ sich füttern. Maria hielt eine kleine Pappschachtel mit der Aufschrift *Ciao, Bello* in der Hand.

Sergio grüßte die beiden Stammgäste der Linie eins und tätschelte Cardenio den Kopf.

»Habt ihr etwas dagegen, eine kleine Sonderfahrt mitzumachen?«, fragte er so fröhlich wie möglich. Vielleicht ließen sie sich einfach überrumpeln. Er konnte sie schließlich nicht auf dem Busparkplatz aussetzen.

»Sonderfahrt?« Marias Blick war hinter den riesigen Sonnenbrillengläsern nicht auszumachen, aber in der Stimme lag Argwohn. »Was soll das denn sein?«

»Nicht dass mir der Tintenfisch schlecht wird«, sagte Giovanna und strich mit den Händen ihren geblümten Kittel glatt. Sie wandte sich Maria zu und wechselte in einen gefälligeren Tonfall. »Den will ich nachher für Tommaso braten. Der Kleine mag ihn am liebsten mit Fenchel und Knoblauch und ...«

»Es ist ein Polizeieinsatz«, rief Sergio dazwischen. »Wir müssen jemanden verfolgen.« Er würde sich jetzt nicht von einem Tintenfisch aufhalten lassen.

Für eine Sekunde war es still. Dann wedelten die beiden Frauen mit den Händen, als würden sie den Bus anschieben wollen.

»Na dann los, worauf warten wir denn?«, fragte Maria.

»Am besten mit Vollgas, schnell, schnell«, rief Giovanna.

Giulia startete den Bus. »Festhalten!«

Sergio griff nach einer der Schlaufen an der Metallstange über seinem Kopf und blieb neben den Frauen stehen. Mit einem Fuß sicherte er die Einkaufskörbe. Cardenio hob den Kopf, als Giulia auf die Landstraße einbog und das Tempo erhöhte. Der Bus machte ein Geräusch, als würde er tief einatmen. Die Riesenorange schoss unterhalb der Medici-Festung auf die Abzweigung nach Saline di Volterra zu. Giulia riss das Steuer nach links und mähte über den kleinen Kreisverkehr. Ein Hupkonzert setzte ein. Aus den Seitenfenstern einiger Autos schossen Hände, die Gesten waren unmissverständlich. Der Bus raste die Straße ins Tal hinab.

Giovanna und Maria gerieten jedes Mal in Schräglage, wenn Giulia eine der vielen Kurven nahm. Die Frauen hielten sich gegenseitig an den Armen fest. Sergio rückte ihre Einkaufskörbe mit dem Fuß so weit unter die Sitze, dass sie sich verkanteten. Dann hangelte er sich an den Halteschlaufen nach vorn zu Giulia.

Sie ließen die Stadt hinter sich. Hecken lösten Steinmauern ab. Gärten und Olivenhaine schmiegten sich zwischen Landhäusern an den Hang. Zwei Radfahrer, die sich die steile Straße nach Volterra hinaufkämpften, scherten vor dem Bus in eine Toreinfahrt aus. Schließlich weitete sich der Blick über Felder und Hügel, die bis zum Horizont reichten. Weiter unten waren die Häuser von Saline di Volterra zu sehen.

Giulia wechselte zwischen Schussfahrt und scharfem Bremsen. Sie hielt das Lenkrad so fest umklammert, dass ihre Fingerknöchel weiß hervortraten.

»Halte dich am Ortseingang links«, rief Sergio ihr zu. »Manfredis Baustofflager liegt am Ende der alten Ferrovia.« An die Zahnradbahn, die in der ersten Hälfte des 20. Jahrhunderts den Vorort im Tal mit Volterras Zentrum auf dem Hügel verbunden hatte, erinnerte nur noch die alte Trasse den steilen Hang hinab.

Giulia bog in eine schmale Straße ein, die sich kurz darauf in einen Schotterweg verwandelte und schließlich auf die Trasse der Ferrovia stieß. Sie stieg auf die Bremse. Der Bus knirschte über die Steine. Als er stehen blieb, jaulten die Bremsen kurz auf. Cardenio ebenso. Maria und Giovanna stöhnten.

»Außerplanmäßiger Halt«, verkündete Giulia und öffnete die Türen.

»Außerirdische Fahrt«, erwiderte Sergio. »Wartet nicht auf mich.« Er schwang sich aus der Tür und rannte los.

Manfredis Baustofflager lag mit einigen anderen Industriebetrieben zwischen Feldern und Brachen. Sergio eilte an einem Drahtzaun entlang auf die Einfahrt zu. Auf dem Gelände standen Lastwagen, Kipper, Kräne und Bagger zwischen Bergen von Steinen, Sand und Schutt. Das Dröhnen einer großen Säge lag in der Luft. Massimos Lieferwagen war nicht zu sehen.

Hatte Sergio den Bildhauer verpasst?

Zwischen den Fahrzeugen sah er eine Bewegung. Vielleicht war dort jemand, den er fragen konnte. Als er die Einfahrt erreichte, kam ihm einer der Lastwagen entgegen. Sergio winkte dem Fahrer zu und bedeutete ihm mit einer Geste, das Fenster zu öffnen. Der Mann winkte zurück, zog seine Kappe in die Stirn und lenkte den schwankenden Lastzug auf die kleine Zufahrtsstraße hinaus. Sergio ballte eine Hand zur Faust, wollte dem Fahrer noch hinterherrufen, sparte sich aber den Atem. Das mächtige Brüllen der Säge hätte er ohnehin nicht übertönen können.

Der Lastwagen hatte den Blick auf ein flaches Bürogebäude freigegeben.

Davor stand der Wagen des Bildhauers.

Sergio flitzte auf das Fahrzeug zu. Auf der offenen Ladefläche stapelten sich Absperrgitter. Die Fahrerkabine war leer. Kein Massimo, keine Büste. Sergio lief zur Tür des Bürogebäudes und riss an der Kunststoffklinke. Der Eingang war verschlossen. Er hämmerte gegen das mit Aufklebern übersäte Metall. Niemand öffnete. Das einzige Fenster der Frontseite war mit einem gelblichen Stück Stoff verhängt. Die Monstersäge schrie.

Dieses Höllengerät musste doch jemand bedienen! Vielleicht konnte der weiterhelfen. Sergio ging an dem Bürogebäude vorbei über den Hof und auf zwei Kiesberge zu. Dahinter stieg eine Staubfahne in den Himmel.

Den steinernen Atem stieß eine Maschine aus, die am Rand einer Halde aufgebaut war. Eine Säge war das nicht, aber der Krach aus der Anlage klang so. Der dunkelgrüne, längliche Apparat bestand aus einem riesigen Metallkörper, durch den Röhren, Schläuche und Förderbänder liefen. Steine wurden aus mehreren Richtungen einer großen Schütte zugeleitet, verschwanden darin wie in einem Maul und wurden im Innern der Maschine geräuschvoll zermahlen. Die Überreste häuften sich unter der Anlage und sahen aus wie ein grauer Brei.

Sergio umrundete den Steinfresser. Auf einer Gittertreppe, die zum Maul der Maschine hinaufführte, entdeckte er Massimo. Der Bildhauer hielt Stellas Büste in den Armen. Seine langen Haare, seine Kleidung, sogar sein Schnäuzer und sein Gesicht – alles war so weiß wie die Alabasterarbeit, die er umklammerte. Der Blick des Künstlers war auf sein Werk gerichtet. Langsam stieg er die letzten Stufen hinauf.

Einzuholen war er nicht mehr. Wenn er die Büste in die Schütte warf, würde nur noch Staub übrig bleiben. Sergio schrie gegen die Maschine an. Massimo bemerkte ihn nicht. Er stand jetzt auf dem Treppenpodest an einem Geländer und hielt die Büste mit ausgestreckten Armen vor sich.

Sergio klaubte einen Kiesel auf. Dann holte er weit aus und schleuderte den Stein in seine Richtung.

Der Kiesel prallte am Geländer ab. Massimo zuckte zusammen. Die Blicke der Männer trafen sich. Die bleiche Miene des Bildhauers wirkte wie versteinert. Sergio nickte ihm zu und drückte mit den Händen die Luft nach unten – eine Geste der Beruhigung, als könne er damit Massimo auf- oder die Maschine anhalten.

In diesem Moment ließ der Bildhauer die Büste in den Schlund des Steinfressers fallen.

»Nein«, schrie Sergio und hastete die Gittertreppe hinauf.

Massimo sah der Büste nach. »Staub zu Staub«, rief er theatralisch.

Ein Kreischen ertönte, dann war ein Geräusch wie von einem landenden Flugzeug zu hören. Die Anlage stoppte. Die Förderbänder liefen langsamer.

Sergio hatte das Podest erreicht. Er stellte sich neben Massimo an das Geländer und blickte hinab. Von hier aus konnte man bis in den dunklen Rachen der Maschine schauen. Die Alabasterfigur war darin verschwunden. Stille legte sich über die Anlage.

»Alabaster ist der weichste Stein, wussten Sie das?«, fragte Massimo, ohne Sergio anzusehen. Er wartete keine Antwort ab. »Deshalb lässt er sich schneiden wie Butter, schnitzen wie Holz und streicheln wie der Rücken einer schönen Frau.«

Sergio umfasste das Geländer. »Warum haben Sie Stellas Büste zerstört?«

Der Bildhauer blickte Sergio an, ging aber nicht auf die Frage ein. »Der Stein ist nicht kalt«, fuhr er fort. »Sondern voller Wärme. Voller Adern. Er ist lebendig. Voller Liebe.«

»Umso weniger verstehe ich, dass Sie die Figur hier zermahlen lassen.« Sergio spürte Ärger und Verzweiflung in sich aufwallen.

»Warum sollte ich sie noch aufbewahren? Stella wollte nie bei mir sein. Ich habe das jetzt verstanden. Aber mit eigenen Händen ihr Antlitz zerstören – das konnte ich nicht.« Massimo breitete die Arme aus.

Jetzt war es aber genug. Sergio ließ den Bildhauer stehen und wollte gerade die Treppe hinabsteigen, als von unten Applaus ertönte. Er sah sich um.

Am Fuß der Treppe tauchten zwei junge Männer in staubiger Montur und mit gelben Schutzhelmen auf. Einer trug zwei Einkaufskörbe.

Und der andere Stellas Büste.

Hinter den Bauarbeitern wackelten zwei weitere gelbe Helme her. Darunter waren Maria und Giovanna in ihren Blumenkitteln zu erkennen, die applaudierten. Ihnen folgte Giulia, Cardenio sprang neben ihr her. Die bunte Gesellschaft versammelte sich unterhalb der Gittertreppe.

Sergio hastete die Stufen hinab. Aus den kräftigen, braun gebrannten Armen des einen Bauarbeiters nahm er Stellas unversehrte Büste entgegen.

Der Mann kratzte sich den dunklen Vollbart. »Die Signore haben gesagt, wir sollen hier einen Familienstreit schlichten«, sagte er zu Sergio und verschränkte die Arme vor der Brust.

Sein Kollege, auf dessen Hände Augen tätowiert waren, stellte die beiden Einkaufskörbe vor Sergio ab. Die Bauarbeiter blickten wachsam zwischen Sergio und Massimo hin und her. Der Bildhauer stieg gerade die Gittertreppe hinunter.

Bevor Sergio nachfragen konnte, mischte sich Giulia ein.

»Genau, und das habt ihr geschafft«, säuselte sie und warf Sergio einen bedeutungsvollen Blick zu. »Tante Giovannas Büste kommt zurück auf die Kommode, und wir vertragen uns alle wieder.«

Maria applaudierte noch einmal, und Giovanna tätschelte die Unterarme des Mannes.

Sergio nickte. Offenbar hatten die Frauen den Bauarbeitern die Geschichte vom Familienstreit aufgetischt, um sie zum Anhalten der Maschine zu bewegen, und das hatte funktioniert. Der Familienfriede war den Menschen hier so heilig wie der Namensgeber der Kirche San Giusto.

Einen peinlichen Moment lang herrschte Schweigen.

Der Tätowierte fand als Erster die Sprache wieder. »Kommt ja in den besten Familien vor.« Er schob seinen Helm etwas zurück und wischte sich den Schweiß von der Stirn. »Dann werfen wir unsere Maschine mal wieder an, bevor es Ärger gibt. Komm, Beppo.«

Der Angesprochene rückte den Latz seiner Arbeitshose zurecht und setzte sich in Bewegung. Im Weggehen lächelte er den Frauen zu. »Passt gut auf Tante Giovanna auf, und lasst die Helme vorne am Büro liegen.«

Massimo ging auf Sergio zu. Der Bildhauer hatte nur Augen für die Büste. Es schien, als sehe er das Bildnis zum ersten Mal. »Stella«, sagte er leise.

»Signor Cini«, hob Sergio an. »Massimo, ich möchte Ihnen einen Vorschlag machen.«

KAPITEL 37

An diesem Nachmittag hatte Volterra Herzrasen. Die Piazza war voller Menschen. Alle waren gekommen, um den Palio zu sehen. Die Volterraner ließen für das Spektakel die Arbeit ruhen und strömten ins Zentrum der Stadt. Viele Geschäfte hatten geschlossen, und die Reisebusse drängten sich auf den Parkplätzen. Die kleinen Straßen, die auf die Piazza mündeten, spülten immer mehr Menschen auf den prächtigen Platz.

Viele kamen verkleidet. Der Palio feierte Volterras Vergangenheit mit Vergnügen. Für den Wettkampf und das Mittelalterfest hatte man auf bürgerliche Traditionen und religiöse Zeremonien zurückgegriffen und sie spielerisch verwandelt. Die Flaggenwerfer hatten es mit ihrer farbenfrohen Vorführung sogar zu einiger Berühmtheit außerhalb der Stadt gebracht. Einige Volterraner ließen es sich nicht nehmen, im Kostüm zu erscheinen und allen zu zeigen, dass die Stadtgeschichte auch ihre Geschichte und die ihrer Familie war. Verwaltungsbeamte zogen als Bauern verkleidet Ziegen hinter sich her. Mägde schleppten Milchkannen, aus denen sie Limonade für die Kinder schöpften.

Zimmermänner, Kaufleute, Ritter, Landvögte und Bischöfe standen in Gruppen beieinander und bewunderten gegenseitig ihre Kostüme. Die Standesgrenzen der vergangenen Jahrhunderte waren aufgehoben.

»Bitte bleiben Sie hinter den Absperrungen.« Sergio lief an den Barrieren entlang, lächelte den Leuten zu, tippte sich zum Gruß an die Dienstmütze und schob Kinder, die sich zwischen den Gittern hindurchgedrängt hatten, so sanft wie möglich zurück in die Reihe der Zuschauer.

Sergio war für die Ordnung auf der Nordseite der Piazza zuständig, Alessandro hatte die Westseite übernommen. Bertini war im Süden und Morelli im Osten stationiert. Ihre Aufgabe, den mittleren Teil des Platzes freizuhalten, war einfach. Das Publikum respektierte die Begrenzungen. Nur ab und zu gab es jemanden, der glaubte, er könne die Piazza noch schnell überqueren, um einen Bekannten zu treffen, den er auf der anderen Seite entdeckt hatte. In solchen Fällen machte Sergio dem Ausreißer mit wedelnden Händen und lauten Rufen Beine. Die kleinen Vorstellungen erheiterten die Zuschauer, und sie hielten andere davon ab, ebenfalls über die Piazza zu laufen. Wer wollte sich schon vor mehreren hundert Menschen zum Gespött machen?

Immer wieder schaute Sergio zu der Theaterbühne am westlichen Ende der Piazza hinüber. Neben dem Aufbau standen Giulia und Sofia. Lorenzo war ebenfalls da. Er stand etwas abseits und bewachte eine Warmhaltekiste aus der Trattoria.

Auch Kugelblitz, Trommelfeuer und Zitadelle hielten sich in der Nähe der Theaterbühne auf. Als sie Sergios

Blicke bemerkten, winkten sie ihm zu. Zitadelle deutete zudem auf die Bühne, grinste und zwinkerte Sergio zu. Sergio schüttelte den Kopf und legte einen Finger an die Lippen.

Die Unbekümmertheit seiner Mitstreiter bereitete ihm weniger Sorgen als das Wetter. Schon vor einigen Tagen hatte er bemerkt, dass sich eine Schlechtwetterfront näherte. Ein Sturm zog auf. Der ansonsten tiefblaue Himmel hatte einen milchigen Ton angenommen. Vogelschwärme tanzten über dem Stadthügel, und der Geruch, der vom fernen Meer heranwehte, war stärker geworden. Hoffentlich ließ sich der Regen noch ein bisschen Zeit.

Auf Bertinis Seite waren jetzt Rufe zu hören. Der Kollege räumte eine der Absperrungen beiseite, um die Teilnehmer des Tauziehens auf die Piazza zu lassen. Die Vertreter des Teams Sant'Agnolo strömten auf den Platz. Kurz darauf kam auch die Mannschaft Porta all'Arco Sant'Alessandro von der Ostseite herauf. Nach und nach füllte sich der Platz mit den acht Abteilungen aus den Contraden. Als Letzte tauchte von Westen her die Gruppe aus San Giusto auf. Sie würde es in diesem Jahr beim Tauziehen schwer haben, denn Zitadelle war nicht in der Mannschaft. Der bärenstarke Volterraner wurde bei der Ausführung von Sergios Plan gebraucht. Sogar die Aussicht auf den Triumph über die anderen Stadtviertel beim Tauziehen hatte Zitadelle nicht davon abhalten können, bei Sergios Vorhaben eine Rolle zu spielen.

Die Teilnehmer hatten sich vor der kleinen Tribüne versammelt, von der aus der Bischof Monsignore Roberto Amendola alle begrüßte. Ein Aufbau aus dunklem Holz wurde herbeigetragen und vor dem Geistlichen abgestellt. Die Konstruktion ähnelte dem Turm eines Schachspiels, war allerdings mehr als mannshoch. Auf den vier Seiten waren die Wappen der Stadtviertel zu sehen. Zwei Männer trugen Seilrollen zum Bischof. Der Geistliche sprach den Segen darüber und wiederholte Gesten und Worte auch vor dem Turm. Dann wurden die beiden Seile an gegenüberliegenden Seiten des Turms befestigt.

Beim Volterraner Tauziehen ging es nicht einfach darum, die gegnerische Mannschaft auf die eigene Seite zu ziehen. Vielmehr mussten beide Teams versuchen, den Turm zu sich heranzuholen. Wem das gelang, dem winkte die begehrte Trophäe: die Kerze, im Italienischen *cero* genannt, die auf der Spitze des Turms stand und dem Spektakel den Namen gab. Sie wurde jedes Jahr von einem Künstler gestaltet und stand für den Stolz und Kampfgeist des siegreichen Stadtviertels. Diesmal war die etwa zwei Meter lange Wachsstange tiefrot gefärbt und von weißen Girlanden umschlungen.

Jetzt richtete sich die Aufmerksamkeit aller auf die ersten beiden Mannschaften. Sechs Männer und zwei Frauen aus Santo Stefano Le Colombaie standen ebenso vielen Streitern des Teams Cavallaro Moje Regis gegenüber. Die Kämpfer trugen weiße Kostüme, die ihnen über die Oberschenkel reichten. Ihre Hosen und Halstücher zeigten die Farben ihrer Bezirke. Sie packten die Seile mit entschlossenen Fäusten und zogen sie straff. Schweigen legte sich über die Piazza. Alle warteten auf das Startsignal.

Ein Schiedsrichter stellte sich vor dem Turm auf und

hob die Hand, wartete einen Moment und ließ sie fallen. Die Seile vibrierten unter der Spannung. Beide Teams zogen, was das Zeug hielt. Das Publikum feuerte seine Favoriten an und skandierte die Namen der Contraden. Der Turm ruckelte mal in diese, mal in die andere Richtung. Die Kerze auf seiner Spitze wackelte.

Sergio riss sich von dem Spektakel los. Er prüfte die Absperrungen auf seiner Seite. Alles war in Ordnung. Niemand versuchte, auf die Piazza zu laufen. Es war bereits vorgekommen, dass Zuschauer so sehr von dem Geschehen ergriffen waren, dass sie meinten, ihrer Mannschaft helfen zu müssen, indem sie ebenfalls an dem Tau zogen. Das führte jedoch nur dazu, dass das jeweilige Team disqualifiziert wurde.

Sergio schaute zu seinen Kollegen hinüber. Auch bei Alessandro, Bertini und Morelli war alles in Ordnung.

Die Rufe wurden jetzt rhythmisch. Die Kämpfer zogen ruckartig im Takt. Nur ein gut koordiniertes Team würde gewinnen. Das galt diesmal nicht nur für die Teilnehmer des Tauziehens, sondern auch für Sergios Mitverschwörer.

Der Turm ruckte über die Markierung. Santo Stefano Le Colombaie gewann. Die Nachbarschaft jubelte und riss die Arme hoch. Aber noch war nichts entschieden. Die nächsten beiden Mannschaften traten an die Seile. Der Schiedsrichter gab das Signal. Der Wettkampf ging weiter.

Sergio fragte sich, ob Baldi und Rossi schon aus Rom zurück waren. Stellas Begräbnis war gestern gewesen. Hoffentlich genossen die beiden Kollegen noch einen Tag lang das Leben in der Hauptstadt und umschwärmten

Cathi Cossa, Stellas Tochter. Solange Baldi und Rossi am Tiber waren, konnte der eine Sergios Pläne nicht durchkreuzen und der andere Giulia nicht nachstellen.

Um den Turm herum wechselten Jubel und Niedergeschlagenheit einander ab. Nach einer halben Stunde Tauziehen blieben vier siegreiche Teams übrig, die im Halbfinale um die Kerze kämpfen mussten. Der Palio steuerte auf seinen Höhepunkt zu.

Zum Glück war die Trophäe, die Kerze, noch nicht entzündet. Denn jetzt bliesen Windböen über den Platz und schienen die Kämpfer zur Eile antreiben zu wollen. Auf der Theaterbühne wogte der Vorhang, der das Bühnenbild vor neugierigen Blicken abschirmte. Der Stoff hob sich im Wind, und Sergio konnte dahinter erkennen, dass die Compagnia mit dem Aufstellen der Requisiten begonnen hatte.

Über die Stiege am hinteren Bühnenrand trug Michele gerade den Sarg auf die Bühne. Dort empfing ihn Ornella und deutete auf die Stelle, an der er seine Last abstellen sollte. Mehr konnte Sergio nicht erkennen, denn der Vorhang senkte sich wieder – wie das Auge eines Schläfers.

Die Compagnia war gleich nach dem Tauziehen an der Reihe. Das bedeutete, es war Zeit für Sergio und seine Freunde, mit dem Spiel zu beginnen.

Sergio näherte sich dem Rand der Bühne. Als Giulia und Sofia ihn sahen, gingen sie hinter die Bühne. Dort blieben sie vor den aufgestapelten Requisiten stehen und beobachteten eine Weile, wie Stück um Stück nach oben getragen wurde.

Lontani überwachte die Arbeiten. Er selbst rührte keinen Finger und ließ seine Schauspieler die Ausstattung tragen. Zunächst beachtete er die beiden Frauen nicht. Erst, als Giulia und Sofia näher traten und Michele ihnen ausweichen musste, reagierte der Regisseur.

»Bitte verlassen Sie diesen Bereich!«, rief er ihnen zu. Seiner Stimme war anzuhören, was er davon hielt, dass das Publikum beim Aufbau störte.

»Aber wir waren noch nie hinter einer Theaterbühne«, sagte Sofia und deutete auf das goldene Bügeleisen, das auf einem Pappkarton stand. »So etwas könnte ich mir auch mal kaufen. Wo bekommt man das?«

»Bitte, meine Damen!« Lontanis Stimme wurde jetzt schneidend. »Wir haben zu arbeiten, und Sie stehen im Weg.« Erst jetzt erkannte er Sofia, die Chefin seines Hotels. Seine Stimme wurde etwas sanfter. »Ich erkläre Ihnen alles heute Abend, wenn wir in Ihrem Restaurant die Premiere feiern, Signora Zacchi.«

Für Sergio war der Moment gekommen, sich einzuschalten. »Gibt es hier ein Problem?«, fragte er.

»Agente Panda!« Lontani seufzte erleichtert. »Bitte sorgen Sie für Ordnung. Diese Damen stören den Aufbau des Bühnenbildes. Ich kann ihre Neugier gut verstehen. Aber im Moment habe ich für die Signore wirklich keine Zeit.«

Sergio wandte sich an Giulia und Sofia. »Ihr habt gehört, was der Regisseur gesagt hat. Geht bitte wieder hinter die Absperrung!« Dazu setzte er seine Verkehrspolizistenmiene auf.

Sofia blieb hartnäckig, wie abgesprochen. »Können wir

nicht noch ein bisschen zusehen? Vielleicht von hier?« Sie rückte einen Schritt zur Seite und stieß dabei gegen einen kniehohen Bottich, der mit antiken Figuren bemalt war. Lontani hielt die Keramik gerade noch rechtzeitig fest, bevor sie umfallen konnte.

»Was ich Ihnen unbedingt sagen wollte«, schaltete sich Giulia ein. »Wir finden es unglaublich mutig von Ihnen, ein so altes Stück in einer modernen Fassung auf die Bühne zu bringen. Und das, obwohl Ihre Hauptdarstellerin erst vor wenigen Tagen gestorben ist. Sie müssen sehr tapfer sein, Signor Lontani.« Sie brachte die Worte mit großer Ernsthaftigkeit vor.

Lontani schien sich geschmeichelt zu fühlen. Er räusperte sich und sagte mit unnatürlich tiefer Stimme: »Das ist gar nichts für einen echten Regisseur. Das Theater ist mein Leben. Wenn es die Bühne nicht gäbe, könnte ich nicht existieren. La Stellas Tod ist natürlich eine Tragödie. Aber an Tragödien sind wir Theaterleute gewöhnt.«

Sergio zog sich zurück. Der Regisseur hatte angebissen. Jetzt musste er den Köder noch hinunterschlucken.

Giulia und Sofia machten es ihm leicht. »Diese Kostüme sind einmalig«, sagte Sofia und deutete auf die Schauspieler, die sich im Schutz eines Bogengangs die grauen Togen über die Schultern warfen. Es schien nicht ganz einfach zu sein, die Stoffbahnen anzulegen, denn die Darsteller mussten mehrmals wieder von vorn anfangen.

»Lasst euch von Ornella helfen«, kommandierte Lontani.

Während der Regisseur abgelenkt war, griff Sofia nach

einem grauen Tuch, das über einen mannshohen Gegenstand gelegt war und diesen verdeckte. Sie zog das Tuch weg und legte die goldene Statue der Klytaimnestra frei – oder das, was davon übrig geblieben war.

»Was tun Sie da?«, rief Lontani und riss Sofia den Stoff aus der Hand. »Das ist … verboten.«

Vom Zentrum der Piazza her waren jetzt wieder Anfeuerungsrufe zu hören. Sie klangen noch aufgeregter als zuvor. Das Finale des Tauziehens schien begonnen zu haben.

Lontani warf gehetzte Blicke auf die Schauspieler, die noch immer mit den Kostümen kämpften. »Ornella! So hilf ihnen doch!«, rief er zur Bühne hinauf. »Die können sich nicht mal allein anziehen. Wahrscheinlich wollen sie auch noch gefüttert werden, wenn sie auf der Bühne sind.«

Giulia und Sofia betrachteten die zerstörte Klytaimnestra. Die Statue war auf Höhe des Bauchnabels abgebrochen. Jemand hatte die Bruchkante abgeschliffen und die halbe Figur auf die Nachbildung einer antiken Säule gestellt. Dank dieser Prothese hatte Klytaimnestra beinahe wieder ihre Originalgröße erreicht.

»Was soll das denn sein?«, fragte Sofia. Giulia beugte sich vor und tippte der goldenen Figur gegen die Nase. Klytaimnestra wackelte.

»Lassen Sie das!« Lontani schien allmählich die Nerven zu verlieren.

Ornella stieg eilig die Stufen herab. »Was ist denn jetzt schon wieder?«, fragte sie barsch. »Das Bühnenbild ist noch nicht fertig. Ich hab keine Zeit für deine Launen.«

»Ihre Requisiten sind ja originell«, befand Sofia, »aber diese abgebrochene Göttin gehört hoffentlich nicht dazu.«

»Bestimmt nicht, Tante Sofia!«, sagte Giulia. »Ich kann mir nicht vorstellen, dass Signor Lontani so etwas zulassen würde.« Sie wandte sich Lontani zu. »So ist es doch, oder?«

Der Regisseur schob Ornella in Richtung der Schauspieler, die an ihren Togen nestelten. Dann widmete er sich wieder seinen ungebetenen Gästen. »Natürlich ist diese Statue ein Teil des Stücks. Sogar ein sehr wichtiger. Was haben Sie denn daran auszusetzen?«

»Das fragen Sie noch?« Sofia sah ihn empört an. »Dieses Ding ist kaputt. Es sieht aus, als hätten Sie es auf einer Müllhalde gefunden.«

Giulia legte Sofia eine Hand auf den Arm. »Vielleicht ist das Absicht. Signor Lontani will uns wohl zeigen, dass vieles, was wir achtlos wegwerfen, noch wertvoll sein kann.«

Lontani ließ die Luft aus seinen Lungen entweichen und schaute sich die Statue noch einmal aus der Nähe an. »Eigentlich hatte ich etwas anderes im Sinn. Wissen Sie, die Statue war ja bis vor drei Tagen noch vollständig. Aber es gab ein Missgeschick bei den Proben. Dabei ist sie hinuntergefallen und durchgebrochen. Ersatz habe ich in der kurzen Zeit nicht gefunden. So schnell bekommt man keine neue Statue.«

»Aber Volterra ist doch die Stadt der Bildhauer«, sagte Sofia. »Sie hätten nur einen unserer Alabasterkünstler fragen müssen.«

Sergio schaute zwar zum Tauziehen hinüber, verfolgte jedoch jedes Wort, das gewechselt wurde.

»Das hätte man mir früher sagen müssen.« Lontani schüttelte seine Scheitelfrisur. »Jetzt ist es zu spät.«

»Wirklich?«, fragte Sofia.

»Natürlich!«, gab Lontani zurück und sah auf seine Armbanduhr. »Der Vorhang öffnet sich in einer halben Stunde.«

»In einer halben Stunde kann viel passieren«, sagte Giulia.

»Wir können Ihnen helfen. Gerade noch habe ich einen Bildhauer aus unserer Stadt gesehen.« Sofia war schon unterwegs zur linken Seite des Bühnenaufbaus. Sie winkte und rief mit lauter Stimme: »Massimo! He, Signor Cini! Massimo!« Dabei zog sie an den Vokalen wie die Palio-Teilnehmer an den Seilen.

Von der Piazza kam Massimo P. Cini herbei und gesellte sich zu der Versammlung hinter der Bühne. »Sofia!« Er begrüßte sie mit einer Umarmung. Er trug eine graue Hose und ein braunes Hemd. Sein Haar und Schnauzbart schienen frisch gekämmt zu sein, dennoch war beides mit Alabasterstaub bedeckt.

Sofia stellte Lontani und Massimo einander vor. Dann sagte sie: »Massimo ist Bildhauer. Er kann Ihnen bestimmt helfen.« Sie zeigte auf die goldene Statue. »Schau dir das mal an, Massimo! Mit so etwas kann man doch kein Bühnenbild verschandeln. Meinst du nicht auch?«

Massimo legte in gespieltem Entsetzen eine Hand vor den Mund.

Hoffentlich übertreibt er jetzt nicht, dachte Sergio, der das Geschehen aus den Augenwinkeln verfolgte.

»Die ist uns zerbrochen«, erklärte Lontani dem Bildhauer. »Und gleich beginnt die Aufführung. Können Sie dieses Debakel noch etwas richten?«

»Haben Sie den unteren Teil noch?«, fragte Massimo, obwohl er die Antwort bereits kannte. Auch das gehörte zum Plan.

»Nein«, antwortete Lontani. »Der ist in tausend Stücke zersplittert. Da war nichts mehr zu retten.«

»Dann wird es schwierig«, sagte Massimo und steckte die Hände in die Hosentaschen wie einer, der alle Zeit der Welt hat.

»Aber es ist dringend«, lamentierte Lontani. »Können Sie sich etwas einfallen lassen? Irgendwas?«

Der Bildhauer spitzte die Lippen und saugte Luft an. »Eine Möglichkeit gibt es tatsächlich«, sagte er so leise, dass Lontani sich zu ihm hinüberbeugen musste, und machte eine dramatische Pause. »Wir könnten die Statue austauschen. Ich habe eine Frauenfigur auf der Ladefläche meines Wagens. Die ist aber nicht golden.«

Lontani zögerte keine Sekunde. »Können Sie das Ding herschaffen? Ich kann es mir ja zumindest ansehen. Vorausgesetzt, es ist rechtzeitig hier.«

»Herschaffen?« Massimo lachte. »Sie machen Witze. Ich arbeite doch nicht mit Plastik. Meine Werke sind aus solidem Stein. Die trägt man nicht spazieren.« Er schnaubte. »Aber mein Transporter steht gleich da vorn. Kommen Sie, Signore! Wir sehen uns die Skulptur gemeinsam an. Dann mache ich Ihnen einen guten Preis.«

»Ich will sie aber nur ausleihen. Nicht kaufen«, sagte

Lontani. Doch Massimo war bereits losgegangen. Der Regisseur gab seinen Schauspielern die Anweisung, die Skulptur der Klytaimnestra noch nicht auf die Bühne zu tragen. Dann hastete er hinter dem Bildhauer her.

Jetzt kam es auf den richtigen Moment an.

Vor der Bühne endete der Palio. Das siegreiche Team – Villamagna – trug die Kerze kreuz und quer über die Piazza und ließ sich bejubeln. Emsig schafften Helfer die Absperrungen beiseite. Das Publikum strömte auf den Platz. Vor der Bühne wurden die Plastikstühle zurechtgerückt. Da die Sitzplätze knapp zu werden drohten, trugen Mitarbeiter des Tourismusbüros Klappstühle herbei. Die Piazza summte wie ein Bienenkorb.

Die Schauspieler hatten ihre Kostüme angelegt. Ornella steckte noch eine Gewandfalte mit einer Sicherheitsnadel fest. Dann schickte sie das gesamte Ensemble auf die Bühne und folgte den Darstellern.

Nun gehörte der Bereich hinter der Bühne Sergio und seinen Gefährten. Sergio schritt das Areal ab und sorgte dafür, dass sich niemand dorthin verirrte. Niemand außer Zitadelle, dem er jetzt ein Zeichen gab. Daraufhin klemmte sich Zitadelle die Warmhaltekiste unter den Arm und kam damit auf ihn zu.

»Haben Sie eine Pizza Stella Aurora bestellt?«, fragte Zitadelle und schnitzte ein Grinsen in sein breites Gesicht. Anscheinend hatte er sich diesen Satz zurechtgelegt und war entsprechend stolz darauf. Er öffnete die Kiste. Giulia und Sofia stellten sich davor, sodass von der Bühne aus nicht zu sehen war, was vor sich ging.

Stella Auroras Büste lag in dem grünen Styroporkasten wie in einem Sarg. Das Bildnis wirkte so lebensecht, dass Sergio sich nicht gewundert hätte, wenn Stella plötzlich zu reden begonnen hätte.

»Also los!«, zischte er und nahm die Statue der Klytaimnestra von der Säule herunter.

Zitadelle hob Stellas Büste aus der Kiste und stellte sie dorthin, wo gerade noch die goldene Halbfigur gestanden hatte. Tatsächlich hatten beide Skulpturen in etwa dieselbe Höhe. Rasch warf Giulia das Tuch über Stella, das zuvor Klytaimnestra bedeckt hatte.

»Was meinst du?«, fragte sie. »Fällt kaum auf, oder?«

Sergio musterte die verdeckte Büste und legte den Kopf schief. »Wenn Lontani achtgibt, könnte er etwas merken. Aber dafür hat er keine Zeit. Hoffen wir, dass es funktioniert.«

Zitadelle stieß einen toskanischen Fluch aus. »Das goldene Ding passt hier nicht rein«, knurrte er. Der Plan sah vor, dass Zitadelle die Statue in der Warmhaltekiste vom Platz tragen sollte. Niemand hatte daran gedacht, dass die goldene Klytaimnestra die Arme ausgebreitet hatte. Damit war die Skulptur etwas breiter als Stellas Büste. Zu breit für die Warmhaltekiste.

Bevor Sergio einen weiteren Gedanken fassen konnte, löste Zitadelle das Problem bereits. Er griff nach Klytaimnestra und brach der Statue die Arme ab. Es knackte laut, Gipssplitter flogen umher. Er stopfte die Arme in die Kiste und legte den Deckel darauf.

»Jetzt passt alles«, sagte er und wischte sich den Gipsstaub vom Hemd. Er schnappte sich die Kiste und klopfte dreimal darauf. Ein hohler Ton erklang. »Alles in Ordnung, meine Schöne?«, sagte er zu der Styroporbox. »Dann wollen wir zwei uns mal einen Ort suchen, wo uns niemand stören kann.« Noch einmal zwinkerte er Sergio zu, drehte sich um und ging davon.

»Halt, warten Sie!« Michele war hinter der Bühne aufgetaucht. »Sie! Mit der Kiste! Bleiben Sie stehen!«

Zitadelles Bewegungen froren ein.

»Wenn Sie da Pizza haben, dann bringen Sie sie bitte her. Wir verhungern hier oben!«

Zitadelle schüttelte den Kopf. »Tut mir leid, mein Junge. Aber an dieser Spezialität würdest du dir die Zähne ausbeißen.« Er ging davon.

»Dann werde ich eben vom Applaus leben müssen«, rief Michele ihm nach und verschwand wieder auf der Bühne.

»Ein Skandal!« Das war Lontanis Stimme. Der Regisseur kam herbeigerannt.

Als Sergio ihn so sah, mit dem flatternden Jackett und den aufgerissenen Augen, musste er an den Moment denken, als ihm Lontani zum ersten Mal begegnet war. Vor fast einer Woche war das gewesen. Lontani war aus der Wachstube gekommen und hatte dieselben Worte gerufen, dieselben Gesten vollführt. Damals war er darüber erbost gewesen, dass man sein Theaterstück auf eine Bretterbühne hatte verlegen wollen. Und auf genau dieser Bretterbühne würde sich gleich der Vorhang heben.

Lontani baute sich vor Sergio, Giulia und Sofia auf. »Dieser Irre hat mir eine Madonna mit Kind angeboten.

Was soll ich denn damit anfangen? Ich brauche eine Göttin, habe ich gesagt. Da antwortet dieser Kerl: ›Aber das ist doch eine. Oder zumindest so was Ähnliches.‹« Lontani schlug sich gegen die Stirn und schaute gen Himmel. »Ich … ich …«, stammelte er. »Ich inszeniere doch keine Passionsspiele!«

Von Massimo war nichts zu sehen. Der Bildhauer hatte seine Rolle gut gespielt, von jetzt an würde das Drama ohne ihn weitergehen.

Lontani wandte sich an Giulia und Sofia.

»Es tut mir leid, meine Damen. Wir haben es versucht. Aber jetzt muss Klytaimnestra so bleiben, wie sie ist. Ich hoffe, das Stück gefällt Ihnen trotzdem. Ornella! Die Statue muss noch auf die Bühne.«

»Schon erledigt«, sagte eine tiefe Stimme.

Von der Treppe zur Bühne kamen Trommelfeuer, Kugelblitz und Lorenzo herunter.

»Ihre Göttin ist auf dem Posten«, sagte Sergios Onkel. »Wir haben uns erlaubt, das schwere Ding zu tragen. Ihre Schauspieler scheinen nicht gerade die Kräftigsten zu sein.«

Lontani lugte auf die Bühne. Dort stand die Skulptur auf ihrer Säule, bedeckt von dem grauen Tuch.

Ornella erschien. »Hier ist alles in Ordnung«, sagte sie zu Lontani. »Wir sind so weit.« Sie setzte ein nervöses Lächeln auf. »Das Spiel kann beginnen.«

KAPITEL 38

Alle Stühle waren besetzt. Wer keinen Sitzplatz bekommen hatte, suchte sich eine Stelle am Rand der Piazza, von wo aus die Bühne einsehbar war. Das Jubeln, das den Palio begleitet hatte, war zu einem Raunen geschrumpft. Es hallte von den Wänden der alten hohen Gebäude wider, sodass man an diesem Nachmittag tatsächlich glauben mochte, in einem geschlossenen Theater zu sein.

Das würde sich bald ändern. Sergio sah, wie sich der Himmel allmählich dunkel färbte. Graue Wolken blähten sich auf. Der Sturm zog heran.

Der Vorhang aus hellem Leinentuch bewegte sich. Der Stoff teilte sich in der Mitte, und Bürgermeister Emilio Ragagioni trat hindurch. Er war ein großer Mann mit vollem Haar, dunkler Hornbrille und einem eleganten Anzug. In der einen Hand hielt er ein Mikrofon, in der anderen ein Blatt Papier. Den Zettel hob er vor sein Gesicht und begann davon abzulesen, vergaß dabei aber, das Mikrofon zu benutzen.

»Lauter!«, hallte es wie im Chor über die Piazza.

Ragagioni bemerkte sein Missgeschick und lächelte verlegen. In diesem Moment kam Ornella Cavalieri hinter dem Vorhang hervor, nahm Mikrofon und Zettel an sich, schaltete das Gerät ein und hielt beides fest, sodass der Bürgermeister lesen und in das Gerät sprechen konnte.

Ragagioni nickte ihr dankbar zu und rückte seine Brille zurecht. Dann begann er seine Ansprache.

Während das Stadtoberhaupt die Geschichte Volterras beschrieb und auf die Tradition des Palio zu sprechen kam, schritt Sergio den Rand des Publikums ab.

Sofia Zacchi saß in der dritten Reihe neben Onkel Lorenzo. Durch die gemeinsamen Anstrengungen für Angelo Panda hatten die beiden ihren Streit anscheinend vergessen.

Giulia saß neben ihrer Tante und lächelte Sergio zu. Was für ein Glück ich habe, dachte er. Giulia war genau zur rechten Zeit in Volterra aufgetaucht. Ohne sie, das wusste er genau, hätte er längst die Nerven verloren.

Weiter hinten stand Massimo P. Cini. Der Bildhauer lehnte mit verschränkten Armen an dem Wagen der Misericordia, der für medizinische Notfälle bereitstand. Er spitzte die Lippen und schien die Ansprache des Bürgermeisters konzentriert zu verfolgen. Sergio dachte an die Besessenheit des Künstlers, die Giulia und ihn erst erschreckt und dann berührt hatte. Massimo hatte ihnen in der Alabasterwerkstatt sein Herz ausgeschüttet, und zwar bis zur Neige. Vom Verdächtigen war der Bildhauer schließlich sogar zum Verbündeten geworden.

Bei Joe Bonos lag der Fall anders. Er kniete vor der Bühne und fotografierte Bürgermeister Ragagioni. Zwischendurch legte er die Kamera beiseite und machte sich Notizen. Der Journalist war eine zwielichtige Erscheinung. Sergio wusste, dass er durchaus in der Lage war, jemandem Schaden zuzufügen. Mit seiner Sensationsgier hatte er Angelo und die Trattoria in große Schwierigkeiten gebracht. Aber er war bei jeder ihrer Begegnungen auf die Größe einer Olive geschrumpft, wenn Sergio seine Gewissenlosigkeit hinterfragt hatte. Bonos war so sehr ein Fiesling, wie er ein Feigling war.

Applaus erklang. Auf der Bühne hob Bürgermeister Ragagioni die Hände ein Stück an, um sich noch einmal Gehör zu verschaffen. Vom Palio leitete er nun zum Theaterstück der Compagnia Cardinale über – nicht ohne sich selbst dafür zu loben, dass er beide Ereignisse auf der Piazza vereint hatte. Sergio wechselte einen Blick mit Alessandro, der auf das Absperrgitter vor sich klopfte und die Augen verdrehte.

Bei der Ankündigung des Stücks geriet der Bürgermeister ins Stocken. Noch einmal half ihm Ornella Cavalieri aus der Klemme und sagte den Titel in das Mikrofon, das sie bis dahin für Ragagioni festgehalten hatte: »*Elektra – Die blinde Sängerin im Theater des Schweigens*«. Der Bürgermeister applaudierte und lächelte zusammen mit der Maskenbildnerin in die Kamera von Joe Bonos. Dann verschwand er mit Ornella hinter dem Vorhang. Kurz darauf tauchte Ragagioni am Rand der Bühne auf, winkte noch einmal ins Publikum und setzte sich auf einen der Ehrenplätze für die Stadtoberen.

Schweigen legte sich auf die Piazza. Nur der Flügelschlag einer Taube war noch zu hören.

Der Vorhang öffnete sich.

Zwei Schauspieler traten auf. Beide waren in die grauen Gewänder gehüllt. Der eine ging gebückt und trug eine Perücke aus langem weißem Haar. Der andere kam beschwingten Schrittes herbei. Ein alter und ein junger Mann. Beide blieben vor dem Sarg stehen, auf dem das weiße Kreuz leuchtete. Weiter links war die Säule mit der verdeckten Büste aufgebaut.

»Du, der das Heer geführt vor Troja einst«, begann der Schauspieler mit den weißen Haaren, »des Agamemnon Sohn, du schaue nur, was du zu schauen immer dir ersehnt.«

Der Alte begrüßte anscheinend Orestes, Bruder der Elektra, der gerade aus der Ferne heimkehrte und seinen Vater ermordet vorfinden würde.

Sergio verfolgte das Geschehen eine Weile. Das Drama fesselte ihn. Lontani und seine Compagnia verstanden ihr Handwerk.

Ins Publikum kam Bewegung. Jemand zwängte sich durch die Stuhlreihen. Nun war Sergio doch abgelenkt. Er reckte den Kopf.

Und erkannte Dino Rossi.

Der Polizist hielt einen Stuhl über den Kopf und versuchte, in die Mitte der vierten Reihe vorzudringen. Was sollte das?

Sergio überlegte, ob er Rossi zur Ordnung rufen sollte, doch da ließ der Polizist den Stuhl bereits sinken und setzte sich. Genau hinter den Platz, auf dem Giulia saß. Rossi beugte sich vor und flüsterte ihr etwas zu. Um diesen Störenfried würde sich Sergio kümmern müssen, allerdings durfte er die entscheidende Szene des Theaterstücks nicht verpassen. Noch bevor er weiter zu Rossi und Giulia vordringen konnte, sah er, dass der Bürgermeister aufgestanden war. Ragagioni winkte mit ausladenden Bewegungen zum fernen Ende der Piazza hin und deutete auf einen freien Stuhl neben sich. Sergio folgte seinem Blick und entdeckte Commissario Baldi, der sich jetzt ebenfalls den Stuhlreihen näherte. Baldi und Rossi waren also doch rechtzeitig aus Rom zurückgekehrt, um das Fest zu besuchen.

Baldi musste sich durch einige Reihen von Zuschauern zwängen, die das Theaterspiel stehend verfolgten. Darunter waren viele der verkleideten Freunde des Palio. Einer der Kostümierten trug die dunkle Kutte eines Mönchs. Die Kapuze hatte er über den Kopf gezogen. Baldi wollte sich an ihm vorbeischieben und tippte ihm von hinten auf die Schulter. Der Mönch drehte sich um.

Das Unheil nahm seinen Lauf.

Angelo Panda und Commissario Baldi schauten sich ins Gesicht.

Die beiden Männer erstarrten. Mit einer flinken Bewegung, die Sergio ihm nicht zugetraut hätte, tauchte sein Vater in der Menge unter. Baldi zögerte einen Augenblick zu lange. Anscheinend konnte er nicht glauben, dass der Hauptverdächtige des Mordfalls direkt vor ihm gestanden hatte.

»Halt!«, rief Baldi und versuchte hinter Angelo herzukommen. Aber der Commissario war beleibt und schwerfällig. Es fiel ihm nicht leicht, in der Menschenmenge voranzukommen. Der alte Wirt, klein und hager, war ihm gute zehn Meter voraus – zu weit für den langen Arm des Gesetzes.

Sergio stand am Rand des Geschehens und ballte die Fäuste. Er konnte jetzt weder seinen Posten verlassen noch seinen Vorgesetzten aufhalten, wenn der einen Verdächtigen verfolgte.

Angelo musste sich selbst helfen.

Der kleine Mönch wäre beinahe im Gedränge verschwunden, aber der Zipfel seiner Kapuze wippte zwischen den Schultern der Umstehenden auf und ab. Auch Baldi hatte das verräterische Kostüm entdeckt und orientierte sich daran, während er durch das bunte Meer der Menschen ruderte.

Sergio hörte Rufe der Empörung. Die beiden Drängler schlugen eine Schneise der Verwünschungen durch das Publikum. Er musste sich zwingen, seine Aufmerksamkeit wieder auf die Bühne zu richten. Dort wurde gerade einer der Schauspieler in den Sarg gelegt. Sergio erkannte Michele, der wie eine Frau zurechtgemacht war. Die anderen Darsteller stellten sich um den Sarg herum und legten alte Autoreifen daneben – die moderne Version von Kränzen und Blumengebinden. Sergio erlebte mehrere Dramen gleichzeitig: das Geschehen auf der Bühne, Baldis Verfolgungsjagd auf Angelo und Rossis Annäherungsversuche an Giulia.

Wie es schien, war Michele-Klytaimnestra bereits von ihren Kindern getötet worden. Das Stück näherte sich dem Höhepunkt: der Enthüllung der Statue, die jetzt eine Büste war.

Etwas trommelte leise auf Sergios Dienstmütze. Prüfend streckte er eine Hand aus. Es begann zu regnen. Nur leicht. Hoffentlich konnte das Stück noch bis zum Ende aufgeführt werden.

Auch das Publikum bemerkte die Tropfen. Einige Zuschauer blickten missmutig zum Himmel. Frauen hielten sich die Handtaschen über die kunstvoll aufgesteckten Frisuren, allerdings nur kurz, denn die hinter ihnen Sitzenden beschwerten sich sofort, dass sie nichts mehr sehen konnten.

Jetzt standen Orestes und Elektra neben dem Sarg und beklagten lauthals ihr Schicksal. Der alte Mann näherte sich der verhüllten Büste. War es nun so weit?

Der Weißhaarige legte eine Hand auf das Tuch und hielt eine Rede. Dabei stutzte er und betrachtete die verdeckte Büste. Er musste bemerkt haben, dass etwas nicht stimmte, aber er sprach weiter, beschwor den Geist der Toten und verkündete, dass niemand wirklich tot sei, der in der Erinnerung seiner Nachfahren fortlebe. Orestes und Elektra näherten sich der Büste.

Sergio hielt den Atem an.

Die Stimme des Greises wurde immer lauter, die Worte kamen schneller. Schließlich verfiel der Mann in einen Sprechgesang, der an einen Rap erinnerte. Dann brach er abrupt ab und riss das Tuch von der Büste.

Stella Aurora schaute aus ihren blinden Augen auf die Menschen von Volterra herab.

Ein Aufschrei ging durch die Menge.

Die Schauspieler erstarrten. Michele richtete sich in seinem Sarg auf.

Orestes' Lippen formten unhörbare Worte.

Elektra wandte sich ab und verbarg das Gesicht in den Händen.

Der Greis ließ das Tuch fallen.

Lontani stand neben der Bühne und zischte seinen Schauspielern etwas zu. Dabei gestikulierte er wie ein Fußballtrainer. Anscheinend wollte er die Überraschung der Zuschauer nutzen und so tun, als wäre Stellas Auftauchen geplant.

Die Schauspieler fingen sich nur langsam.

Sergio ließ den Blick über das Publikum schweifen. Joe Bonos fotografierte wie wild. Wenn Stellas Anblick ihn erschreckt hatte, so zeigte er es nicht.

Massimo lehnte noch immer am Wagen der Misericordia. Er war sichtlich ergriffen und biss sich auf die Lippen.

Rossi starrte auf die Bühne. Giulia nutzte die Gelegenheit, stand auf und entfernte sich von ihm.

Michele stieg aus dem Sarg und stellte sich vor die Büste. Er weinte und fasste Elektra und Orestes bei den Händen. Sie bildeten einen Viertelkreis und wiegten sich langsam von links nach rechts. Dabei summten sie, erst leise, dann immer lauter. Schließlich sangen alle drei etwas, das nach einer Motette von Bach klang. Zwar verwoben sich die Stimmen nicht perfekt, aber die Musik war ergreifend. Im Publikum wurden Taschentücher auf feuchte Augen getupft. Die Stimme Elektras brach.

Dann weinte der Himmel.

Der Gesang verstummte. Das Stück war zu Ende, und ein langes Schweigen setzte ein. Es schien, als sei die Piazza in einem Moment der Zeit eingefroren. Langsam, so als müssten sie sich erst daran erinnern, was sie dort eigentlich taten, traten die Schauspieler an den Rand der Bühne und verbeugten sich.

Es war noch einen gespenstischen Augenblick lang still, dann begann jemand zu klatschen. In den verlorenen Laut mischten sich weitere applaudierende Hände. Der Klang rollte wie eine kleine Welle durch das Schweigen und erfasste alle. Schließlich brandete der Beifall auf wie eine Sturmflut. Ob die Zuschauer das Stück beklatschten oder Stella die Ehre erwiesen, war nicht auszumachen. Vermutlich geschah beides gleichzeitig.

Der Mörder hatte sich nicht verraten. Sergio hatte das Gefühl, nicht genug Luft zu bekommen. Sollte alles umsonst gewesen sein? Er schaute zu Alessandro. Vielleicht hatte der ja etwas bemerkt. Am anderen Ende des Platzes blickte Alessandro abwechselnd zu den Schauspielern und den Zuschauern. Dann sah er zu Sergio hinüber und zuckte mit den Schultern.

Das konnte doch nicht wahr sein!

Vielleicht hatte Sergio etwas übersehen. Er kniff sich mit Daumen und Zeigefinger in die Nasenwurzel und schaute noch einmal über den Platz.

Zwischen den Eingangsportalen des Palazzo Pretorio tappte Commissario Baldi herum, noch immer auf der Suche nach dem flüchtigen Mönch.

Das Publikum applaudierte und applaudierte. Einige Zuschauer standen auf und schrien ihre Begeisterung heraus.

Die Schauspieler verbeugten sich wieder. Sie lächelten jetzt. Verhielten sich so Mörder, die mit ihrem Opfer konfrontiert worden waren?

Hinter den Darstellern war die Büste nicht mehr zu erkennen. Jemand hatte das Tuch über Stellas Antlitz gelegt. Die Schauspielergöttin war wieder verhüllt.

Lontani stand neben der Bühne und klatschte ebenfalls. Vermutlich gratulierte er sich selbst.

Noch einmal fegte ein Windstoß über die Bühne. Die Togen der Schauspieler wurden aufgewirbelt, und dem falschen Alten flog beinahe die Perücke vom Kopf. Die unfreiwillige Komik sorgte für erleichtertes Lachen im Publikum. Auch Michele und seine Mitstreiter lachten und befreiten sich von Entsetzen und Ergriffenheit.

Der Wind wehte das Tuch wieder von Stellas Büste herunter. Die tote Diva schien nicht zur Ruhe zu kommen.

Wie der Blitz sprang Ornella Cavalieri mit starrem Blick von hinten auf die Bühne, hob den Stoff auf und bedeckte das steinerne Gesicht wieder. Die Maskenbildnerin war so bleich wie der Alabasterkopf. Noch einmal prüfte sie den Sitz des Tuchs. Dann eilte sie von der Bühne.

Sergio und Alessandro mussten sich nicht erst verständigen. Gleichzeitig gingen sie los, liefen mit ausholenden Schritten zwischen einem Dickicht aus klatschenden Händen hindurch und trafen hinter der Bühne zusammen.

Ornella Cavalieri saß auf der untersten Stufe der Bühnentreppe, hatte die Arme auf den angezogenen Knien verschränkt und das Gesicht darin vergraben. Sergio berührte die Maskenbildnerin an der Schulter.

»Signora Cavalieri?«, fragte er. »Können wir Ihnen helfen?«

Ornella hob den Kopf. Ihre Augen waren rot geweint. Als sie die Uniformen neben sich erkannte, erschrak sie.

Alessandro hatte bereits die Pfefferminztüte in der Hand, aber Sergio schüttelte den Kopf.

»Möchten Sie uns etwas erzählen, Signora?«, fragte er.

Ornellas Blicke wanderten zwischen Sergio und Alessandro hin und her. Dann schaute sie zum Bühnenrand. Dorthin, wo Lontani stand. Der Regisseur bemerkte nicht, was hinter der Bühne vor sich ging. Er hatte nur Augen für das Publikum und Ohren für den Applaus.

Die Maskenbildnerin erhob sich. Geräuschvoll zog sie Luft durch die Nase. »Können wir irgendwo ungestört miteinander sprechen?«

KAPITEL 39

Diese letzten Tage waren die schlimmsten meines Lebens«, sagte Ornella Cavalieri und sank in den Stuhl, den Alessandro ihr angeboten hatte.

Die Fenster in der Wache standen offen. Von der Piazza her waren Stimmen und das Scharren der Stühle zu hören, die beiseitegeräumt wurden, um den Platz für das Mittelalterfest freizumachen, das nun fortgesetzt werden würde.

Alessandro setzte sich der Maskenbildnerin gegenüber an den Schreibtisch. Sergio ließ sich auf dem Rand der Tischplatte nieder und wippte mit einem Bein. Am liebsten wäre er durch die Wache gelaufen, während Ornella befragt wurde.

»Was ist in der Nacht von Donnerstag auf Freitag geschehen, Signora Cavalieri?«, begann Sergio.

Die Maskenbildnerin drehte an ihren Armreifen.

»Werden Sie bedroht?«, fragte Alessandro. Das war das Vorgehen aus dem Lehrbuch der Polizeischule. Redete der Verdächtige nicht, so stellte man ihm Fragen, die sein Wohlbefinden betrafen. Darüber sprach jeder gern.

»Ja«, sagte Ornella. »Ich habe Angst. Vor Felice.«

»Vor Lontani?«, fragte Sergio. »Warum?«

Sie antwortete nicht.

»Sie sind bei uns in Sicherheit«, sagte Sergio. »Lontani kann Sie hier nicht hören.« Er beugte sich ein wenig zu ihr herab. »Wir sind von der Polizei.«

Ornella schaute ihn aus geröteten Augen an. »Das ist es ja gerade.«

Alessandro stand auf und ging zur Kaffeemaschine hinüber. Er goss Wasser hinein und gab das Pulver in den Filter. Dann stellte er das Gerät an. Während es gluckste und zischte, holte er drei Tassen aus dem kleinen Schrank, auf dem die Maschine stand. Der Duft frisch aufgebrühten Kaffees erfüllte den Raum.

»Sie wissen etwas über Stellas Tod, nicht wahr?«, hakte Sergio nach. »Etwas, das Sie der Polizei noch nicht gesagt haben. Ist es etwas, das Lontani betrifft?«

Sie nahm von Alessandro eine Tasse Kaffee entgegen und hielt sie mit beiden Händen umfasst. Als er ihr einen Zuckerstreuer reichen wollte, schüttelte sie den Kopf. Ihre langen, dunkel lackierten Fingernägel tickten gegen das Porzellan. Sie ließ den Blick durch die Wache wandern.

»Ich fürchte, ich bin ein rosa Einhorn«, sagte sie.

»Bitte, was?«, fragte Alessandro.

Sergio verstand, was Ornella meinte. Er deutete über die Schulter zu Morellis Schreibtisch. Dort hing seit Jahren das Poster eines rosafarbenen Einhorns aus Plüsch, das hinter dem Schriftzug *Schuldig* betreten aus den Knopf-augen schaute.

»Sie waren Donnerstagnacht am Römischen Theater«,

versuchte es Sergio noch einmal. Es war eher eine Feststellung als eine Frage.

Ornella nickte.

Joe Bonos hatte die Wahrheit gesagt.

»Was ist dort geschehen?«, wollte Sergio wissen.

Die Maskenbildnerin nippte an ihrem Kaffee, dann begann sie zu erzählen.

»An jenem Abend war ich mit Felice verabredet. Er hatte versprochen, dass er mir bei Nacht all die Orte in Volterra zeigen würde, an denen Stella ihren berühmten Film gedreht hatte. *Le Ricordanze – Wenn es dunkel wird, suche die Sterne.* Und mit dem Teatro wollten wir anfangen. Das hatte auch einen praktischen Grund. Unsere Elektra sollte in den alten Ruinen aufgeführt werden. Und Felice … Lontani … konnte es kaum erwarten, den Ort zu besuchen. Wir kamen also am Donnerstag in Volterra an. Und nachdem wir uns im Il Mulino eingerichtet hatten, bin ich schon mal losgegangen und durch die Stadt gestreift. Wissen Sie, wenn erst die Proben beginnen, haben wir Theaterleute nur wenig Zeit, uns umzusehen. Die Stadt gefiel mir. Es war ein warmer, stiller Abend. Ich lief umher, bis mir die Füße wehtaten. Nach Mitternacht bin ich zum Teatro Romano gegangen. Felice war noch nicht da, aber bald darauf trafen wir uns dann an der Mauer, die über der Anlage aufragt. Was für ein zauberhafter Ort, was für ein magischer Moment. Wir waren unter uns. Nur die Sterne waren da. Die Stadt und die Nacht gehörten uns. Felice und mir. Ich hatte lange darauf gewartet, endlich mit ihm allein sein zu können. Sie müssen wissen, dass ein

Regisseur ständig von Menschen umgeben ist. Er hat niemals Ruhe. Es ist nicht schwer, ihn zu lieben, aber es ist schwer, es ihm zu zeigen. In jener Nacht hatten wir endlich Zeit dafür.«

Sie blickte zu Boden und schwieg eine Weile. Sergio konzentrierte sich darauf, nicht weiter mit dem Bein zu wippen.

»Aber selbst in solchen Momenten«, fuhr sie dann fort, »kann Felice seine Arbeit nicht völlig vergessen. Ich wollte ihn umarmen, aber er wich zurück, lehnte sich an die Mauer und starrte vor sich hin. Die Compagnia ist finanziell am Ende. Stellas Gage hat Felices Rücklagen verschlungen. Und in der letzten Spielzeit hatte sie dem Ensemble nicht den erhofften Erfolg eingebracht. Felice hätte den Vertrag mit ihr gern gekündigt. Aber der lief noch drei Jahre. Das Geld zerfloss ihm unter den Fingern. Der arme Felice! Er war verzweifelt.«

Tränen liefen ihr übers Gesicht. Alessandro reichte ihr ein Taschentuch.

»Aber nun war meine Gelegenheit gekommen, ihn zu trösten und ihm zu zeigen, dass ich auf seiner Seite stand. Ich versuchte noch mal, ihn zu umarmen. Ich hatte es mir so lange gewünscht. Felice und ich. Er legte seine Arme um mich. Dann hörten wir die Rufe. Es war Stella. Ich erkannte ihre Stimme sofort. Die größten Theater konnte sie damit ausfüllen. Sie rief um Hilfe. Es lag eine Not darin, wie sie nur eine sehr gute Schauspielerin hervorbringen kann. Oder ein Mensch in Todesangst. Da kam sie auch schon aus einer Gasse herbeigelaufen. Sie hinkte, schien sich am Bein verletzt zu haben. Hatte sie einen Unfall? Das war mein erster Gedanke. Dann sah ich, dass sie uns zuwinkte. War sie betrunken? Felice ließ mich los und wandte sich Stella zu. In diesem Moment ist etwas in mir zerbrochen. Ich weiß nicht mehr, was ich gedacht habe. Aber mir war mit einem Mal klar, dass ich ihn niemals für mich allein haben würde. Immer würde irgendetwas zu erledigen sein. Immer würde es irgendwo eine Stella Aurora geben, die dazwischenfunkte. Stella war außer Atem und kreidebleich. ›Felice!‹, rief sie und klammerte sich an meinen Geliebten. ›Hilf mir!‹ Auf mich achtete sie überhaupt nicht. Ich war Luft für sie … wie immer. Da war es mir auf einmal egal, ob sie wirklich in Not war. Ich packte sie und zerrte sie von Felice fort. Sie schlug nach mir. Als sie mir einen Tritt gegen das Schienbein versetzte, habe ich sie weggestoßen. Sie taumelte gegen die Mauer. Diese Mauer. Die ist ja nicht mal hüfthoch, wissen Sie? Stella drohte das Gleichgewicht zu verlieren und in den Abgrund zu stürzen. Ich konnte gerade noch einen ihrer Arme erwischen und hielt sie fest. Sie schaute mich mit aufgerissenen Augen an. In diesem Moment riss Felice mich zurück. Ich musste Stella loslassen und sie … sie … Mit einem Mal war sie verschwunden. Kurz darauf war da dieses entsetzliche Geräusch aus der Tiefe. O Gott! Ich kann es immer noch hören.«

Ornella vergrub das Gesicht in den Händen. Sergio nahm einen Schluck Kaffee und blickte zu Alessandro, der ihm kurz zunickte.

Die Maskenbildnerin sah auf. »Felice und ich, wir waren

wie gelähmt. Erst nach einer Weile schaute er über die Mauer. Aber dort, wo Stella hingestürzt war, gab es keine Beleuchtung. Er könne sie nicht sehen, hat er gesagt. Ich wollte natürlich sofort die Polizei anrufen, damit sie einen Notarzt schickten. Aber Felice hat mir das Telefon abgenommen und gesagt, das dauere viel zu lange. Wir sollten selbst nachsehen, ob wir Stella helfen könnten. Dann lief er auch schon los, den Weg hinunter, der zum Eingang des Theaters führt.«

»Kam Ihnen das nicht komisch vor?«, fragte Sergio.

»Ob mir das komisch vorkam? Das habe ich mich seither wohl tausendmal gefragt. Aber aus irgendeinem Grund glaubte ich selbst zu diesem Zeitpunkt noch an Felices gute Absichten. Vielleicht hatte er ja verhindern wollen, dass Stella mich mit in den Abgrund riss? Und jetzt wollte er ihr so schnell wie möglich helfen. Das passte für mich zusammen. Wir sind also zum Haupteingang des Teatro gelaufen und über das Gittertor gestiegen. Und dann sahen wir sie. Stella lebte noch. Sie hatte sich vom Fuß der Mauer den Hang heruntergeschleppt. Jetzt lag sie zusammengekrümmt am unteren Ende der Sitzreihen. Ich rannte sofort los, Felice folgte mir. Als ich die Bühne erreicht hatte, fasste er mich am Handgelenk und hielt mich zurück. Ich wusste nicht, warum, und wollte mich losreißen. Aber sein Griff war zu fest. Schließlich standen wir am Rand der Bühne. Stella hatte uns offenbar wahrgenommen, denn sie hob den Kopf und sagte etwas, so leise, dass ich es nicht verstehen konnte. Aber ich bin sicher, dass sie uns bat, ihr zu helfen. Felice machte keine Anstalten, zu

Stella zu gehen! Ich wehrte mich gegen ihn. Da packte er mich so fest, dass ich vor Schmerz aufschrie. Sehen Sie das hier, unter meinen Armreifen? Da sind noch die Blutergüsse zu sehen. ›Ornella‹, sagte er eindringlich, ›willst du ins Gefängnis?‹ Und dann erklärte er mir, dass schließlich ich es gewesen sei, die Stella in den Abgrund gestoßen habe. ›Aber wir müssen ihr helfen‹, rief ich. Felice legte mir eine Hand auf den Mund. ›Wir müssen vor allem still sein. Stella ist ein Problem. Für dich, weil du die Schuld an ihrem Unglück trägst, und für mich, weil sie mich ruiniert. Aber die meisten Probleme erledigen sich irgendwann von selbst. Wirst du jetzt still sein?‹ Und da habe ich genickt …«

Ornella schaute nicht mehr nach rechts oder links. Stattdessen schien ihr Blick nach innen gerichtet zu sein, ganz so, als ob sie sich einem unsichtbaren Ziel nähere.

»Ich habe ihm vertraut. Felice, der gerade erst mein Leben gerettet hatte, wollte bestimmt auch jetzt nur das Beste für mich. Das habe ich geglaubt. Was war ich für eine Idiotin! Also bin ich neben ihm vor der Bühne stehen geblieben und habe der Tragödie zugesehen, die sich vor uns abspielte. Stella lebte noch immer. Als sie sah, dass wir ihr nicht helfen würden, kam sie noch einmal hoch und schleppte sich auf uns zu. Doch nach zwei oder drei Schritten brach sie wieder zusammen. Dort blieb sie liegen, im Licht eines Scheinwerfers, und rührte sich nicht mehr. Felice ließ mich los, und ich lief zu Stella hinüber. Sie hatte es bis in das Halbrund der Orchestra geschafft. Da lag sie nun. Das Haar wie ein Fächer um den Kopf ausgebreitet, und sie war so merkwürdig bleich in dem künstlichen Licht. Da ahnte ich schon, dass sie tot war. Aber ich wollte, dass es nicht wahr wäre. ›Rufst du jetzt endlich die Polizei?‹, sagte ich zu Felice. Es war mir egal, ob ich an dem Unglück schuld war. Ich wollte nur irgendwas tun. In meiner Umhängetasche steckte eines der Kostüme für Elektra. Ich holte es hervor, weil ich es Stella unter den Kopf legen wollte. Irgendwann hatte ich einen Erste-Hilfe-Kurs belegt und dabei gelernt, dass der Kopf eines Verletzten hochgelagert werden soll. Doch kaum hatte ich die Toga hervorgeholt, riss Felice sie mir aus der Hand und schleuderte sie beiseite. ›Es ist zu spät‹, sagte er. Ob ich nicht sehen würde, dass Stella tot sei. Es wäre ein Wunder, dass sie es überhaupt noch bis in die Orchestra geschafft habe. Dann hat er mich überredet, das Teatro so schnell wie möglich zu verlassen. Seither lebe ich mit der Erinnerung an diese furchtbare Nacht in diesem furchtbaren Theater. Ich dachte, ich könne nie wieder für die Bühne arbeiten. Für die Proben und die Aufführung heute habe ich alle Kraft zusammengenommen. Doch als dann dort plötzlich Stellas Bildnis stand, dachte ich, ihr Geist sei gekommen, um mich anzuklagen.«

Ornella hatte ihren Bericht beendet. In der Polizeiwache war es still. Sergio schaute in seine leere Kaffeetasse. Er war zugleich bestürzt und erleichtert. Der Mord an Stella Aurora war aufgeklärt, auch wenn man sich Lontanis Version der Geschehnisse noch würde anhören müssen.

Die Umstände ihres Todes waren schrecklich. Es gab

gewiss Kollegen, die angesichts solcher Ereignisse nicht mit der Wimper zuckten, aber Sergio gehörte nicht dazu.

»Warum sind Sie nicht früher zu uns gekommen?«, fragte Alessandro.

»Das wollte ich ja«, beteuerte Ornella, »aber Felice hat es mir verboten. ›Wenn die Polizei davon erfährt‹, hat er gesagt, ›gehen wir beide ins Gefängnis. Dann siehst du mich nie wieder. Willst du das?‹ Natürlich wollte ich das nicht. Wer will schon ins Gefängnis?« Sie sah die beiden Polizisten an. »Aber jetzt muss ich wohl doch dorthin, nicht wahr?«

In ihrem Blick lag ein Flehen, das Sergio zu Herzen ging. Verdammte Polizeiarbeit!

Er nahm ihr die leere Kaffeetasse aus der Hand.

»Was geschieht denn jetzt mit mir?«, fragte sie leise.

Sergio und Alessandro sahen sich an.

»Wir verständigen die Kollegen von der Questura«, erwiderte Alessandro. »Die werden sich um alles Weitere kümmern. Auch um Felice Lontani.«

»Bleib du mit Signora Cavalieri hier«, schlug Sergio vor. »Ich gehe nach unten und hole den Commissario. Ich habe ihn vorhin auf dem Platz gesehen.«

Ich muss nur noch seine Finger von der Kutte meines Vaters losbekommen, dachte er und machte sich auf den Weg.

KAPITEL 40

Kaum war Sergio aus dem Palazzo Pretorio herausgetreten, sah er sich einem Wald rot-weißer Flaggen gegenüber. Die Fahnenschwinger hatten sich vor dem Gebäude aufgestellt. Etwas weiter links, vor Giacomos Bar, standen die Trommler aufgereiht. Sie hatten die langen Trommeln seitlich umgehängt. Mit der Vorführung begann der Abend des Mittelalterfestes.

Der Regen über der Piazza hatte nachgelassen. Das Pflaster glänzte. Es roch nach nassem Stein und dem feucht gewordenen Leder von Handtaschen, aber das Publikum trotzte dem Wetter. Die Zuschauer drängten sich auf dem Platz und warteten gespannt auf das nächste Spektakel. Sergio sah zum Himmel hinauf, der so grau war wie die verräterischen Kostüme Ornella Cavalieris. Von Westen her zogen noch mehr Wolken heran, schwarz wie Tinte.

Sobald die Fahnenschwinger mit ihren Kunststücken beginnen würden, waren auch die Trommler an der Reihe, um das Herumwirbeln der Fahnen mit treibenden Rhythmen zu begleiten. Sie unterhielten sich mit den Armbrustschützen, die nach ihnen auftreten würden. Acht Männer in historischen Kostümen warteten auf das Wettschießen mit der mittelalterlichen Waffe. Einige spannten bereits ihre Armbrust mithilfe einer Kurbel.

Wo war Commissario Baldi? Sergio ließ den Blick über den Platz schweifen.

Auf der Bühne räumten die Schauspieler der Compagnia die Requisiten ab. Massimo stand am Fuß des Aufbaus und versuchte, Michele Stellas Büste aus den Armen zu nehmen.

Vor der Bühne umringte eine Traube Menschen Felice Lontani und den Bürgermeister. Ragagioni gratulierte dem Regisseur gerade zu der gelungenen Aufführung. Er wollte Lontani einen Strauß Blumen in den Arm drücken. Vermutlich waren die Rosen für Stella Aurora vorgesehen gewesen, und niemand hatte daran gedacht, sie nach ihrem Tod von der Liste zu streichen. Lontani schien zu überlegen, wie er darauf reagieren sollte, als er in Sergios Richtung blickte. Sie sahen sich über die Köpfe der Umstehenden an. In den Augen des Theaterchefs blitzte Erschrecken auf. Nur einen Moment lang, aber Sergio war sicher, dass Lontani beunruhigt war. Vielleicht hatte er doch gesehen, wie die Polizisten Ornella zur Wache begleitet hatten.

Sergio setzte sich in Bewegung. Wenn Baldi nicht zur Stelle war, um Stellas Mörder zu verhaften, musste er das wohl selbst erledigen. Bevor Lontani entkommen konnte.

Tatsächlich versuchte der Regisseur, sich zurückzuziehen, aber die Menschen um ihn herum ließen ihn nicht durch. Ragagioni redete noch immer auf ihn ein. Lontani war ein Gefangener seines Erfolgs.

»Weg da!«, rief jemand.

Sergio wurde zur Seite gestoßen. Seine Dienstmütze fiel zu Boden. Angelo stürzte an ihm vorbei, gefolgt von Commissario Baldi. Die Kapuze des Mönchs war nach hinten geklappt. Angelos schlohweißes Stoppelhaar leuchtete, und er drängte sich zwischen den Zuschauern hindurch.

»Halten Sie den Mann fest!«, rief Baldi atemlos. Der Abstand zwischen den beiden vergrößerte sich.

Lontani hörte den Ruf und schaute sich um. Er wich zurück.

»Stehen bleiben!«, rief Baldi hinter Angelo her.

Lontani schien zu glauben, die Rufe galten ihm. Er zwängte sich durch die Zuschauer. Als er nicht weiterkam, nahm er seine Hände zu Hilfe, drängte zwischen Schultern und Armen hindurch.

»Signor Lontani!«, rief der Bürgermeister.

Sergio ließ seine Dienstmütze liegen und setzte dem Flüchtenden nach. Vor seinem Gesicht tauchte der Blumenstrauß auf, mit dem Ragagioni dem Regisseur nachwinkte. Sergio stieß die Rosen zur Seite. Das Gebinde flog durch die Luft. Rosenblätter regneten auf die Piazza herab. Im selben Moment fielen schwere Tropfen vom Himmel.

Sergio rannte quer über die Piazza hinter Lontani her. Der Regisseur sah sich um und lief schneller.

Trommelgeräusche setzten ein. Die Vorführung der Fahnenschwinger begann. Die rot-weißen Männer stellten sich mit ihren Flaggen in drei Reihen auf. Die Fahnen bewegten sich im Wind. Sie waren so groß wie Bettlaken.

Lontani lief geradewegs in die Truppe hinein und verschwand zwischen den Stoffbahnen.

Jemand rief ein Kommando. Die Fahnenträger hoben die Stangen und schwenkten sie nach rechts.

Sergio blieb stehen. Vor ihm flatterte ein Dickicht aus Leinenstoff.

Die Trommeln stampften und rasselten. Donner grollte.

Um die Fahnenschwinger zu umrunden, fehlte Sergio die Zeit. Bevor er am anderen Ende der Piazza angekommen sein würde, wäre Lontani über alle toskanischen Hügel. Sergio blieb nur der Weg nach vorn. Er senkte den Kopf und lief mitten in die rot-weiße Gruppe hinein.

Vor seinem Gesicht war mit einem Mal alles in Bewegung. Einen Augenblick lang wusste er nicht, wo vorn war und wo hinten.

Aus dem Publikum kamen Rufe. Der Regen fiel stärker und prasselte gegen die Fahnen. Nasser Stoff klatschte in Sergios Gesicht. Er prustete und wischte ihn beiseite.

Wieder donnerte es. Ein Blitz erhellte das Geschehen. Das Unwetter fegte über die Piazza.

Jemand rief etwas. Die Fahnenschwinger senkten ihre Flaggen. Niemand wollte jetzt noch eine Stange mit einer Eisenspitze in den Himmel halten.

Sergio lief weiter. Ein Windstoß fuhr durch seine Uniform. Regen durchnässte ihn. Wo war Lontani?

Rechter Hand kam etwas in Bewegung. Der Wind blies in den hölzernen Turm, der vom Tauziehen noch stehen geblieben war. Die Konstruktion schwankte. Auf ihrer Spitze war die Kerze wieder befestigt worden. Sie kippte und stürzte zu Boden. Ein Geräusch wie von einem zerplatzenden Luftballon war zu hören.

Die Fahnenschwinger eilten zu der zerstörten Trophäe. Die Gruppe teilte sich und gab den Blick auf den hinteren Teil der Piazza frei.

Unter der Markise von Giacomos Bar stand Lontani. Das nasse Haar klebte ihm an der Stirn. An seinem Jackett lief Wasser herab, dunkle Flecken sprenkelten seine Hose. In den Händen hielt er eine Armbrust.

Er zielte auf Sergio.

Niemand schien den Bewaffneten im Schatten der Markise zu bemerken.

Sergio blieb stehen. Regen prasselte gegen sein Gesicht. Er rührte sich nicht.

Lontani rief ihm etwas Unverständliches zu. Würde der Regisseur den Mut haben abzudrücken? Sergio trat einen Schritt näher. In einer besänftigenden Geste hob er die Hände.

Die Armbrust zuckte, als Lontani sie gegen seine Wange presste. Er blickte durch die Zielvorrichtung.

Sergio versuchte, nicht auf die Spitze des Bolzens zu schauen. Er konzentrierte sich auf das, was dahinter von Lontanis Gesicht zu sehen war.

»Nehmen Sie die Waffe runter«, sagte Sergio, während er noch einen Schritt auf den Regisseur zuging. »So etwas haben Sie nicht nötig, Signor Lontani.« Er sprach mit normaler Lautstärke. Der Regisseur würde ihn durch den Lärm kaum hören. Dennoch war Sergio sicher, dass Lontani genau wusste, was er gesagt hatte.

Die Armbrust blieb, wo sie war. Sergio machte einen weiteren Schritt auf Lontani zu. Dann noch einen. Er spürte seine Knie weich werden. War der Regisseur verzweifelt genug, um einen weiteren Menschen zu töten? Sergio schluckte.

»Bitte«, flüsterte er.

Etwas Schwarzes flog heran und prallte gegen Lontani. Der Regisseur stürzte. Ein Knäuel aus Kleidern, Armen und Beinen lag am Boden, aus dem sich Angelo hervorwühlte. Er kam auf die Beine, riss Lontani die Armbrust aus der Hand und legte auf den Regisseur an.

»*Babbo!*«, rief Sergio. Erleichterung lief durch ihn hindurch wie ein guter Wein an einem warmen Abend in der Trattoria Mortale.

Lontani wollte aufstehen.

»Liegen geblieben!«, brüllte Angelo. Unverwandt hielt er die Armbrust auf den Regisseur gerichtet.

Der Regen fiel jetzt schräg. Schaulustige strömten herbei und umringten Angelo, Lontani und Sergio.

»Danke«, sagte Sergio zu seinem Vater. »Du hast was gut bei mir.«

Doch Angelo schenkte ihm keine Aufmerksamkeit.

»Bist du derjenige, der Stella auf dem Gewissen hat?«, fragte er.

Lontani starrte den schwarzen Mönch mit aufgerissenen Augen an wie einen Henker.

»Antworte!«, rief Angelo.

Lontani nickte. Nur einmal und auch nur sehr kurz.

Angelo ließ die Waffe nicht sinken. Sergio erkannte mit

Entsetzen, dass seine Finger so fest um den Holzgriff geklammert waren, dass sie zitterten. Sein Vater war drauf und dran, Stellas Tod zu rächen und Lontani mit einem Stahlbolzen zu durchbohren. Ausgerechnet in dem Moment, in dem seine eigene Unschuld bewiesen worden war.

»Glaubst du wirklich, Stella hätte das gewollt?«, fragte Sergio. Langsam hob er eine Hand, legte sie auf die Armbrust und drückte die Waffe nach unten. Sein Vater hielt dagegen, aber nur für einen Moment. Dann gab er nach, und der Lauf senkte sich. Angelos Schultern bebten. Er schaute Sergio an. Regen und Tränen liefen dem alten Mann über das Gesicht.

»Hab ich dich!« Das war Baldis Stimme. Der Commissario packte Angelos Kapuze und hielt sie mit einer fleischigen Faust fest. »Jetzt gibt es kein Entkommen mehr«, keuchte er.

»Gratuliere, Commissario«, sagte Sergio und klopfte dem Kollegen auf die Schulter. »Sie haben gerade den Mörder von Stella Aurora gestellt.«

Baldi lächelte ihn an. Selbstgefälliger Stolz sprühte aus seinem Blick.

Sergio löste Baldis Finger von der Kapuze. Dann deutete er zu Lontani hinüber, der noch immer am Boden lag. »Das ist er«, sagte er. »Ich hoffe, jetzt ist Schluss mit dem Theater.«

Kapitel 41

Pfützen glänzten auf dem Linoleum der Polizeiwache. Sergio hatte seine nasse Uniformjacke an die Garderobe gehängt, wo sie abtropfte und sich auf dem Boden eine Lache bildete.

Auch Baldi hatte sein Jackett ausgezogen. Der Kopf des Commissario war in einem gelben Handtuch verschwunden. Er rieb sich das spärliche Haar und das Gesicht trocken.

Auf einem der Besucherstühle hockte Felice Lontani. Von seinem Sturz hatte der Regisseur Schrammen im Gesicht und an den Händen. Auch seine Kleidung triefte und hatte einen dunklen Farbton angenommen. Handschellen hatte Baldi dem Theaterchef nicht anlegen wollen. Der Commissario hatte Lontani auf der Piazza vor aller Augen abgeführt.

Alessandro setzte wieder Kaffee auf.

»Wo ist Signora Cavalieri?«, wollte Sergio von ihm wissen.

Alessandro deutete auf die Tür zum Toilettenraum der Wachstube, gerade als sich diese öffnete und die Maskenbildnerin herauskam. Sie hielt ein Papiertuch in den Händen. Als sie Lontani entdeckte, lief sie auf ihn zu.

»Felice! Du Armer! Was haben sie mit dir gemacht?« Sie ging neben dem Regisseur auf die Knie. »Wie nass du bist. Du wirst dir den Tod holen.« Sie streckte eine Hand aus und tupfte mit dem Papiertuch auf seinem Hemd herum. »Geben Sie mir ein Handtuch! Schnell!«

Alessandro holte ein frisches Spültuch aus dem Schrank unter der Kaffeemaschine hervor und brachte es ihr. Sie wollte damit durch Lontanis Gesicht wischen, aber er stieß ihre Hand beiseite.

»Verschwinde!«, knurrte er.

Ornella zuckte zurück. Dann versuchte sie es noch einmal.

Lontani stand auf und ging zu einem anderen Stuhl, der in einiger Entfernung stand. Seine Schuhsohlen quietschten bei jedem Schritt. Abwehrend streckte er eine Hand gegen Ornella aus. »Bleib, wo du bist! Du Verräterin!«, zischte er und spie auf das Linoleum.

Die Maskenbildnerin schaute zu den drei Polizisten hinüber. Sie bot ein Bild des Jammers, wie sie dahockte, auf den Knien, mit hängenden Schultern und Tränen in den Augen. Sergio hätte ihr gern einen Americano zubereitet. Der half einem immer auf die Füße.

Alessandro führte Ornella zu einem Stuhl an seinem Schreibtisch und brachte ihr Kaffee. Auch Lontani reichte er eine dampfende Tasse. Der Regisseur nahm sie ohne ein Wort entgegen und blickte aus dem Fenster in die regengraue Dämmerung.

Commissario Baldi war aus seinem Handtuch hervorgekommen. Er drückte Sergio den nassen Stoff in die Hand und warf Lontani und Ornella einen kurzen Blick zu. Dann wandte er sich wieder an Sergio. »Ich muss Sie unter vier Augen sprechen.«

Sergio legte das Handtuch über eine Stuhllehne. »Bitte hier entlang.« Er führte den Commissario zur Tür. Durch den Flur gingen sie, vorbei an einigen offen stehenden Büros, ins Treppenhaus des Palazzo. Sergio blieb auf dem Absatz stehen und lehnte sich gegen das steinerne Geländer. Baldi sah sich lauernd um. Ein Luftzug pfiff durch die Mauerritzen. Sonst war nichts zu hören.

»Sind wir hier ungestört?«, fragte der Commissario.

»Das Treppenhaus ist unser Besprechungszimmer«, sagte Sergio. »Hier hört uns nur der Wind.«

Baldi stützte sich mit einer Hand neben Sergio auf das Geländer. »Ich muss Ihnen gratulieren, Agente.« Seine Worte hallten von dem alten Gemäuer wider. Er senkte die Stimme. »Wie es aussieht, haben Sie den Mörder von Stella Aurora gestellt. Vielleicht sind es sogar zwei Mörder. Das muss sich noch zeigen.«

Sergio nickte. »Da haben noch andere mitgeholfen, und zwar …« Er wollte die Namen der Kollegen aus der Wache aufzählen, als Baldi ihn barsch unterbrach.

»Bevor Sie jetzt auch noch andere mit hineinziehen, hören Sie mir erst mal zu. Sie haben sich eigenmächtig in den Fall eingemischt.« Baldi starrte Sergio an, als wolle er sich auf ihn stürzen. »Dafür kann ich Sie belangen.«

Sergio beschloss, sich von seinem Vorgesetzten nicht

einschüchtern zu lassen. »Und Sie haben wohl vergessen, dass ich Ihnen ein Indiz geliefert habe, das Sie zu dem Mörder geführt hätte. Den Absatz von Stellas Schuh. Erinnern Sie sich daran?«

»Natürlich«, sagte Baldi schroff, aber sein Blick wanderte unsicher nach links unten. Vermutlich lag der Schuhabsatz noch in seinem Wagen.

Sergio hakte nach. »Sie wollten prüfen lassen, ob der Absatz zu Stellas Schuh passt. Das Untersuchungsergebnis steht wohl noch aus.«

»Genau«, sagte Baldi. »Kommt aber bald.« Er ließ das Geländer los.

»Dank des Absatzes konnte ich Stellas letzte Augenblicke rekonstruieren. Das hat mich über Umwege zu ihrem Mörder geführt. Sie hätten diesen Weg selbst gehen können, Commissario.«

Sergio wusste genau, worauf Baldi aus war. Dem Commissario ging es gar nicht darum, Sergio für seinen eigenmächtigen Einsatz zu bestrafen. Baldi wollte den Ermittlungserfolg für sich verbuchen. Er hatte vor laufenden Kameras verkündet, dass er Stellas Mörder fassen werde. Und jetzt war ihm ein einfacher Agente zuvorgekommen. Der Commissario lief Gefahr, seinen Ruf zu verlieren.

»Ich gebe zu: Das haben Sie gut gemacht, Agente Panda. Sie haben recht. Ich werde von disziplinarischen Maßnahmen absehen.«

»Und im Gegenzug wollen Sie behaupten, den Mörder selbst gefunden zu haben.« Sergio war es leid, um den heißen Brei herumzureden. Baldi hatte ihn in den letzten

Tagen drangsaliert. Jetzt sollte er selbst ein wenig ins Schwitzen kommen.

»Das wäre vielleicht das Beste für alle«, knurrte der Commissario. »Sie wissen ja, dass die Questura oft Druck von oben bekommt. Der Präfekt ist unzufrieden mit unserer Arbeit.«

Wie seltsam, dachte Sergio und verzog spöttisch den Mund.

»Deshalb würden Sie uns helfen, wenn wir von der Questura diesen Fall abschließen könnten.« Baldis Stimme wurde immer leiser.

Sergio kostete den Augenblick noch ein wenig aus, indem er schwieg.

Baldi wand sich. »Ich kann dafür sorgen, dass Sie befördert werden, Agente. Wie wäre es mit einem Posten in der Questura? Pisa würde Ihnen bestimmt gefallen. Eine Dienstwohnung wäre natürlich auch dabei, und …«

Bevor der Commissario weiterreden konnte, schlug Sergio mit der flachen Hand auf das Treppengeländer. »Ich will keine Gefälligkeiten von Ihnen«, sagte er laut. »Und ich will auch nicht nach Pisa. Alles, was ich will, ist, dass Sie hier in Volterra klare Verhältnisse schaffen.«

»Was meinen Sie damit?« In Baldis Blick war das Glimmen der Hoffnung zu sehen.

»Sie sorgen dafür, dass Alessandro Minotti endlich offiziell zum Polizeichef dieser Stadt ernannt wird. Er arbeitet seit zwei Jahren als kommissarischer Leiter der Wache und bekommt trotzdem nur das Gehalt eines einfachen Polizisten.«

Baldi nickte. »Das lässt sich machen. Wenn das alles ist ...«

»Ist es nicht«, entgegnete Sergio. »Gegen meinen Vater wird nicht weiter ermittelt.«

»Aber er hat einen Menschen mit einer Armbrust bedroht«, wandte Baldi ein.

Die beiden Männer schwiegen sich an. Schließlich nickte Baldi. »Also gut. Angelo Panda ist rehabilitiert.« Der Commissario klopfte Sergio auf die Schulter. »Das wär's dann. Dann werde ich jetzt mal dafür sorgen, dass Kollege Rossi die Presse zusammentrommelt. Morgen werde ich der Öffentlichkeit den Mörder von Stella Aurora präsentieren.« Er drehte sich um und wollte gehen.

»Ich bin noch nicht fertig«, sagte Sergio.

Baldi fuhr herum und funkelte ihn an. »Was wollen Sie denn noch? Das ist ja Erpressung!«

»Nur eine Kleinigkeit.«

KAPITEL 42

An diesem Abend gab es in der Trattoria Mortale nur
ein Gesprächsthema: Angelo Panda war von dem
Mordverdacht befreit worden und – was noch wichtiger
war – als Wirt ins Il Gusto zurückgekehrt. Im Lokal saßen
Zitadelle, Kugelblitz und Trommelfeuer an einem Tisch
und unterhielten sich mit ihm.

Zum dritten Mal erzählte Zitadelle, wie er die goldene
Statue passgenau in die Warmhaltekiste bekommen hatte.
Kugelblitz unterbrach ihn fortwährend, denn er konnte
nicht aufhören, über Angelos Heldentat zu berichten.
Zwar hatte Kugelblitz selbst nicht gesehen, wie der alte
Panda Regisseur Lontani unschädlich gemacht und anschließend mit der Armbrust in Schach gehalten hatte.
Aber er konnte sich das Geschehen gut genug ausmalen,
um es in den schillerndsten Farben wiederzugeben. Trommelfeuer kam in regelmäßigen Abständen zu Sergio hinüber in die kleine Kammer hinter der Theke und drückte
ihn an sich.

Zwischen den Umarmungen war Sergio damit beschäftigt, seiner neuesten Cocktail-Kreation, Harpune, den letz-

ten Schliff zu geben. Er goss noch etwas von dem gelben Likör, den er Ornella getauft hatte, hinzu, verzichtete aber vollends auf einen Schuss Rossi.

Dass er an einem Freitagabend so viel Zeit mit seinen Cocktails verbringen konnte, war nach all der Aufregung wohltuend. Zugleich war es aber auch beunruhigend, denn die Ruhe im Il Gusto war ein Alarmsignal. Nach wie vor fehlten die Gäste.

Sergio schraubte den Verschluss auf den Limoncello. Dann stellte er sechs Gläser Harpune auf ein Tablett und trug es hinüber in den Schankraum. Jeder musste probieren. Auch Matteo wurde aus der Küche herbeigerufen. Trommelfeuer protestierte und verlangte Wein, doch als Angelo feierlich das Glas hob, verstummte er. Alle standen auf.

Und sahen Sergio an.

»Ich dachte, du hältst die Ansprache«, sagte Sergio und schaute zu seinem Vater.

Doch Angelo schwieg und hielt seinen Cocktail abwartend in die Höhe. Sergio ließ die Eiswürfel in seinem Glas klingeln. Sein Vater hatte recht. Warum sollte man noch viele Worte machen? »Auf Harpune!«, rief er und meinte damit die Rückkehr seines Vaters und die Geburt des gleichnamigen Cocktails.

Die Männer tranken. Kugelblitz und Trommelfeuer verzogen das Gesicht.

Angelo drückte Sergio sein leeres Glas in die Hand. »Das Rezept musst du Sofia Zacchi verraten. Damit kann sie ihre Gäste vergiften.«

Sergio lachte. »Ich habe dich hier wirklich vermisst.«

Die Männer nahmen das Gespräch wieder auf. Noch einmal berichtete Zitadelle von seinem Umgang mit der goldenen Statue.

»An dir ist ein Bildhauer verloren gegangen«, sagte Kugelblitz zu seinem Sitznachbarn. »Du solltest bei Massimo P. Cini in die Lehre gehen.«

»Dem bringe ich höchstens noch etwas bei«, erwiderte Zitadelle.

»Sergio, mischst du uns noch eine Harpune?«, fragte Trommelfeuer beiläufig.

Anscheinend schmeckte der neue Cocktail doch nicht so schlecht. Die Stammgäste der Trattoria Mortale waren Meister darin, mit ihrer Begeisterung hinter dem Berg zu halten.

Gerade wollte Sergio in der Kammer verschwinden, da hielt Matteo ihn auf.

»Es ist leider noch nicht alles wieder im Reinen«, flüsterte der Koch. »Wir haben hinten im Lager noch dieses Kunstwerk. Es steht mir im Weg, und außerdem ist es vielleicht besser, Angelo davon zu erzählen, bevor er es selbst findet.«

Matteo hatte recht. Zwar war Sergio nicht danach zumute, die leichte Stimmung mit einem Problem zu belasten. Andererseits war es wohl besser, dass sein Vater gute Laune hatte, wenn er ein Werk seines alten Rivalen Massimo in seinen eigenen vier Wänden entdeckte.

Sergio und Matteo holten die Skulptur aus dem Lagerraum. Vielleicht lag es am Licht: Sergio hatte den Eindruck, das Gebilde sei in den vergangenen Tagen noch hässlicher geworden. Und schwerer erschien es ihm auch. Mit schnellen, kurzen Schritten trugen die beiden Männer das Werk ins Lokal und stellten es mit einem Poltern auf dem Tisch zwischen den Anwesenden ab.

Alle lehnten sich in ihren Stühlen zurück. Die Gesichter verzogen sich noch stärker als bei der Verköstigung des Cocktails.

»Was soll das denn sein?«, fragte Angelo. »Hast du einen Pokal gewonnen?«

Sergio rieb sich den Alabasterstaub von den Händen. »Das ist eine Skulptur, die ich gekauft habe. Für die Trattoria.«

Sein Vater lachte. »So was kommt mir nicht ins Lokal. Das kannst du in deine Dunkelkammer stellen.«

Sergio deutete auf die Wand neben der Heizung. »Wir könnten damit das alte Loch verdecken. Es ist lange genug sichtbar gewesen.«

»Das Loch bleibt«, donnerte Angelo.

»Ich will es ja auch nicht verschwinden lassen. Nur etwas davorstellen. Und das hier würde gut passen.«

»Wie kommst du nur auf so was?«

»Schau es dir genau an!«, forderte Sergio seinen Vater auf. »Es hat fast dieselbe Größe. Man könnte das Loch dahinter noch erkennen, wenn man genau hinguckt. Diejenigen, die davon wissen, sehen es noch. Und wer es nicht weiß ...«

»... dem soll es verdammt noch mal auffallen.« Angelos heisere Stimme wurde noch lauter.

»Was soll dieses Ding überhaupt darstellen?«, mischte sich Kugelblitz ein.

»Einen Menschen jedenfalls nicht.« Trommelfeuer beugte sich vor und betrachtete die Skulptur von der Seite. »Es hat weder Arme noch Beine.«

»Vermutlich ist es eine Statue, nachdem Zitadelle sie in eine Warmhaltekiste gelegt hat«, sagte Kugelblitz.

»Dann musst du sie unbedingt behalten, Angelo«, verlangte Zitadelle.

Der Wirt tippte mit einem Zeigefinger gegen Sergios Brust. »Wieso spielst du hier den Dekorateur? Woher hast du dieses Ding? Hoffentlich nicht von …«

»Doch«, beeilte sich Sergio zu sagen, »es stammt von Massimo P. Cini. Er war es ja auch, der das Loch in die Wand geschlagen hat. Da ist es nur passend, wenn wir eines seiner Werke vor einem seiner Werke aufstellen.«

Angelo war nicht zu erweichen. »Wie viel Geld hat er dir gegeben, damit du es in meine Trattoria stellst?«

»Viertausend Euro …«, antwortete Sergio, »… soll es kosten.«

Einen Augenblick lang war sein Vater sprachlos. »Viertausend? Weißt du, was ich mit diesem Viertausend-Euro-Grab machen werde? Ich werde es behalten, weil du so sehr daran hängst. Aber ich stelle es draußen neben die Tür. Damit die Hunde dagegenpinkeln können.«

Sergio seufzte. »Es ist so schön, dass du wieder da bist, *babbo*, ich weiß gar nicht, wie ich die ganze Zeit ohne dich ausgekommen bin.«

Die Türglocke klingelte.

Im Eingang stand Massimo P. Cini.

Sergio musste an den Teufel denken, der angeblich immer dann erschien, wenn man ihn rief.

Massimo trug Jeans und ein braunes Leinenhemd. Er hatte sich herausgeputzt, denn diesmal haftete kein Stäubchen an seiner Kleidung, in seinem Haar oder an seinen Händen.

Die Rechte ausgestreckt, ging er auf Angelo zu.

Der wich einen Schritt zurück.

»Es ist Zeit, Frieden zu schließen, Panda«, sagte der Bildhauer. Es klang wie ein Befehl.

Angelo rührte sich nicht. Massimo griff nach seiner Hand und schüttelte sie zweimal. »Meinen Glückwunsch! Ich habe gesehen, wie du Stellas Mörder gestellt hast«, sagte er. »Mit aller Kraft hast du ihn umgeworfen und dann mit der Armbrust auf ihn angelegt. Von mir aus hättest du abdrücken können. Dieses Schwein! Er hat die Liebe meines Lebens … unseres Lebens … auf dem Gewissen. Hoffentlich lassen sie ihn nie wieder aus dem Gefängnis raus!«

Angelo wollte seine Hand zurückziehen, aber Massimo hielt sie fest.

»Deine Heldentat hat mich jedenfalls so stark beeindruckt, dass ich ein Kunstwerk dazu anfertigen will.«

Kugelblitz mischte sich ein. »Es war Sergio, der herausgefunden hat, wer Stellas Mörder ist.«

Massimo nickte Sergio kurz zu. Dann wandte er sich wieder an Angelo. Er gab dessen Hand frei und beschrieb mit seinen Armen einen großen Bogen. »Ich stelle mir ein

Relief vor, etwa so lang und so hoch. Im Stil antiker Sarkophage. Aus Alabaster natürlich. Darauf sollen Szenen zu sehen sein, die mit Stellas Leben und ihrem Tod zusammenhängen: ihre Filme, ihre Männer, ihr Tod und am Schluss, Angelo, dein Hechtsprung auf ihren Mörder. Und darin lassen wir sie dann beisetzen.« Massimos Augen strahlten vor Begeisterung.

»Aber Stella ist doch schon beerdigt worden«, warf Angelo ein. »Am Mittwoch. In Rom.«

»Ach, tatsächlich?« Massimo schaute unsicher umher. Aber nur für einen Moment. »Dann lassen wir sie umbetten, sobald der Sarkophag fertig ist. Von so etwas habe ich schon mal gehört.«

Sergio bot ihm ein Glas Harpune an, aber der Bildhauer lehnte ab. Er könne nichts trinken, weil er mit dem Auto da sei. Es gehe nämlich um …

»… aber da steht sie ja!« Er deutete auf die Skulptur, die auf dem Tisch zwischen Kugelblitz, Trommelfeuer und Zitadelle aufragte. »Dass mein Werk einen so prominenten Platz in eurer Trattoria bekommen hat, ehrt mich. Ich dachte, es soll vor das Loch, das ich seinerzeit in die Wand geschlagen habe.« Er sah sich um und entdeckte die Stelle. »Das gibt es tatsächlich noch.«

»Jetzt hör mal zu«, hob Angelo an und zeigte auf die Skulptur. »Dieses … also dein Werk …« Er blickte Massimo streng an, seinen alten Rivalen, der gerade zum ersten Mal seit Jahrzehnten in die Trattoria gekommen war, um sich mit seinem Widersacher zu versöhnen. Angelos Züge wurden weich. Er lächelte. »Es passt wirklich ganz hervorragend vor das Loch. Wir werden es davor aufstellen und immer in Ehren halten.« Er räusperte sich. »Über den Preis können wir ja noch mal sprechen.«

Massimo sah ihn überrascht an. »Es gefällt dir? Wirklich? Also, ich finde, es ist eine meiner schwächeren Arbeiten.«

Sergio drehte sich weg, damit sein Vater nicht sah, wie er sich ein Lachen verkniff.

Der Bildhauer war noch nicht fertig. »Eigentlich wollte ich dich davon befreien. Aber wenn du es lieber behalten möchtest ...«

»Nein, nein!«, sagte Angelo rasch. »Wenn du eine bessere Verwendung dafür hast, nimm es ruhig wieder mit.«

»Eine bessere Verwendung nicht gerade. Aber etwas Besseres für eure Trattoria. Moment!« Massimo verschwand nach draußen. Man hörte etwas klappern und poltern. Dann schob er eine hölzerne und weiß gepuderte Sackkarre in das Lokal. Auf der Ladefläche stand die Büste Stella Auroras.

»Ich dachte, die passt am besten hierher«, sagte Massimo. Mithilfe von Zitadelle tauschte er Büste und Skulptur. Jetzt stand Stella Auroras Ebenbild auf dem Tisch und schaute Angelo und Massimo an. Sergio stellte fest, dass der Bildhauer an der Büste gearbeitet hatte. Das Haar war herausmodelliert, die Lippen waren poliert, und die Augen hatten Wimpern. Schon zuvor waren die Züge des Alabasterstücks der echten Stella ähnlich gewesen. Doch jetzt schien der Stein von innen heraus zu leben. Massimo hatte sein Meisterwerk endlich vollendet.

Die sechs Männer blickten die Schauspielerin schweigend an.

»Ist es wirklich erst eine Woche her, dass sie hier durch diese Tür kam?«, fragte Angelo.

»Eine Woche und fünfundvierzig Jahre«, sagte Sergio. »Und jetzt ist sie wieder hier.«

»Und hier wird sie bleiben«, erklärte Massimo. »Sergio, ich bin froh, dass du mich daran gehindert hast, die Büste zu zerstören. Jetzt hat sie endlich ein Zuhause gefunden.« Er klatschte in die Hände. »Ich muss los. Wenn ihr Zeit habt, kommt doch mal im Atelier vorbei.«

Sie verabschiedeten sich, und Massimo schob die Sackkarre mit der Alabasterskulptur durch die Tür.

Kaum hatte Kugelblitz wieder einen Scherz auf den Lippen und Zitadelle das Glas gehoben, kehrte Massimo mitsamt Sackkarre zurück. »Habt ihr schon gesehen?«, fragte er. »Das da draußen?«

»Was denn?«, wollte Zitadelle wissen.

Sergio versuchte, so ernst wie möglich zu bleiben. »Wir sehen besser mal nach.«

Die Männer erhoben sich und drängten aus der Trattoria heraus. Keine fünfzig Meter die Straße hinauf blockierte ein Pulk Autos die Fahrbahn. Etwas weiter oben leitete Alessandro den spärlichen Verkehr um. Die Wagen trugen die Aufschriften der großen Fernsehsender Italiens. Auf einem prangte das Logo der englischen BBC. Der deutsche Bayerische Rundfunk war ebenfalls vertreten. Vor den Wagen standen Journalisten und stülpten den Windschutz über ihre Mikrofone. Kameraleute suchten nach dem besten Lichteinfall, Techniker rollten Kabel ab, und ein junger Mann puderte die Nasen von Baldi und Rossi.

»Was wollen die schon wieder hier?«, blaffte Angelo. »Ich dachte, die Angelegenheit wäre ausgestanden.«

»Warte ab!«, sagte Sergio. »Kommt mal alle wieder rein. Sonst sind wir im Bild.«

Sein Vater knurrte noch etwas Unverständliches, folgte den anderen aber zurück ins Lokal.

Sergio führte alle ins Nebenzimmer und schaltete den Fernseher an. Der Apparat blieb wie gewohnt tot, rührte sich aber, nachdem Sergio fünfmal auf den Schalter gehämmert hatte. In der Mitte des Bildschirms erschien ein heller Fleck, dann war das Bild mit einem Mal da.

Das Gerät war auf den Sender RAI 1 eingestellt. Baldi und Rossi waren zu sehen. Am unteren Bildschirmrand stand in einem roten und blauen Banner: *Mörder von Stella Aurora gefasst*. Im Hintergrund konnte man die Trattoria erkennen. Der Schriftzug *Il Gusto* war gut zu lesen.

»Moment mal«, sagte Sergio. »Das bekommen wir noch besser hin.« Er betätigte einen Schalter an der Wand, woraufhin im Fernsehen die Leuchtschrift über der Trattoria flackerte. Dann strahlte sie hell auf und bildete den Hintergrund für den großen Auftritt der Kollegen aus Pisa.

»Commissario Baldi, wie haben Sie es geschafft, den Täter zu fassen?«, fragte eine Journalistin.

»Es war ein hartes Stück Arbeit«, sagte Baldi und trat einen Schritt vor. Für einen Moment wackelte das Bild, als der Kameramann die unvorhergesehene Bewegung ausglich und seinen Apparat neu ausrichtete.

»Es gab eine ganze Reihe von Verdächtigen. Schließlich haben wir den Mörder in den Reihen der Theatertruppe gefunden, die gestern hier in Volterra aufgetreten ist. Der Regisseur hat die Tat bereits gestanden.«

»Was ist aus der Spur mit dem Rauschgift geworden?«, lautete die nächste Frage.

»Sie hat uns über Umwege zum Täter geführt«, schaltete sich Rossi ein. Er wollte ebenfalls einen Schritt vortreten und sich neben Baldi stellen, doch der Commissario legte ihm eine Hand gegen die Brust und schob ihn wieder zurück an seinen Platz. Dann zischte er ihm etwas zu, das nicht in die Mikrofone drang. Rossi lief rot an. Baldi schaute wieder in die Kameras. Er lächelte. »Es gibt kein Rauschgift in Volterra«, sagte er. »Aber jede Menge Alabasterstaub.«

»Was ist aus dem Wirt geworden, den Sie unter Verdacht hatten?«, wollte ein Reporter wissen. »Ist er mittlerweile wieder aufgetaucht? Hatte er seine Finger im Spiel?«

Baldis Blick ruckte von den Journalisten hinüber zur Kamera. Er schaute direkt in die Linse. Vor dem Fernseher hatte Sergio das Gefühl, der Commissario sehe ihn durch den Bildschirm hindurch an.

»Angelo Panda ist unschuldig«, sagte Baldi auf eine mechanische Art. Er schien den Text auswendig gelernt zu haben. »Mir ist ein Fehler unterlaufen. Beinahe wäre als Folge der Ermittlungen das Il Gusto geschlossen worden. Aber das konnten wir gerade noch verhindern. Mir liegt viel an dieser Trattoria.«

»Warum das?«, fragte jemand.

Baldi lächelte verkrampft. »Es ist eines der besten Lokale der Toskana. Die Wildschweingerichte werden nach alten Familienrezepten hergestellt. Die Pandas beherrschen zwei Dutzend Arten, Stockfisch zuzubereiten. Auf der Weinkarte finden Sie nur die besten Jahrgänge. Und ...« Er kramte in der Brusttasche seines Jacketts, zog einen Zettel hervor und las: »... das Himbeertiramisu ist von betörender Frische.« Die Notiz wieder wegsteckend, schloss er mit den Worten: »Ich habe mich so sehr in diese Trattoria verliebt, dass ich künftig jeden Donnerstag aus Pisa hinfahren werde, um mit meinen Kollegen dort zu tafeln. Die sind natürlich alle von mir eingeladen.« Er schien zu überlegen, dann festzustellen, dass er seinen Text vollständig aufgesagt hatte, und nickte zufrieden.

In der Trattoria brach Jubel aus. Sergio stellte den Fernseher ab.

»Das hast du ja fein eingefädelt«, sagte sein Vater und schaute Sergio voller Hochachtung an.

»Vielleicht bin ich ja eher für die Trattoria geboren, und nicht für die Polizeiwache ...«, erwiderte Sergio.

»Das wird sich noch herausstellen«, sagte Angelo. »Allerdings verstehe ich nicht, wieso dieser Baldi behauptet, er hätte den Mörder gefasst. Das warst doch du.«

»Alles hat seinen Preis«, orakelte Sergio.

Aber Angelo ließ sich nicht so einfach abspeisen. Er schüttelte den Kopf. »Da kommt einer aus Pisa daher und schmückt sich mit den Lorbeeren, die meinem Sohn zustehen. Das solltest du nicht mit dir machen lassen. Gleich morgen gehst du zu Joe Bonos und erzählst ihm, wer

Stellas Mörder wirklich gefunden hat. Gleich morgen früh, hörst du?«

Sergio schaute seinen Vater lange an. »Erinnerst du dich noch daran, was du zu mir gesagt hast, als ich von dir verlangt habe, Massimo bei der Polizei zu melden?«

»Ich bin keine Petze«, antwortete Angelo.

»Ich glaube«, sagte Sergio, »das liegt in der Familie.«

KAPITEL 43

Sergio stand an der Bushaltestelle. Die Kameratasche hing über seiner linken Schulter. Er hatte das erste Licht dieses Samstagmorgens zum Fotografieren genutzt. Ruhig und schön hatte die erwachende Landschaft vor ihm gelegen. Diesmal war ihm kein Auto durchs Bild gefahren. Kein Anruf hatte ihn in seiner Versenkung gestört. Wie auch? Sein Mobiltelefon war im Elektroschrott verschwunden. Und so schnell würde er auch kein neues benutzen müssen: Er hatte zwei Wochen dienstfrei. Das freute besonders seinen Vater, denn auf das Il Gusto kamen stürmische Zeiten zu. Kaum hatte Commissario Baldi gestern Reklame in allen großen Fernsehsendern gemacht, hatte das Telefon in der Trattoria Sturm geläutet. Reservierungen waren hereingeflogen wie Bienen in den Stock. Die Trattoria Mortale war auf Monate ausgebucht.

Sergio schaute auf die Uhr. Gleich musste der Bus kommen. Noch lag die Gasse still da. Er hörte die raschen Schritte sofort. Eine Gestalt kam auf ihn zu. Massige Schultern schoben sich bei jedem Schritt abwechselnd vor und zurück. Der Strohhut war tief ins Gesicht gezogen.

»Onkel Lorenzo«, rief Sergio und hob eine Hand.

Der ehemalige Polizeichef blieb stehen. »Giorno«, sagte er mit ungewohnt leiser Stimme. »Ich dachte, du hast frei bekommen.«

»So ist es auch«, sagte Sergio. Sein Onkel wusste wie immer über alles Bescheid. »Ich warte hier auf Giulias Bus. Was treibt dich so früh auf die Straße?«

»Muss los«, raunte Lorenzo. »Grüß Giulia von mir.« Damit ging er weiter in Richtung Stadtmauer, dorthin, wo sein Garten und die Mönchszelle auf ihn warteten.

Sergio runzelte die Stirn. Sonst war sein Onkel immer für eine Plauderei zu haben, je zufälliger man sich traf, desto länger redete man miteinander. Dass Lorenzo ihn nun einfach stehen ließ, war äußerst merkwürdig. Sergio schaute ihm hinterher, bis er im Zwielicht verschwunden war. Dann blickte er in die Richtung, aus der sein Onkel gekommen war. Dort lag der kleine Lebensmittelladen, dem er oft Tomaten verkaufte, aber der hatte noch geschlossen.

Und dort lag das Il Mulino. Auch Sofia hatte ihr Restaurant noch nicht geöffnet.

Sergio stutzte. Lorenzo und Sofia waren während der Turbulenzen der vergangenen Woche aneinandergeraten. Vielleicht nicht nur im Streit.

Er beschloss, den Gedanken in einen entlegenen Winkel seines Geistes einzuschließen. Onkel Lorenzo war lange genug Junggeselle gewesen. Wenn er jetzt in einem geheimen Garten aufblühte, so wie seine Tomaten, musste das nicht gleich jeder wissen.

Hinter der Straßenecke war ein Rumpeln zu hören.

Etwas zischte. Lichtfinger strichen durch die Dämmerung zwischen den Häusern. Dann rollte die Riesenorange den Borgo San Giusto herunter. Der Bus kam vor Sergio zum Stehen, und die Tür schwang auf.

Giulia lächelte ihm entgegen. Selbst im schummerigen Licht der Innenbeleuchtung sah sie hinreißend aus. Sergios Herz machte einen Sprung, er selbst einen Satz die Stufen in den Bus hinauf.

Sergio wollte Giulia umarmen, aber sie fuhr sofort los, sodass er sich festhalten musste.

»Was für ein schöner Morgen«, sagte sie zu ihm hinauf. »Ich bin nur noch eine Viertelstunde im Dienst. Dann löst mich Beluisi ab.«

»Beluisi fährt selbst?« Das war eine Überraschung. Der Fahrdienstleiter saß doch den Tag lang nur in seinem Büro und paffte Elektrozigaretten.

»Ich hab ihn um einen Gefallen gebeten«, sagte Giulia und strahlte Sergio an. »Du hast ein bisschen Zeit, oder?«

»Eine Ewigkeit«, erwiderte Sergio.

Jemand rief nach ihm. Weiter hinten im Bus saßen Maria und Giovanna und winkten ihm zu. Auf der anderen Seite der Sitzreihen saß Astorre. Der verwirrte Alte sprach auf Cardenio ein. Der Hund hockte im Gang, hatte die Ohren gespitzt, schien Astorres Ausführungen zu lauschen und verfolgte dessen wedelnde Hände mit aufmerksamen Blicken. Als der Hund Sergio sah, lief er nach vorn und sprang an ihm hoch.

»Der hat wohl eine Monatskarte«, sagte Sergio und rubbelte Cardenios schwarz-weiße Ohren.

439

Der Bus erreichte das Stadttor San Francesco. Die Fahnen des Palio hingen noch an der Mauer. Sie würden erst in den nächsten Wochen abgenommen werden. Die Volterraner dachten gern an ihre Feste, auch wenn sie schon längst vorbei waren. Und diesmal war der Palio ein besonders denkwürdiges Ereignis gewesen.

Da entdeckte Sergio die Fotos. Sie klemmten an der Sonnenblende über dem Fahrersitz. Die erste Aufnahme war fast schwarz. Nur ein weißer Streifen verlief quer durchs Bild – der Cinquecento mit Giulia, die genau im richtigen Moment aufgetaucht war. Das andere Foto, eine kleine Farbaufnahme, zeigte ihn selbst. Sergio kannte das Bild nicht. Er trug Uniform und schaute über die Piazza dei Priori. Im Hintergrund waren viele Menschen zu sehen. Giulia musste ihn fotografiert haben, während er den Palio überwacht hatte.

Die Entdeckung machte Sergio sprachlos. Giulia hatte sein Konterfei über ihren Arbeitsplatz gehängt.

Die Lage war ernst.

Und das fühlte sich gut an.

Der Bus hielt auf der Piazza dei Priori. Auf dem Platz war es zu dieser frühen Stunde noch ruhig. Die Bühne stand noch. Auch sie würde, wie die Fahnen, erst im Laufe der nächsten Tage entfernt werden.

Die Tür öffnete sich. »Raus mit dir, Cardenio«, sagte Giulia. »Heute Abend hole ich dich hier wieder ab.«

Der Hund sprang ins Freie und lief mit wippendem Schwanz davon.

»Der weiß wohl genau, was er will«, sagte Sergio.

»Genau wie ich«, gab Giulia zurück.

»*Giorno*«, erklang es vor der Tür. Beluisi stieg ein. Er sah auf eine ungewohnte Art gekämmt und rasiert aus. Außerdem steckte er in einer Busfahreruniform mit tiefblauer Hose und hellblauem Hemd. Giulia stand auf und drückte ihren Chef kurz an sich. »Danke, dass du das möglich machst«, sagte sie.

»Für dich und für die Polizei tue ich alles«, erwiderte Beluisi. Er ließ sich in den Fahrersitz fallen und schloss die Tür. Der Bus fuhr an.

Giulia zog Sergio durch den Gang nach hinten. Sie machten es sich auf der hinteren Sitzbank bequem.

»Wohin geht es denn?«, wollte Sergio wissen.

Giulia legte ihm einen Finger auf die Lippen und deutete zum Heckfenster hinaus. Er schaute nach draußen. Die Sonne sandte sanfte Strahlen über die Stadt. Das Licht malte pastellfarbene Töne auf die Dächer und die alten Mauern. Menschen traten aus den Häusern. Einige frisch und munter, andere hatten noch den Schlaf im Gesicht. Bald fuhr der Bus die Landstraße unter der alten Festung entlang. Das Gebäude sonnte sich im morgendlichen Schimmer. Ein leichter Wind strich durch die Baumkronen. Rechter Hand konnte Sergio den Helikopterlandeplatz erkennen.

Fahrgäste stiegen ein, Fahrgäste stiegen aus. Der Bus kurvte durch Wohnviertel und an Sehenswürdigkeiten vorbei. In den Bars schauten die Einheimischen kurz von ihren Kaffeetassen und der Lektüre von *Volterra Adesso* auf und nickten Beluisi zu. Das Römische Theater zog vorbei, der Wochenmarkt und die Sitzbänke unter den Platanen entlang der Stadtmauer. Sergio konnte den Blick nicht mehr abwenden. Wann hatte er zum letzten Mal so viel Muße gehabt, die Schönheit seiner Heimatstadt zu bewundern?

Giulia drückte seine Hand. »Wusstest du«, sagte sie, »dass Städte weiblich sind? Sie lächeln ihrem Helden zu.«

Sergio lächelte zurück. »Wann hast du dir denn diese Rundfahrt ausgedacht? Da wird ja sogar unser Stadtführer Carlo neidisch.«

»Das ist noch nicht alles«, sagte Giulia. »Ich habe auch noch ein Lied komponiert. Auf dem Saxophon. Das werde ich dir heute Abend vorspielen. Es heißt *Dolce vita Himbeertiramisu.*

»Klingt schon jetzt verlockend«, sagte Sergio. »Aber bis zum Abend ist es noch lang. Kannst du mir schon mal eine Kostprobe auf der Mundtrompete vorspielen?«

»Es ist ein Duett«, sagte Giulia. »Der Anfang einer Sinfonie.« Sie schlang die Hände um seinen Nacken. »Und es geht so ...«

NACHSPEISE

In der Trattoria Mortale sitzt die Fantasie bei einem Glas Rotwein mit der Wirklichkeit zusammen. Die Geschichten um das kleine Lokal entstehen, weil sich die beiden prächtig unterhalten: über Volterra, Stadt des Alabasters, die aus der Toskana emporragt.

Auf dem über 500 Meter hohen Stadthügel ließen sich die Etrusker schon im 7. Jahrhundert v. Chr. nieder, weil er gut zu verteidigen war. Sie nannten ihr neues Zuhause »Velathri«, und schon bald beherrschte der junge Stadtstaat ein Gebiet, das bis nach Elba reichte. Die Akropolis mit den ausgegrabenen Resten der historischen Bebauung liefert im modernen Stadtpark einen Eindruck vom Wohlstand in Volterras etruskischer Vergangenheit. Der Glanz Velathris blieb auch den Römern nicht verborgen. Legionäre vom Tiber eroberten die Stadt um 283 v. Chr. und nannten sie fortan »Volaterrae«. Auch sie prägten das Leben auf dem Hügel, und zwar nachdrücklich: Das Römische Theater Volterras lockt heute genauso wie damals Scharen von Besuchern an.

Ein Publikumsmagnet sind auch die farbenfrohen Feierlichkeiten, die an die mittelalterliche Vergangenheit der Stadt erinnern. Mit den Veranstaltungen rund um den Wettkampf Palio del Cero füllen die Volterraner allerdings nicht nur einen Tag, sondern einen beträchtlichen Teil des Terminkalenders für das ganze Jahr. Das Spiel mit den Fahnen der Contraden, der Stadtbezirke, ist weit über die Stadtgrenzen hinaus bekannt. Die prachtvoll kostümierten Fahnenschwinger und Trommelschläger treten mit ihren Vorführungen bei Traditionsfesten in aller Welt auf.

In der Geschichte um Stella Aurora, die tote Diva, steckt nicht nur ein Funken Wahrheit, sondern ein ganzer Film. Volterra war in den 1960er-Jahren tatsächlich Schauplatz eines preisgekrönten Kinodramas: *Vaghe stelle dell'Orsa* (deutscher Titel: *Sandra*), ein Werk des italienischen Meisterregisseurs Luchino Visconti. Der Film erschien 1965 und wurde im selben Jahr bei den Filmfestspielen von Venedig mit dem Goldenen Löwen ausgezeichnet.

Volterra war mehr als eine bloße Kulisse für den Film. Visconti hatte die toskanische Stadt als Drehort ausgesucht, weil er sie seit Langem kannte. Für den Regisseur war Volterra ein besonderer Ort, wie er sagte, ein Ort mit tödlicher Anziehungskraft, für den er genau die richtige Filmidee habe: ein Familiendrama um Rache, Schuld und Geschwisterliebe, eine moderne Fassung der antiken griechischen Tragödie *Elektra*. Visconti drehte in Schwarz-Weiß, zwischen wuchtigen Mauern und verwitterten Steinen, feinem Alabaster und Freskomalerei, mittelalterlicher Architektur und den Palazzi der Renaissance, römischen Ruinen und den Spuren der Etrusker.

Zwei Monate, von August bis Oktober 1964, lebte und arbeitete Viscontis Crew in Volterra – darunter Claudia Cardinale, der Star des Films. Die Diva brachte einen Glanz in den Ort, der haften blieb. 1974 kehrte sie noch einmal zurück, um den Ordine dei Dignitari dell'Ombra della Sera entgegenzunehmen, eine Auszeichnung für Persönlichkeiten, die sich um die Stadt verdient gemacht haben. Mit der Ausstellung »Visconti a Volterra« erinnerte die Stadt im Jahr 2000 an die Dreharbeiten von *Vaghe stelle dell'Orsa*.

Es hätte keinen passenderen Ort für das Drama geben können, schrieben Filmkritiker. Mit diesem zweifelhaften Kompliment konnten die Volterraner umgehen. Den düsteren Ruf hat das eigentlich freundliche Städtchen einem literarischen Reisebericht von D. H. Lawrence zu verdanken. Der britische Schriftsteller war an einem kalten grauen Sonntag im April 1927 frierend und missgelaunt durch die Stadt spaziert und hatte sie – bei aller Faszination für ihr etruskisches Erbe – als »streng, finster, bedrückend, eng, öde, abweisend und trostlos« beschrieben. Was er nicht wissen konnte: Die »steinerne Sprödigkeit«, die er feststellte, ist eine Stärke Volterras und sein Text, 1932 als Buch erschienen, bis heute ein Verkaufsschlager in den Touristenläden und Museen der Stadt.

Vielleicht hätte er in einem Lokal wie der Trattoria Mortale einkehren müssen, um sich für Volterra zu erwärmen. Oder im Sommer zurückkehren. Oder die künstlerische Arbeit dort so nehmen wie Luchino Visconti, der in einem Interview zu seinem Film sagte: »Es macht mir nichts aus, ständig zu arbeiten. Aber für mich müssen die Dinge ganz heiß sein oder ganz kalt, niemals lauwarm.«

Autor

Luca Fontanella ist das Pseudonym eines deutschen Autorenduos. Während einer Reise durch die Toskana entdeckten die Journalisten Jutta Wieloch und Dirk Husemann vor über zwanzig Jahren das Städtchen Volterra und verliebten sich in Land und Leute. Seither kehren sie immer wieder dorthin zurück. Wenn sie nicht gerade die Toskana erkunden, schreiben sie Reportagen. Dirk Husemann veröffentlicht außerdem historische Romane, die in mehrere Sprachen übersetzt werden.

Luca Fontanella im Goldmann Verlag:

Trattoria Mortale – Die tote Diva.
Ein Toskana-Krimi
Trattoria Mortale – Der Tote im Weinberg.
Ein Toskana-Krimi
Trattoria Mortale – Der Tote im Palazzo.
Ein Toskana-Krimi
Trattoria Mortale – Der tote Bischof.
Ein Toskana-Krimi

(alle auch als E-Book erhältlich)